The Pleasure Trap
by Elizabeth Thornton

恋の罠は夜にまぎれて

エリザベス・ソーントン
細田利江子・訳

ラズベリーブックス

ハミルトンにある石切場の庭園を教えてくれた
友人のアリスンとエルマー・プリース夫妻に。
おかげでこの本のアイデアがひらめきました。
ほんとうにありがとう！

恋の罠は夜にまぎれて

主な登場人物

イヴ・ディアリング……作家。ペンネームはミセス・バリモア。
アッシュ・デニスン……デニスン子爵。侯爵家の跡取り。
ミリセント・クレイヴァリー……イヴのおば。
レディ・サリー・セイヤーズ……作家。
リディア・リヴァーズ……作家。
アンナ・コンティニ……作家。
レディ・オーガスタ・ヴァルミード……アッシュの祖母。先代ヴァルミード伯爵夫人。
レディ・アマンダ・タラント……アッシュの従妹。
ライザ・ハランダー……レディ・セイヤーズの姪。
ネル……ベドラムから逃げた少女。
アントニア・ディアリング……イヴの母。
ジョージ・ディアリング……イヴの父。造園家。
ハリー・デニスン……アッシュの弟。
リー・フレミング……出版人。
ジェイスン・フォード……元軍人。現在は調査の仕事をしている。
トマス・メッセンジャー……造園家。
フィリップ・ヘンダースン……法廷弁護士。
シアラー大佐……アッシュの元上官。
ブランド・ハミルトン……アッシュの親友。新聞社主。

プロローグ

一八〇六年、ロンドン郊外

イヴは、小さなベッドのなかでうなされていた。胸騒ぎがして仕方なかった。お母さまが行ってしまう。それは直感だった。お母さまが行ってしまう。

〔イヴ……〕母は夢のなかで、愛している、いつまでも悲しんでいてはいけないと彼女をさとした。

「行っちゃだめ！」イヴは泣きながら目を覚ました。自分がどこにいるのか思いだすのに、しばらくかかった。そこは、父が少し離れた邸宅で仕事をするために、一家で泊まっていた宿屋《イン》の一室だった。母はイヴを寝かしつけるために即興のお話を語って聞かせると、ろうそくを吹き消して、自分の部屋に戻ったはずだ。

どうしてこんなに胸騒ぎがするの？　どうしてお母さまがどこにもいないような気がするの？　お母さまはどこ？

イヴは何度か瞬きをして、暗がりのなか、ぼんやりと見えるものに目を凝らした。母の飼い犬、まっ黒な大型犬のシバが、ベッドの上に大きな前足を載せて、彼女の瞳を一心にのぞきこんでいる。

イヴが起き上がると、シバはイヴの不安をそのまま映したような声でくんくんと鳴きはじめた。イヴはシバの大きな頭を撫でてやったが、そこで犬の体が濡れていることに気づいた。シバは雨のなか、母と一緒に外にいたのだ。

どうしてそうだとわかったのかは考えなかった。母と同じように尋常でない第六感の持ち主である彼女は、自分の勘《かん》を少しも疑わなかった。まだ幼いせいか母ほど鋭くないが、今夜はその第六感がヴァイオリンの弦さながらにうち震えている。シバは雨のなか、母と一緒に外にいて、そこでただごとではないことが起こったのだ。

イヴはいまにも息が止まりそうな思いで上掛けをはねのけると、ベッドから飛びだした。母の部屋はすぐ隣だ。廊下を走って、部屋に駆けこんだ。ベッドは整えられたままで、ランプには明かりがともり、小さなテーブルの上には、母のノートやスケッチが広げられている。暖炉《だんろ》で燃えていたはずの石炭は、熾火《おきび》になっていた。

イヴは、せり上がる恐怖を懸命に抑えた。「お母さま?」静まりかえった部屋に呼びかけたが返事はなく、代わりに、ある光景がふっと頭に浮かんだ。いまは使われていない石切場。雲間からのぞく月。崖から落ちる母。暗がりにのみこまれる影。平たい石の床で動かなくなった母を守ろうと、歯をむきだして身がまえるシバ。

そのひんやりした鼻先が、手をかすめた。シバが悲しげな瞳で、彼女を見上げている。ぐっと息を吸いこんで、イヴは言った。「お母さまのところに連れていって」

彼女は急いで靴を履いてショールを羽織《はお》ると、召使いたちを起こした。それから、シバにつづいて階段を下り、裏口から飛びだすと、壁に掛けてあるランタンをつかんで石段を駆け下りた。

いましがた頭に浮かんだ情景そのままに、母は石切場の崖の下に横たわっていた。意識はまだあるが、どんどん遠のいていくのがわかる。イヴの涙は雨と混じりあい、とめどなく頬を流れ落ちた。ひざまずいて、母の手を取った。

〔何も言わないで……わたしの言うことを聞いて、イヴ……〕

イヴは頭のなかを空っぽにして母の声に耳を傾けようとしたが、こみ上げる絶望はどうしようもなかった。言葉が勝手に飛びだして、頭のなかの声が切れ切れになる。けれども、ついに母の意志がまさり、イヴは静かになった。

〔いいこと、イヴ。わたしはシバと散歩に出て、崖の上で足を踏みはずしたの〕

違う。お母さまは雨が降っているのに出かけたりはしない。だれかがここにいたのだ。シバに追い払われただれかが。どうしてそんな嘘をつくの？

〔事故なのよ〕頭のなかに声が響いた。それから、母の声はやわらいだ。〔これは事故なの……気をつけなさい、イヴ。目をつけられないように……わたしの言う通りにして……〕

そのあとの言葉は聞き取れなかったが、代わりに、一家で訪れたさまざまな庭園の景色がつぎつぎと頭に浮かんだ。どうしてお母さまは庭園のことなんか考えているのかしら？

背後から、明かりが近づいてきた。それから、召使いたちの声。呼びかけには応じたつもりだったが、よくわからなかった。耳障りな話し声が頭のまわりを飛びかい、シバがくんくんと鳴きはじめた。胸をえぐられるような悲しみに、イヴは静かに涙を流した。

「かわいそうに！　早くこの子をなんとかしないと！」

「事故だったの」イヴはつぶやいた。「お母さまは散歩に出かけて、崖から足を踏みはずしてしまった」母は、彼女がそう言うことを望んでいた。「それをシバが見つけたの」

召使いにそっと引っ張られて立ち上がりかけたとき、べつの光景がぱっと頭に浮かんだ。社交界にデビューしたばかりの白いドレスの令嬢たちと、ハンサムなパートナーたちが集う舞踏室。ガラスのドア越しに見えるテラスと庭園が、この上なくまがまがしい……。

〔気をつけるのよ、イヴ……〕

そして、その光景とともに、母がいるという感覚はかき消えた。

これほど独りぼっちだと感じたことはなかった。

1

一八一八年三月、ヘンリー

その朝、イヴは二通の手紙を受けとった。その手紙がほどなく嵐を引き起こすことになろうとは、まだ知るよしもない。彼女は手紙を持って居間に行き、お茶を口に運びながら目を通した。一通目は、出版社のリー・フレミングから。彼が年に一度、つきあいのある作家をクラレンドン・ホテルに招いて催す交流談話会に、今年も出るようにと念を押す手紙だ。そして、二通目の送り主はレディ・サリー・セイヤーズ。例年のように、クラレンドン・ホテルでの集いのあと、ほかの作家たちと一緒にロンドンの屋敷に数日滞在しないかという誘いの手紙だが、いつもと違って、さらに滞在を延ばして社交シーズンを楽しんではどうかと言葉が添えてあるのは妙だった。

リーの手紙にどう返事するかは、考えるまでもなかった。作家の生活は孤独だから、女ばかりの作家仲間との交流を、イヴは以前から楽しみにしていた。彼女たちの書き下ろしたロマンスや謎解き仕立てのゴシック小説が、世間で盛んにもてはやされるようになったのは数年前のこと。ただし愛読者は女性ばかりで、男性はたいてい、彼女たちの本を一笑に付すか、軽蔑するものと決まっていた。その結果、ゴシック・ロマンスの作家はみな、本名を明かさずに、ペンネームを使うようになった。著名人だが、本人を知るのは、作家仲間と信頼できるひと握りの友人のみ。それでも、イヴは気にしなかった。何より好きなことの報酬として、銀行口座にお金がたまれば充分だ。彼女は、生まれながらの作家だった。母がいつも言っていたように。

レディ・セイヤーズからの招待については、少し考える時間が必要だった。レディ・セイヤーズは作家仲間の一人だが、ケニントンの緑豊かな地区に屋敷をかまえ、上流階級の人々とのつきあいもある。その彼女が毎年、クラレンドンでの集いのあとに女流作家たちを自宅に招待するのは、イヴの本が出版される前からつづいているならわしだった。作家たちはみな、その仲間うちで過ごす気の置けないひとときを、クラレンドンでの集いよりも楽しみにしていた。何しろ、レディ・セイヤーズその人がおもしろい。控えめな言い方をするなら〝型破り〟。齢《よわい》五十にしてすでに四人の夫を見送り、爪に色を塗って、顔に化粧を施し、歯に衣着せずにものを言う彼女を、けしからぬ女だと評する人もいる。聞けば、若いころはどんなゴシック小説のヒロインよりも波瀾《はらん》万丈な日々を過ごしていたとか。

そんなレディ・セイヤーズから社交界に顔を出してはどうかと誘われて、うれしく思いつつも、イヴは二の足を踏んでいた。レディ・セイヤーズはひょっとすると、結婚の仲介役を買ってでようとしているのかもしれない。招待を受けたいのは山々だけれど。

いつの間にか朝食の席が静まりかえっていたので目を上げると、彼女のお相手役《コンパニオン》（淑女の話し相手をしたり、雑用をこなしたりする未婚の女性）を務めるミス・ミリセント・クレイヴァリーが、考え深げに彼女をうかがっていた。ミス・クレイヴァリーはイヴの母方のおばで、母が死んだあと、ディアリング家を切り盛りするためにやって来てからずっと身近にいる女性だ。イヴの父が再婚すると、ミス・クレイヴァリーはヘンリーにある自分の家に戻ったが、ほどなくイヴはその家に身を寄せた。それはだれにとっても都合のいい選択だった。とりわけ、父の再婚相手にとっては。

ミス・クレイヴァリーの正確な年齢はだれも知らなかった。ここ数年はずっと四十代後半ということになっているし、つやつやした濃い茶色の巻き毛にはひとすじの白髪も見当たらない。白髪が生えたら、なんとかせずにはいられないのだろう。彼女はふくよかだがけっして太っているわけではなく、服装も流行のものを好んで着る魅力的な女性だった。

イヴはレディ・セイヤーズからの手紙を掲げて見せた。「レディ・セイヤーズから、クラレンドンでの集いのあと数週間ロンドンにとどまって、社交シーズンを楽しんでいってはどうかというお誘いの手紙をいただいたの」

おばのミス・クレイヴァリーはうなずいた。「ええ、わかってますよ」イヴが眉をひそめたのを見て、彼女は舌を鳴らした。「あら、あなたの心を読んだんじゃありませんからね。その〝能力〟に恵まれたのはわたしではなく、あなたのお母さまでしょう。いまわかっていると言ったのは、わたしもレディ・セイヤーズから手紙をいただいたからなの。あなたが自分の手紙を読むまではと思って、黙っていたのよ」

母方のクレイヴァリー家の人々、とりわけ女性たちについて、イヴはまともな噂を聞いたことがなかった。浮世離れしていると言う人もいれば、魔女呼ばわりする人もいる。けれどもイヴは、勘がいいのだと言うにとどめていた。彼女たちは一を聞いて十を知るその〝クレイヴァリーの能力《カリスマ》〟を駆使して、ときどき奇術師のように、袋のなかから仕掛けを取りだすゲームを楽しんでいるだけだ。実際、イヴのところに遊びに来ると、クレイヴァリー家の親戚たちは、いたずら好きな妖精のように彼女の領分に踏みこんだ。イヴはその茶目っ気たっぷりな振る舞いをたいてい大目に見ていたが、あんまり度が過ぎると、逆に彼女たちの不意をついて、思い知らせてやることにしていた。

それをのぞけば、イヴがクレイヴァリーらしく振る舞うのは、本を書いているときだけだった。登場人物が何を考え、何を感じているか、いつもわかっている。わざわざ心を読みとるまでもない。

かさかさのトーストをかじっていると、おばのミス・クレイヴァリーが言った。

「ねえイヴ、悪いお話ではないと思うんだけれど。あなたも自分の殻《から》から出る潮時《しおどき》よ。世の中には、本を書く以外にもいろんな生き方があるわ。それに、サリー・セイヤーズならなおさら都合がいいじゃないの。あなたにとっても、わたしにとっても。あの人なら、人生の楽しみ方を教えてくれるわよ」

イヴは冷ややかに応じた。「ええ、わかってるわ。レディ・セイヤーズのおそばにいたら、退屈なんてする暇がないもの」

ミス・クレイヴァリーはほほえんだ。「あら、あれはみんな演技でしょう。わたしが見たところ、作家が公の場で大げさに振る舞うのは、珍しいことじゃないわ。あなただってそうでしょう。ただしあなたの場合は、正反対の方面にだけれど」

「わたしが？」

ミス・クレイヴァリーはうなずいた。「髪をひっつめにして、あんなレースのキャップをかぶっていたら、家庭教師か学校の教師かと思われるわよ」

「わたしは、自分の書いた本を真面目に受けとってもらいたいのよ」イヴは言い返した。

「そうなの？　まあ、あきれた！　あなたが書いたものを真に受けたら、恐ろしくて夜も眠れなくなってしまうわ。あんなにぞっとするような男性が現実にいなくてよかった。いいこと、イヴ、自分の本のヒロインみたいにおめかしして行くのよ。読者が待ち受けているのはそういう作家なんだから」

「でも、わたしは人目につきたくないの。ボンド・ストリートで買い物しているときに、あの作家だと気づかれたくない。プライバシーは守りたいわ」

「野暮ったい格好をしていたら、それこそ目立つわよ」

イヴは不満げに鼻を鳴らした。

ミス・クレイヴァリーは気にせず、イヴのカップにお茶を注ぎたした。「レディ・セイヤーズのお手紙によると、ライザという姪御さんもいらっしゃるそうね。十八になられたので、社交界にデビューなさるとか」

イヴが興味を引かれたのは、そこのところだった。その令嬢が社会界にデビューするという話をきっかけに、新しい小説のアイディアが生まれていた。

ミス・クレイヴァリーはつづけた。「でも、あなたが肩を並べられるわけじゃありませんからね。その年じゃ、姪御さんの競争相手というよりは付き添い役《シャペロン》でしょう。だから、サリーがあなたに若い殿方をけしかけるんじゃないかと心配することはないの。あの人が結婚させたいのは、姪御さんだけなんだから」

イヴはむっとした。「その年ですって？　まだ二十四よ！　わたしが姪御さんの求婚者をかすめ取るわけがないことは、レディ・セイヤーズだってわかってらっしゃるわ。わたしなんかより、おばさまのほうがよっぽど危険でしょう。何しろおばさまにとって、殿方は一人残らず恋愛対象だもの」

「とんでもない！　わたしは他人に興味があるだけよ。とりわけ、殿方のすることにはそそられるわ。女ならだめだと言われることでも、殿方ならできますからね」ミス・クレイヴァリーはいっとき考えこんでから、ふたたび口を開いた。「だから、あなたの本に女性が飛びつくのかしら。読者は、ヒロインになりきってさまざまな体験をする。何事にも物怖《お》じせずに飛びこんでいくヒロインに」

イヴは耳に手を添えて聞き耳を立てるそぶりをした。「いまのは褒《ほ》め言葉かしら？」

ミス・クレイヴァリーは、両手でカップを口に運んで微笑を隠したが、カップを置くと、しぶしぶ認めた。「そうとも言えるわね」

イヴは笑った。こんなふうにおばとやり合うのは、チェスをしているみたいで心底楽しい。

「それじゃ、決まりね」ミス・クレイヴァリーは言った。「社交シーズンを楽しむということでいいわね？」

おばのいかにも無邪気な表情を見て、イヴは顔をしかめた。「いまわかったわ。レディ・セイヤーズが来てもらいたがっているのは、おばさまなのね。おばさまは存分に楽しんで、わたしが姪御さんのお世話をする羽目になる」

「ばかばかしい！　わたしはあなたの付き添いとして行くんですよ。財産目当ての男に引っかからないようにね」

そんなことはあり得ないとわかっていたので、二人はそろってくすくす笑った。

しばらくして、ミス・クレイヴァリーが言った。「どうして社交界に顔を出すことにしたのか、わけを聞かせてもらえないかしら。ひょっとして、真剣に結婚相手を探そうと思っているの？」

「だれの結婚相手かしら？」

ミス・クレイヴァリーは目をむいた。「もちろん、あなたのよ」

「そんな無駄なことをするわけがないでしょう。だって、求婚者がいてもおばさまに取られるのが関の山だもの。こんな魅力的な付き添い役がついていたら、わたしに目を向ける男性なんていないにきまっているわよ」

「穏やかな生活を好む方なら、振り向いてくれるかもしれないわ」おばは言った。「でも、その方が気の毒だわね。ある朝ふと、だまされたことに気づくんだから。ふだんはわからないけれど、あなたには大胆なところがあるもの。あなただって承知しているはずよ。まあ、結婚の話はちょっと置いておくことにして、その気がないなら、どうして社交界に顔を出すの？」

イヴの灰色の瞳が深いすみれ色になった。まぎれもなく、何かに胸を躍らせているしるしだ。「今度の小説は、社交シーズンたけなわのロンドンを舞台にしようと思っているの。だから、実際にシーズンを体験してみたいのよ。上流社会の様子を、この目で見てみたい。初めて舞踏会に行く令嬢がどんな気持ちでいるのか、何を望み、何を夢見ているのか。その令嬢の両親や、言い寄ってくる殿方は何を思っているのか。おばさまも知ってのとおり、わたしは何もかもきちんと調べてから書くたちなの」

ミス・クレイヴァリーはしばらく黙りこくっていたが、しまいに口を開いた。「気をつけなさい、イヴ。身分ある方々は、自分のプライバシーを守るためならどんなことでもするものよ。もしあなたの本に自分のことが書いてあるとなったら、その方がどんな手段に訴えることか」

「それくらいわかってるわ」イヴは言い返した。「わたしの本に登場するのは、すべて架空の人物だもの。だれかに似ているとしても、偶然の一致よ」

「そうでしょうけど、とにかく慎重にね、イヴ」

「ええ、約束するわ」

それから二人は黙っていたが、しばらくしてミス・クレイヴァリーが明るい口調で言った。

「ねえ、出版社からの手紙にはなんと書いてあったの？ 何か言われる前に白状するけれど、さっき、差出人の名前が見えたのよ。クラレンドンでの交流談話会の主催者でしょう？」

イヴはうなずいた。「親しい方々とお誘い合わせの上、ご参加くださいですって。だから、おばさまにも来ていただきたいんだけれど」

ミス・クレイヴァリーはにっこりした。「もちろんお供させてもらうわ」

二人は静かに、お茶とトーストの慎ましい朝食に取りかかった。ミス・クレイヴァリーはひそかに、母親のアントニアに生き写しのイヴを見て胸を痛めていた——すみれ色を帯びた灰色の、生き生きときらめく瞳。長いまつげにくっきりとした眉。人前に出るとき以外はめったにピンやリボンでまとめない、つややかで豊かな濃い茶色の髪。けれども、似ているのは外見だけではなかった。いずれはイヴも、母親から受けついだものに気づくだろう。それも、そう遠い日ではない。ミス・クレイヴァリーは、そのきざしに気づいていた。そして、どういうわけか、不安を感じていた。

ふと、イヴがじっとこちらを見つめていることに気づいて、真っ先に思いついたことを口にした。「社交シーズンを楽しむなら、それなりにおしゃれしなくてはね。出発する前に何着か仕立ててもらう時間があるかしら？」

イヴはお茶を飲みほして答えた。「レディ・セイヤーズは、そういった準備をするなら口ンドンに来てからのほうがいいとおっしゃってるわ。あの方の行きつけの仕立て屋なら、最新の流行をわきまえているでしょう」

「でも、お金が！　ロンドンの相場は、けた違いに高いのよ」

イヴは両肘をついて手のひらにあごをのせた。「それがどうしたの？　ミセス・バリモアが払ってくれるわ」

「ミセス・バリモア？」

「おばさまったら！　このわたし、イヴ・ディアリングのことよ！　わたしたちが少しばかり贅沢《ぜいたく》を楽しめるのは、売れっ子作家のミセス・バリモアのおかげだということを、まさか忘れてしまったんじゃないでしょうね？」

ミス・クレイヴァリーはきまじめに応じた。「もちろん、ミセス・バリモアがだれかは知っているわ。わたしが心配しているのは、そんなにお金があるのかということよ」

「ええ、その点はご心配なく」イヴはにっこりした。

「あらそう。わたしも本を書こうかしら」

「おすすめするわ」

イヴが居間から出ると、母がかわいがっていたシバの子孫で、いつも彼女に影のように付きしたがっている黒犬のデクスターが、玄関の定位置を離れて彼女についてきた。イヴはデクスターを従えて自分の寝室に戻ると、書き物机に向かって、出版社のリー・フレミング宛ての返事をしたためた。それからいっときペンの端を嚙みながら、ロンドンへの小旅行に思いを馳せた。

「ねえ、デクスター」しばらくして彼女は言った。「どうしても引っかかるの。レディ・セイヤーズのご招待はお受けしたいんだけれど、返事を書く気になれないのよ」

ふと、頭のなかに、シャンデリアがきらめく舞踏室の光景が浮かんだ。社交界にデビューした美しい令嬢と、ハンサムなパートナーたちがダンス・フロアを回り、ガラスのドアの向こうには、月の光が降りそそぐテラスと庭園がある。

あらゆるものになじみがあった。何年も前から、夢で見ている光景だ。夢で見たものから小説のアイデアを思いつくのはいつものことだが、この夢にだけは身震いせずにいられない。

イヴはその思いを振りはらった。これまで夢を手がかりにして小説に書いたのは、どれも記憶にある場所だった。たとえば、子どものころに訪れた名のあるさまざまな庭園がそうだ。けれども、社交界にデビューしたての令嬢たちが踊る舞踏室など見たこともない。それならどうして、こんな光景が頭に浮かぶのだろう？　それもありありと。

ばかばかしくて、おかしくなった。「いったいどうしてしまったのかしら？　わたしったら、まるでクレイヴァリーのいとこたちみたい」

デクスターはもの言いたげな黒い瞳で、考え事にふける主人を見上げた。

イヴは両親、とりわけ母のことを考えていた。子どものころは、何一つ疑問に思わなかった。売りだし中の造園家だった父は、イングランドじゅうを飛びまわっていて、家を留守にすることが多かった。だからイヴと母は、都合さえつけば荷物をまとめて、父の滞在先で合流したものだ。ところが、そんな気ままな暮らしは、やがて悲惨な結末を迎えた。母のアントニアが死に、それから一年もたたないうちに父が再婚したのだ。イヴは新しい母親などほしくなかったし、ミリセントおば、すなわちミス・クレイヴァリーと離ればなれになるのもいやだった。

以来、イヴと父は、きょうにいたるまで疎遠なままだ。会えばけんかするとか、仲たがいするというわけではないが、心温まるというにはほど遠い、よそよそしい関係だった。

それは、当然と言えば当然の成りゆきだった。イヴは母をとても慕っていたから、ほかの女性が母に取って代わるのはがまんできなかった。継母《まはは》のマーサが、母と正反対の女性であることも腹立たしかった。母のアントニアは、芸術を愛していた——文章を書き、スケッチをし、さまざまな楽器を奏でた——のに、マーサは食料貯蔵室にこもり、ジャムやピクルスの瓶《びん》詰めを数えて満足するタイプの女性だった。母と過ごす日々の、なんと刺激に満ちていたことか。それに引きかえ、マーサは堅物そのものの女性だった。

だからこそ、父はマーサと再婚したのだろう。たぶん、アントニアと過ごすのが不安でたまらなかったのだ。人が何を考え、何を感じているのかわかってしまうアントニアの能力が、父には耐えられなかった。そして、父は娘に対しても同じことを感じていた。

イヴはため息をついた。父との関係は、とっくの昔に修復しておくべきだった。父と継母のマーサはブライトンで暮らしているから、仲直りする機会はいくらでもある。イヴ自身、努力はした。けれども、父の背後にはマーサが控えていた。頭のおかしい継娘と一緒にいたくないことを、これ以上ないほどあからさまに態度で示している、現ディアリング夫人が。

父はまだ老人というわけではないが、いまは健康とは言えない体で、忘れっぽくなりつつあるという。だから、いまのうちに、父しか知らないことをきいておきたかった。母が死んだ石切り場が、いったいどこにあるのか。

それは、秘密にされているわけではなかった。これまで、そのことをきいて口をつぐんだ人はだれもいない。ただ、年月とともに、具体的なことはぼやけてしまっていた。おばのミス・クレイヴァリーは、母は夜中に、断崖《だんがい》の上に立つ家の庭を散歩して落ちたのだという。ところがイヴの記憶では、そこは石切り場だった。二人の意見が一致しているのは、そこがロンドンから一時間かそこらで行ける、ケント州のどこかということだけだった。

どうして思いだせないのかしら？　母を見つけたことは憶えている。召使いたちに引っ張られて、その場を離れたことも。けれども、何より胸に刻みこまれているのは、深い悲しみと罪悪感のはざまで、いつ果てるとも知れない絶望に飲みこまれたことだった。

その後、悲しみと折り合いをつけるすべは学んだが、罪悪感はべつだった。心臓に突き刺さった氷のかけらはいつまでも残り、だれに会おうと、何をしようと融けることはなかった。

イヴは舌打ちした。ふだんはこんなに感傷にひたることはないのに、きょうはいったいどうしたのかしら？　お母さまが亡くなった場所をもう一度訪れたい。ただそれだけなのに。

温かい舌が手をなめた。イヴがほほえむと、デクスターは尻尾を床に打ちつけて、わんわんと吠えた。

「あなたも心が読めるのね」イヴは犬に言った。「おばさまの上にあなたもとなると、もうお手上げだわ。いいえ、落ちこんでいるんじゃないの。わたしは幸せよ。ほら、見て！　笑ってるでしょう。だって、わたしには作家の才能があるんだもの。お友だちだって何人かいるし、もうじきロンドンにも出かけるのよ。だれだってうれしいにきまってるわ」

子犬と呼ばれる時期を過ぎたばかりのデクスターは、気性が穏やかで、だれかれかまわず尻尾を振る犬だった。ただし、主人に忠実なことにかけては成犬並みだ。もしイヴが危険に巻きこまれたら、デクスターは命を賭けて守ろうとするだろう。

「あなたも、レディ・セイヤーズのお宅にしばらくお世話になるのよ。どう、楽しみでしょう？」レディ・セイヤーズは犬好きだから、デクスターが歓迎されるのは間違いない。

デクスターは尻尾を振った。

「散歩に行きたい？」

デクスターはドアまで駆けていくと、肩越しに振り返って、イヴが来るかどうかたしかめた。

イヴは笑いながら立ち上がった。「わかったでしょう、わたしも心が読めるのよ。大したことじゃないわ」

イヴはドアを開け、デクスターにつづいて階段を下りた。

2

一八一八年四月、ロンドン

仕立屋の予約時間までに間があったので、アッシュ・デニスンは行きつけのクラブ〈ワティエ〉に立ち寄った。〈ワティエ〉では、ロンドン一の美味なるフランス料理が楽しめる。アッシュは美食家であるばかりか、服装、馬、ワイン、そして言うまでもなく女性の〝通〟だった。

がっしりとした長身に、黒髪がかかる顔。それが度の過ぎたハンサムにならずにすんでいるのは、意志の強そうな角張ったあごのおかげだった。服装は、いわゆる〝しゃれ者《ダンディ》〟と呼ばれる紳士の装い――幅広い肩にぴったり合うように仕立てられた黒いコートに、たくましい足の線が際だつニットのズボン――だが、アッシュの場合は、さらに複雑な折りたたみ方をした首巻き布《クラヴァット》を巻き、片眼鏡を黒いリボンで首から下げて、似たような服装をした友人たちとは一線を画している。加えて、悠然とした態度と、困っているものには惜しみなく救いの手をさしのべる寛大さが、アッシュを絶大な人気者に押し上げていた。

ところが、きょうのアッシュは、ひと声かければ喜んで相伴してくれそうな知り合いがたくさんいるにもかかわらず、一人で、それも紳士仲間に背を向けて座っていた。さっき出会ったオックスフォード大学時代の恩師から言われたことが、頭に引っかかっていたせいだ。恩師は、そんなふうに惰性《だせい》で生きていていいのか、いまごろどんな大物になっていることかと思っていたのにと、厳しい口調で彼を叱責《しっせき》した。アッシュはたしかにその通りだと思ったが、いまの自分が不幸だとか、この生き方を変えたいとは思わなかった。人生の貴重なひとときを余さず楽しむ以外に、これといって目的はない。そんな生き方の、何が悪いというのだろう。

料理の皿が、目の前に置かれた――牡蛎《かき》のブロシェットに、アスパラガスのバターソテーとマッシュポテト。しかし、上等の料理をもってしても気分は晴れなかった。社交シーズンが始まったいま、娘のために望ましい独身男性をつかまえようと、野心満々の母親たちが愛らしい娘を連れて続々とロンドンに押しかけている。これまでアッシュは、貧乏貴族のふりをしてその矛先をかわしてきたが、そんな手がいつまでも通じるとは思えなかった。何しろ、母方の祖母が急に社交界に顔を出すと言いだして、ロンドンに来ている。その祖母がひとこと洩らせば、彼も好ましい独身男性の一人と見なされて、追いまわされる身となってしまうのだ。

友人たちは、もみ手をして喜ぶだろう。そのほとんどが、すでに魅力的な女性の虜《とりこ》となり、しかるべき道から外れて結婚してしまっている。だが、アッシュ自身に結婚するつもりは毛頭なかった。仲むつまじいとは言えなかった両親のようにはなりたくない。その両親はもはや亡く、弟のハリーも死に、デニスン家の存続は彼一人の肩にかかっていた。

だが、結婚して、子孫をもうけるだけが人生ではないはずだ。

「ちょっと座ってかまわないかね、デニスン？」

アッシュのかたわらに現れたその年配の紳士は、答を待たずに椅子を引いて腰を下ろした。アッシュはなんとか笑顔を浮かべた。シアラー大佐は高齢というだけでなく、イベリア半島戦争やワーテルローの戦いで軍功を上げたことで尊敬を集めている人物だが、話すことといえば、かつての戦争の思い出話ばかり。戦友をつかまえては、過去の戦闘の話を微《び》に入り細《さい》にわたって語って聞かせるのが、何よりの楽しみなのだ。スペインとワーテルローでともに戦った退役軍人のアッシュは、格好の聞き役というわけだった。

「ワインはいかがですか、大佐？」アッシュはそう言って、ウェイターを呼ぼうとした。

「いや結構。すでに昼食はすませてある。昼間から飲み過ぎると、眠くなってしまうのでな」

やにわに、大佐が小脇に挟んでいた新聞を取りだしてテーブルにたたきつけたので、アッシュは驚いた。「これをどう思う、デニスン？」

新聞の端が破れているのを見たアッシュは、大佐がどれくらい持ち歩いていたのだろうといぶかった。新聞は〈ヘラルド〉で、日付は一週間前だ。とまどいつつも、アッシュは目を通した。

「短編小説ですね」アッシュは言った。「〈ヘラルド〉には定期的に掲載されていますが、ぼくは読んだことがありません。奇抜すぎて、好きになれないんです。しかし、祖母はこの手のゴシック小説に目がないんですよ」

「家内のマートルも同じでな」シアラー大佐はかぶりを振った。「まあ、女性向きなんだろう。しかし、これは行き過ぎだ。わしは、アンジェロ――それがこの著者の名前だ――が、一般に公開されている邸宅を舞台にするなら、文句は言わん。たとえば、ブレナムやチャッツワースの邸宅なら、だれだって行ったことがあるからな。だが、個人の家を小説に書くのは行き過ぎだ。フェアフィールドの家は公開してもいないのに、この作家は、どうしてわしの地所のことをこれほどくわしく知っているんだ？　もっとも、地名は、ロングフィールドだか、そんな名前に変えてあるが」大佐は人差し指で新聞をつついた。「まったく無礼な輩《やから》だ！　うちのことを小説に書きおって」

大佐がこれほど怒っている理由が、アッシュにはわからなかった。「田舎の地所は、どこも似たり寄ったりですよ」彼は言った。「たぶん、大佐の思い違いでしょう。どこかよその地所か、アンジェロが想像して書いたか」

シアラー大佐は、手のひらでテーブルをバシンとたたいた。「自分の地所くらいわかっている」声にも目にも、怒りがみなぎっていた。「だが、腹立たしいのはそれだけではない。アンジェロは、昔、うちの古井戸にメイドが落ちて死んだときの話を蒸し返しておるんだ。

おかげで家内は、モードに何があったのかと知り合いから質問攻めにあってな。娘たちも恥を忍んで暮らしている。物笑いの種になって、これが放っておけるものか」

「モードというのは、メイドですか？」アッシュはそろそろとたずねた。

「むろんそうだ！　さっきそう言わなかったか？」

アッシュは言い返したいのをこらえた。シアラー大佐は尊敬されている人物だ。「モードが井戸に落ちて死んだのは、いつなんです？」穏やかにたずねた。

「十四年前だ。家内の侍女だった。それをいまごろになって、このアンジェロというやつが、あれは事故ではなく殺人だった、犯人がつかまるまでモードの魂に安らぎが訪れることはないとほのめかしておるのだ」

なんと応じたらいいのか、アッシュにはわからなかった。このばかげた小説に書いてあることを、大佐は真《ま》に受けている。この上怒らせたくはなかったが、笑い飛ばしたいというのが正直な気持ちだった。

「ただの小説じゃありませんか」アッシュは言った。「知的な人間なら、だれもこんなくだらないものは読みませんよ」

「家内は読んでいる」

「ええと……」アッシュはすばやく言いつくろった。「ぼくの祖母やいとこも読んでいます。ぼくが言いたかったのは、妻や祖母から興味をかき立てられるようなことを何か言われないかぎり、紳士はこんな奇抜な小説など読まないということですよ」

「まったく、小説など、読むだけ時間の無駄だ！　とはいえ、家内がこの短編を見せてくれたのは幸いだった。アンジェロとはいったい何者だ？　問題は、そこのところだ」

アッシュは肩をすくめた。「本名ではなさそうですね。大佐のお知り合いかも知れませんよ。以前にフェアフィールドを訪れて、モードの話を聞きつけた人物かも」そこまで言って、ひらめいた。「おそらく女性ですよ」新聞を指ではじいてつづけた。「この手の小説は、女性が書くものと相場が決まっていますから」

「家内はあらゆるゴシック小説を読んでいるが、このくだらん短編については、思い当たる作家がまったくいないと言っておる」シアラー大佐は、背もたれに寄りかかった。「そこでだ、デニスン。きみがその気になれば、アンジェロの本名を突きとめられるんじゃないかね」

「ぼくが？」アッシュはぎょっとした。「大佐でもおわかりにならないのに、ぼくに何ができるとおっしゃるんです？」

「たしか、〈ヘラルド〉の発行人は、きみの友人だったな？　ブランド・ハミルトンだろう？　いや、わし自身、ハミルトンにはきいてみたとも。だが、ことわられてな」

アッシュは驚かなかった。大佐の考えていることは予想がつく。大方、アンジェロに決闘を申しこむか、あるいは徹底的にたたきのめすつもりなのだろう。しかし、アンジェロが女性なら――。

「何も決闘を申しこもうというわけじゃない」大佐はアッシュの考えを正確に読みとって、

いらだたしげに言った。「どうしてこんなことを知っているのか、問いただしたいだけだ。それで応じなければ、訴えてやる」

「それは、利口なやり方でしょうか？　つまり、訴えることですが。考えてもみてください、裁判沙汰になれば、とんだゴシップになりますよ。それより、このまま放っておくほうが賢明でしょう。アンジェロのつぎの小説が朝刊に載ったら、世間もこの小説を忘れますよ」

シアラー大佐はため息をついた。「当局のリチャード・メイトランドに頼んだときも、同じことを言われたが――」

「その筋の総元締めに調査を頼んだんですか？」

シアラー大佐は、アッシュの口調に眉をひそめた。「何がおかしい？　メイトランド少佐は半島戦争でともに戦い、ワーテルローにも従軍した男だぞ」

「それはわかります。ですが、当局の仕事は王室に対する陰謀や反逆を未然に防ぐことであって、それ以外はごくまれに、官憲の手を煩わせている難事件に手を貸す程度でしょう」

「メイトランドもそう言ってことわってきた。だが、文句を言うわけにもいかんな。当局も手いっぱいだろうから」大佐は身を乗りだすと、のんきに構えているアッシュの瞳を射るようなまなざしでとらえて、妙に穏やかな口調で言った。「戦場で窮地に陥ると、いつもわしを助けてくれたな、デニスン。その逆もまたしかりだ。よもや、ワーテルローでの一件を忘れたわけではあるまい」

アッシュはうなずいた。ワーテルローで彼の馬が撃たれたときに駆けつけて、混乱のさなか、フランスの槍騎兵《そうきへい》たちの直前で彼を救いだしてくれたのは、だれあろうシアラー大佐だった。

大佐は表情をやわらげた。「手を貸してくれるな、デニスン大尉？」

命を救ったからといって、こんな厄介な頼みごとをするとは！　アッシュは心のなかで悪態をつきながら、仕方なく応じた。「最善を尽くします、大佐」

シアラー大佐は立ち上がると、微笑を浮かべて言った。「きみはたしかに、幸運に値する男だな、デニスン」

「ぼくが……幸運？」

「先日、レディ・ヒースコートの音楽会で、きみのおばあさまと、見目麗《みめうるわ》しいいとこ殿にお会いした。おばあさまからうかがったが、かなりの地所を相続したそうじゃないか」

アッシュはどうにか笑顔を浮かべた。財産目当ての女性たちから身を守るために黙っていたが、その地所を相続したのはかなり前の話だ。全財産をアッシュに遺《のこ》したのは祖母の兄に当たる偏屈な独り者だったから、祖母が相続の件を知っているのは当然だった。そして、祖母がその〝一大ニュース〟を公にするのではないかという彼の不安は的中した。そもそも、祖母に気づかいを期待するほうが間違っていたのだ。彼女のせいで、戦いの火蓋《ひぶた》は切って落とされた。

アッシュは祖母のやり方に失望し、そして理解に苦しんだ。彼女は母方の祖母だから、デニスン家が存続しようがしまいが関係ないはずだ。一方、デニスン家の当主であり、スコットランドのフォレスの侯爵である父方の祖父は、いつまでもふらふらしているなら勘当するとアッシュを脅していた。だが、それはただの脅し文句だ。祖父の意志に関わりなく、彼の地所と爵位は、アッシュが継ぐしかないのだから。

幸い、祖父ははるかスコットランドの僻地に腰を落ち着けている。都会での生活を嫌って、王室からの命令が下らないかぎりは、めったにロンドンには出てこない。

シアラー大佐は、瞳をいたずらっぽくきらめかせて言った。「これできみも、結婚市場《マリッジ・マート》に売りに出されて、年若い令嬢と結婚するわけだ。古参兵として、ひとこと忠告しておこう。いいか、先手必勝だぞ。きみを幸せにしてくれそうな令嬢を見つけたら、退路を断たれる前に結婚するんだ。わしがマートルを見初めたときがそうだった。それを後悔したことは一度もない」

「結婚する気はありませんよ」アッシュは言った。

「いや、それはいかん。家内が言うように、きみはいつも美女を連れている。そのくらいのお遊びはして当然だ。青春のもっとも輝かしい時期に、国家への忠誠を誓って、異国で戦いに明け暮れていたのだからな。そんな若い兵士たちのなかでも、きみの働きは飛び抜けていた」

大佐はふっと口をつぐむと、低い声で笑いだした。「わしとしたことが、調子に乗ってしゃべりすぎたな。要するに、さっき言いたかったのはこういうことだ。戦争が終わってもう三年もたっているのだから、そろそろ人並みの人生を歩んでもいいだろう。〝しゃれ者〟だと！　なんたる言いぐさ！　きみは勇敢な兵士だ。そのことは、このわしがだれよりもよく知っておる」

大佐は軽く敬礼して立ち去りかけたが、そこで足を止めた。「アンジェロのことを忘れないでくれるな？」

「忘れませんよ」

「今度催される作家の交流談話会で、何かの手がかりがつかめるかもしれん。その新聞のいちばん下に、告知がある」

アッシュは新聞にちらりと目をやってうなずいた。

「おばあさまとレディ・アマンダに、よろしく伝えてくれないか」

「わかりました」

シアラー大佐が立ち去ると、アッシュは冷めた料理に目を落とした。食欲はもうなかった。

――そろそろ人並みの人生を歩んでもいいだろう。

いまの自分の、何がいけないと言うのだろう？　なぜ人はみな、いつまでもこんな生き方をしていてはいけないと思うのだろう？

アッシュはワインを飲み干すと、ウェイターを呼んで勘定を払った。アンジェロのことはあとまわしだ。仕立屋で用事をすませたら、祖母といとこを訪ねて、ハイド・パークに連れていくことになっている。

それから数時間後。レディ・アマンダの居間で、二人の淑女が背の高い窓のそばにたたずみ、庭のすみで物思いにふけっている紳士をひそかに観察していた。紳士はアッシュ・デニスン。窓辺にいる年配の淑女は、先代のヴァルミード伯爵夫人でありアッシュの祖母であるレディ・ヴァルミード。年若いほうは、彼女の孫であり、アッシュのいとこであるレディ・アマンダ・タラントだ。

アマンダが沈黙を破った。「いったい、何をしているのかしら？」

祖母は首を振った。「花を愛《め》でているとか、深遠なる哲学的命題を考えているわけではなさそうね」そう言って、茶目っ気たっぷりの瞳を孫に向けた。「ひょっとすると、報われない愛に心を痛めているのかもしれないわ」

アマンダはふんと鼻を鳴らした。「その可能性は、なきにしもあらずだけれど。たしかに、アッシュは女性が好きよ。でもその好意は、女性全般に向けられたもので、だれか一人に心を奪われたことなんて一度もないの。この先、結婚するとは思えないわ」

「それはどうかしら」祖母は言った。「アッシュはリッチモンドの屋敷と地所をまだ所有しているんでしょう？　近いうちに結婚する気がないのなら、どうして手放してしまわないの？　あれは相続財産には入っていないから、いらなければいつでも売りに出せるはずですよ」

「リッチモンドの屋敷は、女性とのお楽しみのために取っておいてあるんじゃないかしら。だって、ロンドンには近いけれど、ひなびたところでしょう。だれの目も気にせずに楽しめるもの」

「アマンダ！」と言って、祖母は半ばあきらめた口調でいましめた。「ぺらぺらとそんなことをしゃべるものじゃありませんよ。それに、アッシュはグリヨンズ・ホテルに滞在しているんだから、女友達と楽しむのに、わざわざささやかな隠れ場所を見つける必要なんかないでしょう」

「たしかにそうね」アマンダはうなずいた。「アッシュはプライバシーを大切にする人だもの。おせっかいな宿屋のおかみさんがしじゅう監視しているようなところはいやでしょう。それと同じで、お節介ないとこと祖母も、できれば避けたいのかも」

祖母は窓を離れて暖炉《だんろ》のそばに向かうと、椅子に腰を下ろして、残念そうに言った。「もう希望がないのなら、はっきりそう言ってちょうだい、アマンダ。わたしがロンドンを長いあいだ離れていたせいかしら？　アッシュはこの祖母の思いを、気にもかけていないのかしら？　あの子の幸せな結婚を見届けるのは、かなわぬ夢なのかしら？」

アマンダは小さくため息をつくと、祖母の向かいにある柔らかなソファに腰を下ろした。ハート形の顔に、淡い金髪をゆるやかにまとめた魅力的な彼女は、三十を過ぎたころに夫を亡くした。昨年は喪《も》に服していたが、孫たちの世話を焼こうとロンドンに来た祖母に押し切られて、喪服を脱ぐ羽目になった。祖母は、アッシュの結婚相手を見つけるのが目的だと言っていたが、どうやら祖母が結婚させようとしているのは、アッシュだけではないらしい。

「アッシュは幸せな結婚をするでしょう」アマンダは言った。「ただし、本人がその気になったらの話だけれど。アッシュはおばあさまのご意志を尊重するでしょうし、おばあさまが行きたがるパーティや舞踏会にもエスコートしてくれるわ。でも、それはアッシュに、一族の長としての自覚があるからよ。アッシュは責任逃れをするような人ではないもの」

「責任ですって？　ずいぶん大げさに考えるのね。アッシュはわたしたちが好きだから、こちらが喜ぶように気を配ってくれるのよ」

「というより、わたしたちがアッシュのことを好きだとわかっているから、そんなふうに振る舞うんじゃないかしら。身内といったら、わたしたちしかいないわけだし」

二人はそれぞれ、物思いにふけった。しばらくして、アマンダが口を開いた。「幸せな家庭ではなかったんでしょう、おばあさま？　つまり、アッシュが育った家のことなんだけれど。アッシュのお父さまは……」アマンダはそこで、言いよどんだ。

「身勝手な男でしたよ！」祖母がつづけた。「わたしの娘が肺病になったのも無理ないわ。主人もわたしも、あんなにひどい男だとは思わなかった！」彼女は身震いを抑えてつづけた。「アッシュに、子どもらしい時代があったとは思えないわ。あの子は、父親の不在を埋め合わせしなくてはならなかった。母親と弟の支えになれるような人間が、ほかにいなかったから。だからアッシュは戦争に行ったの。母親もハリーも死んでしまったら、あんなうちにいても仕方がないでしょう？」

このままでは祖母が参ってしまいそうだったので、アマンダは明るい口調で言った。「アッシュのことはそっとしておきましょうよ、おばあさま。少なくともわたしは、アッシュが楽しく過ごしているならうれしいわ」

「いま聞こえたのは、ぼくの名前かな?」入口から声がした。

部屋に入ってきて祖母の頰にキスをしたアッシュは、ほのかなおしろいの匂いを感じとった。いつでも幸せな思い出を呼び起こしてくれる、なつかしい匂いだ。

てっきり庭にいると思っていたアッシュが入ってきたので、祖母は気まずそうに言った。

「モリーはどうして、あなたが戻ったことを知らせてくれなかったのかしら」

「その必要はないと、ぼくが言ったんです」

アッシュはアマンダに近づくと、彼女の差しだした手を無視して、額に親愛の情を込めてキスをした。「ぼくのことで、何を話していたんだい?」

アッシュは、ソファ・テーブルの上にきちんと積まれたアマンダのお気に入りの本に目を留めると、隣に腰を下ろして、革《かわ》で装丁された本を一冊、また一冊と手に取り、なんの気なしにページをめくった。

「おばあさまと話していたのよ」アマンダはよどみなく答えた。「あなたが庭で何をしているんだろうって。窓から見ていたの」

「べつに、大したことじゃない」アッシュは片手をソファの背もたれにかけると、アマンダに笑顔を向けた。「犬が一匹、迷いこんでいたんで、こっちにおいでと誘ったんだ。やせ細って、いかにも腹を空かせた犬だった。ところが、その犬を散歩させていた紳士がすぐ近くにいてね。危うく、犬泥棒のぬれぎぬを着せられるところだったよ」

アマンダは笑った。

アッシュは頭の半分を使って話をし、あとの半分で、シアラー大佐の名を出さずにアンジェロの件を切りだす口実を探っていた。彼はふたたび、机の上に積んである本を一冊取り上げた。「『消えた女相続人』」ゆっくりと表題を読み上げた。「作者は、ミセス・バリモア」彼はアマンダに向きなおって言った。「きみは、こんなくだらないものより、もっと知的なものを読む女性だと思っていたがね」

アマンダはアッシュの手から本をひったくると、ぎゅっと胸に押しつけた。笑顔はもうない。「自分が理解できないからといって、ばかにしないでちょうだい。どれも、それは素晴らしい小説なんだから」彼女はぐいとあごを突きだした。「そして、ミセス・バリモアは、素晴らしい作家よ」

アッシュはほがらかに応じた。「まあまあ、この手の話は、どれも似たり寄ったりだそうじゃないか。ヒロインが好色な悪漢にさらわれるが、危機一髪でヒーローに救いだされ、死よりも過酷な運命を免れる」

「あなたが読んでいるとは知らなかったわ」祖母が口を挟んだ。

「読んではいませんよ」と、アッシュ。「ただ、行きつけのクラブで、ちょうどそういう話を耳にしただけです」

「殿方の言うことなんて！」アマンダが、いかにも軽蔑するように言った。「何を知っているというの？　ミセス・バリモアの本を読んだらわかるわ。彼女の小説では、ヒロインは男性に頼らない。自分の力で難局を切り抜けるのよ」

「ということは、現実離れした小説なんだろう?」アッシュは薪《まき》を火にくべながらたずねた。

二人が本気でけんかを始めないうちに、祖母が割って入った。「楽しめる小説ですよ、アッシュ。それでいいんじゃないかしら。現実ではそんなふうにうまく行かないことはわかっているわ。あなたもミセス・バリモアの最新作を読んでごらんなさい。ヒロインが——あら、なんという名前だったかしら」

「ブリアンナよ」アマンダが言った。

「ブリアンナだって?」アッシュは軽蔑をあらわにして言った。「なんでまた、そんな変てこな名前なんだい?」とたんに、アマンダから胸元に本をたたきつけられて、彼は息を詰まらせた。

「ちゃんと読んだ上で意見を言いなさいよ」

アッシュはくすくす笑いながら、その本を慎重にテーブルに戻した。「ミセス・バリモアやそのご同類が書くものについて、これといって知りたいことはないからね」

「残念だわ」と、祖母が言った。「アマンダとわたしは、木曜の午後にあなたがクラレンドンまでエスコートしてくれるものと思っていたんだけれど。わたしたちの好きな作家が、本の抜粋を朗読して、読者からの質問に答える交流談話会があるのよ。わたしたちが顔を出す催しには、かならず付き添うと約束してくれたでしょう」

「そこへエスコートするんですか?」アッシュは肝をつぶした。頭に浮かんだのは、会場に詰めかけた淑女たちが笑いさざめき、おしゃべりに夢中になっているなかに、たった一人の男——自分がいる光景だった。たとえシアラー大佐のためだろうと、そこまで自分をおとしめることはない。

アマンダが言った。「男性はあなた一人じゃないから、心配には及ばないわ。作家のご主人に、ご兄弟、それに親戚のみなさんだって来るのよ。当の作家を応援するために」

「大げさね」祖母が言った。「殿方は、来ても数人程度でしょう」

「前にも行かれたことがあるんですか？」アッシュはたずねた。

「おばあさまは今回が初めてだけれど、わたしは毎年欠かさず出かけているわ」アマンダが冷ややかに言った。

祖母が声をひそめて言った。「ねえアッシュ、実はアマンダも小説を書いているの。だから、ほかの作家に会うといい刺激になるのよ。おたがい刺激しあって、アイデアを思いつくというわけ」

アマンダはさっと色をなして言った。「おばあさま！　内緒だと言ったでしょう！」

「そんな、アッシュは家族じゃありませんか！　だれにも言いませんよ。そうでしょう、アッシュ？」

「ぼくは信頼できる男だよ、アマンダ」アッシュは人差し指を唇に押しあてた。「きみの秘密は、だれにも洩らさない」

アマンダは機嫌を直して、笑いだした。「その点は間違いなさそうね。だって、いとこがゴシック・ロマンスを書いているなんて、クラブでご一緒している方々に知られたくないでしょう？　もしそうなったら、とんだ笑いものだもの」

その言葉で、アッシュはシアラー大佐を思いだした。「ちょうど、行きつけのクラブで、きみのお仲間のアンジェロという作家のことが話題になっていたんだ。これまで、〈ヘラルド〉に何本か、短編を発表している」

「それなら読んだことがあるわ」アマンダは応じた。「でも、わたしたちとはジャンルが違う作家よ。あの作品はゴシック小説ではなく、謎解きもの。それも、結末にはがっかりさせられるわ。だって、ちっともすっきりしないんだもの」

「きみの知り合いの一人だとは思わないか？」

「どうかしら。アンジェロは女性だとは思うけれど、わたしの知っているどの作家とも語り方が違うの」アッシュがぽかんとしていたので、アマンダは言いなおした。「文体が違うのよ。たぶん、新人じゃないかしら。ひょっとすると、交流談話会で会えるかも。リー・フレミングという出版社の方がいらっしゃるんだけれど、アンジェロがだれか知っているとしたら、フレミングさんを置いてほかにないわ。それから、談話会のあとで、読者と作家の交流の一環として、形式張らない昼食会が催されるの。もしかすると、アンジェロも顔を出すかもね」

アッシュは、まだきめかねていた。わざわざ談話会に出かけるより、もっと簡単な方法があるはずだ。

彼は力なく言った。「ぼくが行ったら、場違いじゃないかと思うんだ。まさか、本気でぼくにエスコート役を期待しているわけじゃないだろうね？」

アマンダはほほえんだ。「まるで追いつめられたウサギね！　もちろん、無理にとは言わないわ。でも、簡単にはあきらめませんからね。ミセス・バリモアの最新作を読んでごらんなさい。それからきめましょう。いいわね？」

アッシュはテーブルからその本を取ると、しばらく重さをたしかめてうなずいた。「きみも譲らない人だな、アマンダ」

アマンダはにっこりほほえんだ。「あなたはいつだって、わたしのいちばんお気に入りのいとこよ、アッシュ」

二人のやりとりがひとまず決着したのを見て、祖母がすかさず口を挟んだ。「モリーを呼んでいいかしら？　お茶をすませてから、ハイド・パークに出かけましょう」

その日の午後遅く、アッシュは暖炉の前のお気に入りの椅子に腰を落ち着けて、約束どおり、『消えた女相続人』に目を通すという試練に身を投じた。三十分ほど時間をさいておもしろくなければ、あとは斜め読みしてすませるつもりだった。

そして、暖炉の火が消え、ろうそくが残り少なくなっても、アッシュはときおり忍び笑いを洩らしながら、なおも読みつづけていた。ところどころで読みとばすことはあったが、それはヒーローと悪者が何を考え、何を感じているのか、くどくどと書きつらねてある箇所だけだった。ミセス・バリモアは、男のことは何も知らないが、小説を書くことにかけては抜群の名手だ。

本を閉じたアッシュは、かなり遅い時間になっていることに気づいて驚いた。たしかにおもしろい本だ。けれども、書いた本人に会いたいというほどではない。

翌朝、ホテルの召使いが朝食と朝刊を運んでくると、彼はさっそく新聞を裏返した。案の定、アンジェロの新しい短編小説が掲載されている。その下を見ると、例の交流談話会の日付と開催場所が、目に飛びこんできた。

コーヒーをひと口飲んで、短編を読みはじめた。しまいまで読んだ彼は、ぐったりと椅子の背もたれに寄りかかった。朝食は手つかずだった。

いまにしてようやく、シアラー大佐の気持ちがわかった。架空であるはずの物語の舞台になっているのは、ほかでもない、彼自身が生まれ育った家だ。大佐の置かれた状況とほとんど同じだが、この場合はもっと解《げ》せないことがある。アンジェロは、知り得ないこと——アッシュがだれにも打ち明けたことのない秘密を知っていた。いまアンジェロが目の前に現れたら、のどをひっつかんで絞め殺していただろう。

もう一度その短編を読み返したアッシュは、悲しみがこみ上げるのを感じた。ここに書いてあるのは、事故で死んだ弟ハリーの物語だ——無邪気な子どものまま、大人になることなく逝《い》ってしまったハリー。ある日彼はテムズ川に一人で泳ぎに出かけたが、衰弱した体では、長く浮かんでいることができなかった。

それほどくわしいことは書いてないが、デニスン邸での出来事だと思えるだけの材料はそろっていた。専横な父。か弱くて、つらい日常に耐えきれなかった母。侯爵の跡取りとして育てられた長男、つまりアッシュ自身。そして、家という名の、煉瓦《れんが》造りの陰鬱《いんうつ》な建物のなかで、たった一つの光だったハリー。

なかでもアッシュががまんできなかったのは、ハリーは事故で死んだのではなく、殺されたのではないかとほのめかしてあるくだりだった。けれども、当時の目撃者は一人もいないから、真相は知りようがない。

彼が朝いちばんで訪ねたのは、〈ヘラルド〉のオフィスだった。しかし、ブランド・ハミルトンはあと一週間は戻らないという。彼以外に、知りたいことを教えてくれる人間はいない。

結局、いとこと祖母をエスコートして、その談話会に出かけるしかなさそうだった。

3

作家たちを引き連れたリー・フレミングは、クラレンドンの催事用食事室に入ってぎょっとした。会場が、立ち席までいっぱいになるほどにぎわっている。こんなことは、過去に例のないことだった。しかも、紳士が大勢詰めかけている。いったいどういう風の吹きまわしだろう？　リーは遅まきながら、からかい半分に野次を飛ばす紳士をつまみ出せるような屈強な若者を、何人か雇っておけばよかったと後悔した。

リーは作家たちに励ますようなほほえみを向けると、聴衆と向き合うように置かれている長いテーブルに彼女たちを導いた。演壇に上がると、ざわめいていた会場が静かになったので、少しだけ不安は治まった。深呼吸して、開会の辞を述べはじめた。

イヴは、リーの最初のジョークが聴衆に受けたのでほっとした。仲間の作家たちも、きょうが初参加というわけではないのにそわそわしている。けれども、不安に思うことは何もない。めいめい自分の作品の抜粋を朗読し、聴衆からの質問に答えて、飲み物が配られたら読者と歓談するだけなのだから。

聴衆を見ていると緊張してしまいそうだったので、イヴはリーを見つめた。リー・フレミングは三十代後半。金髪、色白の顔立ちに、穏やかな薄いブルーの瞳の持ち主である彼は、尊敬と称賛に値する人物だ。リーは、作家に自信をもたせるすべを心得ている。彼とおばのミス・クレイヴァリーは、イヴのもっとも忠実な支援者だった。

イヴは聴衆の最前列に置かれたテーブルの一つに目を移した。ミス・クレイヴァリーをはじめとする淑女たちが、リーをうっとりと見つめている。実際、ミス・クレイヴァリーは、イヴよりもこの集いを楽しんでいた。一方、イヴ自身がこうして聴衆に顔をさらすには、かなりの勇気が必要だった。顔を覚えられたら、ホテルの外で、狐狩りの狐のように追いまわされるかもしれない。そんな不安がいつも頭の片隅にあったから、いちばん地味なドレスを着て、注目を集めるようなことは何一つしないように心がけていた。彼女がより楽しみにしているのは、談話会のあと、レディ・セイヤーズの瀟洒《しょうしゃ》な邸宅に作家仲間と滞在して、気楽なひとときを過ごすことだった。

だれかが動いたので、イヴはそちらに視線を移した。最前列のべつのテーブルにいる一人の紳士が、片眼鏡を手にして、居ならぶ作家たちをしげしげと観察している。

失礼な人。イヴはそう思って、リーに視線を戻した。

アッシュは片眼鏡を下ろすと、祖母の言ったことに相づちを打った。会場に早めに到着して、いちばんいい席を取ったのは、アマンダのたっての希望だった。リー・フレミングが作家を紹介しはじめると、アマンダはアッシュのために説明した。

「レディ・セイヤーズのことはもう知っていると思うけれど」と、アマンダは言った。「この業界では、ペンネームのミセス・ウィンダミアで通っているの。読者の前で本名をうっかり口走ったらご迷惑がかかるから、気をつけてね。去年はそれで不愉快な事件があったの。熱狂的な読者が、作家の自宅まで押しかけてきたのよ。ぞっとするわ！　お気の毒に、ミセス・ファラーはそれから筆が止まってしまったそうよ」

アッシュはうなずいた。「ミセス・ウィンダミアか。覚えておこう」ミセス・ウィンダミアことレディ・セイヤーズは、すでに四人の夫を見送っていたが、アッシュの見立てでは、さらに四人の男性と結婚できそうなほど精力旺盛な女性だ。率直で、単刀直入な物言いをする彼女に、アッシュは大いに親しみを感じていた。彼女と目が合うと、アッシュは小さく敬礼した。

その横にいる作家は、頭のてっぺんからつま先まで黒ずくめの格好をしていた。おかげで、生気のない顔がますます青ざめて見える。

「ミセス・コンティニは、吸血鬼に目がないの」と、アマンダが言った。

アッシュはその意味をはかりかねたが、気味の悪い女性だということはわかった。ミセス・コンティニを見るだけで、むずむずしてくる。

隣のミセス・リヴァーズは、アマンダのお気に入りではなかった。「ロマンスはなおざりにして、あの手のことばかり書くんだもの」彼女は言った。

「人間の欲望、でしょう」アッシュの反対側から、祖母が口を出した。

興味をそそられたアッシュは、片眼鏡を取り上げてその作家を観察した。人目を引く女性であることは間違いない。ぴったりした狩猟用のドレスに、粋な帽子。あとは馬と猟犬がいれば完璧な絵になる。アッシュの視線に気づいたミセス・リヴァーズは、同じくぶしつけなまなざしで彼を見返した。この調子なら、予想と違って、かなりおもしろい談話会になりそうだ。

祖母が、彼を肘でつついた。無言の忠告を感じとったアッシュは、つぎの作家に片眼鏡を向けた。

「ミセス・バリモアよ」アマンダの好きな作家の一人であることは、その口調でわかった。「とにかく、ヒロインが魅力的なの。ミセス・バリモアの小説を読むとかならず、なんでもやってみようという気分になるわ」

「大したヒロインだな」アッシュが気のない言い方で応じると、アマンダはきっと彼をにらみつけた。

見たところ、ミセス・バリモアは一人で女流作家たちの足並みを乱していた。ほかの作家たちは、それぞれ個性的に装っている。褒め言葉にはならないが、吸血鬼と言えば、ミセス・コンティニの生気のない顔がすぐに思い浮かぶだろう。ミセス・リヴァーズは、彼女自身がみだらな小説の格好の広告になっている。目の覚めるような美貌や粋な服もそうだが、何より感情をむきだしにした黒い瞳とあらゆる仕草で、血の通った男全員を挑発しているようだ。それに引き替え、ミセス・バリモアはまるで、よけいな注目は集めたくないと言わんばかりだった。体の線を覆い隠す、ゆったりとしたグレーのウォーキング・ドレス。髪も同じように、レースのキャップで隠している。まだ年齢は二十四、五で、その気になれば、男たちがみな振り向くような美しい女性だ。これまで、何人もの淑女たちから請《こ》われて、おしゃれについて助言をしてきたものだが、ミセス・バリモアが何もかもまかせてくれるなら……。

そのとき、ミセス・バリモアがこちらを向いて、二人の視線がぶつかった。ミセス・リヴァーズのときと違って、アッシュはぶしつけなまなざしを返せなかった。ミセス・バリモアの瞳に込められた怒りに気を取られているうちに、彼女は目をそらした。

これはこれは、とアッシュは思った。じろじろ見られていることにミセス・バリモアは気づいて、不快感をあらわにした。こちらがみだらな気持ちを抱いていると思ったのだとしたら、お笑いぐさだ。とは言うものの、彼女に気恥ずかしい思いをさせたのはたしかだった。ここは一つ、安心させるのが紳士の務めだ。談話会が終わったら、ミセス・バリモアを見つけだし、彼女の著作についてまじめな話をしよう。ついて行けそうになかったら、ただ大いに楽しませていただいたと、ひとこと感想を述べて別れよう。

そうすれば、さっきの軽率な行動を埋め合わせできる。

またもや肘でつつかれて、アッシュは我に返った。

アマンダが小声だが険しい口調で囁《ささや》いた。「じろじろ見るのは不作法なことだと教わらなかったの？」

「え？」アッシュは片眼鏡を取り落とした。

「ミセス・リヴァーズよ！　そんなことをしたらますます思い上がるじゃないの！　ただでさえ、高慢ちきで、注目を浴びようと声高におしゃべりする人なんだから。わたしたちは、ミセス・バリモアを励ますために来たのよ。そのことを忘れないでもらいたいわ」

祖母が言った。「アマンダがミセス・リヴァーズを嫌っているのは、あの人がいつも自分のことを鼻にかけているからなの。ほかの作家仲間を褒めたことは一度もないそうよ」

「静かに」アマンダが言った。「ミセス・コンティニの朗読が始まるわ」

アッシュは手元のプログラムに目を落とした。『眠れる吸血鬼の秘密』。これはおもしろくなりそうだ。

ミセス・コンティニが著作を紹介しているあいだに、イヴはレディ・セイヤーズのほうに身を乗りだして、小声でたずねた。「レディ・アマンダの隣にいる紳士はどなたです？」

レディ・セイヤーズはイヴに顔を近づけて答えた。「アマンダのいとこのアッシュ・デニスンよ。正確には、デニスン子爵。たしか、スコットランド人でインヴァネスの近くの荒れ果てた地所に住んでいるという、つむじ曲がりの侯爵の孫で、跡取りにあたる人なの。だから、そのうち跡を継いで侯爵になるんでしょう。とても人気のある方よ。でも――」彼女はあわてて言い添えた。「――あなたのようにまじめな人には向かないわ」瞳をきらめかせて、彼女はつづけた。「アッシュは、結婚だけは避ける人だから」

イヴはそっけなく応じた。「侯爵の跡取りなら、運命はもう決まっているじゃありませんか。社交界にデビューしたてのかわいらしい令嬢が、放っておかないでしょう。いままでそうならなかったのが不思議だわ」

「アッシュには、お金がないの――少なくともこれまでは、だれもがその噂を信じていたわ。でも、彼のおばあさま――アッシュの隣にいるもう一人の方――が、そんなことはないと言いだしたのよ。どちらがほんとうなのか、いまのところはだれにもわからないの」

レディ・セイヤーズはイヴの不安げな顔を見て、腕を軽くたたいた。「そんなに心配することはないわ。アッシュがあなたを見ていると思ったの？　そんな妄想は頭から追いだすことね。アッシュの好みはミセス・リヴァーズのような女性で、ミセス・リヴァーズもそのことはよくわかっているはずよ。見てごらんなさい、あの得意そうな顔を」

イヴは言われるままに目を向けた。これまで、〝女王さま〟と陰口をたたかれているのは聞いたことがあるが、いまのミセス・リヴァーズはさながら、女装した乗馬強盗だった。この場で葉巻を取りだしてくゆらせはじめてもおかしくない。けれどもイヴは、ほかの作家たちと違って、彼女の気取った態度を楽しんでいた。気に入らないのは、その毒舌だけだ。

そして、レディ・セイヤーズは、アッシュ・デニスンのことで思い違いをしていた。彼はミセス・リヴァーズではなく、彼女を見ていたのだ。べつに、〝クレイヴァリーの能力〟が働いたわけではない。まともな女性なら、あんなふうに男性の目線で値踏みされて、気づかないわけがない。レースのキャップから小さなハーフ・ブーツにいたるまで、くまなく観察されて、腹も立ったが、恥ずかしくてたまらなかった。おばから言われたように、けさ仕立屋から届けられたばかりの、新しいドレスを着てくればよかった。野暮ったい格好をしているせいで、かえって目立ってしまう。

まったくいまいましい人！　こんなに恥ずかしい思いをさせるなんて。

そのとき、急にめまいがして、イヴははっと息をのんだ。呼吸を取り戻すころには、めまいは漠然とした不安に変わっていた。何もかもが奇妙だった。聴衆を見わたして、はっきりと感じた――〝感じる〟という言葉は使いたくなかったが、いまはそうとしか言いようがない――悪意ある人物が、このなかにいる。会場の空気が、さまざまな感情をはらんで脈打っているようだった。恐れと、憎しみと、怒り。イヴはさっと身を縮めた。聴衆のだれかが、激しい憎悪を抱いている。

その感情は、押し寄せてきたときと同じように、急速に遠のいた。しばらくして、イヴは自分を取り戻した。だれかの心を読んだのではないと、自分に言い聞かせた。さっきは聴衆の表情を見て、そう感じただけだ。このなかに、何かの不満を抱いた人物が複数いて、もめ事を起こそうとしているのはたしかだった。

こんなことは初めてだった。どの作家も、だれに迷惑をかけているわけでもないのに、こんな反感を買ういわれがどこにあるのかしら？

イヴは、アッシュ・デニスンに目をやった。またこちらを見ている。彼女は目をそらすと、深呼吸して気持ちを落ち着かせた。

作家たちが朗読をしたのは、それほど長い時間ではなかった。それでも、最後にミセス・メルヴィルが自作の抜粋を読み終えるころには、何人かの紳士がそわそわしはじめていた。リー・フレミングが演壇に上がり、作家に質問があればどうぞと告げた。

そして、彼が席に着かないうちに、会場の後ろのほうから、男の声が響きわたった。「どの作家がアンジェロなんだ？　どうしてうちのことをあんなにくわしく知っているんだ？」

聴衆のなかにざわめきが広がった。作家たちはかぶりを振り、たがいに囁き合っている。

さっきと同じ野太い声が、また響いた。「アンジェロの短編は毎週木曜に、〈ヘラルド〉に掲載されている。聞いた話じゃ、やつの正体を知っている人間がいるとすれば、それはフレミングさん、あんただそうじゃないか」

フレミングは、まあまあとなだめるような仕草をして応じた。「いや、それは違いますよ。うちでは短編は出していません。アンジェロとはつきあいがありませんし、この談話会とも無関係です。どうしてもとおっしゃるなら、〈ヘラルド〉の発行人にじかに掛け合われてはいかがでしょう」

「そんなのは言いのがれだ！」

みながそうしているように、アッシュはけんか腰の男を見ようと後ろを振り向いた。男はシアラー大佐でもなければ、彼の知っている人間でもなかった。タターソールズの馬市場に馬を競《せ》り落としに来たような、田舎の地主といった風情《ふぜい》の場違いな男だ。

見ると、その地主ふうの男の両脇を、同じようにけんか腰で、いかにももめ事を好みそうな荒くれ男が固めている。おそらく、何者かの差し金だろう。

アッシュはひそかに悪態をついた。シアラー大佐が依頼したのだろうか。アンジェロの正体をなんとしても突きとめたい気持ちはよくわかるが、このやり方はないだろう。

地主ふうの男とその一味が、怒りくるった牛のように足を踏みならしはじめると、アッシュは立ち上がり、腕組みをして、騒ぎを起こした張本人をにらみつけた。無駄口はきかなかったし、アンジェロは女性だと思ったわけもきかなかった。すごみをきかせて、彼は言った。「フレミング氏の答で、充分だ」それから、肩の力を抜いてつづけた。「ここにいる紳士諸君のなかで、賛成なさる方は？」

あちこちのテーブルで、紳士が立ち上がった。「賛成だ」一人が言うと、ほかの紳士たちも口々に同意した。ほどなくシーッと声がして、だれもが押し黙り、固唾《かたず》をのんで成り行きを見守った。

男は業を煮やしてわめき散らした。「これで終わりだと思うなよ！」捨てぜりふを吐き捨てると、一味を引きつれ、足音を響かせて会場を出た。

リー・フレミングが演壇から、おずおずと言った。「見苦しい場面をお見せして、申しわけありませんでした。ここにいる作家のみなさんにも、落ち着きを取り戻す時間が必要でしょう。すぐに飲み物をお出ししますので、そのままお待ちください」

それからたっぷり五分間というもの、アッシュは称賛をほしいままにした。だれもが彼と握手し、きみはなんていいやつだと、ひとこと言おうと近づいてきた。けれども、人々はほどなく、談話会のしかるべき主役——つまり、リー・フレミングお抱えの作家たちと歓談するために散っていった。

アッシュは、通りすがりのウェイターの盆から、グラスを一つ取って唇に近づけた。レモネードの香りだ。べつのウェイターが通りかかったので、まだ口をつけていないグラスを置いて、もっと強い飲み物を頼んだ。けれども、この雌鶏《めんどり》のパーティでいちばん強い飲み物といえば、コーヒーだという。丁重に断るしかなかった。

「鮮やかな手並みでしたね」かたわらで、声がした。

振り向くと、いましがた荒くれ者たちを黙らせたときに加勢してくれた、顔見知りの紳士がいた。「さっきは助かったよ」

「お安いご用です」

ジェイスン・フォードは二十代後半、イベリア半島戦争で国王陛下と母国のために務めを果たしたのち、当局に短期間務め、いまは個人で調査の仕事をしている男だ。

「ところで、ジェイスン」アッシュは言った。「きみはここに、何かの調査で来たのかい？　それとも、ゴシック小説の崇拝者なのかな？」

ジェイスンは、照れくさそうに笑った。「本を読むほど暇じゃありませんよ」

「悪党のしっぽをつかむので忙しいのか？」

「とんでもない。ぼくがあつかうのは、官憲やその筋が関知しない事件なんです。法廷弁護士のために働くこともあれば、一般市民に雇われることもある」

アッシュはにやっと笑い返した。頭に浮かんだのは、シアラー大佐だった。「当ててみようか。きみがここに来たのは、例のアンジェロというやつの正体を突きとめるためだろう？」

ジェイスンはうなずいた。「さる重要人物がたいそうご立腹で、これ以上よけいなことをしないように手を打てと言われているんです」彼は周囲の人々に目をやった。「なぜ、アンジェロは女性だと思われているんでしょう？」

「作品を読めばわかる」

「そうですか」ジェイスンはそう言いながらも、よく意味がわからないようだった。「それに、あの作家たちは、どうしてそろいもそろって偽名を使っているんです？　本名を突きとめるのに、手間がかかって仕方がありませんよ」

「一般にはそういうものらしい。彼女たちも、プライバシーを守りたいんだよ」

「フレミングは、さっき言った以上のことを何か知っていると思いますか？」

「きみは調査員だろう。こっちが教えてもらいたいくらいだ」

ジェイスンはため息をついた。「フレミングもあの作家たちも、実はもっと知っていることがあるんじゃないでしょうか」彼は、子犬のように無垢な瞳でアッシュを見た。「たしか、〈ヘラルド〉の発行人は、あなたの知り合いじゃありませんか？　ブランド・ハミルトンという」

アッシュはつぎの質問を先取りして言った。「それで、ブランドがアンジェロの正体を知らないか、ぼくにきいてほしいというわけか」

「無理にとは言いませんが……」

アッシュはためらわなかった。ジェイスン・フォードは祖国のために戦った元軍人で、しかもそのときの負傷がもとで片足を引きずっている。アッシュはそんな男を見ると、手を差しのべずにはいられないたちだった。おかげでリッチモンドの地所には、困窮した元軍人が何人も暮らしている。

「いいとも。ブランドは何日かすればロンドンに戻るそうだから、そのときにきいてみよう」

ジェイスンの話は、まだ終わっていなかった。彼は、人混みに目を走らせながらたずねた。「さっき騒いだ男が言ったことは、真実だったんでしょうか？　つまり、アンジェロというのは、あの作家たちの一人なんでしょうか？」

「いまはなんとも言えないな」

ジェイスンは、ため息をついた。「淑女を脅すようなまねは感心しませんね」そう言って、肩をそびやかした。「その……何か目新しいことがわかったら、知らせていただけますか？」

「きみも同じようにしてくれるなら、喜んでそうしよう」若者がけげんな表情を浮かべたので、アッシュは言った。「だれがアンジェロの名をかたっているのか、ぼく自身も知りたいんだ」

ジェイスンは、瞳を疑わしげに曇らせた。「あなたも被害者なんですか？」

「とんでもない！　ただ興味があるだけさ。さあ、前進あるのみ。調査を続行しようじゃないか。きみは、あの騒ぎを起こした男から始めるといい。おそらく、だれかが素性を知っているだろう」

「ええ、そうします」

アッシュは笑顔で、若いジェイスンが淑女たちのなかに入っていくのを見送った。いかにも居心地の悪そうな様子が憎めない。彼が、上流階級の出ではないことは知っていた。身一つでここまでたたき上げた男に、アッシュは敬意を抱いていた。

彼はそれから、ミセス・バリモアに視線を移した。やや青ざめて、額に手をやっている。取り巻きの淑女たちに囲まれているが、かなり具合が悪そうだ。

だれかに話しかけられたが、気づかないふりをして、つかつかとミセス・バリモアに近づいた。「ちょっと失礼」と声をかけ、彼女がいやがるのを無視して、混み合うダイニング・ルームから、広々としたロビーに連れだした。クラレンドンのことならよく知っている。彼が選んだのは、ソファと二脚の椅子が置かれたこぢんまりしたアルコーヴだった。ミセス・バリモアは、椅子に腰を下ろした。

「わたしったら、どうしてしまったのかしら」彼女は言った。「さっき感じたのは……」そこでふっと口をつぐむと、アッシュを見上げて弱々しくほほえんだ。「デニスン卿ですね？　レディ・アマンダのいとこの」

「そしてきみは、ミセス・バリモアだな」アッシュは、彼女の近くにあるソファに腰かけた。「初めまして」そう言って、人気者たるゆえんの一つである微笑を浮かべた——心をとろかすほどでも、はにかんでいるわけでもない、優雅な微笑だ。けれども、効果はなかった。ミセス・バリモアはどういうわけか、彼に脅されていると言わんばかりのおびえた表情を浮かべて、じっとこちらを見返している。恐怖で瞳孔が開いた瞳は、すみれ色を帯びていた。

アッシュは笑顔を引っこめた。「具合が悪そうだ。何か飲み物を頼もうか？　レモネード？　紅茶？　もっと強い飲み物がいいかな？」

「水を一杯いただきたいわ」

アッシュは手を挙げてウェイターを呼ぶと、水を頼んで、ふたたび彼女に向きなおった。顔色はよくなりつつあるが、きれいなすみれ色だった瞳は灰色に戻っている。さっきは狼狽していたようだが、瞳を見たかぎりでは、落ち着きを取り戻したようだった。

アッシュは気楽に話しかけた。「さっき、何か感じたと言ったね」

「わたしが？」彼女は、とんでもないというそぶりをした。「部屋が暑い上に、あの人混みでしたから。めまいがしただけです」

何かを隠しているようだが、いま問いただすことはできない。「もっと早く気づいていたら、あんな騒ぎを起こすようなまねは許さなかったんだが。ただのごろつきの一味だ。もう顔を合わせることもないだろう」

「たしかに、不愉快な一件でした。どうしてあんなことをしたのかしら。あいだに入ってくださってありがとうございます。ご立派でした」

　ウェイターが水のグラスを置くと、彼女はついさっきまでサハラ砂漠をさまよっていたかのように、あわてて飲みだした。どうやら、さっさと逃げだそうと思っているらしい。

　アッシュは、少しいやな気分になった。女性というものは、少しでも気づかいを見せれば、一目散に逃げるようなことはしないものだ。いったい、この田舎娘は、どうしてこちらのことを、紳士にほど遠い男だと思うのだろう。たしかに、片眼鏡越しにじろじろ見つめはしたが、見つめられたら得意になるのが普通の女性だろうに。べつに、服を脱がせたいと思ったのではなく、着飾らせたいと思っただけだ。ミセス・バリモアは、ゴシック・ロマンスを読み過ぎて、架空の世界と現実の区別がつかなくなってしまったのだろうか。

　彼女はいま、最大の魅力であるきらきらした灰色の瞳で、こちらを油断なくうかがっている。いつおそわれるかと身構えているのがおかしくて、笑ってやりたい気分だった。この際、うわべだけの会話をしても無駄だ。単刀直入にきいてみよう。

「アンジェロという人物に、心当たりはないかな？」

　彼女の瞳から、警戒するような表情が消えた。「アンジェロですって？」

「さっき騒ぎを起こした男が、正体を突きとめようとしていた作家だ」

「知りません」彼女はほほえみともとれる表情を浮かべた。「その名前は、きょう初めて耳にしました。いまでも、どうしてあんな騒ぎになったのか、さっぱりわからなくて。その方が、いったい何をしたんです？」

「聞くところによると、アンジェロの書いた短編のいくつかに、現実にあった事件と実在の人物が描かれているそうだ」

彼女は空のグラスを置いたが、立ち去ろうとはしなかった。どうやら、もう警戒してはいないらしい。「わたしの小説にも、実際の出来事をもとにしたものはあります」彼女は言った。「作家ならだれしも、同じことを言うでしょう。けれども、実在の人物を登場させるのは卑劣だわ。それがだれだかわかるようなら、訴えられることだってあり得るでしょうね。名誉毀損《きそん》、いえ文書誹毀《ひき》だったかしら。いつもどちらかわからなくなるんですけれど、とにかくそんな罪状で」

アッシュは慎重にたずねた。「アンジェロの作品は、一つも読んだことがない？」

「ええ。わたしは郊外に住んでいるんです。〈ヘラルド〉はロンドンの新聞ですから」

彼女がもの問いたげな顔をしていたので、アッシュは言った。「アンジェロは男性の名だが、まず間違いなく女性だ。ぼくが思うに、きょう集まった作家のなかにいる」

彼女がその意味を嚙《か》みしめているあいだ、いっとき沈黙があった。「どうしてそう思うんです？」

「文体だよ。いとこのアマンダは、語り方と言っていたがね。アンジェロの作品には、ゴシック的な雰囲気がある。女性と男性の文章は違うものだし、ゴシック小説家はとりわけ、やたらと美文調を好んで、あらゆる感情を誇張するからね。これは、きょうの朗読を聞いて感じたことだ。たとえば、きみの作品がそうだろう。ぼくは、きみの本を一冊読んで――」

「ええ、レディ・アマンダからうかがいました」彼女はぴしゃりと言った。「いかがでした？　あら、わたしが女性だからといって、遠慮はなさらないで。わたしは作家ですから。そしてあなたには、ご自分の意見を言う権利があるわ」

どれだけ彼女の本を楽しんだか伝えるはずだったのに、彼女の辛辣な口調と冷ややかなまなざしに挑発されて、アッシュは思いなおした。彼は、女性が心から好きだったし、女性からも好かれる男だった。これまで別れた恋人たちですら、彼のことをけっしてあしざまには言わなかったものだ。それを、田舎娘がこんな鼻持ちならない態度に出るとは、何様のつもりだろう。

これ以上ないほど無愛想に言ってやった。「きみの小説に登場する男性主人公《ヒーロー》は、おとなしすぎる。いや、おとなしいというより、死んでいるも同然だ。男が女を腕に抱いて、詩をとうとうと口ずさんだり、どこかの星にたとえたりするものか」

二人は少しずつ距離を詰めて、いまや鼻先をつき合わせる手前まで来ていた。イヴは鼻息を荒くして言い返した。「まるで、知らないことは何一つないような口ぶりですね」

アッシュは薄く笑いを浮かべた。「ぼくは男だ。男のすることはわかっている」

「それでは、わたしのヒーローに、どんなふうに振る舞えとおっしゃるんです？」

「答はこうだ」

アッシュの親指が唇をかすめ、その手がうなじをつかむと、彼女ははっと息をのんだ。唇と唇が触れ合いそうになるまで、瞬《まばた》きする間もなかった。温かい息が混じり合うのがわかる。

彼女はもがかなかったが、屈服もしなかった。挑むようなまなざしで、アッシュの瞳を見据えた。

彼女の唇に、アッシュが囁きかけた。「男はひとこともしゃべらない。そして頭のなかで、女をどうやってベッドに連れていこうかと考えている」

アッシュは彼女を離すと、平手打ちされるのを見越して身構えた。だが、ミセス・バリモアは、意外な行動に出た。笑って立ち上がったのだ。

かぶりを振って、彼女は言った。「デニスン卿、あなたにぜひとも理解していただきたいんですけれど、わたしの小説のヒーローは、扇やハンカチのような飾りなの。ヒロインがヒーローなのよ」それから、立ち去りかけて振り向いた。「お水をごちそうさまでした」

「どういたしまして」アッシュは応じるしかなかった。無害な人間と見なされなかったことはたしかだ。

そのまま、彼女が胸を張って立ち去るのを見送った。この角度からだと、ゆったりしたドレスで隠そうとした体の線がわかる――すっと伸びた背筋に、くびれたウエスト、そして豊かな腰。ドレスを選んでやりたくてたまらなくなる。

ミセス・バリモアが階段を上って姿を消すと、アッシュは立ち上がって談話会の会場に戻った。しばらく物思いにふけっていると、ジェイスン・フォードが近づいてきた。

「どうして笑っているんです？」ジェイスンがたずねた。

アッシュはとっさにごまかした。「いや、自分のことで、ちょっと」

「何かおかしいことでも？」

このきまじめな若者に、頭のなかで、小柄な田舎娘のドレスを脱がしていたのだと打ち明けるつもりはなかった。そんなことをしたら、フォードはあきれ返るだろう。「大したことじゃないんだ」彼はうそぶいた。「何かわかったかい？」

「騒ぎを起こした男たちのことは何もわかりませんでした。ミセス・リヴァーズが、アンジェロは自分だとほのめかしているんですが、問いつめようとするとはぐらかすんです。よっぽど腕をねじり上げて、ほんとうのことを吐かせてやろうかと思いましたよ」

ミセス・リヴァーズ。あの派手な女が？　アッシュには、そうとは思えなかった。彼女よりも、ミセス・バリモアのほうが可能性がありそうだ。騒ぎのあとで、青ざめて狼狽していた姿が頭に浮かんだ。あのとき彼女は、何かにひどくおびえていた。

「ミセス・リヴァーズのことは、ぼくにまかせてくれないか」アッシュは言った。


クラレンドンの上階の寝室で、イヴはうろうろと歩きまわっていた。いつまでもこうしていられないことはわかっていた。自分には、リーと読者のために、会場に戻って歓談する義務がある。けれども、いまは少しだけ休んで、心を落ち着けたかった。

イヴはまた、談話会の最中に感じた、不可解な憎悪のことを考えていた。その主を探そうと目を向けると、アッシュ・デニスンが、彼女をまっすぐに見返していた。

イヴはベッドの端に腰を下ろすと、体が芯から凍えてしまったかのように自分を抱きしめた。レディ・セイヤーズの話では、アッシュ・デニスンはその優雅な物腰で、大いに人気があるという。その彼の言葉が、頭に焼きついていた——美文調、誇張された感情、死んでいるも同然のヒーロー。

彼女のヒーローたちは、安全だった。彼らなら信頼できる。信頼できないのは、デニスン卿が口にする、「初めまして」以外の言葉だ。田舎娘をもてあそぶのは、さぞかし楽しかっただろう。そう、彼には田舎娘だと思われている。それが彼の下した評価。けれどもこちらは、きざな男のくだらない意見に惑わされるほど愚かではない。

ふたたび談話会の会場に行くために身じたくをしていると、おばが部屋に入ってきた。

「あなた、大丈夫?」ミス・クレイヴァリーがたずねた。「レディ・セイヤーズが、具合が悪そうだったと言ってたわよ」

「熱気に当てられたみたい」イヴは答えた。おばにも同じ能力があるはずだが、悪意を感じなかったのだろうか。おばをうかがったが、彼女は心配そうな表情を浮かべているだけだった。

「気疲れしたのよ、きっと」ミス・クレイヴァリーは言った。「この手の催し物になると、あなたはきまって緊張するから。でも、心配することはないのよ。とてもうまくやっているわ」

イヴは肩をすくめた。「これまで参加したなかで、最高の談話会と言えないことはたしかね」

「ええ、まったく。あんな騒ぎを起こすなんて、なんて不愉快な人たちなんでしょう！　デニスン卿がすぐにやめさせてくださったからよかったようなものの、いったいなんだったんでしょうね。アンジェロってだれかしら？」

「見当もつかないわ。さあ、会場に戻りましょう」

「あなたが大丈夫なら」

「あら、わたしは矢でも鉄砲でも持ってこいという気分よ」イヴはそう言うと、おばと一緒に部屋を出た。

4

ブランド・ハミルトンがロンドンに戻る日に約束を取りつけたアッシュは、昼前に、ソーホーにある〈ヘラルド〉のオフィスを訪れた。アンジェロの正体を突きとめたい気持ちに変わりはなかった。べつに、アンジェロが犯罪を犯したというわけではないのだから、普通ならこんなことまでしないだろう。だが、この場合は違う。アンジェロはたしかに、彼の家族のことを書いていた。なぜあんなにくわしく知っているのだろう。だれから聞いたのだろうか。人物の名前や背景は変えてあるものの、アッシュは一瞬たりともだまされなかった。彼しか知り得ない秘密を、アンジェロは知っている。まるで、心の奥にずかずかと踏みこまれて、荒らされたような気分だった。

アンジェロの正体を暴こうと駆り立てられているのには、まだ理由があった。それは、いつまでも心の奥底に引っかかっている、弟ハリーの死にまつわる疑念だった。

ブランドは自分の椅子に座って、机の上に朝刊を広げていた。学生時代から親しくしている二人は、かつては似たもの同士だったが、いまでは正反対の道を歩んでいる。目標を定め、それに向かって努力するブランドと、だれかのために努力することをとっくにやめてしまったアッシュ。質実剛健をよしとするブランドに対し、アッシュは享楽的な生活を送っている。もっとも、レディ・マリオンと結婚して、ブランドは少し変わった。マリオンにならどんな贅沢《ぜいたく》をさせても行き過ぎにはならない。

アッシュにはもう一人、ジャックという親友がいるが、ジャックの状況も、いまではブランドと同じようなものだ。彼らにはそれぞれ、ひと月違いで息子が生まれ、アッシュはその子どもたちの名づけ親になった。アッシュの世界観ががらりと変わって、父親になるのはいつかというのが、友人二人のお決まりのジョークだった。

だが、二人は知らなかった。ハリーが死んだそのときに、アッシュの世界観が一変してしまったことを。

ブランドはけげんそうに眉をつり上げた。「そんな顔をして、どうした？　何かあったのか？」

アッシュは陰鬱な表情を振りはらうと、椅子を引いて腰かけた。「どうもしてないさ」彼はすらすらと答えた。「ただ、それなりの格好をして、それなりの場所に行けば、きみは海賊で通ると思っていただけだ」

ブランドはにやりとした。「もっとひどい言い方をされたこともあるぞ」

しばらく近況をやりとりしたが、大したニュースはなかった。ブランドはキャヴェンディシュ・スクウェアに家族と一緒に住んでいて、定期的に会っているから、たがいのことは大体わかっている。

おきまりのやりとりが終わると、ブランドは言った。「それで、きょうはなんの用だ？」

アッシュは、言うべきことをあらかじめ練習していた。ブランドは親友だが、アッシュの少年時代についてはおおよそのことしか知らないし、それ以上知られたくないというのが、いまのアッシュの気持ちだった。何しろ、ブランドは新聞業界の人間だから、敏感に秘密をかぎつける。親友を気づかって公にはしないだろうが、秘密はすべて明らかにしないことには気がすまないだろう。だが、世の中には親友にも知られたくない、恥ずべき秘密もあるのだ。

アッシュは言った。「部下から聞いたと思うが、ぼくはいま、きみの新聞に寄稿している ある作家の正体を突きとめようとしているんだ。名前は、アンジェロという」

ブランドはうなずいた。「ああ、きみが訪ねてきたことは、アダムから聞いたよ。そんなことをしてなんの得になるんだ、アッシュ？」

「昔のよしみで、さる人物のために調べているんだ」アッシュは名前を伏せて、これまでの経緯をかいつまんで説明しはじめた。

彼がいくらも話さないうちに、ブランドはさえぎった。「昔なじみというのは、シアラー大佐のことだな？」

アッシュがうなずいたので、ブランドはため息をついた。「いったいどうなさったのかな、あのご老体は。大佐は、ご自分の地所が、アンジェロの短編の舞台になっていると思いこんでいるんだ。だが、立派な庭園というのは、どこも似たり寄ったりだろう。架空の物語だと説得したんだが、聞き入れてもらえなくてね。ぼくがアンジェロをかばっていると思われているようだが、それは違う」ブランドは両手を広げた。「ぼく自身、アンジェロがだれか知らないんだ。わかっているのは、三本の短編がある日まとまって届いたということだけなんだよ。採用してくれるなら、後日さらにべつの作品を送るという手紙付きでね。出来がよかったから掲載した。そしていまは、つぎの短編が届くのを待っている状況だ」

ブランドがひと息ついたので、アッシュは言った。「原稿料はどうやって払った?」

「ペルメルの銀行、〈ランサム、モーランドと共同経営者〉にアンジェロ名義の口座があって、そこに振りこんだ。手紙の指示通りにしているだけだ」

アッシュは眉をひそめて、背もたれに寄りかかった。「手紙での指示だって? どうしてそこまで素性を隠そうとするんだ? 原稿料なら、直接取りに来ればいいじゃないか」

ブランドは肩をすくめた。「ひょっとすると、アンジェロは名のある人物で、正体を知られたくないのかもしれない」

それは初めて耳にする意見だった。「ほんとうにそう思うのか?」アッシュはゆっくりとたずねた。

「とんでもない!」ブランドは間髪入れずに答えた。「ぼくが思うに、アンジェロは女性だな。おそらく、いまをときめくゴシック・ロマンスの作家の一人だろう。女性読者の受けをねらって〈ヘラルド〉を選んだんだ。この手の作品を掲載するのは、うちくらいなものだから」

アッシュはぴかぴかに磨き上げられたブーツに目を落として、ブランドの言ったことをふるいにかけていた。〈ヘラルド〉には、これからもアンジェロの作品が届くことになっている。だが、それが届いても、何もわからないだろう。銀行にアンジェロのことを問い合わせても始まらない。〈ランサム、モーランドと共同経営者〉は、罪の告白を聴いた司祭さながら、秘密を頑《かたく》なに守る銀行だと聞いている。

ブランドが沈黙を破った。「シアラー大佐は、アンジェロの作品でさらし者にされたと言わんばかりの剣幕だった。だから、大佐とこの作品を結びつける人などだれもいないはずだから、無視するのがいちばんだと言っておいたよ」

「ぼくにも同じことを言うのか?」

「きみが何か隠しているのでないかぎり、そういうことだ」

これだからブランドは油断がならないのだ。新聞業界の人間だから、敏感に秘密をかぎつける。

「きみならわかってくれるだろう」アッシュは両手を広げた。「シアラー大佐とぼくは、イベリア半島戦争でともに戦った仲なんだ。調べると約束したからには、約束は守る」

「相変わらずのお人好しだな」

「よけいなお世話だ」

アッシュのつぎの訪問先は、ウィンポール・ストリートにあるリー・フレミング邸だった。

落ち着きはらった恰幅《かっぷく》のよい執事に案内されて階段を上り、図書室と呼ぶには狭すぎる部屋に入った。

それは、アッシュが予想していたのとは違うたぐいの家だった。いかにも女性が好みそうな飾り立てたインテリアで、平面という平面に何かの置物が置いてある。借りた家なのか、それともただそういう好みなのだろうかとアッシュは思った。

フレミングはうれしそうな顔を見せたが、アマンダが一緒でないとわかると笑顔を引っこめた。アッシュに椅子を勧めて、自分も腰を下ろした。

「アマンダが来ることになっていたんですか？」アッシュは背もたれから刺繍《ししゅう》の施されたクッションを引っ張りだすと、隣のソファに置いた。

「まあ、この飾り気のない部屋にではありませんがね。レディ・アマンダが来たら、母の居間にお通しするつもりだったんです」

それでわかった。「お母さまと一緒に住んでらっしゃるんですか」

「母は寝たきりなんです。それをレディ・アマンダに言ったら、いずれ訪問すると言ってくださったんですよ」

「なるほど」アッシュの頭に、ぞっとしない考えが浮かんだ。フレミングとアマンダだって？　寝たきりの母親と飾り立てた家に住むこの男には、根本的な何かが欠けている。

「それで、ご用件はなんです？」フレミングがたずねた。

ここでは、うまく立ちまわる必要がある。肝心なのは、フレミングの興味をかき立てないようにしながら、容疑者を絞りこめるように、彼とつきあいのある作家たちの話を聞きだすこと。そのためには、嘘も方便だ。

これまで、アマンダにもたずねはした。彼女はさまざまな交流談話会に出かけていたから、あの会にいなかった作家たちとも親しかったが、教えてくれることといえば、とりたてて意味のない話ばかり。必要なのは、もっと実のある情報だ。

「すでにご存じかとは思いますが」と、アッシュは口を切った。「いとこのレディ・アマンダは、あなたのところの作家の何人かと親しくしていますね」

フレミングは慎重に応じた。「知っています」

「そのことなんですが、ぼく自身は感心していないんです」

フレミングは体をこわばらせた。「うちの作家たちは貴族の出ではありませんが、どの作家も、穏やかな毎日を過ごしているきちんとした淑女ですよ」

「いや、勘違いされては困ります！　談話会で起こったことをお忘れですか？　あんな騒ぎを起こすような輩《やから》は、何をやらかすかわかったものじゃありませんよ。この上、ミセス・リヴァーズがアンジェロは自分だと言いだしたとなると、いとこの身の安全が危ぶまれます」

フレミングはにわかに笑いだした。「リディアが？　アンジェロは自分だと言ったんですか？　そんなの嘘にきまってますよ！　彼女はそれほど語彙《ごい》が豊かじゃない。アンジェロの書くようなものは、辞書と首っ引きでなければ書けないでしょう。それがリディアの個性なんです。文章が、単純明快なんですよ」

ミセス・リヴァーズがアンジェロなら、大いに手間が省けるはずだった。しかし、アッシュはフレミングに笑い飛ばされても驚かなかった。ミセス・リヴァーズ当人と話したからわかる。彼女はただ注目を集めたいだけで、アンジェロは自分だとうそぶくことは、まさに彼女らしい演技だった。

フレミングはつづけた。「リディアは、目立ちたいだけなんですよ。彼女を責める気にはなれません。むしろ、気の毒なくらいです。あんなことをして、我とわが身を損なうとは、まさに彼女のことですよ」

「どういう意味です？」

フレミングは机の上に置かれたデカンタを取り上げると、アッシュがうなずくのを見て、クリスタルのグラスに注意深くシェリーをそそいだ。

シェリーをひと口飲んだアッシュは、フレミングを見なおした。ヴィンテージもののシェリーだ。

フレミングはいかにも通らしくシェリーを舌の上で転がして味わうと、話しはじめた。

「リディアには、近所じゅうからつまはじきにされている姉がいて、その姉のために家事を切り盛りしているんです。聞くところによると、彼女の姉はこの上なく不愉快な女性で、そのくせやたらと信心深いとか。リディアがひそかに作家として活動していることなど夢にも知りません。もし知ったら、おそらくやめさせるでしょう。財布のひもを握っているのも姉だそうです。だから、年に一度のロンドン滞在は、リディアの人生でもっとも光り輝いているひとときなんですよ。リディアは自分に結婚を申しこんで、みじめな生活から救いだしてくれる紳士を必死で探している。けれども、彼女が必死になればなるほど、男はみな離れていくんです」

「なぜ姉と縁を切ってしまわないんです？」アッシュはたずねた。「どこかで新しい生活を始めたらいいじゃありませんか。もう自分で生計を立てられるでしょう？」

フレミングは、肩をすくめた。「ゼロから始めるとなると、金がかかります。住む家は？　調度品をそろえて、召使いを雇う金は？　小説が書けなくなったり、読者が本を買わなくなったりしたら——そうなったら、どうします？　姉の住む家に戻るしかない。それも、姉が受け入れてくれるならですが。となると、明るい見通しじゃないでしょう？」

「そこまで考えていなかったな」

「無理もありませんよ。女性の選べる道がどれだけかぎられているか、ちゃんとご存じの紳士なんて、そうそういるものじゃない」フレミングはため息をついて、シェリーをひと口飲んだ。「リディアにはぼくからよく言っておきます。アンジェロのふりをしないようにとね。それで安心していただけるでしょうか？」

アッシュはかぶりを振った。「まだ不充分ですね。あなたの作家たちは、本名を名乗っていないでしょう？　彼女たちは、どこのだれなのか？　何か後ろめたいことがあるのか？　ロンドンを離れたら、何をしているのか？　だれか身元を保証してくれる人間がいるのか？」

フレミングはむっとした。「彼女たちの身元なら、ぼくが保証しますよ」

アッシュは両手を広げた。「では、くわしく聞かせていただきましょうか」出て行けと言われても不思議はないとアッシュは思っていたが、フレミングはそうする代わりにシェリーを注ぎたすと、椅子の背にもたれかかって言った。「お気持ちはわかります。レディ・セイヤーズのお宅に滞在するのは四人だけですから、すでに帰宅している作家たちについてはご心配は無用でしょう。その作家たちが帰宅したのは、あの騒ぎでおびえたせいなんです。さて、だれから説明しましょう?」

「ミセス・バリモアからお願いします」アッシュは言った。「彼女は、レディ・セイヤーズの招待を受けたそうじゃありませんか」

「ミセス・バリモアの本名は、イヴ・ディアリング。ほかの作家たちと同様に独身で、おばと一緒に、ヘンリーで静かに暮らしています。ほとんどロンドンには出て来ませんね。父親と継母が、ブライトンにいるそうです。父親は、隠居する前は造園家で、何人かの名のある造園家とも仕事をしたことがあるそうです。たとえば、ランスロット・ブラウンとか」

「あの、〝ケイパビリティ〟・ブラウンですか? かの高名な」（イギリスの風景を変えたと言われる造園家。どんな庭にも素晴らしい可能性（ケイパビリティ）を見いだしたのでそう呼ばれた）

「ジョージ・ディアリングは、一時期ブラウンの弟子だったんじゃないかな」

アッシュはいっとき考えた。「ミス・ディアリングの母親はどうしたんです?」

「母親のほうは気の毒に、イヴが子どものころに事故で亡くなったそうですよ。その後ディアリング氏が再婚したときに、イヴはヘンリーにあるおばの家に移ったそうです」

「なるほど」アッシュの興味を引いたのは、イヴの父親の職業だった。アンジェロの作品では、舞台になっている地所の描写はあいまいだが、庭園だけは生き生きと描かれている。あんな描写ができるのは、庭園にくわしい人間くらいだろう。

ジョージ・ディアリングがアンジェロなのだろうか。一つの家族に、作家が二人も？　娘がアンジェロと考えるほうが、はるかに自然だ。

「それから、イヴに付き添っているミス・クレイヴァリーがいます」フレミングはつづけた。「彼女は作家ではありません。さっき言った、ヘンリーに住んでいるイヴのおばで、イヴとはとても仲がいいんです。しかし、ぼくに言わせれば変人ですよ！」いぶかしげな表情を浮かべるアッシュに、彼は言った。「いわゆる〝浮世離れした〟女性で、並はずれた第六感の持ち主なんです。うちの作家たちには、やたらと受けがいいんですが。それから、ミセス・コンティニことアンナ・コンティニ。これは本名です。裕福な寡婦《かふ》で、コーンウォールに所有している広大な農場に、よそでお払い箱にされたロバやポニーを集めて暮らしていますよ。ぼく自身、そこに行ったことがあるから知っているんです。人間よりも、動物とつきあうほうが好きなんでしょう。しかし、まったく無害な人です」

アッシュは、吸血鬼そのもののようだったミセス・コンティニに親しみを覚えた。彼自身、動物だろうが人間だろうが、見捨てられたものは放っておけないたちだ。

それからいくつか質問したが、フレミングが答えられることは大してなかった。

しばらく沈黙がつづき、フレミングはしだいにそわそわしはじめた。しまいに、彼は言った。「きょうは率直な話をさせていただきました。お話しすべきではないこともあったかもしれません。しかし、あなたのように世故に長けた方ならおわかりでしょう。お話しした無害な淑女たちと付き合うことで、レディ・アマンダがなんらかの危険に巻きこまれることはありませんよ」

「それはどうかな。根本的なところは、まだ解決していませんよ。アンジェロが彼女たちのなかにいると思われたら、全員が危険にさらされてしまう」

「なんでそんな話になるんです?」フレミングは声を荒らげた。「ゴシック小説を出している出版社はほかにもあるんですよ。うちの作家たちだけがねらわれるなんて、さっぱりわけがわからない」

「理由はあります」アッシュは言った。「アンジェロは掲載された作品の最後で、かならずあなたの交流談話会に触れていた。当然、読者はアンジェロがあの談話会に現れると思ったでしょう」

「アンジェロは、談話会にはいたかもしれません。だが、ぼくはうちの作家たちの文体を知っている。アンジェロが彼女たちのだれでもないことは、断固として請け合いますよ」

専門家ではない以上、アッシュには何も言えなかった。

その日の夕方近く、アッシュはクラブ〈ホワイツ〉で、シアラー大佐と偶然に会った。

〈ホワイツ〉を出たアッシュは、大佐に会って明らかになったことを思い返しながら、グリヨンズ・ホテルに帰った。シアラー大佐は、談話会での騒ぎにまったく関与していなかった。それどころか、そんなことをほのめかしたせいで、怒る大佐をなだめることになった。

「紳士にあるまじき振る舞いだ！」それが、なんら後ろ暗いところのない、まっとうな集まりを妨害した者に対する大佐の意見だった。大佐があの場にいたら、不届き者たちを厳しく叱責していただろう。

アッシュは、大佐の頼みに応じてクラブのウェイターが探しだしてくれた、アンジェロの最初の作品が掲載されている〈ヘラルド〉も持たされていた。けれどもアッシュには、そこに描かれている風景や人物に心当たりがなかった。舞台はとある瀟洒な邸宅で、一人の年老いた従僕が、階段から落ちて首の骨を折ったとある。それが何年前の出来事なのか、推測しようにも手がかりはなかった。

アッシュは、何かを忘れているという感触をぬぐえずにいた。とっくに思いついていてもおかしくない、目と鼻の先にぶら下がっている何か。

いったい、何を忘れているんだろう？　彼は、しばらくのあいだ、じっと考えつづけた。

やがて、思いがイヴ・ディアリングに移ると、アッシュの唇は自然とほころんだ。ミス・ディアリングは、社交シーズンたけなわのいま、ロンドンじゅうの客間や舞踏室に群れつどっているしとやかな淑女たちとは大違いだった。自分なりの意見があったとしても、相手の気を悪くするようなことは言わないのが淑女のならわしだ。アッシュは微笑を浮かべながら、ミス・ディアリングが自分の小説をやっきになって弁護するさまを思いだした。彼女の作品に登場する男たちは、飾りなのだと。

そんなことを言われたら、男として黙っていられない。

アッシュは真顔に戻った。これは危険だ！　リー・フレミングによると、イヴ・ディアリングは、ヘンリーでおばと一緒に静かに暮らしている、きちんとした女性だという。そんな女性を相手に、このアッシュ・デニスンが火遊びをすることはけっしてない。下手をしたら、結婚する羽目になる。

そんな情けないことになってたまるか。

彼はふたたび、口元をゆるめた。自分は安全だ。ミス・ディアリングのあらゆる部分が、まぎれもない独身主義者であることを物語っている——服装も、あの歯に衣着せぬ物言いも、男の目をまっすぐに見返すあのまなざしも。

まなざしと言えば、あの瞳は素敵だ。自制がきいているときは落ち着いた灰色なのに、興奮すると、はっとするようなすみれ色になる。賭けてもいい、あの冷ややかな仮面の内側には、怒りのほかにも熱い感情が潜んでいて、引きだされるのを待っているはずだ。それを引きだすには——。

そこで、アッシュは我に返った。いつの間にか、また危険な道に踏みこんでいる。

落ち着かない気持ちになって、懐中時計を見た。イヴ・ディアリングの挑発的なイメージを打ち消すにはちょっとしたお楽しみが必要だ。

同じ日の夜、レディ・セイヤーズと彼女の客たちは、オペラ見物のあとで、ケニントンにあるセイヤーズ邸に向かった。リディアがメリルボンに住んでいる古い友人に会いに行ったので、レディ・セイヤーズの馬車には、四人しか乗りこんでいない。そのうちしゃべっていたのは年かさの二人で、イヴとアンナはそのおしゃべりにぼんやりと耳を傾けながら、馬車の窓から見えるものを眺めていた。通りには、馬車や通行人、たいまつ持ちの少年、お仕着せを着た従僕たちがひしめいている。

馬車はのろのろとしか進まなかったが、そのほうがイヴには好都合だった。目の前に現れる様々な光景を記憶に刻みこんで、いま執筆中の本に彩りを添えるつもりだった。

街灯と同様に、建物の柱廊式玄関のランプにもすべて明かりがともっていたので、夜更かしの遊び人たちが出入りしている様子がよく見えた。とりわけ、一組の男女に、イヴは興味をかき立てられた。紳士が去ろうとしているのに、女性のほうは行かせたくないらしい。イヴも世間知らずではないから、見当はついた。これは、妻が愛する夫を引き留めているのではない。着飾ってはいるが、まとめられずにしどけなく肩にかかる髪、そして奔放な態度を見れば、高級娼婦であることは一目瞭然だ。地位も財産もある紳士たちの欲求を満たしながらも、まっとうな女性は何一つ知らないことになっている身分の女性。

イヴは瞳を輝かせた。作家は、わからないことを想像力で補わなくてはならないが、だからといって、あのドアの向こうで何が行われているのかと、だれかにきくわけにはいかない。

彼らは露骨な質問に目をむいて、高級娼婦などというものは存在しないと、ひたすら言い張るだけだろう。ばかばかしい！　彼女はべつに、うぶな小娘ではない。著作を読めばわかるように、世間のことはよく承知している。

不意に、馬車が止まった。御者たちが、通行妨害だとののしり合う声がする。イヴはかまわず、二人の男女を観察しつづけた。場所は、ヘイマーケットとペルメルの角。二人はランプの光を浴びて、玄関のいちばん上の段に立っている。女が男を説きつけて、なかに引き戻そうとし、男はその言葉をキスでさえぎった。なんて情熱的なキス。それから男は身をひるがえして、足早に階段を下りた。

イヴのほほえみが凍りついたのは、そのときだった。彼女が見ていたのはほかでもない、談話会で彼女の作品をばかにした、アッシュ・デニスンだった。そのアッシュ・デニスン当人が、往来で恥をさらしている！　まったくいい気味だ。

「どうかしたの、イヴ？　そんなに顔をしかめて」

イヴはしかめっ面を引っこめると、笑顔でおばに向きなおった。「デクスターのことを考えていたの」真っ先に頭に浮かんだ答を口にした。「元気をなくしていないといいんだけれど。わたしたち、ずいぶん長いあいだ出かけていたでしょう。よその人に世話をしてもらったことがほとんどないから、心配だわ」

イヴは窓から顔をそむけてうわの空でしゃべりつづけながら、レディ・セイヤーズが彼に気づいて呼び寄せないことをひたすら祈った。口を開いたら、教養ある同乗者たちに聞かせたくないようなことばかり言ってしまいそうだ。

　馬車が動きだした。会話はその夜見物したオペラのことに移り、イヴはアッシュ・デニスンについてのあらゆる考えを頭から追いだした。オペラの主人公が彼を思わせる名うての放蕩者、ドン・ジョバンニだったので、よけいなことを考えないようにするのは難しかったが、イヴはどうにか平静を保って、そつなく笑い、調子を合わせた。


　イヴはその夜、アッシュ・デニスンが出てくる夢を見た。夢のなかなら、あえて追いだすこともない。彼はイヴの書き物机に向かって、彼女が執筆している小説の原稿を読み、余白に何やらこまごまと書きこんでいた。それを見ている彼女は、深紅のサテンのドレスに身を包んでいる。

「何をしているの？」

　怒りはなかった。夢のなかのイヴは、宙に浮いているようだった。肌に触れているサテンの感触と、スカートの衣ずれの音が心地いい。彼女はまとめていない髪を、手でかきあげた。

　アッシュは、書きこみをしながら言った。「こうしたらどうかと思うことを書いているんだ。きみがいやなら、無理にとは言わないが」

　イヴは彼の肩越しにのぞきこんで、書きこみに目を走らせた。「悪者をヒーローに仕立てようというわけ？」彼女は含み笑いを洩らした。

「ただの悪者じゃない。愛すべき悪党だよ」

「あなたみたいな？」イヴはからかった。

彼女を見上げたアッシュの顔から、ゆっくりと微笑が消えた。「イヴ」彼は言った。「見違えたよ」

イヴは目をしばたたかせた。「あら、そう？」

「きれいだ。ほれぼれするよ。その赤いドレスは、きみにぴったりだ。これからはいつも、赤を着るといい」

イヴはダンスをするときのように、くるりと回って見せた。「お褒めにあずかり光栄ですわ」

アッシュはゆっくりと立ち上がると、イヴの両肩に手を置いた。まるで、たったいま夢から覚めたような表情を浮かべている。「なんて魅力的なんだ」彼はつぶやいた。「きみには秘めた情熱がある。快楽の手ほどきをしよう、イヴ。それがきみの望みなんだろう？」

アッシュはキスをしようとし、イヴはそれを受け入れようとした。夢のなかで起きていることだから、何をしようと自由だ。

イヴはあごを上げ、つま先立ちになった。唇と唇が触れ合う手前で、彼は止まった。体じゅうのあらゆる感覚が、期待に震えていた。さあ、キスをして。

「きみこそ悪党だ、イヴ」アッシュはつぶやいた。「おとなしそうな顔をして、これほど大胆とは知らなかった」

イヴは眉根を寄せた。「どこかで聞いたせりふね。そう、おばさまが言っていたわ。『ふだんはわからないけれど、あなたには大胆なところがある』って。これは夢なんでしょう？ただの夢にすぎないんだわ」

その言葉を言ったとたんに、あれほど真に迫って現実のように思えたものはすべて渦巻くもやとなって消え、イヴは一人で取り残された。

5

翌日の午後、レディ・セイヤーズ邸に乗りつけた馬車から、アッシュは祖母とアマンダを助け降ろした。〈お屋敷《ザ・マナー》〉と呼ばれる邸宅は、ロンドンでも指折りの美しい地区にあるが、厳密にはロンドン市内と言えない。テムズ川の南にあるその地区は、大部分が市場向けの菜園や果樹園などの田園地帯となっている。それでいて、ウェストミンスター・ブリッジは、馬車ですぐのところにあった。

アマンダは手をかざして、彼方にある建物に目をやった。「あそこが新しいベドラムかしら？」

アッシュはうなずいた。「正式には、ベツレヘム聖マリア病院というんだ。移転して少しは変わったらしいが、かつてはおぞましい施設だった。新しい病院は、精神を病んだ人のための保護施設ということになっているがね」

祖母のレディ・ヴァルミードが言った。「たしか、〈お屋敷〉はヴォクソール・ガーデンズに近かったわね」

「ええ、ヴォクソールは建物の向こう側です」

アマンダは身震いを抑えた。「わたしだったら、あんな施設の近くには住まないわ」

「大げさね」レディ・ヴァルミードは言った。「近いというほどではないでしょう。それに、ベドラムからだれかが逃げだしたなんて、聞いたこともありませんよ」

アッシュは黙ってベドラムの建物を見つめていたが、玄関のドアが開いたので目をそらした。

年配の執事に案内されて、三人はなかに入った。階段を上りきったところにあるのは、美しいヴェネチア式の窓からふんだんに日光が降りそそいでいる、大理石作りの広々とした広間だった。レディ・セイヤーズはすぐに現れた。灰色がかった茶色のゆるやかな巻き毛が、ヴェルヴェットのターバンの下からのぞいている。

「ようこそ、オーガスタにレディ・アマンダ、それからデニスン卿も」彼女は三人を歓迎した。「階段にいたら、声が聞こえたの。若い子たちから嗅《か》ぎ煙草についてきかれて、探しに来ていたのよ」彼女はかぶりを振ってつづけた。「まあ、いいんですけどね。あなたがたがちょうどいいときに来てくれて助かったわ。イヴがいま、社交界へのデビューを題材にして小説を書いているんだけれど、どんな具合だったか、わたし自身はほとんど忘れてしまって、困っていたの」

「イヴですって？」レディ・ヴァルミードがたずねた。

「ミセス・バリモアのことよ」レディ・セイヤーズは笑った。「ほんとうは、イヴ・ディアリングというの。あなた方になら、本名を教えてもかまわないでしょう。ここではみなさんお友達なんだから」

「その方が、お披露目の話を書いているの？」

「あまりゴシック小説っぽくないのはわかってるわ。でもイヴには、なんでもないことを、それはもはらはらする話に仕立てる才能があるの。さあ、みなさんが待ってるわ。行きましょう」

三人の客たちは、たがいに目配せして、肩をすくめた。どんなことになるのやら見当もつかないが、いずれは何もかもはっきりするだろう。

レディ・セイヤーズは三人の先に立って巨大な広間を横切りながら、楽しそうにしゃべりつづけた。いわく、いまは内装の職人を呼んで、建物の片方の翼にある絵画陳列室を、姪のお披露目用の舞踏室に改装させているところだ。同じ翼の外では、煉瓦職人たちが足場を組んで、補修と水漏れ防止のために、煉瓦と煉瓦のあいだに目地を上塗りしている。職人たちは、姪のライザが到着するまでに仕事を終わらせると請け合ってくれたが、こんなのんきなご時世に急いでくれるとは到底思えない、云々。

アッシュが思うに、セイヤーズ邸の魅力は、古いものと新しいものが奇妙な具合に混在しているところにあった。かつて飾り気のないチューダー様式だった邸宅は、数世代にわたり、当主の好みに応じて新たな様式を取り入れ、改装されつづけてきたという。お屋敷が何かしら手を加えられていない日はなく、いつもどこかで職人たちが壁を作り替えているという話だった。

べつにいいじゃないかと、アッシュは思った。夫に死なれてまた新しい夫と結婚することを繰り返すうちに、レディ・セイヤーズの財力はどんどんふくらんだ。いまでは、自分の理想を追求するくらいの富はあるはずだ。

レディ・セイヤーズは、最近手を加えたばかりだという新古典様式の東翼に三人を導いた。途中、絹張りの壁から、いまは亡き四人の夫たちが下を見下ろしているところを通った。いずれも押しだしの立派な紳士に見えるが、レディ・セイヤーズによると、在りし日の彼らはみな、魅力的で愛すべきならず者だったという。

三人が通されたのは、音楽室だった。部屋のすみにグランド・ピアノが、そして窓際にハープが置いてあるからわかる。アッシュはざっと見て、状況を把握した。扇が何本か広げて置いてあるテーブルのかたわらに、イヴが立っている。ハープの前に座っているのは、ミセス・コンティニだ。彼女の青白い頬にリディア・リヴァーズが紅をさしているが、アッシュが思うに、かえってそのせいで、薄気味悪さが増していた。そしてもう一人、窓辺で刺繍をしているのが、イヴのおばのミス・クレイヴァリーだろう。

レディ・セイヤーズが、一同の気を引くように低く笑って言った。「みなさん、お客様のご到着よ」

部屋じゅうが、いっとき静まりかえった。まるで、だれもが言葉をなくしてしまったような沈黙だ。レディ・セイヤーズは請け合ってくれたが、三人が間の悪いときに到着したのは明らかだった。ミセス・コンティニはハンカチで頬をこすりはじめ、ミセス・リヴァーズはスカートをさっとふくらませてアッシュに大胆な笑みを浮かべ、イヴ・ディアリングは持っていた扇を取り落とし、まるで国王ジョージ三世その人が現れたような表情を浮かべて、アッシュを見返している。

アッシュはリー・フレミングから数日前に聞いたことを思いだしながら、一人ひとりの女性に目をやった。必死で男の気を引こうとしているリディア・リヴァーズに、浮世離れしたミス・クレイヴァリー、人間よりも動物が好きなアンナ・コンティニ、そしてイヴ・ディアリング……彼の視線は、そこで止まった。

うつむいていたイヴが顔を上げ、二人の目と目が合った。見つめ合う二人のあいだに一瞬火花が散ったが、アッシュの祖母のレディ・ヴァルミードが口を開いて、その瞬間は過ぎ去った。

「談話会でお会いしましたね」彼女は若い作家たちにそれぞれほほえみかけた。「みなさんの才能には感じ入るばかりですよ。そうでしょう、アマンダ？」

アマンダは即座に応じた。

レディ・ヴァルミードはつづけた。「わたしはただ、個人的にお礼が言いたかったんです。あなたがたの本のおかげで、いつもそれは楽しいひとときを過ごしているんですよ」

こんなふうだから祖母は人に慕われるのだと、アッシュは思った。祖母は人の心をほぐすこつを心得ている。いや、祖母はいつだって、相手の長所を見つけてほめる人なのだ。祖母と一緒にいると、たとえ短いあいだでも、気つけ薬を飲んだのと同じくらい元気になる。

けれどもそれは、当人の孫でなければの話だ。相手が孫となると、祖母は赤っ恥をかかせることもいとわない。

レディ・セイヤーズは呼び鈴を鳴らしてメイドにお茶を頼むと、全員に座るようにと声をかけた。ほどなく、彼女の姪のライザのことが話題になった。

「兄の娘なの」と、レディ・セイヤーズが言った。「もう、いつ到着しても不思議はないんだけれど。ここ数年ほど、会ってないのよ。以前は会うたびに引っこみじあんな子だと思ったものだけれど、母親から聞いたかぎりでは、素敵なお嬢さんに成長したらしいわ」彼女はイヴににっこりとほほえみ、それから先ほど刺繍をしていた中年の女性にうなずいた。「イヴとミス・クレイヴァリーが、わたしと一緒にライザに付き添ってくれるそうよ」

三人もの付き添い《シャペロン》が必要ということは、よほどのじゃじゃ馬に違いないと、アッシュは思った。この三人は、若いライザが何をしでかすか、予想もつかないのではないだろうか。

「自分がデビューしたときのことを思いだすわ」と、レディ・ヴァルミードが言った。彼女は立ち上がると、扇が何本か広げておいてあるテーブルに近づいて、一つひとつをじっくりと眺めた。

アッシュは、テーブルの上に置いてあった革装の本を手に取った。小説かと思ったら、何かのノートだ。なんの気なしに、ページを繰ってみた。ある屋敷のことが、間取りから庭園の様子、召使いたちの仕事、住んでいる人々の物腰にいたるまで、こと細かに書きつらねてある。最初のページに戻ると、〝イヴ・ディアリング〟と記名があった。彼は、イヴに気づかれる前にノートを戻した。

レディ・ヴァルミードは、象牙《ぞうげ》色の生地に螺鈿《らでん》と白い羽毛の飾りが美しい絹の扇を手に取ると、うっとりと眺めながら言った。「むかし、わたしもこんな扇を持っていたわ」彼女は言った。「主人からの結婚祝いの贈り物で、よく見ると、教会の外に、新郎新婦と、お祝いに駆けつけた人々が集っている場面が描かれているの。ところで扇と言えば、近ごろの若いお嬢さんは、もっぱらほてった頰を冷やすのに使っているけれど、わたしたちが若いころは――」彼女はそこで、かすかにほほえんだ。「わたしたちが若いころは、気のある殿方と語らうのに使っていたのよ」

「殿方と語らうですって？」アマンダが鸚鵡《おうむ》返しに言った。「扇で？」

レディ・セイヤーズが言った。「つづけてちょうだい、オーガスタ。こちらにいるお嬢さんたちに、扇の使い方を見せてあげなさいよ」

レディ・ヴァルミードにそれ以上言う必要はなかった。彼女は右手で扇をさっと開くと、目から下を覆い隠した。「これは、『ついてきて』という意味」そう言うとすぐに左手に持ちかえて、さりげなく扇をくるくると回した。「そしてこれは、『気をつけて、人が見ているわ』という意味よ。扇さえあれば、殿方にはなんでも伝えられたものだわ。そして、ぜったいに必要なのが、この仕草」彼女は扇をぱちんと閉じると、左の頰を軽くたたいた。「これは、『だめ』という意味なの」

一同はくすくすと忍び笑いを洩らした。

「『いいわ』と言いたいときは、どうするんです？」リディア・リヴァーズがアッシュを横目でちらりと見ながらたずねた。

「まあ、あとはあなたたちの想像にまかせますよ」レディ・ヴァルミードはさらりとかわした。

「おばあさまが、そんなことをしていたなんて！」アマンダの驚きように、全員が笑った。

レディ・セイヤーズはため息をついて言った。「何もかも、きのうのことのようだわ。つけぼくろに、ボンネット、髪粉《かみこ》を振ったかつらとぴったりしたブリーチズで正装した、ハンサムな殿方……」

「それから、大きなパニエでふくらませて、ドアを通り抜けるのにひと苦労だったドレスも……」夢見るような声で、レディ・ヴァルミードがつづけた。

「パニエですって？」レディ・セイヤーズはさっと背筋を伸ばした。「それならわたしの時代には廃《すた》れていたわよ、オーガスタ。わたしのドレスはフープでふくらませてはいたけれど、母が身につけていたような、妙ちきりんなパニエはなかったわ」

「当然ですよ。いま思いだしたわ、サリー。あなたはわたしの結婚式のとき、まだほんのおちびさんだったじゃないの」

二人のやりとりに、アッシュも含めて、だれもがすっかり心をなごませていた。この雰囲気を壊すのは気が引けるが、ここに来たのには目的がある。この女性たちのなかにアンジェロがいるのかどうか、はっきりさせるという目的が。とりわけ、アンジェロは自分だとほのめかしたリディア・リヴァーズと、談話会でアンジェロの話が出たときに顔色を変えたイヴ・ディアリングが怪しい。

アッシュは、イヴに話しかけた。「レディ・セイヤーズからうかがったんだが、きみがいま書いている小説は、社交シーズンたけなわのロンドンを舞台にしているそうだね」

いましがたのやりとりの余韻にまだ浸っていたイヴは、何も考えずに彼のほうに向きなおった。「ええ、でもアイデアそのものは、以前からときどき、頭のなかに浮かんではいたんです」

そのとき、メイドがお茶を運んできた。レディ・セイヤーズを手伝って一同にお茶を配っていたリディア・リヴァーズは、最後にアッシュのところに来ると、さりげなく彼の手をかすめるようにしてお茶を渡した。アッシュは気づかないふりをした。

彼は話しつづけた。「これまでとはまた、ずいぶんと違う設定じゃないか？　きみの作品の舞台はたいてい、由緒ある邸宅か、名のある庭園と決まっていたのに」

イヴはお茶を混ぜていた。「何か新しいことを試みたかったんだと思います。あまりはしゃいだことを書いていないといいんですけれど。わたし自身は、ヘンリーで毎日平穏に暮らしているものですから」彼女はかすかにほほえんだ。「田舎の生活は、都会とは違います。社交シーズンのようなものはありません。ときおり友人たちと会ったり、ピクニックに出かけたりすることはありますが、人が集まるといったらそれくらいなんです」

レディ・セイヤーズは、期待するようにレディ・ヴァルミードを見た。「わたしでは、イヴの役にあまり立てないのよ。ほら、わたしはシーズンを経験する前に結婚したでしょう。どんなときにどんなドレスを着るのかほとんど知らないし、第一わたし自身が、決まりごとに従わない娘だったから」

アマンダが口を挟んだ。「それなら、アッシュの出番よ。ねえアッシュ？　アッシュなら、上流階級の淑女が新しいドレスを仕立てるときに、よく助言を頼まれているもの」

アッシュはいとこをじろりとにらみつけたが、あくまで穏やかな口調で応じた。「ぼくはいつも、淑女の頼みごとはことわらないことにしているんだ」

「ほら、言ったとおりでしょう、イヴ」アマンダは言った。「あなたも、ドレスを仕立てるときに来てもらったらどうかしら」

イヴもアマンダをにらみつけてやりたかったが、そうする代わりに、アッシュに向かって、つとめて感じよく言った。「せっかくですが、デニスン卿、そこまでしていただく必要はありません。ロンドンに到着してすぐに、おばと二人で仕立屋に出かけましたから。注文したドレスは、ほとんどできあがっています」

そのとき、リディアがちゃっかりと会話に割りこんだ。「淑女の頼みごとはことわらないとおっしゃいましたわね、デニスン卿？　それなら、わたしにも助言をお願いしたいわ」彼女はイヴに、いたずらっぽい笑みを向けた。

アッシュはあきらめて、目を伏せた。「お供しますよ」

レディ・セイヤーズは手を打ち合わせて言った。「あなたはほんとうに心の広い方ね、デニスン卿。ついでに、姪が到着したら、同じように助言していただけないかしら？」

それからしばらくして、一同の話題がゴシック小説に移ると、アッシュはここぞとばかりに口を開いた。「〈ヘラルド〉に掲載されているいるアンジェロの作品をどう思います？　あの作家の結末には、いつも含みがある。なぜアンジェロは、きちんと決着をつけないんです？」

レディ・セイヤーズはかぶりを振った。「わたしたちにきいても無駄よ。アンジェロの作品は、だれも読んだことがないの。みんな、談話会の準備で忙しかったから」

アッシュはがっかりして椅子にもたれかかった。「読んだ方がいらっしゃらない？」

アマンダ以外で首を横に振らなかったのは、リディアだけだった。彼女はためらいがちに言った。「読んだことはあるけれど、それだけではまだ、なんとも言えないんじゃないかしら」

アンナ・コンティニが言った。「あなたは、自分がアンジェロだってほのめかしてたじゃないの。わたしたちをかついだのね」

ミス・クレイヴァリーは、ぼんやりと宙を見据えていた。「アンジェロの作品は、あれだけじゃない」彼女は言った。「まだほかにも作品はある。でも……」彼女の言葉は、そこでとぎれた。

「どうしてまだほかにも作品があると思うんです？」アッシュは鋭い口調でたずねた。

ミス・クレイヴァリーは焦点の合わない目を彼に向けたが、ほどなく自分を取り戻した。

「ごめんなさい、ちょっと考え事をしていたの。いま何かおっしゃったかしら、デニスン卿？」

「なぜアンジェロの作品があれだけじゃないと思ったのかときいたんです」

「さあ、どうしてかしら。なんとなくそう思ったの」

「ミス・クレイヴァリーらしいわ」レディ・セイヤーズが取りなした。「この人には、予言者めいたところがあるの。手相や、ティーカップに残った紅茶の葉も見る。もちろん、戯《たわむ》れでそうしているわけだけれど、よく知っていることに関しては、ときどきびっくりするほど鋭いことを言うのよ。たとえばわたしたちのことで」彼女はくっくっと笑った。

アッシュは眉をつり上げて頭《こうべ》をめぐらせた。ミス・クレイヴァリーの振る舞いがおかしいと、アマンダにひそかに目くばせするつもりだったが、目が合ったのは、イヴ・ディアリングだった。彼女はアッシュの視線をとらえると、すぐに目をそらした。


アッシュは三十分ほどで祖母とアマンダを連れ帰るつもりだったのに、午後の訪問はいつしか、女性だけのパーティと化していた。祖母のレディ・ヴァルミードが思い出話を始めたせいで、女性たちはほどなく、レディ・セイヤーズが丁寧にしまいこんでいる娘時代の思い出の衣装を見ようと、彼女の化粧部屋に出かけてしまった。一人で音楽室に取り残されたアッシュは、祖母とアマンダが帰る気になるまで、暇《ひま》をつぶすしかなかった。

彼は先ほど見つけたイヴのノートに目を留め、手にとってページを繰りはじめた。さっきは見逃していたが、最後のほうに、ロンドン南東部からケント州のダートフォードまでを含めた大まかな地図が書いてあった。見ると、いくつかの地名にしるしがつけてある。どうやら、そのしるしはすべて、著名人の邸宅や地所の所在地を示しているようだった。

足音が聞こえたので、アッシュはノートをすばやく元に戻した。いくつか扇が並べてあるテーブルに近づいたところで、ドアが開いた。かすかな花の香りで、だれが来たのかわかった。彼女の香水の香りなら知っている。「ミス・ディアリング」そう言いながら、振り返った。

イヴは、これまでの彼の失礼な振る舞いに対する怒りで、すでにはらわたが煮えくりかえっていた。とりわけ、夢のなかに彼が入りこんで、本来の自分とは正反対の行動を取らせたことが許せない。けさ、やたらと早い時間に目が覚めた彼女は、夢のなかで取った行動にいらだち、怒り、そしてぼんやりとではあるが恐れを感じていた。その夢に入りこんだ当人が、いつもと同じように快活で屈託なく振る舞っているのに、自分は何か悪いことをした女学生のように、きまり悪い思いを味わっているのが腹立たしかった。

「わたしの名前をご存じなんですね」イヴは言った。「それで、なんでしょう？」

「きみはいったい、いくつの名前を持っているんだ、ミス・ディアリング？　二つ？　三つ？　それとも、まだあるのか？」

アッシュががらりと態度を変えたので、イヴはさっとあとずさった。「いったい、なんの話です？」

「とぼけないでくれないか！　きみがアンジェロなんだろう？　いいかげんに認めたらどうだ！」

イヴは唖然とした。「どこからそんなでまかせを思いついたんです？」

「きみの父上は造園家という話だが」アッシュはソファ・テーブルに置かれたノートを手で指し示した。「きみはロンドン周辺の邸宅や庭園の地図を書いて、そのいくつかにしるしをつけている。それが今度の標的なのか？　その場所にまつわる話をいくつか書くつもりなんだろう？　それで罪もない人々が傷つくとは思わないのか？」

イヴはその場に立ちすくんでいたが、ほどなくぱっと動いてテーブルに置いてあったノートをつかむと、彼に向きなおった。「あなたにはなんの権利も――」彼女はすっと息を吸いこんで、言いなおした。「このノートは個人の所有物よ。読みたいなら、まず持ち主の許可を得るのが筋でしょう」

「どうぞ読んでくださいとばかりに置いてあったんだ。それに、きみはまだ、質問に答えていない。なぜケント州にある個人の地所にしるしをつけているんだ？」

イヴは猫が獲物に忍び寄るようにすっとアッシュに近づくと、燃えるようなまなざしで彼を見上げて言った。「よく聞いてちょうだい、アッシュ・デニスン。わたしは、アンジェロじゃない。父から聞いた話を小説に書いたこともないわ。父が庭園にまつわる話をしてくれたことは一度もないし、今後もそれはないでしょう。父とはそれほど親しくないの。たしかに、ケント州にある庭園や地所にしるしはつけたわ。でもそれは、いずれその場所を訪れて、以前に母と一緒に行った場所をたしかめたかったから。石切場がある庭園なの」彼女は少しためらってつづけた。「そこが、亡くなった母と一緒に最後に訪れた場所なのよ」

イヴはふっと黙りこんで、唇を引き結んだ。怒りのあまり一気に言ってしまったが、黙っておくべきだった。心の奥底にしまいこんでいる秘密を、こんな男と分かち合いたくない。秘密どころか、何一つ共有したくない。

アッシュはまじまじと彼女を見つめていたが、やがて気弱な笑みを浮かべた。「ほんとうにすまない。どうやら思い違いをしていたようだ。こんなことを言う前に、もっとよく考えるべきだった」

謝られても、イヴの怒りは治まらなかった。「ええ、その通り。それと同じで、人をばかにしたような表情を浮かべるのなら、その前によく考えるべきね」

彼とアマンダが交わした表情が、イヴの心に生々しい傷を残していた。他人のそんな表情に気づいたことは、以前にもある。クレイヴァリー家の変わり者たちは、よく物笑いの種にされていた。世間の人々にしてみれば、彼らは定期市で見かける慰《なぐさ》み者と同じだった。

アッシュは落ち着きはらった声で言った。「どういう意味か説明してくれないか、ミス・ディアリング」

「おばがアンジェロのことを口にしたとき、あなたがアマンダに向けた表情のことよ。おかげであなたがどう思っているか、よくわかったわ。おばがどんな人間か知っていたら、あなただってもっと敬意を払ったでしょう。おばは他人のことをけっして悪く言わない、善良でやさしい人なのよ」

アッシュは冷ややかに言い返した。「きみがぼくという人間を知っていたら、おばさまを侮辱する気などさらさらなかったことはわかってもらえたはずだ」

「あなたのことなら充分知っているわ。社交界の人気者で、淑女のおしゃれにくわしい方」ゆうべ夢から覚めたあと、いらいらして少しも寝つけなかったことも、いらだちに拍車をかけていた。「あなたは上流社会の人々と交わるより、高級娼婦と過ごすほうがしっくりくるんでしょう。頭にあることといったら、女性を追いかけることばかり。そして、ありとあらゆる目新しい体験から、できるかぎりのお楽しみを引きだすことしか考えない」イヴは、どうしてこんな袋小路に入りこんでしまったのだろうといぶかりながらも、しゃべりつづけた。「人生には、もっとましな生き方があるはずだわ」

含み笑いが聞こえたので、イヴはぐいとあごを上げた。アッシュが首をかしげて彼女を見ていた。「ということは、ゆうべ見かけたのはきみだったのか。馬車の窓から、人のことをこっそりのぞき見ていた」

イヴはぎょっとした。「のぞき見だなんて！　往来で、あんなに目立っていたくせに。見るべきではなかったというの？」

アッシュはあごをかいた。「あんなぞんざいなキスを一回しただけで、ぼくという人間をそんなふうに評価するのか？　きみは作家だが、まだ男のことを知らなさすぎる。というより、いろいろな快楽を知らなさすぎる」

あれがぞんざいなキス？　イヴはたじろいで、情熱的なキスなるものを想像しようとした。彼の唇から目が離せなかったが、やがてキスするために作られたようなその口がほころんだので、あわてて目をそらした。

「男性のことなら、小説を書くのに必要な程度は知っているわ」

「そうだった。忘れていたよ。きみのヒーローはただの飾りなんだった」

イヴが答えなかったので、アッシュは彼女に近づいた。「談話会で、きみの本について明らかな欠点をいくつか指摘する代わりに褒めたたえたら、きみはぼくのことをこれほど毛嫌いしただろうか？　たぶん、嫌わなかったんじゃないかな。ひょっとするときみは、自分自身に腹が立っているんじゃないのかい？」彼は愉快そうに瞳をきらめかせた。「ごまかそうとしても無駄だ。きみには秘めた情熱がある。恥ずかしがることはない。ぼくにまかせるんだ、イヴ。快楽の手ほどきをしよう。それがきみの望みなんだろう？」

イヴは目を大きく見開いた。「なんですって？」かすれた声で聞き返した。

その変化に、アッシュは眉をひそめた。イヴはさっきまでと打って変わって、すっかり落ち着きをなくしている。「ただのゲームと思えばいい」彼は言った。「何も、きみを本気で口説こうとしているわけじゃないんだ。ほんとうに」

アッシュの後ろにあるテーブルを指さして、イヴは震える声で言った。「レディ・セイヤーズから扇を取ってくるように言われているの。かまわないかしら？」

アッシュはその場を動かずに、イヴをじっと見つめた。「どうかしたのか、イヴ？」

そのとき、ドアの向こうから足音が聞こえて、アマンダが入ってきた。イヴはさっとあとずさり、アッシュはひそかに悪態をついた。

アマンダは張りつめた空気に気づかないらしく、アッシュに近づいてたずねた。「嗅ぎ煙草入れを持っていたら、貸してほしいんだけれど」

アッシュはふだんよりつっけんどんな口調で応じた。「いいとも。なぜ？」

アマンダは瞳をきらめかせて答えた。「おばあさまが、煙草の嗅ぎ方を教えてくださることになったの」それから、イヴに向きなおって言った。「おばあさまがあんなに男まさりの女性だったなんて、夢にも思わなかったわ。きっと、恋多き女性だったのね。いまもそれは楽しそうで、なかなか帰ろうとしないの。今度の土曜日にヴォクソール・ガーデンズで開かれる開園の催しにも、全員を招待するつもりよ」

アッシュはアマンダに嗅ぎ煙草入れを手渡しながら、イヴをちらりと振り返った。イヴは彼と目を合わさないようにしながら、扇を集めていた。さっきの彼の言葉に、まだ胸が騒いでいる。あれは夢で彼が言ったのと、まったく同じ言葉だった。

アマンダは楽しそうにアッシュに言った。「その催しは仮面舞踏会なんだけれど、おばあさまとレディ・セイヤーズが、大切に保管しているドレスをわたしたち全員に貸してくださるんですって。ずっと前から、フープやパニエの入ったドレスにあこがれていたのよ。衣装部屋はもう大騒ぎになってるわ。おばあさまとレディ・セイヤーズはまるで……そう……女学生みたいにはしゃいでるわよ」しまいに、イヴに向かって意味ありげに言った。「早く行かないと、おもしろい場面を見逃してしまうわ」

彼女とイヴは、連れだってドアに向かった。去り際に、アマンダが振り返って言った。「もう少しで忘れるところだったわ。おばあさまが、先に帰っていいとおっしゃってたわよ、アッシュ。わたしたちは、レディ・セイヤーズに馬車をお借りして帰れるから」

イヴは膝《ひざ》を曲げてお辞儀をした。「では失礼します、デニスン卿」彼女が言ったのは、それだけだった。

部屋を出たところで、アマンダが言った。「いったいどうしたの？ 音楽室に入ったとき、あなたたち二人が、彫像になってしまったのかと思ったわ」

イヴはなんと言ったらいいのかわからなかった。頭のなかは混乱したままだし、心の傷もまだ痛んでいる。アマンダのことは大好きだが、こんな秘密を打ち明けられるほど親しいわけではない。

アマンダはつづけた。「ひょっとして、ミス・クレイヴァリーのことじゃない？ アンジェロのことをミス・クレイヴァリーが口にしたとき、アッシュのうんざりした顔を見たんでしょう。でも、そんなに責めないでもらえないかしら。あの人から、アガサおばさまの話は聞いてない？」

イヴはかぶりを振った。

「アッシュはアガサおばさまが大好きなんだけど、おばさまがなさる〝いんちき療法〟と

〝魔術〟については、世間一般の男性と同じように疑ってかかっているの。アガサおばさまは死者の魂と交信できると思いこんでいて、しょっちゅう自宅で降霊会を開いているのよ。正直言って、気味が悪いものなの。でも、ミス・クレイヴァリーは楽しい方だわ」彼女はほっそりした肩をすくめた。「まさか、本気であんなことを言っているわけじゃないでしょうしね」

いいえ、本気よ。イヴは弱々しくほほえんだ。

レディ・セイヤーズの衣装部屋の前に来ると、なかからいかにも楽しそうな、笑いさざめく声が聞こえた。

ドアノブに手をかけて、アマンダが言った。「アッシュのことは、許してもらえないかしら。悪気がないことは請け合うわ。所詮は男性だもの」

「そうね」イヴは応じた。「所詮は男性だわ」

アッシュは、グリヨンズの食事室から運ばれた極上の夕食に、ほとんど手をつけていなかった。いらいらと指でテーブルをたたきながら、これから長い夜をどうやって過ごそうかと考えていた。炉棚に山積みにされた金縁の招待状のなかから選びだしたのは、五通。すでに今夜は、祖母のレディ・ヴァルミードとアマンダの誘いをことわっていた――レディ・ヴァルミードが昔なじみと親しい友人を呼ぶディナー・パーティだから、わざわざつきあう必要はない。

五通の招待状はどれも、世慣れた貴婦人からの誘いだったが、興味が少しも湧かなかった。自分は卑しい男ではない。育ちのよい娘や結婚を考えている女性に、軽々しく言い寄ったことなど一度もなかった。それが、イヴ・ディアリングにあんなことを言うとは、いったい何を考えていたのだろう？

一通目の送り主は、ソフィ・ヴィラーズだった。口答えなどしない好色な美人だが、しつこすぎる。つぎの送り主は、レティシア・サトクリフ。知的な美人だが、ユーモアのセンスがまったくない。おつぎは、バーバラ・ハレット。彼女の話題はたった一つ——自分自身だ。そして、残る二通も同様。

イヴ・ディアリングのことが、どうしてこれほど忘れられないのだろう？

彼女と話していると、立ち止まって、自分は行くあてもなく何をしているのだろうと考えてしまう。まあ、同じことは彼女にも言えるはずだ。彼女の人生も——あれが人生と言えるならだが——あまり細かく詮索されたら、困ることはあるだろう。

——あなたは上流社会の人々と交わるより、高級娼婦と過ごすほうがしっくりくるんでしょう。

それは違う。ほとんどの知り合いの紳士がそう感じているように、自分は両方の世界が好きなのだ。だからといって、放蕩者だとか、不面目だとかいうことにはならない。

——頭にあることといったら、女性を追いかけることばかり。

彼女は目が見えないのか？　ゆうべ、相手の女性をどうにか振り切ろうとしていたのを見なかったのだろうか？　そこでアッシュは、口元をほころばせた。もちろん、乱暴なことはしたくなかったから、あまり悪あがきはしなかった。たぶんイヴには、あの家は賭場《とば》だと説明するべきだったのだろう。もっとも、そんなことをしたら、悪の巣窟《そうくつ》がどうのと、お説教を食らっていただろうが。

　アッシュはため息をついて、ワイングラスに手を伸ばした。人生にとりたてて目的がないことを追及されるのは、この半月で三度目だ。自分がなすべきことぐらいわかっている。行いを正して、望ましい娘と結婚し、デニスン家の家名と爵位を受けつぐ跡取りをもうけること。

　それが意味のある人生なのだろうか？

　アッシュの唇に冷笑が広がった。このゲームは、以前にもしたことがある。彼と弟のハリーは、父の望みを遂げるための駒《ポーン》だった。長男としての運命を全うするように育てられた彼は、少年時代はそのことになんの疑問も抱かなかった。ハリーはいわゆる〝予備〟だったが、病弱で、いつまでも子どもの心から成長しないとわかると、上流社会の人々の目には触れさせたくないとばかりに、表に出されなくなった。そして、子どもたちが父を恐れるよりも夫をひどく恐れていた母は、アヘンで苦悩を紛らわせることに慰めを見いだした。

　母やハリーのことを思うときはいつも、二人をがっかりさせているような気分になった。母が死んだときも打ちのめされたが、ハリーが死ぬと、何もかもが変わった。というより、彼自身が変わったのだ。あのとき父から言われたことはけっして忘れない。かわいそうだが、こうなったほうが幸せなのだ。ハリーは大きくなりすぎて、うちでは面倒を見きれなくなってしまった。それなりの場所に預けるために、いま準備しているところだ。神が慈悲を賜《たまわ》って、手をこまぬいているわれわれに道を示してくださったのだ、と。

あのときは、父を絞め殺してしまわないように、両のこぶしを握りしめていなければならなかった。ハリーがそんなところへ？　だれよりも人生を悟りきっているハリーを？　人間には、知性や野心より、もっと大切なものがある。ハリーの子どものような純真さに比べたら、そんなものになんの価値があるというのだろう。けれども、ハリーは死んでしまった。この胸に、たとえようもないむなしさを残して。

父のことを好きだと思ったことはなかった。冷酷で、口答えを許さない傲慢な男。あの日を境に、そんな父を心から軽蔑するようになったが、それだけでは気持ちが治まらなかった。父を罰したかったから、デニスン家のたった一人の後継者の身でありながら、戦争が勃発すると、志願して出征した。貴族にとって、一人息子の身に何かあって家名が途絶えるほどの悲劇はないからだ。

奇妙なことに、父親に対する面当てが目的だったのに、戦争のおかげで立ちなおれた。困難と危険に満ちた日々がつづいても、けっしてたじろがなかったし、最悪の状況でも、自分のしていることを疑ったことは一度もなかった。人生において、あんなに明快な状況に置かれることはめったにない。

アッシュはワインをぐっとあおると、帰国後の日々に思いを馳せた。失われた青春をやっきになって取り戻そうとしたことを恥じるつもりはまったくないが、自分はイヴが思っているような享楽主義者ではない。ただ、先のことをほとんど考えていないだけだ。しかし、イヴの言葉で、考えざるを得なくなった。わかったのは、自分は軍隊時代に見いだしたような明快さを求めているということだった。

イヴ自身はこの先どうするつもりなのだろう？　これからも作家の道を歩むのだろうが、彼女自身は謎めいたままだ。一見するとおとなしい女性なのに、彼女の描くヒロインは、大胆この上ない。これをどう解釈すればいいのだろう？

ドアが開いて、アッシュの従者リーパーが部屋に入ってきた。まだ二十代後半と年は若いが、すでに髪が銀色になっている。何を考えているのか読みとれない表情を浮かべ、どことなく敬意を払うべき雰囲気を漂わせた彼は、従者の手本のような男だった。

リーパーが言った。「今夜はお出かけになりますか、旦那さま？」

アッシュはさっき選びだした招待状に目を落とすと、顔をしかめた。彼はいったん首を横に振ったが、すぐに考えなおした。「馬車を玄関に回しておくようにホーキンズに伝えてくれないか。出発は十分後」

「どちらにお出かけですか？」

「リッチモンドだ」

「かしこまりました」リーパーはそう言って、部屋を下がった。

あたりが薄暗くなりはじめるころ、アッシュは御者席に乗りこんだ。「手綱はぼくが取る」彼は、隣にいる御者のホーキンズに声をかけた。

ホーキンズは何も言わずに手綱を渡した。主人は彼が着ているのとほとんど同じ、ケープ付きの厚地の外套を着こんでいる。主人の言葉の意味をわきまえているホーキンズは、疾走する馬車から振り落とされないように身構えた。

リッチモンドまでは一時間とかからないが、長い影が行く手に伸び、夕闇がますます濃くなってくると、ホーキンズはマスケット銃を取って小脇に抱えこんだ。

馬車のガタゴトという音と蹄《ひづめ》の音が響きわたるなか、アッシュは声を張り上げた。「心配するな、ホーキンズ。追いはぎに出くわしたら、ひき殺してやる」

ホーキンズは、その言葉を額面どおりに受け取った。主人は、追いはぎに出くわすのを楽しみにさえしているようだった。今夜の彼は、戦場で見た命知らずな雰囲気を漂わせている。デニスン大尉は戦闘のたびに、部下の手本となるべく、つねに先頭に立っていた。

目的地の一マイルほど手前で、アッシュは手綱を引いて速度をしだいにゆるめ、リッチモンド・ブリッジを渡るころには馬を歩かせていた。彼の屋敷は、ライムの老木が緑の天蓋《てんがい》をなしている道の突き当たりにある。道沿いに立つポールにランタンがつり下げられていたが、ランタンのほのかな明かりの先は真っ暗闇で、何も見えない。

馬車が厩舎に着くと、厩番《うまやばん》たちが、上着《ジャーキン》を羽織ったりブーツに足を突っこんだりしながら、あたふたと出てきた。アッシュがこんなふうに前触れもなく現れることはめったにないので、使用人たちの気がゆるむのも無理はない。

アッシュは御者席から飛び降りると、馬の世話をホーキンズにまかせて、テムズ川のほうへふらりと歩きだした。その習慣をだれもが心得ていたので、厩番はそのあいだに手伝いの少年を家政婦のもとに走らせ、主人が屋敷に来たことを知らせた。

アッシュは川岸で立ち止まった。頭のなかは、弟の思い出でいっぱいだった。ハリーはほかの少年たちとは違っていたが、ささやかなことに喜びを見いだした――読書に、音楽、そしてとりわけ好きだったのが水遊び。大学が休みになったときは、よくハリーをボートに乗せてやったものだ。ハリーが流されないようにだれかが付き添ってくれるなら、水遊びもさせてやった。泳げるようになりたがっていたから、泳ぎ方を教えようとしたが、ハリーの弱った筋肉では、川に流されるしかなかった。

これまでの人生で、弟ほど愛した人間はいなかった。英雄を見るような目で兄を見上げていたハリー。その彼が、いまの自分を見たらどう思うだろう。

陰鬱な思いは、屋敷に入ると消え去った。召使いたちはいつも彼を温かく迎え、かいがいしく世話を焼き、行き届いた気づかいを見せてくれる。申しわけないと思いながらほとんど寄りつかないでいるのは、相容れない二つの思いの板挟みになっているせいだった。母と弟の思い出にあふれたこの家を手放すことはできない。けれどもここには、けっして懐かしいとは言えない父の思い出もある。

ほとんど留守にしていることの埋め合わせに、たまに立ち寄ったときはいつも、財産管理人と一緒に領内の借地人を訪れて、順調に収益が上がっていることをたしかめるようにしていた。幸い、いい借地人に恵まれて、すべてはうまくいっている。もっとも、新しい土地と暮らしに慣れなくてはならない元軍人たちは、大目に見てやらなくてはならないが。

寝室に行こうと階段を上っていると、べつの考えがふっと頭に浮かんだ。イヴ・ディアリングが深紅のサテンに身を包んだら――そんなことを、どうしてまた思いついたんだろう？

6

夢だとわかっていたが、イヴは目を覚ませなかった。彼女はふたたび十二歳の少女に戻り、母の声に耳を澄ましていた。シバの大きな黒い頭が、雨で濡れている。

眠っていても、心臓が激しく脈打ち、のど元に恐怖がこみ上げるのがわかった。廊下を走って、母の部屋に飛びこむ自分が見える。整えられたままのベッドに、火の消えた暖炉。テーブルの上に広げられたままの、母のノートとスケッチ。彼女は召使いたちを起こし、シバに導かれるままに裏口を出て、足下を照らすランタンをつかんだ。

そして何もかもが、めまぐるしく頭に浮かんだ——石切場の下に横たわる母、彼女を母から引き離す召使いたち、気をつけるのよと重ねて呼びかける母の声。そして最後に、フレンチ・ドア越しにテラスが見える舞踏室。そのドアの向こうで、だれかが彼女を待っている。だれかが……。

悲鳴を上げて、イヴは目を覚ました。

イヴはたったいまおぼれていたところを助けだされたかのように、何度か急いで息を吸いこんだ。どうにかまともに呼吸できるようになったので、暖炉の熾火からろうそくに火をともした。

自分の体を抱きしめながら、暖炉の近くにある椅子に腰を下ろして、いま見た夢のことを考えた。これまで、舞踏室とそこで踊る令嬢たちの光景を何度も夢に見ていたが、どうしてその光景がたびたび夢に出てくるのか、いまようやくわかった。それは母が息を引き取る直前に、何かの警告と一緒に彼女に伝えようとした光景だった。

それが、どうしていまごろ？　どうしてあの夜の思い出に、いまになってうなされるの？　夢を見たきっかけは、アッシュ・デニスンとの会話だった。彼に石切場のことを打ち明けて、一晩じゅうそのことを考えていたせい。しかも、それは夢ではなく、過去に見たことのある光景だった。それまで何もかもが曖昧《あいまい》だったのが、不意にはっきりした。母のアントニアは、未来を垣間見せて、娘の身に起ころうとしていることを警告しようとしたのだ。

庭園。母は庭園が好きで、気に入ったところがあると、その様子を書きとめたり、スケッチしたりしていた。母は、その庭園のある邸宅にも興味をもっていた。住人の許可があれば、父の案内で、邸宅のなかを見学して回ったものだ。

ここは幸せな家ね、と母はときどき言っていた。けれども、無口になり、かぶりを振って、反対のことを言うこともあった。母がそんなことを言うと、父はいつも怒りだした。何かの迷信にとらわれているのだと父は言っていたが、イヴは子どもながらにわきまえていた。母はそういうことに、不思議な能力が働くのだと。

イヴは背もたれに寄りかかって考えた。母のノートのことを父にきいたことはあるが、あれからノートがどうなったのか、父は知らなかった。母が死んだ夜は何もかもが混乱していたから、それどころではなかったという。ノートは母のそのほかの荷物とともに自宅に送り返されたはずだが、イヴはひそかに、父か、きっちりした継母のどちらかがノートを捨てたのではないかと疑っていた。継母のマーサは、夫の前妻を思いだすよすがになるようなものは何一つ残さないはずだ。母のことを変人だと思いこんでいたから、なおのこと。

不意に両のこぶしを握りしめていたことに気づいて、意識して力をゆるめた。変人。それこそ、アッシュ・デニスンがおばを見て思い浮かべた言葉ではないかしら？　あのとき浮かべた表情でわかる。もし彼が、変わり者のクレイヴァリーのいとこたちに会ったら、なんと思うだろう。けれども、世の中にはたしかに、説明できないことだってあるのだ。

「イヴ？」

だれかがドアをたたいたので、イヴはびくっとした。あわてて立ち上がってドアを開けると、レディ・セイヤーズがせかせかと入ってきた。

「大変なことになったわ」レディ・セイヤーズは言った。「ベドラムから患者が一人脱走したんですって。看守がいま来ているんだけれど、うちのなかを捜索したいそうよ」

「え？」イヴはまだ、夢からすっかり抜けだせずにいた。

レディ・セイヤーズはため息をつくと、もう一度説明した。「ベドラムから女性が一人脱走して、看守たちが犬を使って捜索しているの。うちにいるかもしれないんですって。だから、お客さまのいる寝室以外なら、どこを探してかまわないとお返事したわ。だって、そうするしかないでしょう。でも、怖がることは何もないの。すぐに終わるから、そのまま二階にいてちょうだい。ほかの方たちにも知らせてくるわ」

部屋を出ていこうとして、彼女は振り返った。「イヴ、デクスターはどこにいるの？」

イヴの頭はもうすっかり目覚めていた。「アンディのところだと思います」デクスターは邸内を自由に行き来していいことになっていた。イヴが忙しくしているときは、靴磨きの少年アンディが世話をすることになっているが、夜はいつも彼女の部屋で過ごしている。

レディ・セイヤーズはうなずいて、部屋を出た。

イヴは眉をひそめた。最後にデクスターを見たのはいつだったかしら？　寝る前に部屋の外に出して、あとでなかに入れるようにとアンディに頼んだのは憶えている。でも、いないということは、アンディが忘れたのかしら？

窓に近づいて外を見た。ランタンをかざした男たちが、棒を振りまわして、勢子《せこ》が雉《きじ》を追い立てるように低木の茂みをたたいている。茂みのまわりを犬が嗅ぎまわっていたが、どうやら臭跡がわからなくなっているようだった。

「かわいそうな人」イヴは小声で言った。ベドラムから逃げだしたくない人間がいるだろうか。

ノックの音がしたのでドアを開けると、従僕がいて、下に来ていただきたいと彼女に伝えた。イヴは胸を騒がせながら、従僕のあとについて部屋を出た。下に降りると、ベドラムの看守が一人、玄関の前で、デクスターに引き綱をかけて待っていた。もう片方の手には、汚らしい靴下のようなものを持っている。

看守は怒りで顔を赤くしながらも、礼儀正しくたずねた。「あなたの犬ですか？」

イヴはデクスターを見た。看守たちに迷惑をかけたことにまったく気づいていないデクスターは、うれしそうに彼女を見上げた。

「ええ」イヴは応じた。「わたしの犬です。連れて来てくださって、ありがとうございました。何かご迷惑をかけていないといいんですけれど」

「迷惑なんてもんじゃありませんよ！」看守はすっと息を吸いこむと、言葉をやわらげた。「あなたの犬が何をしたかというと、まずこの靴下を拾って――」彼は靴下を振って見せた。「――それから、ご丁寧に臭跡をつけて、うちの犬がそれを追いかけたんです。追跡をあきらめるしかありませんでした」

できるかぎり反省しているような顔をして、イヴはたずねた。「その靴下は、病院から脱走したという女性のものだったんですか？」看守がうなずいたので、イヴはつづけた。「それは申しわけありませんでした。今後は二度とこのようなことがないようにします」

看守は何やらぶつぶつとつぶやくと、デクスターの引き綱をはずして、挨拶もせずに立ち去った。

イヴはすぐにデクスターを従えて寝室に戻ると、ベッドに腰を下ろして、耳の後ろをかいてやった。デクスターの頭は濡れていた。「少なくとも今夜は、その気の毒な人の心配をせずにすみそうね。雨がこんなに降っていたら、犬にもにおいはわからないもの」

イヴはデクスターをかく手を止めて、物思いにふけった。ベドラムからの脱走者となると、危険な人間かもしれないから、笑いごとではない。けれども、施設に監禁して存在自体を闇《やみ》に葬《ほうむ》ってしまうよりほかに、何かしてやれることがあるかもしれない。

男たちが敷地から出ていく足音がした。ドアの向こうから女性たちの話し声が洩れてくる。やがて、レディ・セイヤーズが、この件はあすの朝話し合うことにして、いまは早く寝ましょうと一同に言うのが聞こえた。

イヴはろうそくをともしたまま、ベッドにもぐりこんだ。デクスターの体が背中にあるのが、とても心強い。囁くように降っていた雨は、しだいに激しくなり、ほどなく土砂降りになった。これで、脱走した女性のにおいはすっかり消えてしまうだろう。

イヴは目を閉じたが、眠れなかった。三十分ほどもぞもぞと寝返りを打ったあげく、あきらめて起き上がった。

看守とのやりとりが、頭のなかにずっと引っかかっていた。脱走した女性は、いまどこにいるのだろう。雨宿りできる場所や食べ物を見つけただろうか。きっと、戻ろうかどうしようかと迷っているに違いない。雨に打たれ、腹を空かせて死ぬよりは、ベドラムにいたほうがましのように思えるが、ほんとうのことなどだれにわかるだろう。

ベツレヘム聖マリア病院。ずいぶん立派な名前だが、だからといって、建物のなかで行われていることまで立派だというわけではない。この病院で錯乱した人をおとなしくさせるためのもっとも一般的な手段が、手枷足枷《てかせあしかせ》や体罰であることは、だれもが知っている。比較的ましな個室もあるらしいが、入所費用は途方もなく、一部の裕福な人間にしか払えないという。ベドラムには、患者の権利を守ろうという有力な支援者が、一人もいないという話だった。

イヴには、一つだけ言えることがあった。どんなに毛嫌いしている相手でも、ベドラムに入る羽目《はめ》になったら気の毒になるだろう。

イヴが落ち着かないので、デクスターも起きだして、ドアをひっかきはじめた。いまなら外に出てもかまわないだろう。看守たちと犬が引き上げてからだいぶ時間がたっているし、少し散歩すれば頭がすっきりして、胸のざわつきも治まるかもしれない。

イヴは新しいろうそくに火をともすと、いちばん厚手のコートを着て、しっかりしたウォーキング・ブーツを履き、ショールを頭からかぶった。いまは四月だが、夜はかなり冷えこむことがある。デクスターにすぐあとについてくるように命令すると、ろうそくの火を手で覆いながら寝室を出て、長い廊下を進み、ドアを開けて召使い用の階段を下りた。

階段を途中まで下りたところで、デクスターはくんくんと空気を嗅ぐと、イヴが止めるまもなく駆けだした。さらにまずいことに、ろうそくの火も消えてしまった。イヴは片手で手すりにつかまると、一段ずつそろそろと下りはじめたが、踊り場でぴたりと立ち止まった。どういうわけか、足が動かなかった。イヴは懸命に耳を澄ました。少なくとも、デクスターが外に出ようとしてくんくん鳴く声は聞こえるはずだ。けれども、いまはなんの音もしなかった。デクスターが呼吸する音すら聞こえない。

そのまま、しばらく待った。イヴは先に進むようにと自分に言い聞かせた。たぶんデクスターは、台所係のメイドがうっかりしまい忘れたものか、ごみ入れを漁って見つけたものを何か食べているのだろう。それとも、まだ起きている召使いに頭をなでてもらっているか、そうでなければ……。

ベドラムから脱走した女性を見つけたか。

イヴはできるかぎり静かに階段を下りると、厨房に入った。火床で熾火がほのかに輝いているので、真っ暗というわけではなかった。デクスターの姿はどこにも見あたらない。すぐに熾火からろうそくに火を移して、キッチンを見てまわった。何かが荒らされた様子はまったくない。

怖くはなかったし、デクスターを呼びたいとも思わなかった。いまや、ベドラムからの脱走者のイメージが頭にくっきりと浮かんでいた。その女性を怖がらせてはならない。

猫のように足音を忍ばせて、つぎつぎと部屋を見てまわり、洗濯室で彼らを見つけた。デクスターは先にイヴに気づいてくんくんと短く鳴いたが、女性のそばを離れなかった。彼女は大きな銅のボイラーに身を寄せていた。セイヤーズ邸では大量にお湯が消費されるので、ボイラーには朝から晩まで火が入れてある。

彼女はイヴに気づくとぎくりとした。恐怖に目を見開き、息づかいも早くなっている。片手には、パンの塊《かたまり》を持っていた。

「怖がることはないのよ」イヴはできるかぎりやさしく、穏やかな声で話しかけた。「あなたを傷つけるつもりはないの。あなたがここにいることも、だれにも話さない」

なだめても、なんの効果もないようだった。まだおびえて目を大きく見開いているその相手を改めて見ると、娘と言うにはまだ早い少女だとわかった。すりきれて泥に汚れたガウンを着て、もつれた髪には木の葉がついている。裸足の足には、ひっかき傷がついていた。

イヴはその、おびえた瞳をのぞきこんだ。「わたしの犬と友達になったのね。わたしもあなたの友達になりたいわ」

どこからそんな言葉が出てくるのか、自分でもわからなかった。少女はおびえたままだ。

「わたしはイヴ」彼女はつづけた。「あなたの名前は？」

少女は返事をせず、イヴの背後にあるドアにさっと目をやった。イヴがたった一つの出口をふさいでいると思っているのか、彼女のほかにもだれかいると疑っているのか。

「わたしは一人よ」イヴは言った。「ここにいるのは、デクスターと、わたしだけ」

少女はひどく震えていた。イヴはろうそくを置いてコートを脱ぐと、そこにあった椅子の背に掛けた。「これを着るといいわ」彼女は言った。「寒さがしのげるわよ。約束するわ、あなたを引き留めはしないし、あなたがここにいてもだれにも話さない。ここにいたくないのなら行ってもいいけれど、そのときはこれを着ていってちょうだいね」彼女はショールとブーツを脱ぐと、それも椅子の上に置いた。「あなたにあげるわ」

少女はかなり落ち着きを取り戻してきたが、まだおびえた目でこちらをうかがっていた。

「お腹がすいてるんでしょう」イヴはつづけた。「食べ物を持ってきてあげる。チーズは好きかしら？　そのあとで、これからどうするか相談しましょう。あなたをヘンリーにあるわたしのうちに――」彼女はふっと口をつぐんで、首を振った。相手のことをよく知りもしないのに、いつの間にかぺらぺらとしゃべっていた。ベドラムから逃げてきたのだから、危険な人間かもしれない。暴れだしてもおかしくはないのだ。凶暴な相手と格闘するのは、ぞっとしない考えだった。

けれども、イヴはそれとはべつの何かを感じていた。今夜は、母のことを夢に見ているときに目が覚めた。いまも、母の声が聞こえるような気がする。

〔迷ったときは、自分の勘を信じるのよ、イヴ〕

彼女が昔、ポニーを選んだときがそうだった。群れのなかでいちばん小さかったジンジャーは、家族で訪れたあらゆる定期市で優勝のリボンを獲得した。

〔自分の勘を信じるのよ、イヴ〕彼女はその通りにした。加えて、いまはデクスターもついている。彼女を守るためなら、デクスターは死をもいとわない。

少女の唇が動いた。「ネル」

イヴはほほえんだ。「それがあなたの名前なの？」

少女は小さくうなずいた。

「何か食べるものを持ってくるわ、ネル」

イヴはろうそくをテーブルに置くと、そろそろとあとずさって洗濯室を出た。手探りして厨房に戻るのに時間がかかったが、いったんろうそくに火をともして炉棚に置くと、貯蔵室に入って手早く食料を選びだした。けれども、洗濯室に戻ると、少女は姿を消していた。服とブーツは身につけていったらしい。木桶の近くにあるドアが、わずかに開いていた。ドアを開けると、そこは外から自由に出入りできる石炭貯蔵庫だった。

少女はそこから入ったのだ。彼女はまず、石炭貯蔵庫に逃げこみ、それからボイラーの熱で暖まろうと、洗濯室に入りこんだのだろう。

イヴはドアの鍵を閉めようとして、手を止めた。少女がボイラーで暖を取るために、勇気を振り絞って屋敷に入りこんだからといって、なんの害があるというのだろう。あの子は危険な人間ではなかった。そう、危険とは思えない。あの子はまるで、主人から虐待されて逃げだした犬のようだった。ベドラムでは、きっとそんなあつかいを受けていたのだろう。

デクスターが手のひらに鼻を押しつけた。「わたしは、あなたの友達に怒ってるんじゃないの。世間一般に腹を立てているのよ」イヴはほうっとため息を洩らした。「あの子に逃げる時間をあげましょう。散歩なら、あとでできるんだし」

イヴはデクスターを従えて、そろそろと階段を上がった。寝室に戻るとすぐに、窓辺に行って外を見た。風にそよぐ枝葉以外に、動くものは何もなかった。

7

ヴォクソール・ガーデンズに繰りだすためにイヴが選んだのは、アッシュの祖母、レディ・ヴァルミードからの借り物で、彼女がかつて嫁入りじたくをする際にオペラ見物用に仕立てた、赤いサテンのドレスだった。凝った装飾が施されて、スカートを広げる小ぶりのフープが入っている。大胆なほど開いた胸元は、扇を広げて隠すことにした。髪を高い位置に結い上げて髪粉をはたき、頰にはつけぼくろ。自分がかつてないほど美しく見えるのはわかっていたが、こんなにつらい思いをするのも初めてだった。コルセットのせいで、死んでしまう！　笑ったり、咳《せき》をしたりするだけではち切れてしまいそうだし、椅子に座るのもひと苦労。こんなものをがまんしていた女性の気が知れなかった。

いいえ、ほんとうはそんな気持ちもわかる。自分も、この深紅のドレスで着飾ったら、アッシュ・デニスンにどう思われるだろうと考えていたのだから。

イヴは手段を選ばなかった。その特別なドレスに目をつけていたリディアに、深紅のサテンを着ると老けて見えるわよと言ってやった。リディアは仕方なくあきらめて、金襴《きんらん》のドレスを着ることにした。そのドレスも、リディアにはよく似合っていた。

けれども、金襴のドレスだろうと、深紅のドレスにはかなわない。深紅のドレスを着ると、自分のヒロインそのままの、自由で、大胆で、魅惑的な女性になれそうな気がする。

ちょうど、夢で見たイヴ・ディアリングのように。

イヴの口元に、苦笑が浮かんだ。ひょっとすると、夢に出てきたアッシュ・デニスンは、小説というものをよくわかっているのかもしれない。あれから試しに、いくつか細かい修正を交えながら、彼が夢のなかで提案していたとおりに、悪者をヒーローに変えて、最初の二章を書きなおしてみた。結果は衝撃的だった。不幸でしっかり者のヒロインが、悪戦苦闘しながら、野獣のような男を手なずけていく。まるで、主人公たちが自分の意志を持ちはじめたようだった。これからどうなるのかは、彼女自身にもわからない。二人の熱いやりとりがこれ以上激しくなったら、ページが燃え上がってしまいそうだった。

「ここはほんとうにきれいね」隣に座っていたアンナ・コンティニが、身振りを交えて言った。

イヴは考え事を振りはらうと、会場に目をやって応じた。「ええ」

夜の帳《とばり》に包まれた庭園は、さながらおとぎ話の一場面のようだった。見わたすかぎり、無数のランプの明かりがゆらめいている――夕食の会場はもちろん、ダンスが行われることになっている円形の建物《ロタンダ》にも、あちらこちらの並木道にも。仕上げに、優雅なメヌエットの調べが、ふわふわと空中を漂っていた。

レディ・ヴァルミードの一行は、夕食の会場で、いくつかのボックス席に分かれて座っていた。かなりの人数だったので、イヴは人々の顔と名前を覚えるのに苦労した。そのうち何人かは庭園の散歩を楽しみに行き、ボックス席に残った人々は、とぎれることなく行き交う人々を眺めたり、ワインや軽い飲み物を楽しんだりしていた。

イヴのいるボックス席には、レディ・セイヤーズにリー・フレミング、アンナ・コンティニ、そしてヘンダースン氏がいた。フィリップ・ヘンダースン氏は法廷弁護士で、談話会でアッシュが地主ふうの男に立ち向かったときに、加勢した紳士の一人だ。彼は、イヴが思い描くような法廷弁護士ではなかった。弁護士にしてはハンサムで、気さくで、粋な雰囲気がある。小説に登場させるなら、追いはぎに仕立てて――。

また本のことを考えるなんて！　たまにはべつのことを考えるのよ。何か楽しいことを。イヴは自分に言い聞かせた。自然と、アッシュ・デニスンのことが頭に浮かんだ。

アッシュは、隣のボックスにいた。イヴは、ちらちらと目を向けずにいられなかった。青いヴェルヴェットのコートを着た彼は、とても素敵だ。大きな折り返しカフとのど元から、白いレースがのぞいている。ぴったりした白いサテンのブリーチズやシルクの靴下には、きっとしわ一つないだろう。髪粉が振ってあるかつらは、黒いリボンで結んである。そして、イヴがはっと息をのんだのは、彼がつけている仮面だった。まるで、彼女の小説から、そのまま抜けだしてきたようだ。

イヴは目をそらした。しばらくして、ふたたびアッシュに目を戻すと、彼はブルネットの目の覚めるような美人をともなって、ダンスが行われているロタンダに向かおうとしているところだった。

「あの人が、レディ・ソフィ・ヴィラーズよ」耳元で、レディ・セイヤーズが囁いた。「あの二人は、たしかお付き合いをやめたはずだけれど、どうやらわたしの思い違いだったようね」

レディ・ソフィは、魅惑的な女性だった。銀の薄絹のドレスに、仮面代わりに顔を覆う銀のレース。笑い声さえ、銀の鈴を振るようだった。こんな女性なら、快楽について、わざわざ教えてもらう必要もないだろう。

そのとき、フィリップ・ヘンダースンが立ち上がり、周囲に失礼とことわって、アッシュの祖母、レディ・ヴァルミードのボックスに向かった。

「あんなことをして、分別があるとは言えないわね」レディ・セイヤーズはなおも囁き声で言った。

イヴはレディ・セイヤーズの視線をたどった。ヘンダースン氏はアマンダの手を取って一礼し、ダンスを申しこんでいるようだ。アマンダの横顔は、氷の彫像のようだった。いったんはことわったようだが、祖母に何か言われてすっと立ち上がると、ヘンダースン氏に手をゆだねた。

イヴはレディ・セイヤーズに向きなおって説明を待ったが、彼女が何も言わないので、慎重に促した。「なぜ分別があるとは言えないんです？」

レディ・セイヤーズはまるで、それが内密なことであるかのようにためらっていたが、それもいっときだった。「アマンダがマークと婚約していたとき、急に婚約を破棄して、ヘンダースンさんと婚約したことがあったの。マークは打ちひしがれて、決闘を申しこんだそうよ。それから、くわしい経緯はわからないけれど、アマンダはヘンダースンさんをあきらめて、マークとよりを戻したの。それが十年前。わたしの知っているかぎり、それ以来二人は口をきいていないはずよ」

イヴはあっさりと言った。「決闘で傷を負ったのは、マークのほうだったんですね」

レディ・セイヤーズは眉をつり上げた。「あら、知ってたの？」

「いいえ。でも、同じプロットで小説を書いたことがあるものですから」

そのとき、アンナがイヴのほうに身を乗りだして、囁いた。「向こうを見ちゃだめよ。いま、物乞いみたいな子が向こうのテーブルからハムの切れ端をくすねて、懐《ふところ》に入れて逃げたの」

「ヴォクソール・ガーデンズに物乞いが入れるとは知らなかったわ」

「もちろん入ってはいけないことになっているのよ。でも、空腹には勝てないわ。あの子を責めることなんてできない。だって、食べなければ死んでしまうんだもの」

当惑するイヴにかまわず、アンナはテーブルの上に置いてあったリネンのナプキンを取ると、チキンの胸肉を二きれ包んだ。「見ていてごらんなさい」アンナは言った。「わたしたちがテーブルを離れたら、なくなってしまうから」

イヴはけげんな顔でアンナを見た。アンナは、自分のことをあまり語らない不思議な人だ。

べつに、引っこみ思案なわけではない。コーンウォールの僻地《へきち》で隠者のように暮らしているものの、孤独ではないというし、寂しさをこぼしたこともなかった。今夜、仮面付きの真っ黒なフード付きのマントをまとったアンナは、修道士と言っても通りそうな風情を漂わせていた。

そんな彼女を見て、リディアは〝聖フランシスコ〟と言った。アンナが、お払い箱にされたり虐待されたりした動物を引き取って、面倒を見ているからだ。そしてアンナが使命を果たすべき対象は、どうやら人間にも及んでいるようだった。

ネルのことを考えて、イヴはため息をついた。

「浮かない顔ね。どうしたの？」アンナがたずねた。

「ベドラムから脱走した人のことを考えていたの」イヴは行き交う人々に目をやった。「こんなところで物乞いにならずに、遠く離れたところに安住の地を見つけているといいんだけれど」

「それはないわね」

イヴはアンナに向きなおった。「なぜそう思うの？」

アンナはちょっと肩をすくめた。「だって、どこに行けるというの？　だれが面倒を見てくれるの？　だれかがその人をベドラムに送りこんだのよ。そのだれかのところに戻ったら、またベドラムに連れていかれるにきまってるわ。だから、その脱走者には、行き場がない。ここで物乞いたちの仲間になるほうがはるかにましでしょうけれど、それも、だれかを信頼する気になったらの話。そんなことになるとは思えない」

イヴは用心深く言った。「あなたはまるで、その人に味方するような言い方をするのね」

アンナは静かに返した。「そしてあなたは、いまわたしに話したこと以外に、何か知っているようだけれど」

アンナに険しい視線を向けられても、イヴはひるまなかった。彼女の不安をやわらげたのは、アンナの声に秘められた何かだった。「ああ、アンナ」イヴはたまらず言った。「あの子は狂ってもいなければ、錯乱しているわけでもない。ただのおびえた少女よ。しゃべろうにも、ろくに言葉が出てこないの。あなたも、あの子が名前を言おうとするところを見たら、そう思ったでしょう。助けてあげたいんだけれど、まるで野生の動物みたいに臆病なのよ」

アンナは同情するようにうなずいた。「うちのロバと同じね。ひどく虐待されて、二度と人間を信頼できなくなったロバが何頭かいるの。でも、最善は尽くすべきよ」

イヴはもっと質問されるものと思っていたが、アンナは何もきかずに、にわかに立ち上がった。そして、テーブルに同席していた面々に向かって、明るい声で言った。「ロタンダの様子を見に行きませんか？」

一同がテーブルに戻ると、アンナのナプキンはなくなっていた。

イヴが、今夜親しくなった人々についておばが熱っぽくしゃべるのをぼんやりと聞いていると、さっと頭上に影が差して、男性の声がした。「ミス・ディアリング、庭園を散歩しませんか？」

声の主は、アッシュ・デニスンだった。

歩道が混雑していたのと、イヴがフープの入ったドレスをあつかうこつをまだ飲みこんでいなかったのとで、二人はなかなか先に進めなかった。行き交う人々全員が、きちんと仮装しているわけではない。というより、ほとんどの人が、普通の夜会服に、入場許可を得るためのドミノと呼ばれるフード付きのマントをまとい、仮面をつけているだけだ。

先ほどからなんの会話もないことが、イヴの癪《しゃく》に障りはじめていた。深紅のサテンのドレスを着た自分は、うっとりするほど美しいはずだ。少なくとも、こうありたいと思った程度には美しいはずだった。それなのに、アッシュからはひとことの褒め言葉もない。ここにいるのは、夢で見たのとは違うアッシュ・デニスンだった。何を考えているのか知りたかったが、今夜努力してみて、自分の未熟な能力では、彼の心は読みとれないとわかった。けれども、落胆はしていなかった。クレイヴァリーの人間は、心を読みとる相手を選べない。心を読んだり、だれかの言葉が聞こえるといっても、ほとんどなんの関連もなくそうなるのがつねだった。

イヴたちの前方には、レディ・アマンダとジェイスン・フォードがいた。フォードはレディ・ヴァルミードが〝予備〟として招待した紳士の一人で、ヘンダースンと同様に談話会に出席していた人物だ。アマンダとジェイスンは笑いながら、頭を寄せ合って話しこんでいた。イヴは、できるだけ楽しそうな口調で言った。「レディ・アマンダは楽しそうね。あんなに生き生きしているのは見たことがないわ」

「きみもまねしたらいい」

イヴはアッシュがふざけているのかと思って顔をうかがったが、彼はまじめだった。傷ついて、言い返した。「わたしが何をしたというの？」

アッシュは肩をすくめた。「きみはおしゃれに着飾っているが、まるで葬式に出ているような顔をしている。ぼくがいまどう思っているかわかるかい、イヴ？　きみは例のノートを持ってこなかったことを悔やんでいるんじゃないかな。あとで小説に使えるように、人々の印象を書きとめておくノートを」

まったくいわれのない指摘だった。不機嫌そうな顔をしていたのなら、それはコルセットがきつくて苦しかったからだ。男性の手前、口にするには微妙な話題だったから、話さなかっただけのこと。

イヴはフープの入ったスカートを操《あやつ》って、人をよけながら言い返した。「ささいなジョークにいちいちばかみたいに笑顔を浮かべていたら、それこそ物笑いの種になるだけだわ」そして、にこりとして言い添えた。「きれいな女性をいちいちじろじろ見つめる人と同じで」

アッシュは恥ずかしげもなく応じた。「すると、またぼくのことをひそかに見張っていたのか？　それは光栄だな、イヴ」

イヴは冷ややかに言った。「うぬぼれないで。わたしはただ、目に入るものを観察していただけよ。作家ならだれしも、そうするものだわ」

アッシュは、人の少ない脇道にイヴを導いた。イヴは先に立って歩きだしたが、アッシュは彼女に追いついてしゃべりつづけた。「何事にも、ふさわしい時と場所がある。そしてここは、さまざまな快楽のためにある庭園だ。人は、楽しむためにヴォクソールに来る。〝快楽〟だよ、イヴ。悪い言葉じゃないだろう」

イヴは彼をきっとにらみつけた。「以前にも言ったでしょう。あなたが望むことといったら、楽しく過ごすことだけ。でも、人生には、もっとましな生き方があるはずだわ」

アッシュが妙に静かになったので、イヴはちらりと彼を見た。一瞬、傷つけるようなことを何か言ってしまったのかと思った。青ざめた顔をして、形ばかりのように見える微笑を浮かべている。何やらいわくありげな表情だが、彼女の持つ〝クレイヴァリーの能力〟では、解釈しようがなかった。

そのとき、風をはらんだガレオン船そっくりの堂々とした淑女が、ぐんぐんせまって来るのが見えた。歩道にすれ違う余裕はないから、あと戻りするか、道の外に出なくてはならない。

アッシュはイヴを、歩道のところどころに設置されている、蔦《つた》で覆われた小さなあずまやに導いた。ガレオン船は通り過ぎたが、アッシュは人々がそぞろ歩いている歩道に戻るそぶりを見せなかった。あずまやのなかでは、明かりとりの鎧《よろい》板と蔦の葉越しに入ってくるランタンの光が、そこかしこに透かし模様を浮かび上がらせていた。

イヴはアッシュの顔をまともに見て、がっかりした。さっき見た物憂げな表情は消えて、いつもの人を小馬鹿にしたような表情に戻っている。けれども、自分の不注意なひとことが彼の痛いところをついたのではないかという印象は、どうしてもぬぐえなかった。

「アッシュ？　デニスン卿？」彼女はそっと言った。

アッシュは不敵な笑みを浮かべた。「イヴ、これは仮面舞踏会であって、教会のピクニックではないんだ。自尊心のある淑女はみな、今夜のうちにだれかから唇を奪われるのを待っている。きみは冒険したくないのか？　作家としての探求心はどうした？」

どうやら、打ち明けるつもりはないらしい。彼の問いかけに答えるしかなかった。「べつに、何もかも経験しなければ書けないというわけじゃないのよ」イヴは明るく答えた。

「ということは、ぼくの読みは正しかったんだな。きみにはキスの経験がない」

この会話が行き着くところはわかっていた。アッシュはキスしようとしている。ただしそれは、こちらが許せばの話。分別ある女性なら、ここで逃げだすだろう。けれども、いまはそんな女性にはなりたくなかった。夢のなかで見たアッシュ・デニスンを見いだしたかった。二人の唇が触れ合う前に彼が消えてから、ずっと中途半端な気持ちだったから。

キスは避けられないと、イヴは自分に言い聞かせた。それで、心の迷いはすべて消えた。

キスは避けられない。

イヴは、アッシュが仮面を取るのを見つめた。自分の仮面をはずされるところまでは落ち着いて呼吸していたが、彼の指先が唇の輪郭をそっとなぞったので、思わず息をのんだ。

「口元に、キスを誘うつけぼくろをつけているんだな、イヴ」アッシュは言った。「うわべはそらぞらしくても、本心は違うわけだ」

「そんなのでまかせよ。あなたのおばあさまにつけていただいたんだもの」

アッシュはイヴの手を取ると、扇と手提げ袋《レティキュール》を取って下に落とした。それから、彼女の開いた手のひらを、何かに魅入られたようにじっと見つめた。イヴは、おなかがぎゅっと縮むのを感じた。

「祖母は賢い女性でね」アッシュは言った。「きみが口元につけぼくろをつけていると、わざわざぼくに言ったのはだれだと思う？」

わたしがキスをしたことがないことは周知の事実なの？　イヴは眉をひそめた。

アッシュはほほえんだ。「それに、きみはぼくに、扇を使ってメッセージを伝えていた」

「どんなメッセージ？」

「『危機に陥った女性』。つまり、この状況から救いだして、と」

「わたしはほてった頬をあおいでいただけよ」

「祖母から扇の使い方を教わったあとで？　これからは、もっとましなやり方をしたほうがいい」

アッシュは急がなかった。彼はイヴの手の甲にキスをすると、唇を腕の内側にすべらせ、それから耳の敏感な部分に移った。まっすぐ立っているのは難しかった。膝がくずおれそうになり、息づかいも荒くなった。

彼の手が頬をかすめた、イヴはびくっとして目を大きく見開いた。彼の顔が、目の前にある。「イヴ？」彼はつぶやいた。

イヴはあえぎながら応じた。「何かしら？」

「つぎの小説に使えるように、これも頭のなかに書きとめているのかい？」

「つぎの……小説？」イヴはぼんやりと繰り返した。

彼の唇に、かすかな笑みがちらりと浮かんだ。「どうやら違うようだな」

アッシュは頭を下げ、イヴは上を向き、二人はぴったりと唇を重ねた。彼が両手を腰に回して抱き寄せても、イヴは唇を離そうとしなかった。まるで、上等のシャンパンを味わっているような気分。ひと口飲んだら幸せになり、ふた口飲んだらほろ酔いになる。それからあとは、数えるのをやめてしまった。すっかり酔いしれるまで、ひたすら飲みつづけていたかった。怖いとは思わなかった。

アッシュが唇を離そうとしたので、イヴは小さくうめいたが、キスはそれで終わりだった。彼はにこりともせずに、イヴをじっと見つめた。信じられないと言わんばかりに、食い入るように彼女を見つめている。

「どうかしてる」アッシュはつぶやいた。

不意に両腕でぐいと抱き寄せられて、イヴはくぐもった悲鳴を上げた。その体をぴったりと自分の体に押しつけたアッシュは、「どうかしてる」とつぶやくと、ふたたび唇を奪った。

さっきまでのやさしくて礼儀正しい紳士は、どこかに消えていた。イヴを抱いているのは、未知の情熱に突き動かされて彼女をものにしようとしている荒々しい生き物だった。イヴは、怖いと思わなかった。それどころか、陶然としていた。これまでは、男性はつねに女性に敬意を表するものだと思っていたが、いまは違う。アッシュの腕に抱かれると、かつてないほど生きている気がした。こんなに女であることを意識して、自由な気分になったことはなかった。

シャンパンを飲むのとは、まったく違う。いまの彼女は、初めて気づいた自分の力を、心から楽しんでいた。彼女が動けば、彼も動いた。手のひらで、彼の筋肉が盛り上がり、こわばるのを感じた。荒い息づかいを聞きながら、彼の唇が頬を、のどを、額《ひたい》をかすめて、ふたたび唇をとらえて切ないまでに彼女を求めているのを感じとると、負けじとばかりに彼を求めた。

夢のような状態から覚めたのは、彼が両手をさまよわせはじめたときだった。アッシュはイヴの腰に、背骨に手を這《は》わせると、彼女の体を自分の下半身にぐいと押しつけた。イヴは彼の欲望の象徴に愕然とした。さらに彼の手が下りてきて、腰のまわりをつかんだのでぎょっとした。

アッシュは、顔を上げた。「なんだこれは？」そう言って、手の下にあるものをもう一度ぎゅっとつかんだ。

イヴの頬は、みるみる赤くなった。「腰当てよ」口早に答えた。

アッシュは笑いだした。「おかげで助かったよ」彼はむせながら言った。「それとも、もう一度やり直そうか？」

イヴは彼の腕をふりほどいて、腰当てを直そうとした。

「ちょっと失礼」アッシュがぐいと引っ張ると、腰当てはしかるべき状態に戻った。「さっきのことは、謝らない」とつづけた。「謝るべきだとも思わない。きみがこんな女性だとは夢にも思わなかったよ、イヴ・ディアリング」

彼の言葉で夢のことを思いだしたイヴは、後ろめたくなるとともに、少しばかり恥ずかしくなった。けれども、これまで自分に言い聞かせてきたように、夢は当人の意志とは無関係。なんの意味もないことだ。

「大げさに取らないで」イヴは言い返した。「ただ、興味があっただけなの」

アッシュは静かに笑った。「つぎの小説の参考にするため？」

からかわれても、怒る気にはならなかった。イヴはまだ動揺していた。彼女の小説のヒーローが死んでいるも同然だと思われるのも無理はない。これまで男性のことを何一つ知らなかったイヴは、まだほんの初心者だった。

イヴは咳払いして答えた。「当然でしょう。ほかになんの目的があるというの？」

アッシュは片手でイヴのあごをつかむと、顔がよく見えるようにぐいと持ち上げて、じっくりと眺めた。彼は真剣だった。

「どうしたの？」イヴは震えながらたずねた。

「きみには内に秘めたものがある、イヴ・ディアリング」

このままではまたキスされそうだったので、イヴは震える声で言った。「みなさんのところに戻りましょう」

アッシュはイヴの扇と仮面とレティキュールを見つけると、イヴとともにあずまやを出た。歩道を歩く人々はみな、花火が行われるという夕食会場の先に向かっていた。アッシュは世間話ばかりしていたが、イヴはひとこともしゃべらなかった。まだ、官能的な体験に呆然としていた。

だれかが彼女の名前を呼んでいた。リー・フレミングが近づいてくるのが見えて、イヴはどぎまぎした。リーはアッシュに不快感と疑念の入り交じった視線を投げかけると、イヴに向きなおった。

「あちこち探しまわりましたよ。じきに花火が始まる。あらかじめ、夕食会場のそばからあまり離れないようにと申し合わせてあったはずだが」

イヴはアッシュの腕を放すと、リーの肘をつかまえた。「散歩に出ていただけよ」

歩道は三人が並んで歩けるほど広くはなかったので、アッシュはいやな顔一つせずに二人の後ろに下がった。しかし、イヴとリーが彼を会話から締めだしたので、しだいにおもしろくなくなった。

彼は道を外れて、ポケットから葉巻を取りだすと、つり下げられていたランタンの一つから火をつけた。いまは一人になりたい気分だったので、近くにあるあずまやにふらりと入った。ここなら、だれにも邪魔されずに、外の様子を見ることができる。

アッシュは、葉巻をくゆらせた。今夜、祖母から借りたドレスを着たイヴは、息をのむほど美しかった。男ならだれしも、彼女に目を奪われたことだろう。自分はそうせずに、彼女をマントで包んで、ほかの男が近づかないようににらみをきかせたいと、それぱかり考えていたが。

彼は、眉をひそめた。深紅のサテンのドレス。あのドレスには、なんとなく見覚えがあるような気がする。記憶の片隅にある、忘れられた記憶——イヴと、深紅のドレス。いずれは思いだすだろう。

今夜は、イヴの魅力にあらがえなかった。

アッシュはまた、煙を吐きだした。頭のなかで、いよいよ気をつけないと危ないぞとしつこく騒ぎたてる声がした。用心しないと首に縄《なわ》をかけられて、あれほどいやがっていた人生を歩む羽目になる——ふさわしい娘と結婚し、お家安泰のための跡取り息子をもうけるという。

たしかに、自分はのぼせている。だが、一時の気の迷いだろう。イヴと自分は、水と油ほども違う。手の施しようがないほどロマンチックな彼女と、幻滅した理想主義者の自分。

キスをしたのは、過ちだった。

なぜイヴは、キスを許したんだろう?

あのキスは、予想もしない結果をもたらした。

考えれば考えるほど、落ち着かなくなった。イヴ・ディアリングなど知ったことか。彼女が変わりたくないのと同じように、こちらも変わるつもりは毛頭ない。

小声で悪態をつきながら、アッシュは葉巻を消して、レディ・ヴァルミードの一行を探しにいった。

8

友人たちが夢見るような微笑を浮かべていることに、イヴは気づいていた。いまいましいが、アッシュ・デニスンの言葉はどうやら当たっていたらしい。ヴォクソールの仮面舞踏会は終わった。キスしたかどうかはさておき、それぞれ楽しいひとときを過ごしたのだろう。お屋敷に戻った友人たちは、みなふわふわした足取りで、自分の寝室に戻っていった。

リディアについては、彼女のほうを見るまでもなかった。何しろ、お屋敷に帰ってから、おしゃべりが止まらない。どれだけ多くのしゃれ者が彼女を取り合ったか！　淑女にふさわしからぬ場所へ、何度誘われたか！　どれだけ多くの上流階級の紳士たちから、ロンドンを離れないでくれと頼まれたか！　「それから、デニスン卿はね」と言いながら、リディアはイヴをちらりと横目で見た。「わたしのことをそれは褒めちぎってくださったの。あんまり褒め言葉ばかり言われて、いまもぼうっとしているくらいよ」

注目を集めようとするのはいつものことだが、今夜のリディアは少し違っていた。クリスマスの日の子どものようにはしゃいでいる。なぜ、というよりだれのせいで、リディアの瞳はあんなに輝いているのだろう。

アッシュ・デニスンなのかしら？　なぜみんながわたしのほうを見るの？　わたしがやきもちを焼いていると思っているのかしら？

イヴは自分の寝室にすべりこむと、ほっと息をついた。メイドに手伝ってもらって服を脱ぎ、一人で沐浴をすませた。そして、寝る前の身仕度をすませてから、柔らかな羽毛のマットレスに身を沈め、上掛けをあごまで引き上げた。

さまざまな思いが、頭のなかをいつまでも回りつづけた。ネル。アンナ。アッシュ・デニスン。初めてのキス。アッシュ・デニスン。初めてのキス。アッシュ・デニスン……。

二十四歳にして初めてキスをしたのに、どうしてほほえまないの？　どうして夢見心地にならないの？　キスをしているときは、こんなに素敵なキスはないと思った。けれども、アッシュ・デニスンは経験豊富な男性だから、キスがうまくて当然だ。これまでに、何人の女性にキスをしたのかしら？　百人？　千人？　もっと？　彼にとって、今夜のキスは、あくびほどでもないのだろう。かたや自分には、比較できる体験など一つもないというのに。

あのとき彼を止めなかったら、どうなっていたのかしら？

イヴはその考えをしばらくもてあそんだが、不意に自分がほほえんでいることに気づいて、その思いを振りはらった。いいかげんにアッシュ・デニスンのことを頭から追いだして、眠らなくては。

まぶたが重くなり、呼吸がゆるやかになるにつれ、イヴはうつらうつらしはじめた。さまざまな庭園の景色が、頭のなかに広がっていく。母と訪れた庭園だ。母を身近に感じるだけで、自由で幸せな気分になった。そしていまは、オレンジの花の香りがする。花嫁が身につけるオレンジの花……。

イヴは流れに身をまかせ、眠りに落ちていった。

どういうわけか、彼女は草の生えた川岸にあおむけに横たわり、顔に日差しを浴びていた。不意に、影が日差しをさえぎったので目を開けると、アッシュの顔が目の前にあった。彼は隣に肘をついて横たわっていた。ひねくれた微笑が、どきりとするほど素敵だ。

「あなたは、わたしにキスをした唯一の男性よ」彼女は言った。

アッシュは笑った。皮肉のこもっていない、いかにも楽しそうな笑いだ。「言われなくてもわかっているさ」彼は草を一本引き抜くと、口にくわえて遠くを見やった。「教えてくれないか、イヴ」彼はきまじめな口調になって言った。「ぼくが近づきすぎると、なぜいつも壁をめぐらすんだ？」

「それは、あなたがいつもわたしのあら探しをするからよ」

「同じことは、きみにも言える」

「そんなふうにされると、自分がつまらない人間のように思えてくるの――つまり女性として」

「ぼくも同じだ――ただし、男性として」

アッシュは腹を立てた様子もなく、相変わらず微笑を浮かべている。イヴはつづけた。

「わたしが壁をめぐらすのは、あなたに対してとにかく強がりたいからよ。おまけに、自分を守りたい気持ちもちょっぴりある。あなたみたいな人は、初めてだわ」

「ぼくがどんな人間だというんだい？」アッシュは、眠たげなライオンのようだった。

　イヴは頭を反らして日光を浴びながら考えた。「あなたは、あらゆる女性が夢見るような理想の人よ」

　アッシュはまさに、夢の恋人だった。だから、いまなら遠慮はいらない。夢のなかなら、何を言おうと、何をしようと自由なのだから。

「うれしいね」

　それがあまりうれしそうな口調ではなかったので、イヴは目を開けて、彼の顔をのぞきこんだ。「でも、それはあなたのほんの一面よ。あなたといると、自分には手が届かないとわかっているものがほしくなる。魅力的な女性になって、あなたを惑わせたくなるの」

「それが怖い？」

「だって、そんなことができるという気がまるでしないんだもの。ピストルを手にしてあなたと決闘する度胸はあるけれど、男と女の睦《むつ》みごとになると、どうしたらいいのかさっぱりわからない。そのときになったら、クローゼットかベッドの下に隠れてしまいそう」

　アッシュが顔を近づけたので、日光がさえぎられた。彼はかぶりを振って、ゆっくりと言った。「ぼくはそうは思わない。きみは魅力的だ。ものにしたくなる。だが、いちばん素晴らしいのは、きみには進むべき道があるということだ。きみは作家として、実に立派にやっている。それをぼくがどんなにうらやましく思っているか、きみにはわからないだろう」

イヴは、その言葉にときめいた。彼の首に腕を回して言った。「あなたにだって、進むべき道があるじゃないの。周囲の人の心をなごませるという。あなたはそれを、苦もなくやってのける。素晴らしい才能だわ」

アッシュは真顔で言った。「ぼくにどうしてもらいたいか教えてくれないか、イヴ」

イヴは真顔で答えた。「女らしさのなんたるかを手ほどきしてちょうだい、アッシュ。それから、快楽についても。教えてくれる約束でしょう」

唇と唇が触れ合ったとき、彼がほほえんでいるのはわかった。そのほほえみは、彼がかすめるようなキスを唇に、額に、のどに降らせるにつれ、しだいに消えていった。それから彼は含み笑いを洩らすと、紙吹雪のようなものをぱっと空中に放り投げた。それは、紙吹雪ではなかった。

「つけぼくろはキスを誘う」彼の言葉に、イヴは笑った。つけぼくろは、彼女の体のあらゆる部分にはらはらと舞い降りた。

キスがひたむきになったのは、そのときだった。

イヴにためらいはまったくなかった。理性はすっかり息をひそめ、彼女はあらゆるキスと愛撫に驚きながらもおぼれていった。

イヴは夢中だった。情熱に身をまかせることがこれほど快感だとは、思ってもみなかった。まるで、熱帯の小川をゆったりと流れていくような気分。日差しに肌は温まり、そよ風は白鳥の羽毛のように心地よく、手足の重みはまったくない。彼女はうっとりとしてほほえんだ。

けれども、彼のキスがさらに激しくなると、何もかもが変わった。不意にのどを締めつけられたような感じがして、イヴは目を大きく見開いた。ほとんど呼吸できない。息苦しさが、胸から下半身へと広がっていく。それは、快感ではなく、むしろ苦痛だった。彼の唇がかすめたあらゆる場所が熱くなり、このまま一気に燃え上がってしまいそうだった。イヴはなすすべもなく身じろぎして、呼吸を取り戻そうとした。いったいいくつ、つけぼくろがあるのだろう。

「これは？」

アッシュが見つけたのは、イヴの左肩の後ろにあるあざだった。イヴはそこで、服を脱がされたことに初めて気づいた。

「生まれつきなの」イヴはあえぎながら言った。「〝クレイヴァリーの赤あざ《ルビー》〟は、先祖伝来の宝物のように、母から娘へと伝えられるのよ」

アッシュがそこにキスをし、髪の毛が背中をくすぐると、イヴは耐えきれなくなった。向きなおって彼に両腕を巻きつけ、いましがたされたようにキスを返した。アッシュの反応に、自分が誇らしくなった。くるおしい感覚が徐々に高まり、じきに砕け散ってしまいそうだった。

不意に、イヴの目に涙が湧き上がった。いま感じているのは、快感だけではなかった。自分は、礼儀正しいイギリス紳士を望んでいるのではない——どうしてそんなことが頭に浮かんだのだろう？　望んでいるのは、他人にほとんど自分をさらけださない、この頑固でわかりにくい男性だった。これまで見えていなかったけれど、いまならはっきりとわかる。悲しみ。罪悪感。それから……。

何か重要なことで、彼にきかなくてはならないことがある。彼の弟にかかわることだ。

イヴに両肩を押されて、アッシュは少し体を離した。

「アッシュ……」イヴはその先をつづけられなかった。

そのとき、ぞっとするような悲鳴が、彼女の意識を切り裂いた。ばらばらになった思念が怒濤《どとう》のように押し寄せ、目の前にいたアッシュをのみこんだ。波はほどなく、巻き起こったときと同様に急速に静まり、イヴの頭のなかには、さっきとは違う光景が現れた。屋敷の外、彼女の部屋のすぐ下で、白い服を着た女性が一人、必死で身を守ろうとしている。相手は男だ。ナイフを持って、女性を殺そうとしている。男がナイフを振り下ろすと、ほかのだれかが悲鳴を上げ、地面にくずおれた女性から男の気をそらした。

イヴは息をのんで、ベッドから飛びだした。足が鉛のように重かった。呼吸もろくにできない。彼女は、人殺しの意識のなかに入りこんでいた。怒りと、憎しみと、恐れと。その感情のあまりの激しさに、イヴは身をすくませた。頭のなかに、言葉が響きわたった。

〔殺してやる！　二人とも殺してやる！　愚かなやつらめ！　おまえたちは知りすぎているんだ！　なんだ？　そこにいるのはだれだ？〕

ネルだ。

男は、ネルを見た。彼のなかに、にわかに不安が広がるのがわかる。

イヴはよろめきながら窓辺に近づくと、ぐいと窓を開けて叫んだ。「ここから見えるわよ。デクスター、あの男をつかまえて。攻撃《アタック》！」

とっさのことで、はったりをかませるのが精いっぱいだった。デクスターは彼女のかたわらで、牙をむきだしてうなっていた。デクスターのことを大きな子犬だと思っている人がこの様子を見たら、びっくりするだろう。

イヴは身をひるがえして、部屋を飛びだした。悲鳴を聞きつけた仲間たちが、何事かと寝室から出てきている。ナイトシャツ姿の従僕たちが、コートに袖を通しながら、ランタンを持ってこいと叫んでいた。イヴはだれにもかまわずに、デクスターのあとにつづいて外に出た。デクスターは一直線に、彼女の寝室の真下に向かった。彼が吠えたてている場所に、従僕たちが駆けつけた。

イヴは、ぐったりと横たわっている女性のかたわらに膝をついた。リディアだ。自分の白い薄絹のドレスに着替えている。そのドレスの身ごろに咲いている深紅の花は、彼女自身の血だった。ほとんど身動きしないが、呼吸は穏やかだ。

イヴは従僕の一人に、医者と治安官を呼ぶように指示した。つぎに、べつの従僕に向きなおると、厳しい口調で、彼のナイトシャツが必要だと言った。従僕はぎょっとしたが、イヴの有無を言わせぬまなざしに気おされて、指示に従った。

それからイヴは、ぽかんと立ちつくしているほかの従僕たちに向かって、声を張り上げた。「何をぼんやり突っ立っているの？　人殺しがまだうろついているのよ！　怪しい男がいないか、探してちょうだい！」ネルは大丈夫だ。どういうわけか、ネルが無事なのはわかった。従僕たちに指示を出すと、イヴはナイトシャツを二つに裂いて、リディアの出血を止めにかかった。なすべきことは心得ていた。包帯の巻き方なら、以前、ヒロインがけがの手当をする場面を書くために学んだことがある。

イヴには手当ての心得以外にも、母から受けついだものの、何年も前に封じこめた能力があった。今夜、リディアの命を救ったのは、その力だった。

応急処置を終えたイヴは、従僕の一人に指示して、リディアを乗せて寝室に運ぶために、鎧戸を一枚はずさせた。小説に真実味をもたせようと、数え切れないほどいろいろなことを学んで心得ている自分に腹が立った。そうする代わりに、もって生まれた〝クレイヴァリーの能力〟を磨いていたら、今夜の事件は防げたかもしれない。

リディアに付き添って屋敷に戻りながら、イヴは犯人の男に意識を向けた。その男の存在は、急速に遠のいていた。ふと、べつの考えが頭に飛びこんできて、思わず身震いしそうになった。その男は怒りに駆られて戻ってくる。怒りと、憎しみと、それから……恐れだ。リディアに対する恐れと、ネルに対する恐れと、それから……？　そこで、頭のなかは真っ白になった。

いずれは明らかになるのだろうが、いまはリディアの手当てをするしかない。

玄関の石段を登りきったところで、イヴは後ろを振り返った。外は、静まりかえっていた。不吉な予感はまったくない。ネルは大丈夫。イヴは向きなおって、屋敷に入った。

川向こうにあるグリヨンズ・ホテルの部屋で、アッシュはベッドから跳ね起きていた。夢から目覚めたくなかった。彼女をものにしようとして、体は高ぶり、息づかいも荒くなっていた。まったく、夢にしてはやけに真にせまっていた。あの悲鳴さえなければ……。

あの悲鳴は、なんだったんだ？

裸だったが、かまわず従者の部屋に踏みこみ、その場でぴたりと立ち止まった。リーパーがどこにいるかは、いびきの音でわかった。悲鳴がしたら、リーパーも気づくはずだ。寝ていようが、すっかり酔っ払っていようが、リーパーには危険を察知して目を覚ます不思議な能力がある。

アッシュはドアを閉めて自分の寝室に戻ると、窓辺に行って外を見た。馬車が通りを行き交い、夜警がランタンと警棒を持って巡回しているのが見える。変わったことは何もなさそうだ。

アッシュは窓を閉め、ベッドの端に腰を下ろして、髪の毛をかき上げた。何も異常がないなら、なぜ戦場に来たばかりの新兵のように震えているのだろう？

これでは眠れそうもない。さらにしばらく自問自答して、決心した。ひとっ走りケニントンの〈お屋敷〉まで様子をたしかめに行けば、それですむことだ。屋敷のなかに明かりが見えたら、ちょっと立ち寄って、全員無事に帰宅したかどうかきいてみよう。

言いようのない不安をはっきりさせるために、アッシュはリーパーを起こすと、馬二頭の用意をして待つようにとホーキンズに伝えさせ、着替えはじめた。

ネルは狩人から逃げる動物のように薮のなかに逃げこむと、いちばん暗い場所に身をひそめた。体を低くし、荒い息づかいの音が聞こえないように手で口をふさいで、恐怖におびえながら待った。さっき見たものはなんだったのだろう。あの大きな家はベドラムではないのに、恐ろしいことが起きていた。

砂利を踏む音がして、ネルは凍りついた。さっきも聞いた音！　このあたりにいると見当をつけて、探しに来たのだ。

そのとき、数人の男が角を曲がってきたので、その〝悪い男〟は、急いで川のほうに姿を消した。ネルはしばらく待ってから、一気に屋敷を回りこんで、反対側に出た。

目指す場所に着いたときには、心臓も肺も破裂しそうになっていた。その廃屋はいばらにすっかり覆われているものの、地下室はまだ充分使える状態だった。手探りでなかに入ったネルは、干し草のベッドに倒れこんだ。

眠れたのは、それからだいぶたってからのことだった。

9

レディ・セイヤーズの屋敷が見えてくるとすぐに、アッシュは様子がおかしいことに気づいた。ランタンをかざした男たちが屋敷のまわりを調べまわっているし、邸内にも明かりが煌々《こうこう》とともっている。

彼とホーキンズは、門番小屋で止められた。門番は彼らの顔を憶えていたが、治安官が許可するまでは通せないという。おかげで、ほかの門番が治安官を呼びに行っているあいだ、十分ほど無駄な時間を過ごさなくてはならなかった。ようやく戻ってきた門番は、奥様がお待ちですから自由にお通りくださいと彼らに伝えた。

二人は何があったのか知らないまま、馬を進めた。門番たちが知っていたのは、レディ・セイヤーズの客たちのだれかが襲われたということだけだった。

玄関前に着くと、アッシュはホーキンズにちらりと目をやって、彼が手綱を取ったことをたしかめるや、鞍をすべりおりた。石段を駆け上がるときに何度か深呼吸して、自分を落ち着かせなくてはならなかった。

玄関ホールでは、レディ・セイヤーズと客たちが囁き声で話していた。だれかが現れるのを待っているように、階段の上に目をやっている。そこにイヴの姿はなかった。

何があったのかきく前に、ミス・クレイヴァリーが彼に近づいてきた。「大変なことが起きました」彼女は言った。「リディアが襲われて——刺されたんです。いま、お医者さまに診てもらっているところなんですけれど」

「イヴはどこです？」

「お医者さまと一緒ですよ。いま行ってはいけません！」

「ほう、そうですか」

レディ・セイヤーズたちが目をむくほどぶしつけに、アッシュはミス・クレイヴァリーの手を振り切って、一段おきに階段を駆け上がった。

ドアノブに手を伸ばそうとすると、ドアの前で番をしていた従僕が立ちはだかった。「お医者さまの許可がなければお通しすることはできません、旦那さま」

「それなら、許可を取りつけたらどうだ！」アッシュは、気の毒な男を一喝した。

従僕がドアをノックすると、男の声が入ってかまわないと応じた。アッシュは従僕を押しのけてなかに入った。

真っ先に目がいったのは、ベッドだった。リディアは顔が土気色で、ぐっすりと眠っているように見えた。そのかたわらにイヴがいて、リディアの手を握っている。そのほか、メイドが血のついたタオルや包帯を集めていて、医師と思われる紳士がタオルで手を拭いていた。

「デニスン卿ですね？」医師は言った。「レディ・セイヤーズが、あなたを呼びにやるとおっしゃっていました。わたしはブレイン、アーチー・ブレインと申します」

医者にしては若々しいと、アッシュは思った。風と日差しにさらされた田舎の人間の風貌で、犬と羊たちと一緒に丘陵地帯をそぞろ歩くほうが似合いの人物だ。

アッシュは、彼がレディ・セイヤーズに呼ばれて来たという医者の思い違いを正さなかった。ここに来たわけをどうやって説明するかはまだ決めていなかったが、イヴのことでわけのわからぬ不安を感じたことを打ち明けるつもりはない。彼はメイドが下がるのを待って、口を開いた。「ミセス・リヴァーズは、ぐっすり眠っているように見えますね」

「運がよかった」医者は応じた。「まったく幸運ですよ。かなり出血していましたが、ナイフは急所をはずれていましてね。ただ、頭をひどくぶつけているんです。いまは刺し傷よりも、そちらのほうが気がかりですよ」彼は、イヴに向かってうなずいた。「わたしが思うに、ミス・ディアリングが彼女の命を救ったんです。ミス・ディアリングは、ちゃんと止血するまで負傷者を動かしてはならないことを知っていた。そして、止血の腕前も見事でした。か弱い女性にこれほどの知識があるとは、驚きですよ」

医者に向かって話してはいたが、アッシュは片時たりともイヴの顔から目をそらさなかった。「先生、ミス・ディアリングは、自分の小説に書こうと思ったことをすべて調べ上げてからでないと書かないんです。彼女のヒロインの一人が、負傷しただれかの出血を止めなくてはならなかったのは間違いありませんよ。そうだろう、イヴ?」

イヴは、うるんだ瞳に微笑を浮かべた。「『クラシス家の猟犬』のマリアンヌがそうなの」

「ほら、言ったとおりでしょう」

医者はにっこりした。「それでも、女性が出ていくのは危険でしょう。犯人はあなたも襲ったかもしれないんですよ、ミス・ディアリング。そのことは考えなかったんですか?」

「犬がついていましたし、召使いたちもすぐ来るとわかっていましたから。デクスターは、わたしを傷つけようとする人間ならだれでも攻撃するはずです」

すっかり青ざめて弱々しくなっているイヴを見て、アッシュはくわしい事情を聞くのは酷だと思った。しかし、犯人がまだうろついていることを考えると、やはり聞かないわけにはいかない。

「イヴ、今夜何があった? なぜリディアは襲われたんだ? 犯人は、まだ捕まっていないようだが。ここに来たとき、使用人たちがまだあたりを捜索していたぞ」

イヴは咳払いして答えた。「わたしの寝室のすぐ下から、悲鳴が聞こえたの。だから、窓を開けて、わたしの犬が外にいて、だれであろうと攻撃すると大声で言ったのよ」彼女はかぶりを振った。「それは、はったりだった。デクスターはわたしと一緒に寝室にいたの」

アッシュはゆっくりと言った。「悲鳴で目が覚めたのか?」

「ええ、女性の悲鳴が聞こえたから、デクスターと一緒に外に飛びだして、リディアを見つけたのよ」

ドアが開いたので、全員が振り返った。部屋に入ってきたのは、レディ・セイヤーズだった。「イヴ」彼女は言った。「治安官が、わたしたちから事情を聞きたいそうよ。その前に、ちょっと着替えたらどうかしら？　ブレイン先生、治安官は先生のお話をまずうかがいたいそうです。ミセス・リヴァーズには、わたしが付き添いましょう」

イヴが立ち上がって初めて、彼女がナイトガウン姿であることにアッシュは気づいた。大ぶりのショールを肩にかけているのは、寒さのせいでも慎み深いせいでもない。ナイトガウンについた血を隠すためだ。

髪を太い三つ編みにして背に垂らし、目の下に隈《くま》を作っているそのさまは、まるで見てはいけないものを見て、知ってはいけないことを知ってしまった子どものようだった。その顔には見覚えがある。戦場で、初めて恐怖を体験した新兵の表情と同じだ。

イヴは、すばやく対応して人命を救った。その場で指揮をとり、医者と治安官を呼びに行かせ、けが人の止血もした。彼女なら、いざとなればピストルを手にして決闘にものぞめるだろう。男女のこととなると、まったくの初心者だが。

アッシュはかぶりを振った。なぜ決闘などという考えが頭に浮かんだんだろう？

イヴが一同に加わるころには、アッシュは今夜どうしてこんなことになったのか、ある程度の見当をつけていた。もっとも、リディアがまだ意識を取り戻さないので、たしかなことは何一つわからない。リディアが果たして犯人の顔を見たのか、なぜだれもが寝ている時間に外にいたのかは、まだわからなかった。

一同は二階のこぢんまりした客間に集まり、火が勢いよく燃えさかっている暖炉のまわりに座って、レディ・セイヤーズを待っていた。治安官をのぞけば、男性はアッシュだけだ。レディ・セイヤーズが入ってくると、彼は立ち上がって自分が座っていた椅子に彼女を座らせ、全員を見わたせる食器棚の前に陣取った。暖炉のかたわらの大きな安楽椅子に座っている治安官に、だれもが視線を注いでいた。

キーブル治安官が片手に持った小さな手帳に何やら書きこんでいたので、アッシュはイヴを連想して微笑した。治安官は中背の男で、年齢は五十がらみ。黒い髪に白いものが混じった、医者と同じような赤ら顔の男だ。アッシュはこの手の田舎の治安官の仕事ぶりを知っていたので、立派な手帳を持ってはいるものの、犯人探しについてはほとんど期待できないと思った。治安官として選ばれるのは、ある程度の地位にある地元の男だが、捜査についてはずぶの素人で、家計のためにほかの仕事もしているものだ。リディアが命を落として殺人事件ということになっていたら、まず間違いなく、当局からだれかが派遣されて捜査を引き継いでいただろう。

キーブル治安官は目を上げると、控えめな微笑を浮かべて一同を見わたした。「いましばらくおつきあいいただけますかな」彼は言った。「すでにみなさんからお話はうかがっていますが、まだいくつか明らかにしたいことが残っているのです。このような事件の場合、襲われた本人から話を聞くのがいちばんなんですが、ブレイン先生によると、ミセス・リヴァーズは、襲撃者から逃れようとして転び、脳しんとうを起こしているとか。心配するほどではないそうですが、ミセス・リヴァーズに事情を聞けるようになるには、あと二、三日はかかるでしょう。しかし、犯罪捜査というものは、時間との勝負なのです」

一同から同意のつぶやきが洩れたのを受けて、キーブルはいくつか質問をし、答をいちいち手帳に書きこんだ。ヴォクソールでの仮面舞踏会のこと。何時に屋敷に到着したか。悲鳴を聞いたのはだれか。最初に現場に駆けつけたのはだれか。事件が起こる前に、最後にミセス・リヴァーズを見たのはだれか、等々。

「それ以上の質問については、日を改めていただくわけにはいきませんか？」レディ・セイヤーズが口を挟んだ。「リディアを襲った犯人は、とっくに姿を消しているんですし、ひと晩休んでからでも、充分にお役に立てると思いますが」

アンナ・コンティニはかぶりを振った。「眠れるとは思えないわ」

キーブルは、鉛筆の背で手帳を軽くたたきながら答えた。「いま事情をおうかがいすることが大切なんです。今夜のうちなら、何もかも鮮やかに憶えてらっしゃるでしょう。しかし、あしたになれば、ミセス・リヴァーズを刺した犯人の逮捕につながるような、小さな手がかりを忘れてしまうかもしれません」

キーブルはいっとき間をおくと、ぞんざいにつづけた。「ミセス・リヴァーズに、敵はいなかったんですか？　みなさんなら、何かご存じでしょう」

レディ・セイヤーズが答えた。「わたしたちにも、よくわからないんです。ミセス・リヴァーズとは仕事仲間であって、友人ではありませんから」そして、ため息をついた。「リディアはたしかにだれからも好かれる人ではありませんけれど、だからと言って、敵がいることにはならないでしょう」

アンナ・コンティニが身を乗りだして言った。「リディアもそうですけれど、わたしたちに敵を作る暇なんかありませんよ。ここに来て、まだ一週間しかたっていないんですから」

彼女は、レディ・セイヤーズにとがめるような視線を向けてつづけた。「わたしはリディアを友人だと思っています。でもそれは、あの人のことをよく知るようになったからですよ」

「ほう？」キーブルは微笑を浮かべた。「どんな人物だとわかったんです？」

アンナは唇を噛んだ。

「ミセス・コンティニ」キーブルはもじゃもじゃの眉毛の下から、彼女に厳しい視線を向けた。「答えていただけますね」

アンナはにらみつけられて、それとわかるほど体をこわばらせたが、やがて重い口を開いて答えた。「リディアはウォリックの近くにある小さな村で、姉と一緒に暮らしています。さえない生活だそうですよ。というのも、とても単調な上に、彼女の姉が、とても口うるさい人なんです。だからリディアは、ロンドンに来ると、羽根を伸ばして楽しもうとするんですよ」

「ようやく参考になる話が出てきましたね」キーブルはいま聞いた話を手帳に書きこむと、イヴに向きなおった。「聞いたところによると」と、彼は明るく言った。「あなたとミセス・リヴァーズは、かならずしも反《そ》りが合うわけではなかったようですね。なんでも、小説のことでもめていたとか。それから――」彼はアッシュのほうにちらりと目をやってつづけた。

「——ほかのことでも。言うなれば、嫉妬《しっと》、でしょうか？」

はっと息をのむ音が聞こえた。食器棚に片肘をついていたアッシュは、即座に背筋を伸ばした。そんな話は、初耳だ。

ミス・クレイヴァリーは怒りをあらわにした。「そんなの嘘です！　それとこれとになんの関係があると言うんです？　イヴは今夜、リディアの命を救ったんですよ。お医者さまがそうおっしゃったじゃありませんか」

同情的なざわめきが上がるなか、イヴは冷ややかに答えた。「わたしとミセス・リヴァーズのあいだに、なんらかのいさかいがあったとは思いません。たとえそんなことがあったとしても、相手に危害を加える動機にはならないでしょう。リディアを殺したいのなら、どうして止血の処置などするんです？　それに、わたしの姿はみなさんが見ているんですよ。やましいことなどしていません」

キーブルは手帳を見ながら言った。「あなたがミセス・リヴァーズを刺してから屋敷に戻り、窓を開けて襲撃者を追い払うふりをするのは可能ですね」

アッシュは、治安官ののどをひっつかんでやろうかと思った。

それを押しとどめたのは、レディ・セイヤーズの声だった。「それは違います、キーブル治安官」彼女は言った。「わたしたちは全員、同時に悲鳴を聞いて部屋から飛びだしたんです。イヴはナイトガウン姿でしたが、外に出るときには、一滴の血もついていませんでした。それが、わたしたちが駆けつけたときには血に染まっていたので、ショールを掛けてあげたんです」彼女は身震いした。「ぞっとする光景でした」

長い沈黙ののち、キーブルはわかったというようにうなずいて言った。「すると、ミセス・リヴァーズを襲った人物については、どなたも心当たりがないというわけですか」

だれも答えなかったので、キーブルは問いかけるようにレディ・セイヤーズを見た。レディ・セイヤーズはため息をついて答えた。「わたしは、リディアがだれかと逢い引きをしていたんだと思います。その男は、リディアが言いなりにならないものだから、かっとしてあんなことをしたんじゃないかしら」

ミス・クレイヴァリーがゆっくりと言った。「今夜ヴォクソールで、フレミングさんが言ってたわ。リディアはアンジェロの名をかたっているけれど、あれは危険なゲームだって。ひょっとすると、談話会で騒ぎを起こした男にねらわれたんじゃないかしら」

「アンジェロとは何者です？」キーブルがたずねた。「その名前は初めて聞きましたが」

「短編小説の作家です」アッシュが答えた。だれもそのあとを引き継いでくれなかったので、彼は自分が個人的に関心をもっていることは伏せたまま、談話会での顚末《てんまつ》をキーブルにかいつまんで話した。

ひととおり聞き終わったところで、キーブルは言った。「大して重要なことではなさそうですね。おそらく、アンジェロという人物は関係ないでしょう。わたしの経験からして、今回の事件は、嫉妬に我を忘れた恋人の犯行と考えるほうが当たっているような気がしますよ」

ミス・クレイヴァリーはなおも考えこんでいたが、それ以上は何も言わなかった。

ほかにも犯人についての意見はあった。近くに住みついている流浪の民《ロマ》。ベドラムから脱走した女性。たまたまリディアと鉢合わせした押しこみ強盗。

唐突に、キーブルが手帳をぱたんと閉じたので、だれもが口をつぐんだ。「みなさん、今夜はご協力ありがとうございました」治安官は一人ひとりにうなずきながら言った。「最後に一つだけお願いがあります。あと一日か二日はロンドンを離れないでいただきたい。そのあいだに、今夜教えていただいたことを検討して、わからないことがあればまたうかがいますので」

キーブルは、アッシュに向きなおった。「デニスン卿、玄関までご一緒していただけますかな？」

アッシュは自分の番が来たことを悟ったが、治安官がなぜ二人きりで話すことにしたのか、その理由がわからなかった。玄関ホールで、キーブルは帽子と杖を取り上げると、そこにいた従僕を下がらせた。二人の会話を聞く者は一人もない。

キーブルは単刀直入に言った。「レディ・セイヤーズは、あなたを呼びにやって、それであなたが来てくれたのだと思っていますが、ほんとうは違うんじゃありませんか？　従僕から聞きましたよ。主人のことづけを伝えようとホテルに行ったら、あなたがいなかったと」

「厩番の男と一緒に、馬で出かけていました」アッシュは動じることなく答えた。「眠れないときに、よくそうするんです。ホテルの玄関番にきいたら、ぼくが出かけた時間を教えてくれますよ。ぼくが馬を預けている貸し馬屋の男でもいい」彼はふっと口をつぐむと、いぶかしげにたずねた。「まさか、ぼくを疑っているんですか？」

「あなたは、近衛師団のデニスン大尉じゃありませんか？　息子のジェリー・キーブルが、スペインで世話になりました。もしあなたがミセス・リヴァーズを殺そうとしていたのなら、仕損じることはなかっただろうし、悲鳴も上がらなかったはずだ」

アッシュは、彼がしばらく指揮をとった特殊部隊にいた、向こう見ずな金髪の若者を思いだした。「ジェリー・キーブル中尉ですね」彼はうなずいてつづけた。「ご子息は、勇敢な兵士でした」キーブルの息子は、たしかワーテルローで命を落としたはずだった。

「憶えていてくださったとは光栄です。息子は、あなたのことを大いに尊敬していたんですよ」彼はそっとほほえんだ。「デニスン大尉があした、デニスン大尉がこうしたと、あなたの話は耳にたこができるほど聞かされました」

アッシュは、黙っていることしかできなかった。

キーブルはつづけた。「今夜、おばあさまに招待されてヴォクソール・ガーデンズに集まった方々の名前をすべて教えていただけますか。もちろん、ミセス・リヴァーズが意識を回復して、だれに刺されたのか話してくれるなら、その必要はありませんが」

アッシュはうなずいた。「かなり長いリストになりますよ。ぼくが憶えているだけで、三十名はいました。祖母にたしかめたら、すぐにリストをお送りします」

「三十名ですか？　やれやれ、全員から話を聞かずにすむことを祈るしかありませんな」いっとき考えこんで、キーブルは言った。「あのご婦人方は、まったく無防備ですね。どう見ても——命をねらうのは簡単ですよ」

「リディア以外の女性も命をねらわれているとおっしゃるんですか？」

何もかも見通すような青い瞳が、アッシュの目を見返した。「世の中には、邪悪な人間がいるんですよ、デニスン卿。犯人は、アンジェロに恨みを抱いているのかもしれないし、自分よりも成功を収めている女性をねたんでいるのかもしれない。あるいは、ミセス・リヴァーズを個人的に恨んでいるだけかもしれない」

「それならご安心ください」アッシュは言った。「あなたが犯人を捕まえるか、ここに滞在している女性たちがめいめいの家に出発するまで、ぼくもここに寝泊まりすることにしましょう」

キーブルは眉をつり上げた。「危険をものともしない、実に立派な行動ですな」

「立派でもなんでもありませんよ。ちょうど、ホテル暮らしに退屈していたところなんです」

簡単に答えたが、アッシュがそう決心したのにはほかの理由があった。リディアは、アンジェロは自分だとほのめかして、今夜命をねらわれ、九死に一生を得た。アンジェロの正体を突きとめられる場所があるとすれば、ここしかない。

キーブルはほかのことに気をとられている様子で帽子をかぶった。「今夜は長い夜になるでしょう。これからヴォクソール・ガーデンズにも行かなくてはならない。なんでも、気の毒な御仁《ごじん》が追いはぎに襲われて、頭を殴られて死んだそうなんですよ」

「ちょっと待ってください」ドアを開けて出て行こうとするキーブルを、アッシュは呼び止めた。「一緒に行ってもかまいませんか？　その人が祖母の招待客ではないことをたしかめたいんです」

「かまいませんよ」


殺された男は、アッシュとイヴが二人きりになったのと同じようなあずまやに、うつぶせに横たわっていた。いまは、警吏と庭園のあと片づけをしている男たち以外に人影はない。キーブルが男を仰向けにすると、警吏がランタンを掲げた。「どうです、あなたのおばあさまが招待なさった方ですか？」

戦場でむごたらしい死体をさんざん見てきたアッシュは、うつろな瞳を見てもたじろがなかった。「いや」彼は答えた。「祖母の招待客ではありません」

「この顔に見覚えもありませんか？」警吏がたずねた。

「ああ、少なくとも、この顔というか、顔として残っているところに見覚えはあります」アッシュはキーブルに向きなおった。「この男は、例の談話会で騒ぎを起こした張本人ですよ」

10

　リディアは、事件の翌日に深い眠りから目を覚ました。順調に回復していたので、だれもが彼女に会って話したがったが、ブレイン医師に押しとどめられた。リディアはまだとても弱っているから、体力を取り戻すまで、ゆっくりと体を休ませなくてはならない。そこでみんなは、何か必要が生じたときにすぐに対処できるように、交代でリディアに付き添うことにした。アッシュが〈お屋敷〉に滞在することは、なんの異議もなく受け入れられた。レディ・セイヤーズから、事態がもっと落ち着くまで屋敷にいてほしいと頼まれてそうする形になったが、それがアッシュの望みとぴったり一致していたことを、彼女自身は知るよしもない。

　アッシュは年若いブレイン医師に、かなりの敬意を払うようになっていた。つっけんどんな物言いをする無骨者だが、患者のことを最優先して考える。キーブル治安官でさえ、待たされたあげくに、たったの五分しか質問することを許されなかった。

　下に降りてきたキーブルは、思案顔で言った。「いまの時点でミセス・リヴァーズが思いだせるのは、ロタンダのダンスを見物してボックスに戻ると、手袋に書きつけが押しこんであったということだけです。夕食のときに手袋をはずして、そのままにしておいたんでしょう。書きつけには、アンジェロと署名があり、みんなが寝静まったあとで二人だけで会って話そうと書いてあったそうです」

「それでのこのこ出かけて行くとは！」アッシュは首の後ろをかいた。「分別というものがないのか？　いったい、何を考えていたんだ？」

「大方、ロマンチックだとでも思ったんでしょう」

アッシュは、あきれてものも言えなかった。

しばらくして、キーブルはうなずいた。「見かけとは裏腹に、ミセス・リヴァーズは男性とは縁のない生活を送っていたんでしょう。わたしはそう思いますね。彼女はヴォクソール・ガーデンズの催しに来るような立派な紳士が凶悪な男だとは、思いもしなかったんですよ。まあ、いまは、姉のいるウォリックに戻ることしか考えていないでしょうが」

「犯人を見たんですか？」

「いいえ。暗くて見えなかったそうです」

「では、その書きつけはどうなったんです？」

「それについては思いだせないそうですが、なに、そのうち出てくるでしょう。思い出の品として、取っておくつもりだったと言っていましたから。ところで、ちょっと外に出ませんか。そのほうが、気をつかわずに話せますから」

玄関の石段を下りかけたところで、キーブルは言った。「ヴォクソールで殺されていた男のことは、だれにも話していませんね？」

「ええ、ご指示の通りに、だれにも洩らしていません。いまここの庭園は、昼夜を問わず係の者が見回っています。なぜです？　何かわかったんですか？」

「大したことは何も。殺されたのはロバート・トンプスンという、妻と二人の幼い子どもがいる男です。妻は、ロバートがなぜヴォクソールに出かけたのか、さっぱりわからないと言っていました」治安官はかぶりを振った。「よくある話です。まともな所帯持ちの男が、ときどき羽目をはずして、身分の卑しい輩と交わるというのは」

「そんなにきちんとした男だったんですか？」

「グロスター・ロードの〈三つの王冠亭《イン》〉を所有し、経営している男ですよ。あそこはちゃんとした宿屋です」

アッシュはいっとき考えた。「トンプスンの死とミセス・リヴァーズが襲われた件に、関わりがあるとは思いませんか？」

「いまの時点では、トンプスンは追いはぎに襲われて、殺されたとしか言えませんな。ご存じでしょう、ヴォクソールは盗人と物乞いで有名な場所です。週に一度は、だれかが襲われていますよ。トンプスンはついていなかった。犯人が頭を殴るときに、力を入れすぎたんでしょう」

「めった打ちでしたが」

「抵抗されたら困りますからね」

わかりきった答だったが、アッシュは納得できなかった。談話会にいたトンプスンが、リディア・リヴァーズが襲われたのと同じ夜に殺されたことが、彼の頭に答よりも疑問を投げかけていた。

アッシュはキーブルを見て、何か隠していることがあるのではないかといぶかった。「それで、これからどうしましょうか？」

アッシュの言葉に、キーブルは微笑を浮かべた。「あなたはご婦人方を守り、わたしは捜査をつづける。何か進展があったら、お知らせしますよ」治安官は玄関の階段を下りると、振り向いて、思いだしたように言った。「トンプスンの件は、今後もレディ・セイヤーズとほかのご婦人方には話さないつもりです。もしどなたかがトンプスンの名前を口にしたら、ぜひひとも話をうかがいたいものですな」

キーブルは、考えこんでいるアッシュを残して立ち去った。アッシュが考えていたのはキーブルの言葉ではなく、トンプスンは無関係だと決めつける前に、彼のことをもう少し掘り下げる必要があるということだった。キーブルのやることにあれこれ口出しするわけにはいかないが、ジェイスン・フォードなら手を貸してくれるだろう。ジェイスンは注意深くて、人好きのする男だし、野心もある。それに、金に余裕があるわけではなさそうだ。頼めばきっと引き受けてくれるだろう。

アッシュは屋敷に滞在するようになってから、ほとんどイヴと顔を合わせなかったが、だからといって彼女に避けられているとは思わなかった。リディアの看護に、イヴばかりか、女性たち全員が交替でかかりきりになっていて、それぞれが暇を見て数時間の睡眠を取っているような状況だったからだ。けれども、キーブル治安官と話してからは、イヴと話すのを悠長に待っていられなくなった。リディアはイヴに、治安官に話すより多くをしゃべっているかもしれない。それに、リディアが襲われた現場に最初に駆けつけたのはイヴだから、何か見たり聞いたりしていて、その重要性に気づいていないこともあり得る。

イヴと話す機会は、ほどなくやってきた。アッシュが居間で一人、昼食を取りながら窓の外を見ていると、イヴの姿が見えたので、ナプキンを置いて立ち上がった。どうやら、デクスターを散歩に連れだそうとしているらしい。彼はコーヒーをふた口で飲み干すと、イヴに追いつこうと外に出た。

イヴはゆっくりと歩いていた。デクスターはいつものように、鴉《からす》の群れを追い散らしたり、ぐるぐる走りまわったりと、めまぐるしく動きまわっているが、イヴが命令すればかならず戻ってくる。アッシュはそのあとについて歩きながら、デクスターがイヴになついているように、彼女が自分の思いのままになるという空想にふけった。

奇妙な感覚にとらわれたのは、そのときだった。こんな夢を、以前にも見たことがある。ただしそのときは、もっと生々しかった。具体的なことまでは思いだせないが、夢で見たイヴは、ふだん彼女がきっちり覆い隠している女性そのもので、その覆いから解放してやったのは彼自身だった。夢のなかのイヴは茶目っ気があって、官能的で、求められれば惜しみなく与えてくれた。そして、すべての生身の男がそうであるように、彼は当然のことをしたいと思った。

それで、イヴをおびえさせてしまったのだろうか？　夢のなかで悲鳴を上げたのは、彼女だったのだろうか？　夢のなかでも、そこまで踏みこんだ自分を良心が制止したのだろうか？

少なくとも、あの衝動的な行動を謝る必要はない。さらに言うなら、彼女に結婚を申しこむ義務もない。不都合なことは何もしていないのだから。あれは、ただの夢だ。

アッシュはばかばかしくなって、いっとき唇をゆがめた。イヴ・ディアリングは、自立した勇敢な女性で、しかも強い意志の持ち主だ。このアッシュ・デニスンとの結婚など考えるわけがない。ヴォクソールのあずまやでのひとときに、彼女から情熱を引きだしたことはたしかだが、だからといって、イヴが結婚相手を選ぶときにそのことが影響するとは思えなかった。彼女が求めているのは、野心ある人格者だろう。

しかしそれも、イヴに結婚相手を選ぶつもりがあるならの話だ。彼女は、自分のまわりに高い壁をめぐらしている。こちらはそれを飛び越えることができないし、飛び越える気にもなれない。イヴと結婚して、心底幸せになる男がいるとは思えなかった。けんかにでもなったら、気の毒な相手は、いつの間にかピストルを持たされて、彼女と決闘する羽目になるのではないだろうか。

決闘？　どういう風の吹きまわしで、またそんな考えが浮かんだんだろう？　そして、なぜ自分はにやにやしているんだろう？

　そのとき、デクスターが茂みのなかから飛びだしてきた。お座りをして、期待するように彼を見上げている。

「いい子だ」アッシュはコートのポケットを探って、デクスターのために特別に取っておいたパンのかけらを取りだした。お屋敷に来てからというもの、散歩するときは決まってデクスターも連れだすことにしていたせいで、デクスターは棒きれを持ってきたり、鴉を追い散らしたりするたびに、何かもらえるものと期待するようになっていた。

　イヴが振り向いて、彼のほうに駆けて来た。「アッシュ・デニスン！」笑いともいらだちともつかない声で、イヴは彼に呼びかけた。「犬にいいように利用されているのがわからないの？　甘やかしすぎよ。みなさんそうなんだから。デクスターは、自分がどんな顔をしたらごほうびをもらえるか、ちゃんと心得ているのよ」

　デクスターはすでに、アッシュを一人残し、蝶《ちょう》を追いかけるようなふりをして駆けだしていた。

　走ってきたイヴは、息を切らして苦しそうにしていたが、アッシュが真顔に戻ったのはそのせいではなかった。イヴの顔は生気がなく、目の下には隈がある。この前見かけたときは疲れた様子だったが、いまはすっかり具合が悪そうだ。

「ブレイン先生は、いったい何を考えてるんだ？」アッシュは言った。「きみたちのことを、ロバみたいにこき使っていいと思っているのか？　そんなに具合が悪そうな顔をして、リディアの看護ならほかの人間でも充分こなせるだろうに」

イヴは彼の厳しい口調にたじろいだが、すぐに、みっともない顔を見られたことに腹が立った。ゆうべも、その前の晩も、リディアが襲われたときのことを何度も思い返していたせいで、ほとんど眠れなかった。ようやく眠ったと思うと、今度は夢のなかで、崖の下に母が横たわっていた、あの胸を引き裂かれるような光景にうなされる。加えて、ネルの身の上も心配だった。リディアが襲われた夜以来、ネルの姿は見かけないし、彼女の存在も感じない。

いまの自分が、くたびれ果てたロバのように見えるのも無理はなかった。まさに、そんな気分だ。

「ブレイン先生を責めないで」イヴは静かに言った。「先生は、わたしたちのだれよりも最善を尽くしてらっしゃるわ。辛抱強くて、寛大で、ご自分のことは少しも考えてらっしゃらない。わたしたちはみんな、そんな先生にならって、ごく自然になすべきことをしているだけよ」

アッシュはうんざりしていた。これ以上称賛の言葉がつづいていたら、ブレイン医師など見るのもいやになっていただろう。彼は片手でイヴの顔に触れて言った。「真っ青じゃないか、イヴ」彼女に払いのけられる前に、手を引っこめた。「リディアの具合は？」

「眠ったり目覚めたりを繰り返しているけれど、先生によると、そういうものだそうよ。本人はウォリックに帰りたがっているけれど、あんな状態では論外ね」

「姉のところに戻りたいと言っているのか？」

「あなたの言いたいことはわかるわ。たしかに、リディアのお姉さまは暴君みたいだけれど、考えてみると、リディアに必要なのは、首根っこを押さえつけてくれる人なのかもしれない」

イヴは上を向いて、日差しを顔に受けた。アッシュがべつの光景を思いだしたのは、そのときだった。一糸まとわぬイヴが、草の生えた土手で日差しを顔に浴びている。それは、夢というより記憶だった。彼は両手を握りしめて、イヴに手を伸ばしたい衝動をこらえた。

「イヴ」彼は言った。「アンジェロのことで、きみにききたいことがあるんだ。べつに気が進まなくて、いまは一人で散歩したいのなら、それでもかまわない。話はいつでもできるんだから」

「歩きながら話しましょう」イヴは言った。「ずっと閉じこもっていたから、少し体を動かしたいの」

レディ・セイヤーズの地所は、特定の様式に従っているわけではなかったが、彼女の好みを反映して、屋敷のまわりには、総じて田舎めいた景色が広がっていた。人工のものではない池があるかと思えば、林檎《りんご》とプラムの広大な果樹園や、付近の農家が借りて馬や牛を放牧している牧草地がある。ときおり、鬱蒼《うっそう》と茂った木立のなかにギリシャ建築の模造の廃墟があったり、牧草地のまんなかに野外音楽堂があったりと、その場にはそぐわないように思えるものがあった。

アッシュが言った。「あの野外音楽堂は、五月市《メイ・フェア》のときに使われるそうだ。近隣の人々が集って足が動かなくなるまで踊る、盛大な催しらしい」

イヴは笑った。「さっきのギリシャ風の廃墟は？」

「レディ・セイヤーズがギリシャ旅行のあとに建てさせたものだそうだが、いまではあの通り、木々にすっかり呑みこまれているから、本人も忘れてしまったんじゃないかな」

二人は、柵で囲まれた狭い牧草地で立ち止まった。静かに草を食んでいた三頭のロバが、二人に気づいて、敵意をむきだしにしていないないた。

「ロバじゃないか」アッシュが言った。「なんでロバがこんなところに？」

「三頭とも、アンナのロバなの。市場に連れて行かれるところだったのよ……むごい話は省略するけれど、アンナはその話を聞きつけて、放っておけずに三頭を買ったの。そして、コーンウォールに運ぶ手はずが整うまでここに置いてほしいと、レディ・セイヤーズを説き伏せたというわけ」

デクスターがくんくん鳴いて、友達になりたいと言わんばかりにロバたちを見つめた。

「デクスターは、ロバを大きな犬だと思っているのよ」イヴは説明した。「でも、デクスターをあんまり近づけたら、アンナに怒られてしまうわ。アンナは犬が苦手だから」

「アンナがロバたちと一緒に寝起きしていないのは驚きだな」

「あら、世話を頼める人が見つからなかったら、そうしていたと思うわ」イヴはアッシュをちらりと見て言った。「変わった人だと思う？」

危険を察知して、アッシュは屈託なく答えた。「犬が苦手なら、変わっているにきまっているさ」

イヴは無表情を装っていたが、こらえきれなくなってほほえんだ。

「アンジェロのことなんだが」アッシュはようやく本題に入った。「きみはどう思う？」

イヴはロバに目をやって答えた。「いまわかっているのは、リディアはアンジェロではないということね。リディアはアンジェロに会おうとして、外に出たんだもの」彼女はかぶりを振った。「どうしてリディアは襲われたのかしら？」

「リディアが口説きに応じなかったから？　彼女がアンジェロの名をかたったから？　どちらにしても、ちょっと極端だな。まともな男なら、その程度のことで殺意を抱いたりしないだろう」

イヴはアッシュのつぎの言葉を待ったが、彼が黙りこんでいるので、思いきってきいてみた。「あなたは今回の事件をどう思うの？」

アッシュはゆっくりと、考えながら答えた。「ぼくが思うに、リディアを襲ったのはアンジェロじゃない。リディアが手袋に残されていたというアンジェロの書きつけの話をでっち上げたか、あるいは、その夜だれと会おうとしていたのか知られたくなくて、ほんとうのことを黙っているのか」それから彼は、イヴをまっすぐに見て言った。「おそらく犯人は、リディアをアンジェロだと思ってねらったんだろう。フレミングが言っていたじゃないか。リディアはアンジェロの短編は自分の作品だと言っているが、あれは危険なゲームだと。アンジェロの首をへし折りたいと思っている人間は、一人や二人じゃない。運悪く、リディアはそんな人間の怒りに触れてしまったんだ」

イヴはかぶりを振った。「それもちょっと極端じゃない？　小説を読んで、殺意が芽生えるとは思えないわ。ただの作り話なのに」

アッシュは、冷ややかな笑みを浮かべた。「きみはまだ、アンジェロの短編を読んでいないようだな」

「ええ」

アッシュは草を一本むしり取ると、口にくわえた。「現場に最初に駆けつけたのはきみだった」彼は言った。「そのとき気づいたことで、ぼくたちにまだ話していないことはないか？」

彼の視線にとらえられ、イヴはどきりとして鼓動が早まるのを感じた。けれども、何が言えるだろう？　犯人の考えていることが頭に入ってきて、憤怒を感じたこと？　リディアのかたわらに膝をついて顔を見る前から、倒れているのは彼女だとわかっていたこと？　そんな話をしても、信じてもらえないにきまっている。せいぜい、大ぼら吹きだと思われるだけだ。

できるかぎり怒ったふうを装ってきき返した。「わたしが何を知っているというの？」

アッシュは片手を上げて、きまり悪そうに笑った。「きみのことは信じているよ。だが、世の中には、改めて考えて気づくこともあるからね」

「いいえ、治安官にすべてお話ししたわ」

不自然なほどすばやく答えたことはわかっていた。これ以上問いただされたくないのが見え見えだ。けれどもアッシュは、何も言わずに柵に寄りかかると、ロバに目をやった。

しばらくして、彼は言った。「きみには話していなかったと思うが、アンジェロの短編の一つは、リッチモンドのぼくの家を舞台にしている。建物や庭、登場人物は、まさにわが家を描写したものだ。そして、あれはわが家を襲った悲劇だった。弟が死んだんだよ」

イヴはその話をアマンダから聞いたことがあったが、くわしいことはほとんど知らなかった。アマンダの話によると、アッシュの弟は体が衰えて命にかかわる病気にかかっていて、テムズ川で泳いでいるときにおぼれて死んでしまった。たまたまそのとき留守にしていたアッシュは、弟の死をひどく悲しんだという。

「あの短編を読んだときは、辱《はずかし》められたような気がした」彼はイヴに顔を向けると、怒りをにじませてつづけた。「ぼくは、弟は事故で死んだと聞かされた。だがアンジェロは、殺人だとほのめかしている。だから、なんとしてもアンジェロを見つけたいんだ。きみにも協力してほしい。きみは作家だからね。思い当たるふしがないか、アンジェロの作品に目を通してもらいたいんだ。アンジェロの語り方に心当たりがなくても、そこに描かれている屋敷や庭園なら憶えがあるかもしれない。何しろ、きみの父上は造園家だし、以前に話してくれたように、きみは母上に連れられて、ロンドン周辺にあるさまざまな豪邸や庭園を訪れている。いまのところ、アンジェロが小説の舞台にしたとわかっているのは、二カ所だけなんだ。つまり、まだ一カ所、所在がわかっていない場所があるんだよ。それがどこにあるのか、だれの地所なのか知りたい。協力してくれないか、イヴ？」

イヴは、いま感じている彼の心の痛みを、以前にも夢のなかで感じとっていた。あのとき、何か重要なことで、彼にききたいと思ったことがある。アッシュの弟のことだ。けれども、あのときは言いだせなかった。いまでも口にするのが怖い。そんなことをきいても、よけいなお世話だと肘鉄《ひじてつ》を食らわされるのが落ちかもしれない。

無駄とわかっていながら、イヴは心を無にして彼に集中してみたが、アッシュの意識はそんな試みを寄せつけなかった。〝クレイヴァリーの能力〟は、相手を選べない。相手の考えていることが、当人の知らないうちに頭に飛びこんでくるだけだった。

けれども、肘鉄を食らわされたってかまわない。虎穴に入らずんば虎子を得ず。ためらっていたイヴは、アッシュ・デニスンという複雑な男性を、自分が心底理解したがっていることにようやく気づいた。

彼女は、アッシュの腕に手を置いた。「もちろん、アンジェロの作品には目を通すわ」彼女は言った。「でも、その前に、弟さんのことを教えてもらえないかしら。弟さんはどうして亡くなったの？　アマンダから聞いたんだけれど、弟さんはテムズ川で泳いでいるときに亡くなったそうね」

アッシュは澄んだ目を見開いてじっと彼女を見返していたが、やがてまぶたを伏せて素の表情を隠すと、なんでもない質問だと言わんばかりに、ちょっと肩をすくめた。

「あれは、悲劇だった」アッシュは言った。「だが、父はそうは思わなかった。それどころか、むしろ幸いだとさえ言った。ハリーがけっして良くならないことはわかっていたから。弟の体は、衰えていくばかりだった。すでによそに預ける話も進んでいた――父いわく、そこでならちゃんと面倒を見てもらえるからと」穏やかだった口調が、鋭くなった。「事件から数カ月後、かかりつけの医者から、ハリーは不治の病だが、その進行は緩やかになっていて、かなり長いあいだ生きながらえる可能性があったと聞かされた。父の思い通りにことが進めば、ハリーは何年もよそに預けられるはずだった」

アッシュは、こぶしを握りしめた。「目に触れなければ忘れられる――父はそう考えていた。ハリーは次男だから、いなくてもよかったんだ。ハリーはまだ十歳で、ささやかなことに喜びを見つけるいたいけな子どもだったのに。そんな子どもをわざわざ不幸にするなんて、どうかしている」

二人はいっとき、動くことができなかった。「弟さんを愛していたのね」イヴが口を開いた。「そして、お父さまを憎んでいた」

「ああ、ぼくは弟を愛していた」アッシュは穏やかな微笑をちらりと浮かべた。「というより、ハリーは母以外にぼくを初めて愛してくれた人間だった。ぼくが悲しいと、ハリーも悲しんだ。ぼくがうれしいと、ハリーもうれしがった。弟は、ほんとうに愛すべき人間だった。だが、父のことは……」アッシュは広い肩をまた動かして、無造作に肩をすくめた。「憎んでいたと言うと、言い過ぎになる。ぼくは、父を軽蔑した。父は貴族としての地位に似合いの野心しか抱いていない男だった。家族が何を思っているかなんて想像もしない。ぼくに跡取りとしての教育を受けさせ、いずれはふさわしい女性と結婚して、一族の血統を絶やさないようにするのが義務だと吹きこんだ。そんな父の望みに応じるつもりがまったくないとしても、大目に見てもらえるんじゃないだろうか」

イヴは、後悔の念にさいなまれていた。自分は、アッシュが軽蔑していた父親と少しも変わらない。あなたは楽しむことしか考えていないと彼をののしってしまったけれど、そんなふうにきめつけていたのが悔やまれる。彼の事情は何一つ知らなかったというのに。

アッシュはイヴの両手をしっかりと握りしめた。「こんなことを打ち明けるのは、アンジェロの正体を突きとめたいというぼくの決意をわかってもらいたいからなんだ。ハリーが死んだとき、ぼくはその場にいなかったから、父から聞いたことをそのまま信用するしかなかった。だが、それで納得したことは一度もない。ハリーはだれかがそばについていなければ、けっして川には入らなかった。それと似たようなことを、アンジェロも書いている。アンジェロは、なぜそこまで知っているんだ？　ハリーが殺されたのだとしたら、犯人はだれなんだ？　とにかく疑問を突きとめたいんだ」

「わたしも、力のおよぶかぎり協力するわ」イヴは、〝クレイヴァリーの能力〟を思い浮かべながら応じた。

アッシュはゆっくりと、この上なく魅力的な微笑を浮かべた。「ありがとう。それだけ聞けば充分だ」

屋敷に戻る道すがら、アッシュはリディアのことに話を戻して、彼女が治安官に話したこと以外に何か思いだしていないかとたずねた。

「付けくわえるようなことは何もないわ」イヴは答えた。「わたしに言えるのは、リディアが一人になるのを怖がっているということだけ。でも、そうなって当然でしょう」

それから二人は、黙って歩いた。イヴの頭のなかでは、アッシュにきいてみたいことが渦巻いていた。しかし、自分がプライバシーを大切にしている以上、彼のプライバシーにこれ以上立ち入ることはできない。

イヴは軍人時代のアッシュに思いを馳せずにはいられなかった。通常、嫡子《ちゃくし》が一人しかいなくて、当人が死ねば血筋が絶えるという場合、そのたった一人の後継者は戦場に赴いたりしないものだ。アッシュはわざわざ死地に赴くことで、父親に罰を下そうとしたのだろうか？ けれども、その父親が亡くなってしまったら、復讐のしようがないのに。

イヴはアッシュをこっそりと見て、すばやく目をそらした。知れば知るほどわからなくなる人だ。夢で見たのは、彼女が頭のなかで作りだし、彼女が教えた通りの言葉を口にする男性だった。けれども、アッシュのほんとうの姿は、まだ謎に包まれたままだ。

その見えない部分を、なんとしても知りたかった。

屋敷を回りこんだところで、アッシュが言った。「どうやら来客らしい」

見ると、二頭立てのごくありきたりな馬車の前に、厩番の男が立っていた。それとはべつに、お仕着せを着た二人の御者が、金箔《きんぱく》の縁取りを施した馬車を厩に走らせている。「きっと、レディ・セイヤーズの姪御さんが到着したのよ」と、イヴは言った。

11

音楽室に客人を迎えた一同は、お茶とケーキをいただきながら、リディアが九死に一生を得た事件の話をしていたが、アッシュとイヴが現れると、会話は立ち消えになった。イヴの姿を見て、紳士たちが立ち上がった――ふだんよりいっそう居心地悪そうにしている医師のブレインに、いつものように洗練された振る舞いのフィリップ・ヘンダースンがいる。アマンダがヘンダースンと同室していても落ち着きはらっているのを見て、イヴは驚いた。ヴォクソールでは、ヘンダースンが近づくたびに、石のように顔をこわばらせていたのに。

イヴは、きらきらした瞳で彼女を見つめている娘に目を移した。レディ・セイヤーズの姪だろう。〈ラ・ベル・アサンブレ〉のようなファッションの本でしか見たことがないような魅惑的なドレスで着飾っている、黒い瞳のきれいな令嬢だ。

レディ・セイヤーズが、どことなく不安げなほほえみを浮かべて、さっとイヴに近づいた。

「ようやくライザが到着したのよ」一同を紹介し終わると、彼女はかわいい姪っ子の到着が遅れた理由を長々と説明した。それによると、どうやら遅れたのは、ライザの父であるハランダー将軍が原因とのことだった。高齢のためにイベリア半島戦争で戦えなかったことをひどく悔やんでいた将軍は、スペインの有名な戦跡をめぐろうという旧友の誘いに大乗り気で出かけてしまい、残された妻と娘は、パリでそれなりに楽しく過ごしながら、彼の帰りを待っていたのだという。

「けれども、べつに困るようなことはありませんでしたわ」ライザが言った。「パリにいれば、楽しみにはこと欠きませんもの」彼女はきらめく瞳を唐突にブレイン医師に向けた。「パリにいらっしゃったことはありますか、ブレイン先生？」

「いいえ、行ったことはありません」ブレインはぶっきらぼうに答えた。

ライザはため息をついた。「パリは〝恋の都〟って言われているけど、まさにその場所で恋に破れてしまいました」弱々しくほほえんでいた彼女は、ぱっと顔を輝かせた。「それでここに来たんです。心の傷をいやすために」

輝く瞳は、今度はアッシュに向けられた。「こんなにすぐにお目にかかれるとは思いませんでした、デニスン卿。あなたがいらっしゃらないので、パリではみなさんが残念がってらっしゃいましたわ」

「あら、そう？」アマンダが好奇心もあらわに口を挟んだ。「たとえば、どなたがそうおっしゃってたの？」

ライザはほがらかに答えた。「お年を召していない女性は、一人残らず」

「そんなに持ち上げていただくとは光栄ですね、ミス・ハランダー」アッシュの表情は、ブレイン医師と同様に硬かった。

笑いさざめく声は、ブレインが口を開いたことで静まった。「お茶にお招きいただきまして、ありがとうございました」彼はレディ・セイヤーズに向かって言った。「ほかにもいくつか往診の約束がありますので、このあたりで失礼します。ミセス・リヴァーズなら大丈夫。またあした伺います。ちょっと、外でお話ししてもよろしいですか、レディ・セイヤーズ？」

ブレインは作法通りにいとま乞いをしたが、その言い方はあまり丁寧とは言えなかった。

彼が部屋を出ると、ライザが言った。「わたし、ブレイン先生に嫌われたのかしら」

ミス・クレイヴァリーが、ナプキンで指をそっとぬぐいながら言った。「あんまり急いで人を判断するものじゃありませんよ。ブレイン先生は、人前で愛想よくしない方なの。もっと先生のことをよく知るようになったら、きっと驚きますよ」

彼女がいたずらっぽいまなざしをちらりと向けたので、イヴは落ち着かなげに身じろぎした。おばの能力が、何かを感じとっているしるしだ。イヴは彼女がもくろんでいることをやめさせようと、明るい声で言った。「お茶のお代わりをなさる方はいらっしゃるかしら？」

「あら、だめよ」アマンダが言った。「ミス・クレイヴァリーが、カップの紅茶の葉を読むと約束してくださったんだもの。もうカップをひっくり返してもいいかしら？」

「ええ、どうぞ」ミス・クレイヴァリーが応じた。

イヴはおばに目で合図しようとしたが、無駄だった。アッシュとヘンダースン氏がカップをひっくり返さないのはわかっていたので、ティーポットを取り上げて、紳士二人のカップと自分のカップを満たした。

フィリップ・ヘンダースンが言った。「ぼくのおばも変わった女性で、紅茶の葉を読むんですよ」

イヴは、彼をにらみつけた。アッシュも何か言ったらにらみつけてやるつもりだったが、彼は何も言わずに、無邪気に彼女を見返しているだけだった。

イヴは、静かに息を吸いこんだ。だれかがおばを辱めるのを許すわけにはいかない。アッシュかヘンダースン氏のどちらかがそんなことをひとことでも言ったら、この自分が相手になるつもりだった。

ミス・クレイヴァリーはイヴに安心させるような笑みをちらりと向けると、ヘンダースンの言葉に応じた。「紅茶の葉自体はどうでもいいんです。それはただの小道具で、ほんとうに必要なのはカップのほう。何も、天地がひっくり返るようなことが起こるわけじゃありませんよ。自分でこうと思ったことを信じればいいんです。さあ、一番手はどなたかしら？」

「お願いします」ライザが声を上げた。

ミス・クレイヴァリーはライザのカップを両手で包みこむと、底のほうをじっと見つめた。しばらくして、彼女は言った。「あなたが心から望んでいることが見えるわ。でも、あなたはまだ間違った場所を見ている。それが見えてきたら、おのずと望みはかないますよ」

ライザは考えこむようにしていた。フィリップ・ヘンダースンがアッシュの耳元に何事か囁き、アッシュは肩をすくめた。イヴは、スカートをつかんでいた手を握りしめた。

「レディ・アマンダのカップを見ていただけませんか、ミス・クレイヴァリー」ヘンダースンが横から言った。「彼女の未来を教えてください」

「あら、わたしは未来を見通すことはできないんですよ」ミス・クレイヴァリーは応じた。

「そんなことができる人は、いやしません。人にはそれぞれ、いろいろな可能性がありますから」

「それを聞いて、安心しましたよ！」ヘンダースンは言った。

「でも、可能性の一つを見通せる人はいます。それがわかったら、未来が変わることだってあるでしょう」

だれもが、ミス・クレイヴァリーの曖昧な言葉を考えこんでいるようだった。イヴはアッシュをちらりと見た。一心に紅茶を混ぜている。

「それじゃ、見てみましょうか、レディ・アマンダ？」ミス・クレイヴァリーはやさしく促した。

アマンダはもうほほえんでいなかった。カップを渡すときに彼女が少しためらうのを、イヴは見逃さなかった。

ミス・クレイヴァリーはカップをしばらく見つめると、アマンダの瞳にほほえんだ。「ミス・ハランダーに言ったのとは反対ね。あなたが心から望んでいることは、手の届くところにあるわ。それをつかみなさい、レディ・アマンダ。手の届かないところに行ってしまう前に」

アマンダは戸惑ったような表情を浮かべていたが、イヴにはおばの考えていることが手に取るようにわかった。彼女は、手遅れになる前に、ここであいだに入ることにした。

「よかったわね、レディ・アマンダ」彼女は言った。「近いうちに、あなたの本は出版されるということよ！」

アマンダの表情から迷いが消え、彼女は笑って応じた。「その前に、本を書き上げなくてはね！　ありがとうございます、ミス・クレイヴァリー。励みになりました」

ライザはイヴを見た。「あなたは見ていただかないんですか、ミス・ディアリング？」

イヴがだれの気分も害さないような言い方を考えているうちに、ミス・クレイヴァリーが答えた。「わたしの姪は、自分の知性や五感で説明のつかないことには、けっして賛成してくれないのよ」

「ごもっとも」ヘンダースンが言った。

そのとき、レディ・セイヤーズが部屋に戻ってきて、会話はブレイン医師の話に移った。レディ・セイヤーズいわく、ブレインがリディアのことでことさらに強調したのは、あの晩のことをあれこれとたずねて、彼女を動揺させてはいけないということだった。質問するのはリディアが体力を回復してからだと、治安官にも話すつもりだという。

レディ・セイヤーズはかぶりを振った。「悲しい事件に引きこんでしまったわね、ライザ。時間があれば、あなたのお母さまに、ロンドンに来るのを取りやめるようにと手紙を書いたんだけれど。あなたがパリに戻りたいなら——わたしはそうするべきだと思うんだけれど

――できるだけ早くその手配をするわよ」

「パリに戻るなんて！」ライザはその提案に驚いたようだった。「そんなこと、夢にも思っていなかったわ！　ここに来るまで、ロンドンは退屈なところだろうと思っていたんだけど、とんでもない。こんなに有名で才能ある方々とご一緒できる上に、未解決の事件があって、危険がすぐそこにひそんでいるなんて、なんて刺激的なのかしら」彼女は瞳をきらめかせていたが、しだいに落ち着きを取り戻してつづけた。「それに、パリには戻れないんです。お母さまとお父さまがプロヴァンスに旅行に出かけてしまって、連絡がとれないので」

それで話はきまった。

フィリップ・ヘンダースンは帰る前に、アッシュをつかまえた。従僕から帽子と手袋を受け取りながら、彼は言った。「あなたは、シアラー大佐のためにアンジェロの件を調査しているんでしたね」

アッシュは即座に身がまえた。「だれから聞いたんです？」

フィリップは肩をすくめた。「噂は広がるものですよ。それに、シアラー大佐は口が堅いほうじゃありませんから。実は、ぼくもあなたと同じような状況にあるんです。依頼人の一人が、このアンジェロという男を訴えたくてうずうずしているんですよ。その女性には、犯罪行為には当たらないから裁判には持ちこめないと説明したんですが、聞く耳を持ってくれないんです。さらにまずいことに、母の親しい友人なので、ことわるわけにもいかなくて。

レディ・トリッグという、クローリーに瀟洒な邸宅をお持ちの方なんですが」

「アンジェロの二作目の、従僕が階段から落ちて、首の骨を折ったというあの邸宅ですね」

「そうなんです。それでレディ・トリッグは、行く先々で自分が後ろ指を指されていると思いこんでいるんですよ」

「そんな思いをしているのは、あなた一人じゃないと言ってあげたいですね。アンジェロの小説に書かれたら、だれだって同じ気持ちになる。シアラー大佐も、アンジェロを絞め殺してやりたいと思っているくらいですから」

「ぼくだって訴えたいところだ」

二人は笑った。

アッシュは、フィリップと一緒に玄関の石段を下りた。「アンジェロの正体を突きとめるのに、二人で協力することだってできますよ」

「そういうのは、得意じゃないんです。ぼくは弁護士であって警吏《けいり》じゃありませんから。証拠を持ってきてくだされば、あとは引き受けますよ。ところで、レディ・トリッグの件ですが、従僕が死んだのは十四年も前のことなんです。そんなむかしの話を蒸し返すなんて、妙じゃありませんか」

アッシュはその事実を頭に刻みながらうなずいた。アンジェロが書いた三つの事故はいずれも、一年とあいだをあけずに起こっている。

フィリップがアマンダの馬車に乗りこむのを見送りながら、アッシュは彼とふたたび親しくなるべきだと考えていた。フィリップとのあいだが気まずくなったのは、彼とアマンダが仲たがいしたせいだった。もっともそれは、スペインに出征しているときの出来事だったから、アマンダがどうしてあんな振る舞いに及んだのか、くわしいことは何もわからない。アッシュ自身は、フィリップもマークも好きだったから、アマンダがどちらの男と結婚しても、同じようにうれしく思っただろう。

そしてアマンダが夫のマークを亡くしたいま、フィリップは招待されてもいないのに彼女の馬車に乗りこんで、家まで押しかけようとしている。このことを、アマンダはどう思っているのだろう。彼の知るかぎり、アマンダはマークのことを、まだ忘れていないはずだが。以前は、フィリップにかならずしも敬意を抱いていたわけではなかったが、いまは違う。フィリップは長男ではなかったから、父親が死んでも、相続できるものはたかが知れていた。だから彼は、専門的な職業を選んだ。そして法廷弁護士は、彼の天職となった。

ひるがえって、アッシュ自身は侯爵家のたった一人の跡取りで、結婚して息子をもうける以外に、これといって期待されていることはなかった。そんな生き方に魅力を感じたことは一度もなかったし、ハリーがあんなふうにして死んでからは、父が用意した道にすっかり背を向けていた。

イヴには、意図していたより多くを打ち明けてしまったが、話していないことはまだたくさんあった。ハリーの唐突な死で目が覚めた彼は、それまで疑問に感じたこともなかったさまざまなことに気づいた。父の野心を新たな視点から見るようになって、そんな無意味でむなしい野心にはかかわるのはごめんだと思った。そして、息子を思い通りの人間に仕立てようとした父のもくろみは、幸いにも頓挫《とんざ》した。

その点イヴは、ミス・クレイヴァリーという人がそばにいて幸運だった。ミス・クレイヴァリーは心の広い女性だ。彼女が座興を披露したとき、自分がどれだけ紳士的に、失礼のないように振る舞ったか、イヴは気づいてくれただろうか。フィリップが無傷で逃げおおせたのは運がいいとしか言いようがない。おばのこととなると、イヴは番犬のように神経をとがらせる。失礼なまなざしや言葉一つで、彼女は牙をむくだろう。それも、鋭い牙を。

ヴォクソールで見たのは、そんなイヴのべつの一面だった。そして夢で見たイヴは……。アッシュはかぶりを振って自分をいさめた。ぼんやりしていると、いつの間にかイヴ・ディアリングのことを考えてしまう。いい年をして、情けない。自分には、もっと考えるべきことがある。アンジェロの正体を突きとめて、ハリーの死の真相を究明するという。

落ち着かない気分になって、敷地の外に目をやった。ちょっと散歩すれば、気分も落ち着くだろう。彼は、ケニントン広場に向かって歩きだした。

ケニントン・ロードをガタゴトと走る馬車のなかで、フィリップはアマンダにたずねた。

「きょうはおばあさまと一緒じゃないのかい？」

「祖母は、自分が名づけ親になった方にまた赤ん坊が生まれたから、ちょっとお顔を見に行っているの。バーストウの近くに住んでいる方よ」

フィリップは驚いたようだった。「あの広い屋敷に、まさか一人でいるんじゃないだろうね？」

「とんでもない。わたしが子どものころに子守係をしてくれた女性が、祖母が戻るまでいてくれることになっているわ」

フィリップが油断のならないことばかり言うので、アマンダは神経がすり減ってしまいそうだった。彼が黙りこむと、心底ほっとした。

「彼女のことを、どう思う？」フィリップがやにわにたずねた。

無難な話題に思えたので、アマンダは自分の意見を言った。「ライザのこと？　無邪気なところと世慣れたところの両方を合わせもった、おもしろいお嬢さんね。わたしはすぐに好きになったわ」

フィリップはうなずいた。「たしかに、魅力的だ」

「でも、これから社交界にデビューするお嬢さんにしては、ちょっとどきりとさせられるところがあるわね。イヴとレディ・セイヤーズががっちりと脇を固めているところが、目に浮かぶようだわ」

「それじゃ窮屈だろう。べつに、素のままでかまわないじゃないか」フィリップはアマンダをちらりと見てつづけた。「彼女を見ると、昔のきみを思いだすよ」

自分にはそれなりに自制心があるとアマンダは思っていたが、それは間違いだった。こみ上げる怒りを抑えることはできなかった。「そのなれの果てがこうよ！　陰でひそひそ笑われたり、気の毒な目で見られたり。もううんざり」

フィリップは青ざめた。「アマンダ――」

「いいえ、わたしの言うことを聞いてちょうだい、フィリップ・ヘンダースン。あなたとは、もう一切かかわりたくないの。あなたはわざとわたしを誘惑して、マークに決闘を申しこんだ。一歩間違えば、マークを殺すところだったのよ！」

「あのときは、ぼくたち三人にとって、ああするのが最善だと思ったんだ。いや、最後まで聞いてくれないか。きょうは、きみに知らせておきたいことがあるんだ。過去のことじゃない。過ぎたことは水に流すのがいちばんだからね。ぼくがきみに伝えたいのは、いま現在にかかわることだよ。きみが社交シーズンにロンドンに滞在する以上、ぼくたちはさまざまな場面で顔を合わせることになるだろうから」

「伝えたいことって？」フィリップがいっとき言葉を切ったので、アマンダは促した。

フィリップは表情をやわらげた。「実は、結婚することになってね。婚約発表はまだなんだが、きみに真っ先に知らせたかった」

アマンダのなかで、何かがしゅんとしぼんだ気がした。なんとか声を出して、力なくたずねた。「その幸運な方は、どなたなの？」

「アーディス・ローズ。去年、ブリストルで訴訟を担当していたときに知り合った女性だ」

それから、二人は黙りこんだ。冷え冷えとした沈黙は、アマンダが屋敷に到着するまでつづいた。彼女は自分の子守だったミス・ペニーが呼びかけたのにも気づかず、階段を上って寝室に入った。

アマンダはぼんやりとコートと帽子を脱ぐと、書き物机に向かって腰を下ろした。ミス・クレイヴァリーは、あなたが心から望むものは手に届くところにあると言った。ただの座興なのに、アマンダの心の奥底にある何かが、その言葉に反応して震えていた。いったい、何を望んでいるというのだろう。

亡くなった夫が恋しかった。マークは善良な人で、いつもやさしくしてくれた。けれども、どんなに望んだところで、マークは戻らない。

アマンダはため息をつくと、書き物机のいちばん上の抽斗《ひきだし》を開けて、びっしりと書きこまれた原稿を取りだした。これまで何度か書きなおしたその原稿は、書きかけの小説の第一章だった。もしミス・クレイヴァリーの予言が当たっているのなら、つぎの章に取りかかったほうがいいということになる。

何も書いていない紙を出してペンをインク壺《つぼ》に浸したが、そこまでだった。アマンダの頭には、文章は一つも浮かばなかった。

イヴのノックに応じてドアを開けたミス・クレイヴァリーは、彼女を温かく迎え入れた。

「さあ入って、イヴ。あなたを待っていたのよ。何もかも打ち明けて、すっきりしてちょうだい」

イヴは、おばがまたもや持ち前の能力を働かせたことには何も言わず、単刀直入に言った。

「何をすべきか忠告して、他人の人生をもてあそんでいいと思ってるの？」

「紅茶の葉を読んだことを言っているの？」

「もちろん、そのことよ。取り返しのつかないことになったらどうするつもり？」

ミス・クレイヴァリーは眉根を寄せたが、表情そのものは相変わらず親しげで、やさしい母親のように穏やかだった。「取り返しがつかないことって、たとえばどんなことなの、イヴ？」

「ライザやアマンダがおばさまの言うことを信じて、言われたとおりに行動するかもしれないじゃないの」

「そうしたら、いまよりずっと幸せになるわよ。いいえ、わたしの話を聞いてちょうだい、イヴ。わたしが笑い者にされないように、あなたが守ろうとしてくれているのはわかってるわ。その気持ちはうれしいけれど、こればかりは止めても無駄よ。わたしは、自分の力をひけらかさないし、その力をやたらと使うつもりもない。でも、だれかが悩んでいて、助けてあげる能力が自分にあるとわかっているときは、そうするべきだと思うの」

イヴはおばの言い分に耳を傾けながら、目を細めた。しまいに、彼女は言った。「レディ・アマンダが悩んでいたの？　ライザも？」

「二人は人生の岐路にさしかかっていて、どの方向に進むべきか迷っていたわ。頭に浮かんだことをぜんぶ理解できるとはかぎらないから、あれより具体的なことは言えないけれど、とにかくあれは、二人の道しるべになることなの。それをちゃんと見きわめられるなら、それはそれで結構。見きわめられなくても、それで困るようなことは何もない。わたしは、悲観的なことは言わないから」

ミス・クレイヴァリーはしばらく黙りこんでいたが、やがて口を開いた。「でも、ほんとうは、わたしのことで来たんじゃないんでしょう？　自分のことで来たのね。お母さまとお父さまのことを考えていたんでしょう？」

イヴは反論できるものなら反論したかったが、どのみちおばはクレイヴァリーの人間だから、ごまかすことはできない。彼女は答える代わりに肩をすくめた。

ミス・クレイヴァリーの声はやさしかった。「あなたのお父さまは、善良な人だった——いまでもそれは変わらないわ。そして、あなたのお母さまを愛していた。わたしはそのことを疑ったことはなかったし、その気持ちはアントニアも同じだった。だから、お父さまにあまり厳しい評価を下さないでもらいたいの」

イヴは、悲しげに応じた。「そんなことは考えてないわ。お父さまは、愛がいずれは勝利を収めて、お母さまが間違っていたことがはっきりするものと思っていた」彼女は気を取りなおして、ほほえんだ。「まともな男性ならだれだって、ある日目覚めたら魔女に捕まっていたなんて認めたくないはずだもの」

何気ない口ぶりとは裏腹に、イヴは両親が口論し、心を痛め、そして何より後悔していたことを思いだしていた。二人は結婚すべきではなかった。両親は、そのことに気づくのが遅すぎた。

ミス・クレイヴァリーは心配そうな表情を浮かべて、イヴの両手を取った。「お父さまとデニスン卿を一緒にしてはいけないわ。デニスン卿は——」

「デニスン卿ですって！」イヴは手を引っこめた。「どうしてあの方の話が出てくるの？」彼女は必死で、おばの仕掛けた罠から逃れようとした。「わたしは、お父さまとお母さまの話をしていたのよ。デニスン卿は子爵でしょう。たかが造園家の娘と、そんなことになるわけがないわ」

「あら、それはどうかしら」ミス・クレイヴァリーは唇に指を押しあてて、ほほえみを抑えた。「あの方は、慣習にとらわれない方よ。そんなつまらないことを気にするとは思えないわ」

イヴは、できるかぎり毅然とした態度を保って立ち上がった。「そういう問題じゃないの。わたしは、結婚なんて考えてないわ。両親と同じ失敗を繰り返すなんてまっぴら」

ミス・クレイヴァリーは、ぎゅっと眉根を寄せてイヴを見つめた。「あなたはいつも否定してきたけれど」彼女はゆっくりと言った。「あなたに〝クレイヴァリーの能力〟がないなら、どうしてお母さまと似たような結婚生活を送ることになるの？」

イヴはためらいすぎた。

ミス・クレイヴァリーは立ち上がると、鋭い目でイヴを見た。「あの力を取り戻しかけているんでしょう。そうなのね？」

イヴは素っ気なく笑った。「答はイエスとノー。思いもかけないときにそうなるだけよ。

いまは、文字を覚えはじめた子どものような気分。文字や記号を読みとるのに、いちいち苦労しているような感じなの」

「気長に待ちなさい。慣れればうまく読みとれるようになるから」

イヴはうなずいたが、心のなかでは残り時間が少なくなっているという、差し迫った予感にとらわれていた。

「そのことで、何か相談したいことはないの？」

イヴがさっと目を上げると、おばが気づかわしげなまなざしで彼女を見つめていた。いっときためらったが、結局何も言わないことにした。この能力のせいで危険と向き合おうとしていることを悟られたら、よけいな心配をかけてしまう。

イヴはおばの気づかわしげな瞳にほほえんだ。「心配しないで、おばさま。わたしのことは、お母さまが導いてくださるわ」

なんの気なしに口にした言葉だったが、そう言ったとたんに、自分がほんとうにそう思っていたことに気づいた。お母さまが導いてくれる。

イヴはびくっとして目を覚ました。だれかが彼女の名前を小声で繰り返し呼びながら、そっとドアをたたいていた。ドアの向こうにはデクスターもいて、けがでもしたようにくんくん鳴いている。イヴは即座に飛び起きて化粧着を頭からかぶり、ドアを開けた。

靴磨き係のアンディが、落ち着かなげにもじもじしていた。黒髪で、背は高いもののまだ

十二、三歳と年若く、デクスターをかわいがってくれるので、イヴが好感を抱き、信頼もしている少年だ。
アンディはよくデクスターを夜の散歩に連れだしてくれるが、こんなに遅くなることはなかった。「どうかしたの、アンディ？　デクスターが勝手に外に出てしまったの？　無理に連れて帰ってこなくてもいいのよ。デクスターが戻ってきたら、玄関番のだれかが入れてくれるはずだから」

「物乞いの女の人がいるんです」アンディは小声で言った。「その人がボイラー室にいるのをデクスターが見つけたんですが、その、困っていて、お嬢さまを呼んでいるんです。ひょっとすると、足首を折ってるのかも」

物乞いの女の人。イヴは、ぴんと来た。ネルだ。足首を折りでもしないかぎり、ネルは助けを求めない。

「一緒に来てちょうだい」

イヴがボイラー室に入ると、ネルはおびえたまなざしを彼女に向けたが、すぐに恥ずかしそうにほほえんだ。「イヴ」ネルは言った。

イヴはネルのかたわらにひざまずくと、アンディに言った。「料理番は、スープを火床に置きっぱなしにしているかしら？」

「いつもそうしてます」

「それじゃ、カップによそってきてちょうだい――いいこと、大きなカップよ」それから、やさしい声でネルに話しかけた。「どうして足を痛めたの？」

「……落ちた」

ネルから聞きだせるのはそれが精いっぱいだろうと、イヴは思った。「足首を見せて」

イヴがあげたブーツがボイラーの横で温められていたが、ネルが着ている服は、イヴからもらったコート以外は火にくべるしかなさそうなぼろだった。

イヴはかぶりを振って、気の毒なほどやせこけたネルの足に触れ、足首の具合をそっと調べた。腫《は》れているが、折れてはいない。

アンディがスープの入ったカップを持ってきたので、イヴは熱さの加減をたしかめると、ネルに渡した。ネルがスープをそろそろとすすっているあいだに、イヴはアンディに言った。

「ネルの足首を縛るものを持ってきてくれないかしら。熱いお湯に浸して、絞ってくるのよ」

アンディがふきんを手に戻ってくると、イヴは手当をはじめた。デクスターがくんくん鳴いたが、ネルは泣き声一つ洩らさなかった。言っても無駄かもしれないとわかっていたが、イヴはネルに、足を休めて、数時間おきに同じ縛り方で足を縛りなおすようにと説いて聞かせた。けれども、しまいに抑えきれなくなって言った。「あなたがヘンリーのわたしの家に来てくれたら――」

ネルが激しく首を振ったので、最後まで言えなかった。

「無理ですよ」アンディが横から言った。「物乞いやロマは、普通の家にはいられません。鹿や狐みたいに、自由じゃないとだめなんです」

「あなたが、物乞いやロマの何を知っているというの？」つっけんどんに言い返したのは、怒っていたからではなく、アンディの言うことがもっともだったからだった。

「父さんがロマだったんです。母さんのところにしばらくいたけど、ぼくが三つか四つのときに家を飛びだして、それきりになってしまって」

イヴはさっき言ったことを後悔した。「ごめんなさい、アンディ。ひどいことを言ってしまったわね。あなたには、ほんとうに感謝しているのよ。最後に、もう一つだけお願いしていいかしら。洗濯室に行って、ネルが着られるものがあるか見てきてもらいたいの。それから、何か食べるものもお願いするわ」

ネルと二人きりになると、イヴは言った。「ミセス・リヴァーズが襲われたとき、あなたもわたしの部屋の窓の近くにいたんでしょう？」

ネルのまなざしが答だった。イヴからひたと見据えられても、目をそらさない。

「男の人がミセス・リヴァーズ――つまり、白いドレスを着ていた人――を刺したとき、悲鳴を上げたのはあなただった」

ネルは答える代わりに、かすかに頭を動かした。

「犯人の顔を見たの？」

「……暗かった」

イヴは、長いため息を洩らした。「でも、犯人はそうは思ってないはずよ。となると、これ以上ここにいたらあなたも危険だわ。だれか、あなたを託せる人はいないかしら？　どこか行きたいところはない？　ロンドンに、身寄りがいるんでしょう？」

ネルの黒い瞳を、恐怖がよぎった。「ここにいる！　ここ、だいじょうぶ！」

イヴは両手を広げた。「それならいいのよ。あなたがしたくないことを無理強いしたりはしないわ」

アンディが服を抱えて戻ってきた。「これしか見つからなくて」彼は服を置くと、さらにポケットからパンの塊と、それより大きなチーズの塊を取りだした。

イヴは服を取り上げ、ネルはパンとチーズを取ってむしゃむしゃと頬ばった。

「男の子の服ね」イヴは服を広げた。「よくやったわ、アンディ。しばらく二人きりにさせてね」

イヴはネルに服を着せるのにひと騒動あるだろうと覚悟していたが、ネルは服に手を伸ばすと、そろそろとなでた。「これを？」

「そうよ」

ネルは服に顔をうずめた。ふたたび顔を上げてイヴを見た彼女は、瞳をきらめかせて言った。「いいにおい」

「洗濯したてだもの」

ネルの笑顔を見て、イヴの胸は締めつけられた。こんなにかわいくて、無邪気な女の子を、どうしてベドラムなんかに入れたのかしら？

イヴはぱちぱちと目をしばたたかせて、瞳の奥に怒りの炎が燃え上がるのを抑えたが、その灼《や》けつくような感覚は、ネルの着替えを手伝うと、さらにひどくなった――細い肩、平らな胸、突きでた肋骨。「もう少し太らないと」怒りのあまりとげとげしい口調になってしまったので、咳払いをした。「どうしたらいいか、考えておくわね。忘れないでちょうだい。何か困ったことがあったら、いつでもわたしを頼っていいのよ」

何か困ったことがあったらなんて！　いまより困ったことがあるわけがないのに。

ネルの着替えが終わると、イヴはその変わりように驚いた。ほんとうに、少年に見える。「うまくいったわ」イヴは言った。「これならだれにも、あなただとわからない。名前も変えたほうがいいわ。男の子の名前に」

ネルがにっこりとほほえんだのが、何よりうれしかった。

アンディがドアから顔を出した。「そろそろここを出ないと」

「先に行っててちょうだい。だれにも姿を見られないように、奥の階段を使うのよ」イヴは手を振って、アンディを行かせた。

イヴはネルが脱いだコートとぼろの服に手を伸ばしたが、ネルはコートをひったくってまとった。「あったかい」彼女はそう言うと、靴を履き、最後にパンとチーズを取った。

イヴはうなずいた。四月でも雪が降ることはある。彼女は残りの服をまとめると、最後にもう一度きいてみた。「ヘンリーのわたしの家に来るつもりはないのね？」

ネルはうなずき、かすかな笑みを浮かべてイヴを押しやると、ドアを開けて、足を引きずりながら石炭貯蔵庫に姿を消した。

どうすればいいのかまるでわからなかった。アンナに相談してみよう。たぶんアンナなら、ネルを助ける方法を思いついてくれる。

12

ライザを社交界に紹介するお披露目の会は、形式張らないささやかな催しになるはずだったが、イヴが人混みを見るかぎり、百人近く集まっているのはたしかだった。

そこにはライザと同じ年ごろの令嬢も少なからずいて、たがいに知り合えたことを喜んでいるようだった。客間があまり混み合わないように、隣の音楽室に通じるドアはどれも開け放たれている。だれかがピアノを弾きはじめ、生き生きしたカントリー・ダンスの音楽に、ほとんどの人がつま先で拍子を取っていた。

イヴはリディアに目を留めた。彼女は空っぽの火床のそばに置いてある椅子に、縮こまるようにして座っていた。片側にアンナが、もう片側にブレイン医師が付き添っている。ブレイン医師は招待客の一人だが、自分の務めを片時たりとも忘れておらず、患者を見守らずにはいられないようだった。襲撃事件から一週間以上たち、体力はめざましく回復しつつあるものの、リディアは人が変わったようになっていた。おびえきって、長くは一人でいられない。そんな状態なので、かならずだれかが屋敷に残り、リディアに付き添うようにしていた。

レディ・セイヤーズが、イヴのかたわらで言った。「わたしが思うに、リディアは見かけよりずっと良くなってるんじゃないかしら。ブレイン先生を見つめているでしょう」それから、考え深げにうなずいた。「すっかり元気になったら、ブレイン先生がお屋敷に来ることもなくなってしまうもの」

イヴは驚いた。ブレイン医師は、リディアが魅力を感じるような男性とは思えない。その逆もまたしかり。

イヴはブレイン医師に目を凝らし、それからリディアに視線を移した。今夜は、人から人へと目を凝らしてばかりいる。そうしているのは、単なる好奇心からではなく、アンジェロの意識に入りこもうとしているからだった。けれども、どうやらアンジェロはここにいないらしい。もしくは、〝クレイヴァリーの能力〟が弱すぎて、この人混みでは使い物にならないのかもしれない。

「リディアのお姉さまから、何か便りはないんですか?」イヴはたずねた。

レディ・セイヤーズは肩をすくめた。「リディアがお姉さまに知らせたのは知っているけれど、返事はまだないわ」

「どれだけひどい傷を負わされたか、きちんと知らせてないんでしょう」

「そうなんでしょうね」レディ・セイヤーズは静かに言った。「でも、わかるような気がするわ。だって、バーサが――それがリディアのお姉さまの名前よ――リディアをウォリックに連れて帰ったら、ブレイン先生は、たぶんリディアに対する興味を失ってしまうもの。ほら、よく言うでしょう、目に見えなければ忘れてしまうって」

そのとき、遅れて招待客が到着した。フィリップ・ヘンダースンに、先日オペラで顔を合わせたきれいな女性――ミス・ローズ。けれども、イヴが興味をかき立てられたのは、もう一人の招待客、レディ・ソフィ・ヴィラーズだった。

イヴは、レディ・ソフィのことをはっきりと憶えていた。ヴォクソールで、アッシュがダンスに連れていこうとしていた、はっとするほどきれいなブルネットの女性。今夜のイヴは、新しいパステル・ブルーの薄絹のドレスに身を包み、まとめた髪を銀の櫛《くし》で留めて、かつてないほどきれいに装っているつもりだったが、レディ・ソフィのような魅惑的な女性がいると、妙に冴えない気分になった。レディ・ソフィがヴィンテージもののシャンパンなら、自分はぬるいミルクでしかない。

けれど、あんな派手な美人でも、ここではかなりの努力を強いられるだろう。アッシュは、同じように魅惑的な美女たちから逃れるために、妹を見守る兄のような顔をして、自分の半分ほどの年齢のライザにくっついているはずだから。

そのとき、アッシュの姿が目に入ったが、イヴの予想と違って、ライザと一緒ではなかった。彼が一人であるのを見てとったレディ・ソフィは、その機を逃さず、さっと近づいて腕を取った。アッシュはどう受け取ったらいいのか計りかねるまなざしをイヴに投げると、レディ・ソフィに引っ張られていった。

ぼんやりしていると、だれかの声がした。アマンダだ。「ちょっとお部屋の外に出ましょうよ、イヴ。あなたもわたしも、新鮮な空気を吸いに行ったほうがいいみたいだから」

長い廊下に出た二人は、さまざまな風景画の前でときおり立ち止まりながら、ゆっくりと歩いた。イヴはアマンダの言葉をほとんどうわの空で聞いていたが、不意にレディ・ソフィの名前が出たので耳をそばだてた。

どうやらアマンダは、イヴがやきもちを焼いていると思って助けに駆けつけたらしい。それほど顔に出ていたのだろうか。

イヴはアマンダの腕に触れた。「わたしは妬いてるわけじゃないのよ。ただ、驚いたの」そして、以前にレディ・セイヤーズが言っていたことをそのまま繰り返した。「あの二人は、たしかおつきあいをやめたと聞いたけれど。どうやらわたしの思い違いだったようね」

ちょっとかまをかけただけで、アマンダは知りたいことを教えてくれた。「いまはおつきあいしていないわよ。少なくとも、アッシュはそのつもりでいるわ。けれども、レディ・ソフィはいつもアッシュにご執心で、そのことを隠そうともしないの。あなたはアッシュにどうしてもらいたかったのかしら――レディ・ソフィに背を向けて、逃げだしてほしかった？」

自分の気持ちはそんなところだろうと、イヴは思った。

「なんとも思ってないわよ」彼女は言い返した。「アッシュが何をしようと、わたしにとってはどうでもいいことだもの」

アマンダはイヴの言葉が聞こえなかったように言った。「レディ・ソフィは結婚に興味がないんだと思うわ。あの人は、男性を振り向かせるのが好きなのよ。夫がいない、自由気ままな身の上なのをいいことに、好みの男性を追いまわして楽しんでいる。アッシュはそのことを、よくわきまえているわ。たいていの男性はレディ・ソフィの言いなりだけれど、アッシュは……」

アマンダはそこで、ふっと口をつぐんだ。イヴが振り返ると、ちょうどフィリップ・ヘンダースンがミス・ローズと腕を組んで通りかかったところだった。アマンダの気持ちは、能力に頼るまでもなくわかった。ついさっき、同じような気持ちになったイヴは、アマンダに心から同情した。

イヴは、アマンダと腕を組んで言った。「素敵なお嬢さんだと思わない？　ライザのことなんだけれど。年ごろの男性のほとんどは、ライザを好きになったんじゃないかしら」

アマンダは我に返ったように、目をしばたたかせて応じた。「ブレイン先生は違うようだけれど、他の方々はそのようね」

「その上、気むずかしいところもないでしょう。社交界にデビューするお嬢さんとしては、好ましい性格じゃない？」

二人がそんな話をつづけていると、リー・フレミングが夕食が始まると告げに来た。

「アンジェロの作品は読んでくれたかい？」

イヴは自分の皿からぶどうをつまみながら、言うべきことを整理した。アッシュと彼女は音楽室を出て、ソファと椅子が置いてある静かなアルコーヴにいた。夕食が出されるのは食事室だが、客たちは皿を持って、どこへなりとも行っていいことになっている。ただし、アッシュの強いすすめで、庭だけは、煙草を吸う紳士をのぞいて出てはいけないことになっていた。だれかが、まだリディアの命をねらっているかもしれないからだ。

「ええ」イヴはアッシュの質問に答えた。「ひと通り読んだけれど、正直言って、見当もつかないの。わたしの知っているどの作家の文体とも違うのよ。もしかすると、まだ本が出版されていない新人かもしれないわ」

「手がかりが、何かしらあるはずだ」アッシュは、いらだたしげに言った。

イヴは言った。「たしかなことが一つあるわ。自分が書いた屋敷と庭園を、アンジェロは実際に知っている」

「きみはどうなんだ？」

「訪れたことはあるかもしれないけれど、よくわからないの。アンジェロについても――」

イヴは肩をすくめた。「――心当たりはなし。推理するしかないわ」

アッシュはその言葉にほほえんだ。

「なぜ笑うの？」

「いや、むかしを思いだしてね」アッシュは答えた。「子どものころ、大人になったらボウ・ストリートの警吏隊（治安裁判所が発足させた、警察に似た組織）の一員になりたいと思っていたぼくは、ありもしない犯罪の手がかりを探して、うちの地所をあちこち走りまわっていた。だが、その見上げた志で成し遂げたことといったら、みんなを怒らせて、罰としてぶたれたことだけだった」

「それはまたずいぶんね。いったい、何をしたの？」

「厩番の男と乳搾《しぼ》り女の色事をのぞいてしまったんだ。納屋の二階の干し草置き場にいたぼくは、びっくりして足をすべらせ、二人の上に落ちてしまった」

「それで、厩番にぶたれたの？」

「いや。乳搾り女にぶたれた」

イヴは笑いだした。「そのつぎは、なんに興味をもったの？」

「女の子さ」アッシュは、まじめくさった顔で答えた。

彼が恥ずかしげもなく答えたので、イヴはかぶりを振った。

「何だい？」

「アンジェロの例の短編で描かれていた若者がすることとは思えなくて。と言うより、まったくの別人だわ。あの若者は……」イヴは言葉を探した。

「情けない《パセティック》？」アッシュは無頓着に言った。

「いいえ！　わたしは、〝同情を感じる《シンパセティック》〟わ。独りぼっちで、内気で、友達がいなくて、父親の意に添わないことはけっしてしない――」

「ちょっと待った！」片手を上げたアッシュの顔は、笑っていた。「ほんのちょっとしか書いてないのに、きみは行間を読みすぎている。小説を書くときのように、あまり空想をたくましくしないでもらいたいな。ぼくは気安く友達は作らないたちだが、友達がいないわけじゃなかった」

「いったい何があったの、アッシュ？　何をきっかけに、本好きで内気な少年が、名高い遊び人に変わってしまったの？」立ち入った質問をしてしまったと思ったイヴは、明るく取りつくろった。「くやしいけれど、アンジェロは読者のつかみ方を知っているわ。おかげでわたしも、何もかも知りたくなってしまって」けれども、それは本心だったから、そっと言い添えた。「アンジェロの小説に書かれていたことが事実なら、何かきっかけがあったはずだわ。それがハリーの死だったの？」

　答を拒否されて当然だとイヴは思ったが、アッシュはグラス越しに考え深げにイヴを見つめると、やがてかぶりを振った。

　イヴは彼をじっと見つめた。「お母さまに何があったのか、話してもらえないかしら。アンジェロによると、お母さまは〝ひ弱な花〟だった。それは、どういう意味なの？」

　アッシュは眉をつり上げた。それから、ワイングラスに手を伸ばしてぐいとあおり、ようやく口を開いた。「きみのことを〝ひ弱な花〟と言う人はいないだろうな、ミス・ディアリング。その物怖《お》じしない性格には、とりわけ敬意を表するよ」

　けれども、とくに敬意を表されているようには思えなかったし、〝ミス・ディアリング〟という改まった呼びかけからしても、彼が一歩引いてしまったのは明らかだった。

　イヴが謝ろうとしたちょうどそのとき、アンナ・コンティニが通りかかった。小さな籐のかごを持った彼女は、ソファ・テーブルに置いてある皿を指さして言った。「もう召し上がらないのなら、わたしのロバに少し持っていってあげたいんですけれど、かまわないでしょうか」

「牡蛎のタルトを？」残り物をかごに移すアンナに、アッシュはたずねた。「きみのロバは、そんなものまで食べるのかい？」

「ロバがどんなものを食べるか知ったら、驚きますよ」アンナは平然と答えると、イヴの皿に目をやった。「そのポーク・パイは召し上がる？」

「いいえ、ロバのために取っておいたの」

「やさしいのね」

アンナの後ろ姿を見送りながら、アッシュが言った。「ほんとうに変わった女性だなあ。もし、彼女にドレスを見立てるとしたら……」

二人は目を合わせて、ほほえんだ。

けれどもイヴは、アッシュの知らないことを知っていた。あのごちそうは、ロバではなく、ネルのおなかに収まることになる。彼女とアンナは額を寄せて相談し、ネルが食べ物に事欠かないようにする計画を立てていた。

気まずい雰囲気は、もうなくなっていた。アッシュが言った。「イヴ、最初の話に戻ってもかまわないか？　きみは、アンジェロが書いた庭園に心当たりがないと言った。そこからもう一度始めようじゃないか」

イヴはほっとして応じた。「気づいたことを書きだしてみたんだけれど」と言いながら、レティキュールから折りたたんだ紙を取りだした。「でも、批判めいたことは一切おことわりよ」

「あのノートを持ってくるのかと思った」

「ほら、もうそんなことを言って」

「わかった、気をつけるよ」

イヴは紙を広げると、小さく息を吐いた。「といっても、ただわからないことを書いてみただけなの」

「それで結構。ぼくの疑問と比べてみようじゃないか」

イヴはまたため息をついた。「アンジェロの作品が新聞に掲載されたとき、何があったの？」

「それについては、ぼくのことしか話せないな。ぼくはいきり立った。アンジェロは、過去の悲しい出来事を紙面によみがえらせた上に、あれは事故ではなく殺人だったとほのめかしていたんだ。できるものなら、首をへし折ってやりたかった」

「だからこそ、アンジェロはあの短編を発表したんじゃないかしら――もちろん、自分が首をへし折られるためではなく、ほんとうは殺人事件であるはずの事故に注目を集めるために」

「なんだって？」アッシュは、眉をひそめた。

「あくまで一つの意見として言っているのよ」イヴは急いで言った。「アンジェロの作品に目を通して、どう思うか教えてほしいと言ったのはあなたでしょう。わたしの見方は、あなたとは違うわ。たしかに悲しい出来事だけれど、悪意があってあれを書いたとは思えない」

「作り話だとしたら、悪質なでっち上げだ」

「そうね」イヴはそう言って、黙りこんだ。

イヴが顔を伏せるのを見つめていたアッシュは、しばらくして口を開いた。「なぜきみに八つ当たりしてしまったのかな。実は、きみが話してくれたことはぜんぶ、ぼくも考えたんだ。ただ、それを信じたくなかった」

彼がぎゅっと眉根を寄せて考えこんでいるのを見たイヴは、何も言わなければよかったと思った。彼に話したのは、あくまであいまいな感触であって、確信ではなかった。自分のしたことといったら、古傷を痛めつけただけ。弟が殺されたと考えるのは、彼にとってどんなにつらいことだろう。

アッシュは表情をやわらげると、長いため息をついた。「きみの仮定が正しいとしよう」彼は言った。「理由はともかく、アンジェロは罪のない人が殺された事件に世間の注目を集めるために、あの作品を発表した。ぼくが犯人なら、アンジェロの今後の行動に戦々恐々としているだろう。正体を暴かれる前に、アンジェロの口を封じようとするだろう」

「となると、リディアが襲われた件も説明がつくわね」イヴはおずおずと言い添えた。

アッシュの唇に、ゆっくりと微笑が広がった。「よくできた仮説だ」彼は言った。「ただし、それで説明がつくこともあるが、さらにべつの疑問が生じてくる」

「わかってるわ」イヴは力なく答えた。

「たとえば、アンジェロがあれは殺人だったと考えているのなら、なぜぼくやシアラー大佐やレディ・トリッグのところに個々に知らせてよこさないんだ？　わざわざ〈ヘラルド〉に掲載する必要がどこにある？　〈ヘラルド〉があの作品を採用しなかったら、どうするつもりだったんだろう？　そして、なぜぼくたちがこんなに疑問を抱くまで放っておくんだろう？」

イヴは肩を落とした。「見当もつかないわ」

「だが、何より引っかかるのは、なぜ罪のない人間が三人も殺されたのかということだ。シアラー大佐のメイドやレディ・トリッグの従僕についてはなんとも言えないが、弟のことなら知っている。病弱なハリーが、いったい何をしたというんだ？」

イヴは両手を広げた。「たしかに変ね。でも、さっきのはあくまで仮説よ。ほかの可能性を一切否定してるわけじゃないわ」

「同感だ。いまはあらゆる可能性を考えないと」そう言うと、アッシュは立ち上がってイヴに手を差しのべた。「少し長居しすぎたな。若い紳士淑女がどうしているか見に行こうじゃないか」

若者たちはへとへとになるまで踊っていたし、若くはなくても、気持ちの若い人はみなそうしていた。イヴはダンス・フロアの隅で、アッシュとともにダンスを見物しながら、視線をさまよわせた。彼女は、ふたたび〝クレイヴァリーの能力〟を集中していた。その力がコンパスとなって、リディアを襲った犯人を指ししめしてくれるような気がした。

突然、彼女の意識は激しい感情の渦にのみこまれた――ときめきと、狩りの興奮と、最後の勝利に対する期待と。一瞬、犯人の考えていることが頭に入りこんできたのかと思ったが、すぐにソフィ・ヴィラーズのイメージがあらゆる感覚を圧倒した。そこには、怒りもあった。物笑いの種にされて、仕返ししようとしている女性の怒りだ。

「アッシュ」そのソフィ・ヴィラーズが、アッシュの前に立ちはだかった。「さんざん探しまわったのよ」彼女は明るい声で、からかうように言った。「あなたが毎日、ハーレムの美女たちに囲まれて夢見心地でいるという、もっぱらの噂を聞いたものだから」

イヴはアッシュを見たが、何を考えているのかはわからなかった。心までは読みとれない。表情を見たかぎりでは、なんとなくうんざりしているものの、レディ・ソフィの言葉にはまったく動じていないようだった。

「それで、あなたは？」レディ・ソフィはイヴに向かって言った。

「ハーレムの美女の一人です」イヴが切り返すと、突き刺さるような怒りを感じた。

「これは失礼した」アッシュはのんびりと言った。「きみたち二人が、てっきり知り合いだと思っていたものだから。レディ・ソフィ、ミス・ディアリングを紹介しよう。イヴ、こちらがレディ・ソフィ・ヴィラーズだ」

イヴはほほえみ、レディ・ソフィもほほえんだが、彼女は貪欲なまなざしをアッシュに注いで、だれが愛人の座を彼女から奪って、彼とベッドをともにしているのかたしかめようとしていた。

イヴがいまなすべきなのは、レディ・ソフィを意識から締めだすことだった。なんの罪もなく、何も知らない人々の気持ちを盗み聞きするなんて、許されることではない。ところが、イヴは誘惑にあらがえずにいた。アッシュに愛人がいるなら、だれなのか知りたい。

レディ・ソフィのまなざしがアッシュの顔を見据えているあいだ、イヴは彼女の目を通してアッシュを見た。

イヴが素敵だと思っていた彼のひねくれた微笑が、みだらにゆがんだ。彼のまぶたは重たくなり、瞳は濃いまつげに覆い隠されて見えなくなった。イヴの鼓動は少し早まった。レディ・ソフィは、アッシュ・デニスンを上流階級の紳士と見なしていない。彼女自身と同じように、異性を食い物にする危険な野獣だと思っている。

レディ・ソフィの唇が動いたが、言葉などどうでもよかった。イヴは、レディ・ソフィの幻——ほかに適当な言葉が見つからない——を見ていた。レディ・ソフィがまとっているのは、薄いナイトガウンだけだ。それも、へそが見えそうなほど胸元が深く切れこみ、あらゆる肉感的な丸みにしなやかにまとわりついているガウン。つぎに見たのは、レディ・ソフィがアッシュに手を差しのべ、二人でベッドに倒れこむ光景だった。なんと下品なベッドだろう。金の留め具と房飾りが付いた、真っ赤なヴェルヴェットのカーテンに包まれている。そこはレディ・ソフィの寝室で、イヴはあたかもその場に居合わせているかのように、彼女の記憶を体験していた。

いつの間にか、立ち入りすぎていた。すぐにやめなくては。いまはただ逃げだして、胸いっぱいに新鮮な空気を吸いこみたかった。

イヴは真っ先に頭に浮かんだ言いわけ――おばを探さなくてはとかなんとか――を口にすると、急いでその場を離れた。自分がどこに向かっているのかわからなかったし、どこに向かっていようとかまわなかった。さっき、卑しい好奇心に駆られてパンドラの箱を開けてしまったことを思うと、胸が悪かった。いまは傷つき、怒り、すっかり落ちこんでいた。あの二人にしてみれば、自分は壁にとまった蠅《はえ》も同然だったろう。二人はたがいに、相手のことしか眼中になかった。

だれとも話す気になれなかったので、ホールを横切り、とくに使われていなさそうな控えの間に向かった。部屋に入ったところで肩をつかまれ、はっとして振り向くとアッシュがいた。

「イヴ」彼は言った。「いったい、どうした? なんであんなふうに逃げるんだ?」

何を言おうとしているのか考える間もなく、言葉をぶつけていた。「わたしは、恋人同士のお邪魔はしないことにしているの。もっとも、わたし自身はいないも同然だったけれど」

アッシュも怒りをあらわにした。「いいや、イヴ。勝手にきめつけないでくれないか。ソフィはぼくの恋人じゃない。つきあっていたのは、ずいぶん前のことだ」

すると、あれは幻ではなかったのだ。さっき見たのが、何もかも現実にあったことだと思うと、彼をひっぱたきたくてたまらなくなった。即座に切り返す言葉が浮かばなかったので、黙って彼をにらみつけた。

アッシュは目を細くして、彼女をじっと見た。「なぜそんなことを気にするんだ？　ぼくと距離を置きたがっていることを、きみはこれまで隠そうともしなかったじゃないか。このまま何もなければ、きみのそんな態度をそのまま信じていたかもしれない。だが、さっきのきみの行動は……その、あんな行動に出られると、考えてしまう」

「なんて？」イヴはあごをぐいと上げた。

「きみは嫉妬しているのか、イヴ？」

イヴはかっとした。わたしは嫉妬してなんかいない。むしょうに腹が立っているだけだ。この恥知らずな放蕩者は、彼女に取り入り、そして彼女は愚かにも、その本性を忘れてしまった。こんなふうに手玉に取られるなんて、情けないにもほどがある。アッシュは女性を喜ばせ、口説いてものにするやり方を心得ている女たらしだ。

「さっきは怒っていただけよ」イヴは冷ややかに答えた。「レディ・ソフィが、噂になっているとおっしゃったでしょう。あなたがここに滞在しているせいで、ハーレムの美女たちに囲まれているという噂が立っているのだとしたら、そろそろグリヨンズ・ホテルに戻ったほうがいいんじゃないかしら」

「あれは冗談だよ、イヴ。だれも真に受けはしない」

「あんな失礼な冗談の種にはだれだってなりたくないものよ」イヴは一方的に彼を攻撃していることに気づいて、ふっと口をつぐんだ。

アッシュはイヴの頰にちょっと触れて言った。「きみがまじめな気持ちで言ってるのはわかっている。だが、ソフィの前からあんなふうにあわてて逃げだしたら、ぼくたち以外にはだれも聞いていないソフィの言葉より、よほど不名誉な噂を巻き起こすんじゃないかな」

イヴはアッシュと言い合いたくなかった。これ以上、彼と話したくない。いまはただ、しばらく一人きりになりたかった。

「そんなふうに考える人なんていやしないわ」彼女は言い返した。

それから、公爵夫人のように胸を張って部屋を出ようとしたが、アッシュに手首をつかまれて引き戻された。彼は、イヴが聞いたこともないほど素っ気ない口調で言った。「噂の種になりたくないなら、そのとげとげしい表情をどうにかするんだ。笑顔を貼りつけて、おばさまのところまでぼくにエスコートさせてくれないか」イヴが怒ったまま一歩も動かないのを見て、彼はつづけた。「オペラ見物に出かける話をするから、きみは喜んでいるふりをする。いいね？」

「わかったわ」イヴは歯を食いしばって答えると、膝を曲げて優雅にお辞儀をし、笑顔を浮かべて、彼と同じくらい上手に演技できるところを示した。

アッシュが差しだした腕にイヴが手を置くと、彼は頭をかがめて耳元で囁いた。「きみがやきもちを焼かなかったら、がっかりするところだったよ。いや、笑顔でいると約束したはずだ。さあ、行こう」

イヴは怒りで顔を赤くしながら、彼に導かれて部屋を出た。

13

ライザのお披露目の会は終わった。客たちはみな帰途につき、あれほどはしゃいでいたライザでさえ、いくらか疲れを見せて寝室に引き上げていた。残ったレディ・セイヤーズと友人たちは、ひと気の引いた食事室で、シェリーを片手に、ゆったりしたひとときを楽しんだ。ライザはシーズン最初の大きな試練を見事に乗り越えたというのが、全員の一致した意見だった。ライザは生き生きと振る舞い、だれとでも気さくに友人になっただけでなく、目上の人々とも懇意になった。

「ライザによると、わたしたちは〝お年を召した方々〟だそうよ」と、アンナが言った。「若い紳士に話しているのが聞こえたの。〝お年を召した方々〟がハチャーズ書店に出かけることになっているから、自分も行かないわけにはいかないって」

一同は大笑いした。〝お年を召した方々〟のなかでも、イヴはまだ二十五にもなっていない。

アンナはつづけた。「どうやら〝お若い方々〟は、二十一を過ぎたら人間はもうろくするものと思っているようね」

「笑ったらいいのか怒ったらいいのか、わたしにはなんとも言えないわ」と、リディアが言った。「ライザは途中でダンスを抜けだして、しばらくわたしに付き添っていてくれたのよ」

アンナも言った。「そういえば、ちょっと足を引きずっていて踊れない素敵な紳士がいたんだけれど、その方にも同じことをしていたわね。たしか、ジェイスン・フォードという人よ」

ミス・クレイヴァリーが口を挟んだ。「若いお嬢さんは、いつだって軍人に惹かれるものよ。ちょっと足が不自由なのも、勇敢なしるしですからね」

レディ・セイヤーズがにっこりして言った。「どうやら姪は、最後に会ってからずいぶんと成長したようね。以前は、それは言うことを聞かない子どもだったのよ。年を取って授かった子だったから、両親が甘やかしたんでしょう。『さわるとやけどする』と、亡くなった夫が言っていたものだわ。それが、あんなにみなから好かれる娘になるとはね」

イヴが言った。「ライザは活発なお嬢さんですわ。おばとわたしは、そんなライザが大好きなんです。ねえ、おばさま？」

「ええ、その通り。活発なお嬢さんは素敵だわ」

「ライザはその点、余裕で及第ね」レディ・セイヤーズの言葉に、だれもが笑った。

一同はシェリーを飲み終えると、それぞれの寝室に向かった。その間、イヴはほほえみを絶やさないでみんなの会話に加わっていたが、寝室に入ったとたんにドアに寄りかかって、うんざりしたため息を洩らした。平静を保つのはひどく骨が折れたが、かなりうまくやってのけたのではないだろうか。レディ・ソフィのことがあってから、だれかの意識をいきなり感じるのではないかとずっとびくびくしていたが、その必要はなかった——だれの意識も感じない。彼女がとりわけ首を突っこむべきではないアッシュの意識も。

レディ・ソフィの意識に入りこむなんて、自分には良心というものがなくなってしまったのだろうか。

イヴは、ヘンリーを離れたことはもとより、社交シーズンを題材にしようと思いついたことも後悔していた。彼女の能力は、役に立つどころか重荷だった。何しろ、制御の仕方がわからない。おばはいみじくも、時間がたてばわかるようになると言っていたが、その肝心の時間が、もう残り少なくなっていた。それは、アンジェロの作品を読み返すたびに感じることだ。残り時間が、もうあまりない。そんなふうに感じていることを、アッシュにどう説明すればいいのだろう。アッシュが彼女に期待したのは、アンジェロの作品にたしかな手がかりを見つけることだ。根拠のないことを言うわけにはいかない。

そんなことを考えていると、メイドが出してくれたナイトガウンが目に留まった。フリル付きのヨークののど元までボタンが並び、たっぷりした袖口にもボタンが付いている、だぶだぶしたコットンのナイトガウン。ひとことで言うと、〝祖母が来ていたような寝間着〟だった。

イヴはベッドに近づくと、上掛けに広げてあったナイトガウンをさっと取り上げ、目の前に掲げてげんなりした。まんなかにつっかい棒を立てて、広げた裾を釘で留めたら、テントにでもなりそうな代物だ。簞笥《たんす》のなかには、似たようなナイトガウンが、あと二着ある。

イヴは、ナイトガウンをぎゅっと丸めると、手近な椅子の上に放り投げた。暖炉に火が燃えていたら、そのなかに放りこんでいただろう。ロンドンに到着してドレスを何着か作らせたときは、寝間着のことなど考えもしなかった。けれども、レディ・ソフィとアッシュがまさにことにおよぼうとしている場面をかいま見てしまったいまは、考えずにはいられなかった。

それにしても、どうしてソフィ・ヴィラーズの心をのぞいてしまったのだろう。そんなことをしても、なんの意味もないはずなのに。この身に与えられた能力は、人の命を救ったり殺人犯を突きとめたりといった、重要なことに使いたかった。レディ・ソフィがその対象とはとても思えない。

イヴはいらいらしてベッドに腰を下ろすと、枕にどさりともたれかかった。アッシュを責めるわけにはいかない。さっきはまりこんだのは、アッシュではなくソフィ・ヴィラーズの記憶なのだから。そうはいっても、どうしても考えてしまう。

自分には、到底たちうちできないと。

なぜそんなに落ちこんでしまうのか、考える気になれなかったから、無理やりほかのことを——アンジェロについて、アッシュとやりとりしたことを考えることにした。

アンジェロの短編にはどれも、彼女の心の奥底にあるものを呼びさますような何かがあった。つかもうとすればなるほど、遠のいてしまう何か。アッシュに話したことは、嘘ではなかった。どの話にも、どの庭園にも心当たりがない。それなら、何をつかもうとしているのだろう。それとも、その何かがこちらに歩み寄ろうとしているのだろうか。

アッシュ……。

歩み寄ろうとしているのは、アッシュなのかもしれない。ただしそれは、いまのアッシュではなく、アンジェロの短編に描かれている、彼女が心惹かれる若者だ。

イヴは、アッシュの過去について交わした会話を思い起こした。アッシュはけっして深刻にはならず、いつもあらゆる場面で、大したことは何もないように振る舞っている。たぶん、そうすることでプライバシーを守っているのだ。イヴ自身も、自分なりのやり方で他人と距離を取っている。だれにでも洗いざらい自分をさらけだす人など、いるわけがない。

それでも、心を開いて秘密をぜんぶ打ち明けられる特別な相手が一人いたら、どんなに心が安まるだろう。そんな勇気はイヴにはなかったし、アッシュもそうするとは思えない。あのときは、たしかに彼を身近に感じた——けれども、彼の母のことをきくまでだった。

こんなことを考えると、いつも母のアントニアのことが頭に浮かんでくる。アントニアは、心の友を見つけたと思って結婚した。悲惨な結果を招くことになるとも知らずに。

イヴはため息をついて、横向きになった。まぶたが重くなっていった。

屋敷の外では、密生したキングサリの茂みに隠れて、ネルが機会をうかがっていた。最後の馬車が出発してかなりの時間がたち、使用人たちはほとんどが仕事を終えて休んでいた。

いま起きているのは夜の門番だけで、それも屋敷のなかにいる。ネルはもう、門番たちの習慣を心得ていて、いつ物陰から出て、使われていないウサギ小屋に置いてあるかごを取りに行ったらいいのかわきまえていた。

ネルが安全な隠れ場所を出て食べ物を探しに来たのは、飢えに駆られてのことだった。ここは怖い。何かよくないことがここで起こった。でも、それはずいぶん前のこと。たぶん、あの悪い男はつかまって、連れて行かれたのだ。ネルは、屋敷にたびたび来ても悪い男が現れないので、少しずつ警戒を解いていた。

ネルは、イヴからもらったコートのボタンをいちばん上まで留めると、襟を立て、体をかがめて屋敷に向かった。ランタンが明々ともっている勝手口の前を通り抜けるときは、姿を見られないようにとくに気をつけた。

足首のけがはほとんど治っていたが、走るときにはまだ足を引きずっていた。弱って猟師に追いつめられた動物みたいだと思うと、鼓動が早まった。頭の片隅には、いつも恐怖があった。

ネルは鋭い聴覚の持ち主だった。けっして静かとは言えない夜の戸外で、彼女は予想していなかった物音を聞きつけた――砂利の上をそろそろと歩く、ブーツの足音。はっとして姿勢を低くし、足音の主を見つけようと、あたりに必死で目を凝らした。しばらくして、ウサギ小屋に近い薬草園で、人影が動くのが見えた。その人物は、そこで彼女を待っていた。悪い男が、彼女を待ち伏せしている。

ネルは恐怖に震えながら、じりじりとあとずさった。手が大きな石に触れたので、反射的につかんだ。あらゆる感覚が、危険を感じてぴりぴりしていた。イヴはまだ起きている。窓に明かりがついているから。イヴ……。

そのとき、いきなり影が襲いかかってきたので、ネルはぱっと飛びのいた。男の意表をついて、ネルは屋敷に向かって駆けだした。そして、イヴの窓の下を通りながら、石を思いきり窓に投げつけた。

そこは舞踏室だった。白いドレスに身を包んだ令嬢とハンサムなパートナーたちが、ダンス・フロアをくるくると回っている。そして舞踏室の奥にはフレンチ・ドアがあり、その向こうにはテラスがあった。いつもならそこで終わるところだが、きょうはだれかが石を投げ、窓ガラスにひびが入った。

イヴはあっと叫んで目を覚ました。

デクスターがベッドのかたわらにいて、くんくん鳴きながら彼女の手をかいていた。イヴは混乱して、周囲を見まわした。さっき放り投げたナイトガウンはまだ椅子の上にあり、彼女はドレス姿のままベッドに横たわっていた。炉棚に置かれたろうそくも、まだ燃えている。

イヴはほっとした。あれは夢だったのだ。ただの夢。

デクスターがまた鳴いたので、ベッドの下に足を降ろして、耳の後ろをかいてやった。

「ただの悪い夢よ」彼女は言った。「でも、どうしてここにいるの？　門番たちと一緒に、外の見まわりをするんじゃなかった？」

イヴは時計を見た。寝室に戻ってから、二時間がたっている。二時間？　どうしてそんなに時間がたってしまったのだろう。きっと、うつらうつらしていたに違いない。もちろん、デクスターが、こんなに夜遅い時間に見まわりをするはずはなかった。真夜中には、門番がときどき見まわるだけだ。

けれども、何かが変だった。いま見た夢は、何かがおかしい。そう、窓にひびが入ったのだ。そんなことは初めてだった。

イヴは急いで窓に近づくと、ガラスを一枚一枚調べて見つけた。掛け金の横に、小さなひびがある。

いったい、何があったの？

突然、恐怖を感じて、イヴは思わず自分を見失いそうになった。彼女は、その男の意識のなかにいた。暗闇と、渦巻く激しい怒りと。彼女をのみこもうと、迷宮が口を開けていた。のみこまれてはだめ！　主導権はこちらにあった。抜けだす力ならある。

男は、屋敷の外で少女を探していた。

少女って？　だれなの？　イヴは心のなかで叫んだ。

〔青いコートの小娘。あいつを生かしておくと、何もかもぶち壊しにされてしまう。あいつは目撃者で、知りすぎている。あいつの口を封じなくては。あいつら全員だ。邪魔だてする者を生かしておくわけにはいかない〕

まぶたの裏に影がいくつも浮かび上がったので、イヴはたじろいだ。それから、顔。彼が手にかけた人々の顔だ——けれどもそれは、イヴの予想と違って、あの短編に出てきた三人ではなかった。数え切れないほどたくさんいる。そのとき、男の声がくっきりと頭のなかに響きわたったので、イヴははっとした。

〔見つけたぞ、小娘が！〕

ネルがねらわれている！　男は、ネルのコートを憶えていた。でも、暗闇で？　きっとネルは、彼女とアンナが用意した食べ物を取りに来て、ポーチのランタンに近づきすぎてしまったのだ。そんな危険な場所にかごを置くなんて、自分たちはなんと愚かだったのだろう。

ネルを助けなくては。

イヴはすばやく動いた。衣装箪笥から、白っぽいドレスを隠す黒いコートを引っ張りだして羽織ると、走ることも考えて、丈夫な靴に履き替えた。それから書き物机に飛びつき、リディアの襲撃事件以来いつでも撃てるようにしてあるピストルを取りだした。ピストルのあつかいなら心得ている。最悪の事態になって発砲したら門番が飛んでくるだろうが、そんなことにでもならないかぎり、門番を頼みにするつもりはなかった。助けたばかりにネルがベドラムに送り返されるようなことは、なんとしても避けなくてはならない。

「デクスター、ついてきて《ヒール》！」

デクスターがついてくるのをたしかめて、イヴはドアを少しだけ開けて廊下を見まわした。幸い、召使いの姿はない。

「音を立てないようにね、デクスター」そう言って忍び足で部屋を出た。

「イヴ?」暗い廊下の奥から聞こえたのは、おばの声だった。こんな時間に、何をしているのだろう。

「イヴ?」ミス・クレイヴァリーの声が、近づいてきた。イヴはどうにか落ち着いた口調で答えた。「デクスターが外に出たがって、ドアをひっかいていたの。心配しないで。門番のだれかに、ちょっと連れだしてもらえるように頼んでくるだけだから」

「一緒に行くわ」

「だめよ。これは、わたしが一人で対処しなくてはならないことなの」イヴはおばの体をかすめて通り抜けると、ためらいがちに振り向いた。「外に困っている女の子がいるの。ネルという、ベドラムから脱走してきた子よ。その子を助けてあげたいの。自分のしていることはわかってる。わたしを信じて。説明する時間はないの」

屋敷を出るのは、あっけないほど簡単だった。様子をうかがい、夜まわりの門番が通り過ぎるのを見計らって、図書室のフレンチ・ドアから外に出た。

月明かりはいくらかあったが、行く手がはっきり見えるほどではなかった。小さな物音がするたびに、心臓がのどから飛びだしそうになった——風にそよぐ枝葉の音、鎧戸がきしむ音、近くで猫がフーッと威嚇する声。男の存在を感じられなくなって、イヴの不安は増していた。ネルはどこ? 彼はネルに何をしたの?

イヴは、ピストルをしっかりと持ちなおした。

デクスターが、くんくん鳴きだした。

「どうしたの？」イヴは囁いた。

デクスターは先に行って、イヴが追いつくのを待ち、それからイヴが早足で歩けば追いつける速度で主人を先導した。デクスターの本能に、イヴが疑問を挟む余地はなかった。デクスターは、イヴなど足元にも及ばないほど、自分の能力に自信を持っている。イヴの本能は、デクスターを信じるようにと告げていた。どのみち、ほかにできることはない。

イヴとデクスターは、芝生の端から鬱蒼と茂った木立に入ると、速度をゆるめた。このまま進めば、ほどなくヴォクソール・ガーデンズに出る。そこにネルは隠れているのかしら？ヴォクソールは周囲を高い壁に囲まれ、夜は鉄の門に閉ざされているけれど、どこかに秘密の抜け道があるのかもしれない。あるいは、その近くにある、ロマの野営地の跡。ネルが目指しているのはそこなのかしら？　そこで、男に追いつめられているかもしれない。足首のけがは治ったかしら？　治っていなければ、いくらも逃げないうちにつかまってしまう。

イヴが息を整えようと立ち止まると、デクスターも数ヤード先で立ち止まり、とことこと戻ってきて、鼻先を彼女の手に押しつけた。イヴはぶるっと身震いした。頭のなかは空っぽになり、男も見失っていた。とたんに、それまで感じていなかったさまざまな不快な感覚が押し寄せてきた。ドレスの襞《ひだ》のあいだから寒さが忍びこんでくるし、靴底は彼女が思っていたほど丈夫ではなく、小石から足をほとんど守ってくれていない。おまけに、ピストルを撃っても門番に聞こえないほど屋敷から離れていた。

イヴは、来た道を戻ろうとした。「デクスター、ついてきて!」記憶にあるかぎり、デクスターが命令に逆らったのは初めてだった。デクスターはぷいと顔をそむけて、ヴォクソールの方向へ走り去った。イヴは驚きの声を洩らして、デクスターのあとを追った。

14

眠っていたアッシュは、間髪入れずに反応した。肩をつかまれたと思ったつぎの瞬間には、相手を突き飛ばしていた。

「なんだと思ったんですか？」リーパーが起き上がりながら、肘をさすった。「ああ、痛い」

アッシュは起き上がり、肩を回して痛む筋肉をほぐした。「いいかげんにわきまえたらどうだ」あくびをして、つづけた。「おまえの握力はレスラー並みだと、前にも言っただろう」

「レスラーのことなど、なぜご存じなんです？」

「オックスフォードでの得意科目は、レスリングとフェンシングだけだったんだ」アッシュは、時計を見た。「なんてこった、まだ真夜中じゃないか！　こんな時間に起こすからには、よほどの理由があるんだろうな」

「ご婦人が一人、お見えになっています」リーパーは言った。

「イヴ？　ミス・ディアリングか？」

リーパーは薄笑いを浮かべて答えた。「いいえ、ミス・ディアリングのおば上です。用件をおっしゃらないんですよ。旦那さまに直接話したいそうです」

「通してくれ」

アッシュは炉棚のろうそくをともしたまま、服を脱がずにベッドの上で眠りこんでいた。実のところ、起こされたことでリーパーを恨んではいなかった。さっきは悪夢のなかで、必死でイヴを探していた。その前は、たしか舞踏室で……。何もかもが頭のなかでごたまぜになっていたが、とにかく、不安でたまらなかったことだけはたしかだった。

シャツの袖口を整えているところへ、ミス・クレイヴァリーが入ってきた。彼女の心配そうな表情を見て、アッシュは笑顔を引っこめた。「どうかしたんですか、ミス・クレイヴァリー？　用件はなんです？」

ミス・クレイヴァリーはため息をついた。「告げ口をしたらあの子にひどく叱られるでしょうけれど、これが黙っていられるもんですか。こんな夜中に出て行ってしまったんですからね」

「イヴのことですか？」アッシュは、頭を殴られたような気がした。「イヴが一人で出て行ったんですね？」

「いいえ、デクスターも一緒だし、ピストルも持っている。ネルを探しに行くと言っていたわ」

「それは、どれくらい前です？」

彼の剣幕に、ミス・クレイヴァリーは下唇を震わせた。「三十分ほど前よ」

「ネルとは何者です？」

「イヴにきいてちょうだい。これ以上、信頼は裏切れないわ」

アッシュは小声で悪態をつきながらピストルをひっつかむと、御者のホーキンズに外で待てと伝えるように、大声でリーパーに指示を飛ばした。


デクスターがかなり足取りを速めて進んでいたので、イヴは離されないように走らなくてはならなかった。一度か二度、木の根か何かの障害物につまずいたが、どうにか体勢を立てなおして、転ぶのは免れた。よく踏みならされた道だったから、走りにくくはなかった。

急に木々がまばらになって、開《ひら》けた牧草地に出た。イヴは片手で脇腹を押さえた。もう片方の手は重いピストルを持っていたせいで、ずきずきと痛みだしている。呼吸を整えて背筋を伸ばすのに、しばらくかかった。

月明かりをさえぎる雲が一つもなかったので、デクスターが彼女をどこに連れてきたのかすぐにわかった。ここはしばらく前まで、ロマたちが野営していた場所だ。

イヴは身震いして、木陰まであと戻りした。夜に聞こえそうな物音は一切なく、夜行性の小動物も、それを追いかける野良猫の姿もない。木々のざわめきさえ治まっていて、あたりは奇妙なくらい静まりかえっていた。

怖がってどうするの！　こちらには、ピストルがある。デクスターもいる。必要なのは、気をしっかり持つことだ。

深呼吸して、デクスターについてくるようにと身振りで示すと、人気のない野営地に入った。これといって目につくものはなかった。たき火の跡のまわりに、最後の食事の食べかすが散乱しているばかり。鶏の骨だわと、イヴは思った。近くの農場から盗んだのだろう。こんなことをしたら、住民たちからいい顔をされないにきまっている。だから住みかを変えたのかしら？　仕返しを恐れて？

イヴはおずおずと、たき火の跡を囲む石の一つに触れてみた。石は冷えきっていて、燃えさしも温かくない。

デクスターは鶏の骨には見向きもせず、野営地の近くにある背の高い草むらの根元を嗅ぎまわっていた。ネルを見つけるのでなければ、なんのために彼女をここまで連れてきたのだろう。イヴは震える声で笑った。まったく、無駄骨を折ってしまった。デクスターの本能をそのまま信じるようなことではいけないということだ。

たいして期待はできないと思いながら、イヴは頭を空っぽにして、ネルに意識を集中した。どこにいるの、ネル？　いまどこにいるの？

〈どこにいるんだ、小娘？　いまどこにいる？〉

悪意に満ちた言葉が頭のなかに飛びこんできて、イヴは思わず飛びのいた。男は激しい怒りに駆られて、歯がみしながら、両のこぶしを握りしめている。

〈逃げられると思うなよ。ここにいるのはわかっているんだ。くそったれのこそ泥が！　こっちに来るんだ、小娘め。おれの邪魔をしたらどんなことになるか見せてやる……見つけたぞ。ほら、そこだ！〉

イヴののどはからからだった。あの男が、こちらにやってくる。彼女をネルと思っているのだ。イヴはそれを心と体で感じとった。男と顔を突き合わせるかもしれないことはわかっていたし、その心構えもできているつもりだったのに、なんと思い上がったことを考えていたのだろう。いまは恐怖にすっかりとらわれていた。足が一歩も動かない。

「デクスター」彼女はかすれた声で言った。

デクスターは、空気のにおいを嗅いでいた。イヴの声を聞いてさっとそばに駆けてくると、彼女の恐怖を感じとったかのように、木立の暗闇をじっとにらみつけて低くうなった。デクスターが来てくれたことと、その恐れを知らない行動のおかげで、イヴは自分を取り戻し、ねじ曲がったライラックの陰に動いて、鬱蒼とした茂みに向かってピストルを構えた。小説を書くために銃の使い方を学び、さらに実際に的をねらって練習した経験から、射撃の腕にはかなりの自信を持っていた。生きているものにピストルを向けるのは初めてだが、あの男を撃つことにためらいはまったくない。今夜、男の意識に入りこんだ彼女は、相手が冷血な殺人者であることを承知していた。

弾は一発。だから、心して使わなくてはならない。せめて、この腕の震えが止まってくれたら。

「ここにいて《ステイ》、デクスター」イヴは静かに命令した。デクスターを撃ちたくない。

「イヴ、どこにいるんだ？」背後からアッシュの声がした。

イヴは驚いた。それから、安堵のあまり、膝がくずおれそうになった。「ここよ！」

集中がとぎれ、男の存在はもう感じられなくなった。それでもイヴはピストルを下ろさなかった。

乱暴に肩をつかまれて、体を揺さぶられた。「何をしているのかわかっているのか？」

デクスターがアッシュの足のまわりをぐるぐる回った。イヴはピストルを下ろした。「このあたりにいるの。なんとかしないと」

木立から男たちが出てきて立ち止まった。アッシュの御者と、レディ・セイヤーズの門番たちだ。何人かはランタンを持ち、ほかの者はピストルやマスケット銃を手にしていた。二人の険悪な雰囲気を察知したのか、それ以上近づこうとせずその場にとどまっている。

「だれがこのあたりにいるんだ？」

「リディアを襲った男よ！　ネルを追いかけているわ」

「ネルとは何者なんだ？」

イヴはいらだたしげに答えた。「ベドラムから脱走した女の子よ。リディアを襲った犯人が、そこにいるの。ネルをつかまえているかもしれないのよ！」

アッシュは男たちに指示した。「手分けして、あたりを捜索するんだ。気をつけろよ。相手は武器を持っているかもしれない」

彼は、厳しいまなざしをイヴに戻した。「ミス・ディアリング、きみは屋敷に戻るんだ。いいや、問答無用だ。図書室でぼくを待っていてくれないか。何があったのか、きちんと説明してもらいたい」

イヴはもどかしげに声を上げた。「ネルはどうなるの？　あの子をベドラムに返すつもり？」

アッシュの頬が引きつった。「そんなことをする男だと思われるとは、心外だな」

彼は、ホーキンズを呼んだ。「ミス・ディアリングを屋敷にお連れしてくれ。図書室で待っていただくように」それから、怒りの治まらないまなざしをちらりとイヴに投げると、男たちのほうに向かった。

イヴが屋敷に戻ると、階段の下で、ミス・クレイヴァリーが待っていた。「無事でよかった。さあ、何があったのか話してちょうだい」

おばのいかにも心配そうな瞳を見て、さっきネルを探しているときはしっかりと封じこめていた感情が一気に噴きだした。「ネルを安全な場所に置いておきたいんだけれど、あの子がそうさせてくれないの。ネルは、人間を怖がっている。たぶん、わたしたちがあの子をベドラムに送り返すんじゃないかと思っているのよ。あの子が危険な目に遭ったのは、わたしのせい。お屋敷の薬草園の隣にウサギ小屋があるんだけれど、アンナと二人で、ネルのためにそこに食べ物を置いていたの。リディアを襲った男は、今夜食べ物を取りに来たネルを殺そうと、そこで待ちかまえていたんだわ」

イヴが息を吸おうと言葉を切ると、ミス・クレイヴァリーは肩を軽くたたいた。「その子は無事よ。何かあったら、わかるはずだもの。それで、デニスン卿は？　どちらにいらっしやるの?」

「いまはネルを探してるわ」

ミス・クレイヴァリーは心配そうな表情を引っこめて、ほほえんだ。「もしネルが見つかったら、きっと力になってくださるわよ。あら、ホーキンズさんがいらしたわ。それじゃ、おやすみなさい、イヴ。つづきはあした聞かせてちょうだい」

ホーキンズに付き添われて図書室に向かうイヴに背を向けると、ミス・クレイヴァリーは物思いにふけりながら階段を上りはじめた。イヴは、突発的な衝動によって自分がどれだけ多くのことを明らかにしたか、わかっていないようだった。リディアを襲った男が今夜ネルも殺そうとしていたことを知るには、たった一つの方法しかない。イヴは、その男の心を読んだのだ。

そう思うと、怖くなった。他人の心を読みとるのは、ごくかぎられた人間にしか与えられない能力であり、耐えがたいほどつらい重荷だ。イヴはまだその能力をほとんど試していないが、他人である自分があれこれと教えることはできない。彼女には、イヴの能力よりはるかに弱い力しかなかった。イヴの力には到達すべきところがある。そして、そこまで磨き上げられるのは、本人しかいない。

イヴは、アントニアの娘だもの。ミス・クレイヴァリーは、そう思って不安を鎮めようとした。

ネルのことは、それとは違うたぐいの重荷だった。ネルのことならイヴを手伝える。ミス・クレイヴァリーは、イヴのためならなんにでも手を貸すつもりだった。

戻ってきたアッシュが何も言わないので、答はきかなくてもわかった。

イヴはホーキンズに勧められたブランデーのグラスを置いて、立ち上がった。「アンジェロもネルも見つからなかったのね？」

アッシュはうなずいた。「どちらも見つからなかった。一個小隊がひそんでいても、見つけられないような深い森でね。おまけに、暗すぎる。犬を使おうにも、においが入り乱れているからわからないだろう。あそこは、ロマや乞食たちが好んで寝泊まりする野営地だから」

彼は食器棚に行って、ブランデーをグラスにたっぷりと注ぐと、ぐっとあおった。それからふたたびグラスをあおって、彼は言った。

「座ってくれないか、イヴ」

彼が威圧しようとしているのを感じとって、イヴは怒りを感じた。彼女は自分の能力のことも含めて、洗いざらい打ち明けようと心にきめていた。けれども、彼がしなやかな黒豹のように図書室に入ってきて、獲物に襲いかかろうとするかのようにぴたりと動きを止めるのを見て、気が変わった。ほんとうのことを話せば、手ひどく傷つけられるのは目に見えていた。

イヴは腰を下ろしたが、それは脅しに屈したのではなく、自分の行動について論理的で一貫した説明を考えつく時間を稼ぐためだった。真実を伏せておくなら、なんらかの説明が必要になってくる。

アッシュが目の前に立ちはだかったので、イヴは心ならずも小さくなった。彼の口調は穏やかだったが、それとは裏腹に、怒り心頭に発しているのは間違いなかった。

「まず、これまでの経緯を整理しよう。一週間前、きみの寝室のすぐ外で、リディアが何者かに襲われた。それ以来、犯人がふたたび現れてリディアを襲わないように、門番に外の見まわりをさせている。犯人が危険なのはわかりきっているはずだ。そこまでは間違ってないだろうか？」

イヴはうなずいた。

「それなら」アッシュは声を荒らげた。「いったい、夜の夜中に外を一人でほっつき歩いて、何をしていたんだ？」

彼が心から彼女の身を気づかっているように思えたので、イヴは怒りを抑えて答えた。

「デクスターが外に出たがってドアをひっかいていたの。犬と一緒なら、外に出てもべつにかまわないと思って」

アッシュは暖炉の反対側にある安楽椅子に腰を下ろすと、長い脚を組んで眉をつり上げた。

「ピストルを持って？」

「危険なことがあるとは思わなかったけれど、用心するに越したことはないでしょう」イヴは素っ気なく肩をすくめた。「だから、ピストルを持っていったの。なんなら、おばがわたしの話を裏づけてくれるわ」

「話《ストーリー》、か」アッシュは言った。「そう、この話には作り話《ストーリー》めいたところがある。そうじゃないか？　作り話どころか、おとぎ話だ！　ひとまず、きみと共犯者のデクスターが、玄関番のいる正面のドアを使わずに図書室のドアから抜けだしたことは忘れることにしよう。手はじめに、ネルのことを教えてもらおうか。さっきはたしか、ベドラムから脱走した女性と言っていたが、これまでそんな話はひとこともしていなかったじゃないか」

イヴはあごをぐいと上げた。「ネルが脱走した夜に初めて会ったの。もう遅い時間で、あなたは信じないかもしれないけれど、デクスターが部屋から出ようとしてドアをひっかいていた。けれども、ドアを開けると、デクスターは勝手口には向かわずに、召使い用の階段を下りていった。ネルは洗濯室にいたわ。みじめな格好で、堅くなったパンを食べていた。凍えきって、空腹で、死ぬほどおびえていたのよ。コートとブーツをあげたら、名前を教えてくれたわ。それから食糧貯蔵庫に食べ物を探しに行ったんだけれど、戻ってきたらいなくなっていた」

アッシュの声に、厳しさはなかった。「ベドラムから脱走した女を助けて、危険だとは思わなかったのか？」

「危険？」イヴはかぶりを振った。「アッシュ、ネルはまっすぐ立てないほどがたがた震えていたのよ。それに、ネルはまだ少女と言ってもいいくらいなの。捨てられた仔犬も同然で、放っておけなかった。一つ悔やまれるのは、ここ以外のどこかほかの場所に連れて行く前に姿を消してしまったことよ。でも、ネルを責めることはできない。ネルはデクスターのことは信頼しているけれど、人間はだれも信じていないから」

アッシュが部屋に入ってきてからちょっと不機嫌そうにしていたデクスターが、頭を上げ、しっぽで床をたたいた。

しかし、二人とも、デクスターの機嫌を考える余裕はなかった。

アッシュはかぶりを振った。「ベドラムに監禁されているなら、それなりの理由があるはずだ。ネルは何か言っていなかったのか？」

「何をきいても、ほとんど口を開かない子なの。ベドラムには送り返さない、だれからも傷つけられない安全な場所を見つけると言ったら、ようやく名前を教えてくれたわ。そのときは、ヘンリーに行かせようと考えていたの」

アッシュは額に手をやった。「ヘンリーのきみの家に？　ベドラムからの脱走者を？」

「もちろん、一人では行かせないわ。おばに頼めば、きっとネルと一緒に行ってくれるはずよ」

アッシュはかぶりを振った。「ネルのことはしばらく置いておくことにしよう。今晩、デクスターと外に出たとき何を見たのか、順を追って話してくれないか」

イヴがためらったので、アッシュは眉をひそめた。イヴはそれを見て、あわてて説明した。

「ほんとうのことを言うと、それらしいものは何も見なかったの。ただ、デクスターが何かのにおいをかぎつけて――なんのにおいかはわからない――それで、急に走りだしてしまったのよ。当然、追いかけたわ」

「当然とはね」アッシュは冷ややかに言った。

イヴは、アッシュの皮肉を無視した。「デクスターについて行ったら、ロマの野営地に出たの。あのときは、ネルがそこにいると思った。ロマたちが戻ってきて、ネルを仲間に入れてくれたのかもしれないと。それに、デクスターはネルが好きなの。ネルのにおいをかぎつけたら、見つけようとするはずだから」

「でも、ネルの姿は見あたらなかった？」

イヴは、危ういところで罠に気づいた。「ネルはわたしのコートを着ているわ。それをちらっと見かけたの」

アッシュはきまじめな表情を保とうとするかのように、唇を引き結んだ。

「どうしたの？」イヴはたずねた。

「デクスターは、ほんとうにネルが好きなのか？」

「ええ、ほんとうよ。だって、そうじゃない？ネルは屋敷に入りこんだ侵入者だったのに、デクスターはうなりも吠えもしなかった。ネルに寄り添って、体を温めようとしていたわ。でもそれより、あなたはリディアを襲った犯人のことをききたいんじゃなかったの？」

「話してくれ」アッシュは仕方なく言った。

イヴはすっと息を吸いこむと、記憶を呼び起こしてゆっくりと話しはじめた。「犯人がそばにいることにいつ気づいたのかはわからないけれど、とにかくわたしはピストルを構えて……それから……足音を聞いたの。わたしのほうにまっすぐ向かってくる足音。それから、『見つけたぞ、小娘め』とか、そんな言葉も聞こえたわ。わたしが怖いと思ったのは、その言葉じゃなくて、怒りだった。その男は、頭のおかしくなった人みたいに、わめき散らしていた」そこで彼女は、アッシュの表情に気づいて、口早に言いつくろった。「とにかく、そう感じたの」

「感じた、だって？」

イヴはあごをぐいと突きだした。「わたしにはクレイヴァリーの血が流れているわ。クレイヴァリーの人間は、いろんなことを感じるのよ」

アッシュは、その説明を聞き流した。「それから？」

「それ以上近づいてきたら、引き金を引くつもりだった。でも、そのときあなたがわたしの名前を呼んで、それで――」イヴは引きつった声で笑った。「――ほっとして、その場にへたりこみそうになった」

「なぜその男を犯人だと思った？」

「だって、そうとしか考えられないでしょう」

アッシュは長いため息をついた。そうとしか考えられないだって？「根拠のないことだ。ところで、キーブル治安官から一切口外しないようにと言われていたんだが」彼は顔を上げて、イヴの視線をとらえた。「談話会で騒ぎを起こした男を憶えているかい？」

「もちろん憶えているわ。その人が、どうかしたの？」

「男の名前は、ロバート・トンプスン。リディアが襲われた夜、彼はヴォクソールのあずまやで殴り殺された」

「あの人が？　殴り殺されたですって？」イヴは何も考えられなくなった。

イヴの呆然としたまなざしを見て、アッシュは急いで言った。「あの夜、屋敷にいた全員の事情聴取が終わったあと、ぼくはキーブル治安官と一緒にヴォクソールに行った。殺された人間が知り合いかどうかたしかめたかったんだ」彼は、落ち着かなげに身じろぎした。「キーブル治安官からは、その件を一切口外しないようにと頼まれた。要するに、犯人を突きとめるのは治安官の仕事だから、邪魔だてするなということさ。その後、治安官に話を聞いたかぎりでは、トンプスンがリディアが襲われたのと同じ夜に殺されたのは、偶然の一致だと考えられている」

イヴの頭のなかに、疑問が渦巻いていた。「その人は、何者なの？　何をしている人なの？　なぜ談話会にいたのかしら？」

「合点がいかないのは、そこのところなんだ。聞いたところによると、トンプスンはグロスター・ロードにあるきちんとしたインの経営者らしい。きみと同じ疑問は、ぼくも考えたよ。インの経営者とゴシック小説に、なんの共通点があるというんだ？　その件については、人に調べてもらっている――ジェイスン・フォードだ――が、きみが一人で外をほっつき歩いているのを見て、ぼくがあれほど荒っぽい態度に出た理由が、これでわかってもらえるんじゃないだろうか」

イヴの心は、べつの方向に飛んでいた。あの男は、ロバート・トンプスンを殺したのかしら？　もしそうだとしたら、なぜそのときの怒りを感じなかったの？　ヴォクソールは、お屋敷からかなり離れたところにある。ということは、男の心が読みとれるのは、彼がすぐ近くにいるときなのだ。

もっとも、トンプスンはあの男ではない人間に殺された可能性もある。

「アッシュ」イヴの声は震えていた。「わたしたちは、何人の悪者を追いかけているの？　一人、それとも二人？」

アッシュは肩を持ち上げて、すとんと落とした。「どう考えたらいいのか、ぼくにもわからない。とにかく、はっきりしたことがわかるまで、危険なまねはやめてくれないか。わかったね、イヴ？」

イヴはうなずいた。「約束するわ」

しばらくして、アッシュは言った。「その男が近づいてきたとき、デクスターはどうした？」

イヴはしばらく考えて答えた。「うなったけれど、牙はむきださなかった。たぶん、わたしがおびえているのを感じとってうなったのよ」

「吠えなかった？」

「ええ」

「近づいてくる男を攻撃しようともしなかったのか？」

イヴはうなずいた。

「きみはそのことを、どう思う?」

イヴはゆっくりと答えた。「デクスターはその男を知っていたんだわ。なじみがある相手なのよ」彼女はしだいに早口になった。「ひょっとすると、犯人は門番か庭師のだれかなんじゃないかしら」

「それはぼくも考えた。ただし犯人ではなく、きみを不法侵入者と勘違いした門番なんじゃないかな。自分の勘違いに気づいて、あわてて逃げたんだろう」

アッシュは完全に間違っている。けれども、ほんとうのことを話しても、納得してもらえるわけがない。頭のなかに声がするなんて言ったら、それこそ――イヴは最後まで考える気になれなかった。

アッシュが立ち上がると、イヴも立ち上がった。いたずらをした子どものように座らされて、お説教を食らうつもりはなかった。自分が正しいことはわかっている。

アッシュの声はやさしかった。「いいかい、イヴ。きみの頭のなかで、あらゆる事実が――リディアが襲われたことや、アンジェロのことや、ベドラムから逃げてきた少女のことが――混乱してしまったということはないだろうか? さっきから、まるでミス・クレイヴァリーの言葉を聞いているような気がするんだ。たぶん、ミス・クレイヴァリーのせいで想像力をかき立てられて、現実と空想の区別がつかなくなってしまったんじゃないかな」

イヴは、これとよく似たことを父から言われたことがあった。父は娘を、妻のような人間にしたくないと思っていた。そしてイヴは父を愛していたから、父の望むように振舞い、普通の女の子になろうとした。

けれども、うまくいかなかった。何をしようと父から愛されることはなかった。むかしもいまも、それは変わらない。父はいまでも、娘は頭がおかしいと思っている。

イヴは、苦痛と憤りをこめた目でアッシュを見上げた。アッシュに、父の姿が重なった。「子どもあつかいはまっぴら。おばをけなすのもやめてちょうだい。わたしは、あなたの冷めきった論理よりも、おばの勘を信じるわ。おばも含めて、クレイヴァリーの人間は、他人が考えたり感じたりしていることにとても敏感なのよ」

アッシュはすばやくイヴの言葉尻をとらえた。「きみはどうなんだ、イヴ？　きみもクレイヴァリーなんだろう？」

イヴはすばやく過ちを訂正した。「半分はね。わたしは父の娘でもあるんだもの。だからといって、クレイヴァリーの親戚たちを食わせ者だと思っているわけじゃないのよ。クレイヴァリーの人間は、自分たちの勘を信じている。わたしもその勘を信じるわ」

アッシュに両肩をつかまれても、イヴはたじろがなかった。彼は探るようにイヴを見て言った。「何を言ってるんだ。知的な女性が、あんなたわごとを頭から信じるわけがない。まともな人間なら、だれだって信じないだろう。ぼくたちは現実の話をしているんだぞ、イヴ。ゴシック小説の架空の世界にいるわけじゃないんだ」

イヴはいまや、何もかもアッシュに打ち明けなくてよかったと思っていた。彼の疑わしげな態度――というより、侮辱的な言葉で簡単に片づけようとする態度が許せなかった。「あなたがどう思おうとかまわないわ」いま感じているのはもちろん正反対の感情だが、こちらにもプライドがある。「今夜何があったか教えてあげましょうか。おばはまったく関係ないの。ネルが外にいた。少なくとも、リディアを襲った犯人はネルがそこにいると思っていた。犯人はわたしをネルと間違えた。彼は、怒りに駆られていた。あなたが来てくれなかったら、わたしは犯人に発砲していたわ」

アッシュがいらだたしげな声を洩らしたので、イヴは体をつかまれないように彼を押しのけた。「あなたが一緒にネルを探してくれると思ったんだけれど、思い違いだったようね。ネルがたった一人で外にいると思うとつらいわ。一つ間違えると、悪い人間につかまってしまうかもしれない――きょうの男もいるし、ネルをベドラムに連れ戻す人だっている。わたしはネルに、けっしてベドラムに戻るようなことにはならないと約束したの。いったん約束したことは守るわ」

アッシュはイヴの両腕をつかんだ。「ネルを探して、夜中に外を走りまわるわけにはいかないだろう。きみだけでなく、ネルも危険にさらすことになる」彼はさとすように言った。「ぼくにまかせてくれないか、イヴ。なんとかしてネルを見つけよう。ベドラムにも送り返さないと約束する。あの手の収容施設をぼくがどう思っているか、きみだって知っているだろう。ハリーが生きていたら、閉じこめようとは思わなかった。きみのネルだって同じだ」

自責の念が、イヴののどを締めつけた。

彼は、想像していたよりはるかに善良な人だ。初めて会ったときに、あんなにも早く彼という人を判断しなければよかったと思っていることを伝えたかった。それを口にしないのは、彼がふざけた言葉しか返さないとわかっているからだった。

「いま聞いたことは忘れないわ」イヴはこみ上げるものをのみこんで、どうにかこたえた。

アッシュは、いつもイヴの心をとろけさせるあの笑みを浮かべた。彼女の両腕をつかんでいた腕の力がゆるんで、腰まですべり落ちた。イヴは、彼のまなざしにうっとりしていた――何かを訴えるような、なだめるような表情を浮かべているが、なだめるべき人間がいるとしたら、それは彼女だった。犯人に遭遇して、イヴはおびえていた。アッシュに話していないことは山ほどある。犯人の意識に入りこんでわかったことをアッシュに打ち明けられるだろうか。彼を信用できるだろうか。

アッシュは頭をかがめた。イヴは頭を上げた。彼女の唇に、アッシュは囁いた。「これは現実だ、イヴ。実際に触れて、味わえる。水晶玉などいらない。こんなことになるのはわかっていた」

イヴは、今度は彼がたじろぐほど強く押しやった。「水晶玉があったら、わたしがお望みの相手でないことがわかるわよ。そんな口説き文句はソフィ・ヴィラーズに使ったらどう？　金の房飾りがごてごてくっついた、真っ赤なカーテン付きの下品なベッドのほうが、あなたにはふさわしいわ」

彼女は、ドアに向かった。「デクスター、来なさい」

デクスターは暖炉の前で眠っているか、耳が聞こえなくなったふりをしていた。イヴは犬をきっとにらみつけると、肩をそびやかして部屋を出たが、ドアを閉めたところではっと息をのんだ。とんでもないへまをしでかしてしまった！　いまの過ちを気づかれたらどうしよう。なぜアッシュ・デニスンといると、この舌を引っこめておけなくなるの？

アッシュは髪をかき上げた。なぜ完璧に息の合った瞬間に、ソフィ・ヴィラーズの名前を出すんだ？　ただ、ちょっとした冗談を言っただけなのに。彼女には、ユーモアのセンスがないんだろうか？

アッシュはため息をついた。幸い、イヴはねらわれてなどいなかった。門番が彼女を見つけて、不法侵入者と勘違いしたのだろう――彼はそう信じていた。デクスターがうなっただけだと聞いて、その確信は深まった。

もしイヴがほんとうにリディアを襲った男に殺されるところだったのなら、いまみたいに落ち着いてはいられなかっただろう。

ネル。自分はネルを見つけだして保護すると約束した。ベドラムからの脱走者だって？　まるで、イヴの小説の登場人物になったような気がした。もっとも、ヒーローの役なのか、悪役なのかはまだ定かではないが。

アッシュは、デクスターを見た。「そういうわけで、きみの世話を押しつけられたわけだ」デクスターはしっぽを振って、ぶるっと体を震わせると、とことことフレンチ・ドアの前に行った。

「ぼくは良識ある人間だから、心を読まれたとは思わないがね」

デクスターはくんくん鳴いた。

「いいとも」アッシュは言った。「ホーキンズと門番たちが何か見つけていないか、見に行こうじゃないか」

彼はフレンチ・ドアの留め金をはずすと、デクスターにつづいて外に出た。

15

ホーキンズは、さっきと同じ場所にいた。いまは彼の指図で、門番たちが、屋敷の近くにある茂みを棒でたたいていた。

ホーキンズを呼び寄せて、アッシュはたずねた。「ベドラムからの脱走者について、召使いたちはどんな噂をしていたんだろう？　何か聞いていないか？」

ホーキンズは首を横に振った。「大したことは聞いていません。脱走者はロマたちについて行ったんだろうという話になってます。たぶん、うるさい看守たちがあきらめるように、みんなでそう言ってるだけなんじゃないですかねえ。メイドたちの話じゃ、ミス・ディアリングとミセス・コンティニが、薬草園のそばにある使われていないウサギ小屋に、食べ物を置いていたそうですが」

アッシュは目をむいた。「なんだって？」

「メイドの一人がそう言っていたんです。ただ、メイドたちは、ベドラムからの脱走者じゃなくて、物乞いの女の子のために食べ物を置いてるんだろうと思っているようですよ」

アッシュは鼻から息を吐いた。「その少女は、何者なんだ？　身寄りはないのか？　なぜベドラムに入れられたんだろう？」

「それが、だれにもわからないんですよ。看守も知らないくらいです。いや、べつにあいつらと仲良くなったわけじゃないんですが、〈黒太子亭〉で飲んでいるときにたまたま看守たちが来て、話しているのを聞いたんですよ。それでわかったんですが、その少女は、ベドラムに来る前はどうやら浮浪児だったようです。面会人は、一人もなし。ほとんどしゃべらなくて、わかっていることといえば、閉じこめられるのをひどく嫌っていることくらいだそうです」

「大したもんだ」アッシュは言った。「ぼくがベドラムの門をたたいても、そこまでくわしい話は聞きだせない」

ホーキンズはにやりとした。「いつも聞き耳を立ててますから」

アッシュはホーキンズの肩をぽんとたたいた。「それで、いまの状況は？」

「率直に申し上げて、収穫はありませんよ。男たちはいらいらしはじめてます。不審なものは何一つ、それこそハンカチ一つも見つかっていません。そろそろお開きにしちゃいかがでしょう」

アッシュも同感だった。「あしたの朝食には、ぼくのおごりでビールが出ると言っておいてくれないか。少しは景気づけになるだろう」

ホーキンズがにんまりして立ち去ると、アッシュはデクスターを探してあたりを見まわした。近くに犬の気配はない。デクスターの名を呼んで寝ている人々を起こしたくはなかったので、低く口笛を吹くと、かなり離れたところから吠える声が聞こえた。ほどなく、デクスターが舌をだらりと垂らし、しっぽを振りながら姿を現した。彼はアッシュの周りをぐるりと回ると、また走り去った。

デクスターがどこに行ったのか悟ったアッシュは、近くにいた門番からランタンをひったくると、ロマの野営地跡に向かった。とくに危険は感じなかった。そこはすでに徹底的に捜索して、何も見つからなかった場所だ。それでも、彼はピストルを携帯していた。つねに危険に備えておくことは、軍人時代にたたきこまれた習慣だった。

それに引き替え、イヴの行動は不可解だった。真夜中にピストルを持って外をほっつき歩いていたのは、名前を呼んでも犬が戻ってこなかったからだという。デクスターは、彼女がついていなくても迷うことなく戻ってこられる犬だ。まともな女性ならだれだって、リディアの身に起こったことを思って屋敷に戻るだろう。

どういうわけか、不意にイヴの勇気に対する感嘆の念が湧き起こって、唇が引きつった。そんなはずはない。初めて出会ったときからずっと、イヴ・ディアリングにはいらいらさせられっぱなしだった。ただしいくつか、その短所を補ってあまりあるところはある。あいにく、その特筆すべき長所には、夢のなかでしかお目にかかれないが。

「気をつけないと、道を踏みはずすことになるぞ」アッシュは、含み笑いを洩らしながら独りごちた。

一陣の風が、木の葉を散らしながら木々のあいだを吹き抜けた。コートの襟を立てると、ほどなく霧雨が降りはじめた。いっとき屋敷に戻ろうかと考えたが、戻ったところで、どのみち眠れはしないとわかっていた。いまはイヴのことが頭から離れず、彼女の頭のなかで何が起こっているのか、考えずにはいられなかった。イヴにはいつも、本心を打ち明けないようなところがある。ある程度まで近づけても、それ以上は心を閉ざしてしまって踏みこめない。

イヴが身を隠しているヴェールを引き裂いてすべてをあらわにし、夢で見た彼女を見いだしたかった――積極的で、寛容で、こちらの求めに負けないほど激しく求めてくる女性。

いつの間にか空想にふけっていることに気づいて、アッシュは自分をいましめた。そんな独りよがりでどうするんだ！　彼は、その気になればイヴをものにする自信はあったが、そんなことはしたくなかった。思えば自分は、女たらしどころか、狩るよりも狩られるほうが多い男だった。

そのいい例が、ソフィ・ヴィラーズだ。ソフィがアッシュをわがものにしようとした理由はただ一つ、彼が興味を示さないからだった。ソフィは獲物に目星をつけると、雌ライオンさながら、獲物が疲れ切って屈服するまで追いまわす。彼はソフィにとって、ベッドの柱にもう一つ記念の刻み目をつけるための、征服の対象でしかない。

そんなことを気にしたことは、あのときまで一度もなかった……あのときというと？

イヴ・ディアリングが彗星のように現れたときだ。あまりの衝撃に、たじたじとなった。

その点は間違いない。それなのに、イヴはこちらをどう思っているかというと、真っ赤なカーテンと金の房飾りの付いた、ソフィの下品なベッドのほうがふさわしいという。

おかしくて、侮辱されたと感じるどころではなかった。イヴが、ソフィ・ヴィラーズに嫉妬を？　まるで……まるで、ステーキ・アンド・キドニー・プディングに嫉妬しているようなものだ。それだけを食べて生きていけないのと同じように、ソフィ・ヴィラーズだけ食べて生きていくことはできない。消化不良を起こしてしまう。

アッシュはにやにやしながらデクスターに追いつこうと足を速めたが、そのにやけ顔は長くはつづかなかった。イヴはどうしてソフィのベッドのことを知っているのだろう。『金の房飾りがごてごてくっついた、真っ赤なカーテン付きの下品なベッド』だと？　ささいなことだが、頭から離れなかった。いったい、どこの礼儀知らずがそんなことをイヴに教えたのか。少なくとも知り合いの紳士たちがそんなことをするとは思えないし、ソフィに女友達がいるはずもない。

考えているうちに、ロマの野営地だった場所に出た。すでに徹底的に捜索したところだから、とくに目新しいものが見つかるとは思えなかったが、ひとまずランタンを掲げてあたりを見まわってみた。見たところ、ロマたちはとくにあわてることなく出発したらしい。牛や荷馬車が通る道はあったが、風雨にさらされて、足跡や轍《わだち》の跡はほとんど消えかけていた。ネルという少女がいる気配はどこにもない。イヴが遭遇した男とやらも、屋敷に戻る時間は充分にあったはずだから、とっくにそうしているだろう。イヴがその男に出くわして驚いたように、その男も驚いたはずだ。

気に入らないのは、イヴが門番や玄関番たちに気づかれないように、しかも、危険に備えるようにピストルを持って外に出たことだった。外に犯人とネルがいると思っていたのだろうか？　なぜ犯人がベドラムからの脱走者を傷つけようとしていると考えたのだろう？　イヴは何かを隠している。

雨足はしだいに強まり、手がかりになりそうなものもこれといって見あたらなかった。そもそも、ここに来たのは、イヴの話をたしかめるためではなかった。デクスターに導かれて来たのだ。

「デクスター！」アッシュは犬に呼びかけた。

デクスターはくんくんと低く鳴いて応じたが、姿は見せなかった。鳴き声は、野営地の隅に潅木が密生しているところから聞こえてくるようだった。アッシュは命令を繰り返したが、結果は同じだった。鳴き声からすると、むしろ茂みのさらに奥に入ったか、その向こう側に出てしまったらしい。

アッシュは小声で悪態をつきながら、様子を見に行った。潅木《かんぼく》のまわりには、鋭いとげのあるいばらが手に負えないほど茂っていたので、迂回しなくてはならなかった。デクスターの姿はまだ見えないが、くんくんと嗅ぎまわっている音が聞こえてくる。デクスターはどうやら、雨のなかの散歩よりもはるかに興味深いものを見つけたらしい。

「デクスター！」アッシュは大声で呼びかけた。

デクスターの吠え声のするほうに進んだアッシュは、潅木の茂みの反対側で、低い石造りの壁を見つけた。近づいてみると、なかば崩れかけている廃屋だとわかった。

「デクスター！」アッシュはもう一度呼びかけた。

吠え声は、今度は廃屋の奥のほうから聞こえた。アッシュは壁づたいに手探りで進み、地下室への入口と思われるところで立ち止まった。デクスターがにおいを嗅ぎながら動きまわっている音が聞こえる。地下室にだれかが隠れているとは思えなかった。もし人がいたら、デクスターは興奮して吠えたてているか、ぐるぐる走りまわっているはずだ。

アッシュはそろそろと入口をのぞきこんで、ランタンを掲げた。壊れかけた石段の下から、デクスターがきらきらした目で彼を見上げている。ほかにはだれもいない。

アッシュは息を吐きだした。「雨が降っているんだぞ」厳しい声で言った。「ランタンの火はもう消えそうだし、ぼくはとにかくベッドで眠りたいんだ。それなのに、ゲームをしたいのか？」

デクスターはしっぽを振った。

とにかく、デクスターが何を見つけたのか知りたかったので、アッシュは背をかがめて、石段を慎重に下りた。地下室は牢屋並みの広さで、天井は大人の男の頭がつかえるほど低い。アッシュはすぐに、だれかがつい最近までここにいたことを見て取った。クモの巣が一つもないし、きちんと片づけられている。いちばん乾いている一隅には、干し草と乾いた草を集めた即席の寝床があった。

夜に寝るだけの、雨風をしのぐ当座しのぎの場所だったのだろうとアッシュは思った。居心地がいいとはとても言えない。壁は石造りだが、床は土で、天井からは水がぽたぽたと絶え間なく落ちてくる。それに、安全でもなかった。天井を支える横木が、古くなったか、あるいは上からの重みに耐えられなくなったかで、かしいでいた。

デクスターも、自分なりに調査をやりなおした。干し草のベッドのにおいを嗅ぎ、地下室を行ったり来たりしたあげく、アッシュのかたわらにどさりと伏せて、前足の上にあごをのせた。これ以上ないほどみじめな顔をしている。

アッシュはしゃがんで、デクスターの耳の後ろをかいてやった。「だれを見つけるつもりだった？」彼はたずねた。「ネルかい？」

デクスターは耳をぴくりと動かしただけだった。

ネルはここを隠れ場所にしているんだろうか？　アッシュはそう思って、かぶりを振った。この地下室は、ひんぱんに使われているようには見えない。ネルという少女は、どこかよそにいるのだろう。周辺の田園地帯には、こんな廃屋がいくらでもある。

アッシュはネルが哀れでならなかった。ネルはつかまるのを恐れて、居場所をしじゅう変えているのだ。だれであろうと、そんな生活はすべきではないのに。おそらく、そうするほうがベドラムにいるよりもましなのだろう。そこでアッシュは、屋敷の自分の部屋を思った。自分には、柔らかなベッドがある……。

――金の房飾りがごてごてくっついた、真っ赤なカーテン付きの下品なベッド。

不意に、さっき考えていたことが頭に浮かんで、それからさまざまなことがいちどきに押し寄せた。イヴが、ネルはリディアを襲った男に追われていると言っていたこと。夜にもかかわらず、デクスターを連れて外に出たこと——ピストルを持って？　そして、あまりにも鮮やかで、現実のように思えた夢に、イヴが何度も出てきたこと。

イヴはなぜ、ソフィのベッドをあれほど正確に描写できたんだろう？　ネルがリディアを襲った犯人に追われていると、どうしてわかったんだろう？　リディアのとき。そしてネル。イヴはなぜ、いつもまっさきに駆けつけるんだろう？

頭が告げていることを、アッシュは受け入れることができなかった。いやしくも知性ある人間が、そんなことを信じられるものか。けれども、彼の頭は、一連の事件のせいでおかしな具合に変わりつつあった。

答えることのできない数々の疑問を思って、アッシュはその場にいっとき立ちつくした。どうにかして、真実を突きとめなくてはならない。だが、どうやって……。しまいに、彼はため息をついた。なすべきことはわかっていた。

ネルは、どこに隠れたらいいのかわからなかった。今夜はぐるぐる逃げまわってばかりだ。まず、あの悪い男から。それから、彼女が使っていた秘密の場所をあらかた見つけだした門番たちから。くるぶしの痛みで足どりは重かったが、止まるわけにはいかない。もし立ち止まったら、見つかって、縛られて、ベドラムに送り返されてしまう。

とにかく、彼女を捜している男たちからできるかぎり離れたかった。けれども、遠くには行けない。ネルが知っているのは、この界隈《かいわい》だけだった。街は危険なところだ。怖い人がいる。でも、あの大きな家にいる女の人たちはやさしくて、食べ物を置いておいてくれた――サンドウィッチに、パイに、卵。近くに人がいるときは、怖くて取りに行けなかったけれど。

ネルは立ち止まると、上を向いて空気のにおいを嗅いだ。だれかが近くにいるときは、いつもにおいでわかった。いちばん好きなのは、デクスターのにおいだ。動物のにおいなら、怖くない。

そのとき、右手のほうで物音がして、ネルは目を大きく見開いた。必死で逃げた。こんなに速く走ったのは初めてだったし、これほど心臓が激しく脈打ったのも初めてだった。のどが焼けつくように熱かった。涙が頬をつたい落ちる。それでもネルが走りつづけたのは、ベドラムが怖いのと、ベドラムに連れ戻されなくても、あの悪い男につかまったらどんな目に遭うかわかっているからだった。

ふたたび雨が降りだしていたが、ネルは気づかなかった。木々が、生け垣が、茂みが、混乱した視界から飛び去っていく。くるぶしの痛みさえ忘れて走りつづけた彼女は、木の根につまずいて地面に倒れ、手と膝をすりむいた。

目の前に、木の柵があった。ネルは地面に這いつくばり、ぜいぜいと息をつきながら、柵のほうに進んだ。乗り越える体力は残っていなかったから、下の横木のあいだに体をねじこんだ。動物のにおいがした。馬？　ロバ？　ヤギ？　体と同様、頭も働かなかったが、わかっていることが一つあった。動物は、友達だ。

びしょぬれの体で震えながら、囲い地のいちばん暗い場所まで這っていくと、激しい雨をなんとかしのげる避難所があった。土の床に置かれた藁に触れたネルは、心の底からむせび泣いた。神さまにすっかり見捨てられたわけではなかったのだ。

動物たちは、落ち着きをなくしていた。脚を踏みならし、鼻を鳴らして、住みかを彼女と分かち合いたくないことを態度で示している。けれどもネルは疲れきっていて、怖いと感じることもできなかった。

乾いた藁《わら》の上に座りこみ、膝を抱えて、暗闇に目を凝らした。緊張を解いて目を閉じるまでに、長い時間がかかった。しばらくして、温かい息を頬に感じて目を覚ました彼女は、一瞬飛び上がりそうになったが、動物たちが興味を示しているだけだとわかると、ふたたび眠りに落ちた。つぎに目覚めると、動物たちはまわりに集まり、彼女が仲間であるかのように、ぬくもりを伝えていた。

ネルは、アンナのロバたちのなかに安らぎの場所を見いだした。

16

イヴはナイトガウンに着替えて化粧着をかぶると、火のない暖炉のそばに腰かけ、アッシュが戻って来ないかと耳を澄ませた。アッシュが何をしているのか気になって、一分ごとに時計に目をやっているような気がした。

さっきはうっかり口をすべらせたけれど、アッシュは気づかないだろう。そうであってほしい。もしレディ・ソフィのベッドのことをだれから聞いたのかと問いつめられたら、召使いたちが噂しているのを小耳に挟んだと答えよう。

それで、ひとまず納得してくれるはずだ。

イヴはため息をついて、ぼんやりと宙を見つめた。うわの空で化粧着をもてあそびながら、混乱した頭のなかを整理しようとした。ヘンリーを離れたときは、アンジェロという人間の存在すら知らなかった。ロンドンに来た主な目的は、談話会に参加することと、つぎの小説で上流社会の様子を正確に描写するために、社交シーズンを体験することだった。けれども心の奥底では、不思議な予感をずっと感じていた。この機会に、母が死んだ石切場の場所も突きとめたかった。

　自分が正しい道を進んでいるという確信はあった。これまで忘れていた記憶が鮮やかによみがえり、母が死んだときのことや、いまわの際《きわ》に母が伝えようとした、将来の出来事を予感させる光景もひんぱんに夢に見た。何もかもがしかるべき方向に動きだしているはずだった。

　ところが突然、どこからともなくアンジェロが舞台の中央に現れ、それとともに長年抑えつけていた〝クレイヴァリーの能力〟が、活発に動きだした。リディアが襲われた夜、初めて犯人が考えていることをとらえたときは呆然とした。そして、今夜の体験は衝撃的だった。その衝撃のなかで、イヴは確信した。母は、この日が来るのを予期していたのだ。彼女は、母が見た未来のさなかにいた。

　いまはそれが、死ぬほど怖い。

　でも、無防備じゃない！　わたしにも〝クレイヴァリーの能力〟はある。それを使うのよ！

　イヴは目を閉じ、意志の力を総動員して、リディアを襲った犯人の思考を感じたときのことを思い起こした。名前も顔も知らない男かもしれないが、どんな人間かはわかる。まるで、二歳の子どものように幼稚な男。怒りを抑えることができなくて、かっとすると、気に入らないものをたたきつぶす。相手が人間でも、それは変わらない。自分を省みることがなく、世界は自分を中心に回っていると考えている男。その息詰まるような激しい怒りを、イヴは憶えていた。その陰で、正体がばれるかもしれないとおびえていることも。男は、狂っているわけではなかった。

あのとき頭に浮かんださまざまな顔。あれは、あの男に殺された人たちだったのかしら？　あのときは、たしかにそう思った。なぜそんなふうに思ったの？

どこにいるの？　あなたはだれなの？

いまは、犯人の情け容赦ない怒りの記憶しかなかった。

その怒りのせい？　犯人の心の扉を開いたのは、その怒りだったの？　あの男の意識に入りこむには、男のそばにいなくてはならないのかしら？　あの男とわたしに、なんのつながりがあるというの？　いいえ、わたしたちは、たしかにつながっている。

その思いは、イヴの頭のなかでぐるぐると回った。考えれば考えるほど、自分と犯人がなんらかの形で結びついているという思いは強まっていく。

アンジェロの作品は、立派な邸宅と庭園を舞台にしている。それで犯人のことを知っているのかしら？　母に連れられてその庭園を訪れたときに、犯人と会ったことがあるというの？　けれども、それは遠い過去のことで、具体的なことは何も憶えていない。

アンジェロの短編をしまいこんである鏡台に近づこうとしたとき、ドアノブがカチャカチャと音を立てた。「イヴ？」アッシュの声だった。

「鍵はかかっていないわよ」イヴは応じた。

アッシュは部屋に入った。黒い髪はくしゃくしゃに乱れて雨に濡れそぼち、ブーツは泥にまみれている。うわべはのんびりとした微笑を浮かべているが、その下に激しい感情がくすぶっているのは間違いなかった。

「いままで外にいたのね」何か言う必要を感じて、イヴはそう言った。

「デクスターも一緒だった」彼はそう言ってドアを閉めた。「申しわけないが、デクスターは草の実だらけでね。いま、リーパーにきれいにしてもらっているところだ」

「こんな雨降りの夜中に、わたしの犬を散歩に連れだしてくれたの？」

「というより、デクスターに連れだされたんだ。ネルの隠れ家らしき場所に連れて行ってくれたが、本人はいなかった。まあ、そんなにがっかりしないでくれないか。ネルの身に、何かまずいことが起こったとは思えない。争った跡や、そういった形跡はまったくなかったからね。ぼくが思うに、ネルは無事で、どこかにねぐらを見つけているんじゃないかな。きみはどう思う？」

イヴもそれは確信していた。もし犯人がネルに追いついたのなら、彼の殺意を感じているはずだ。

「隠れ家はどこにあったの？」

「ロマの野営地の近くだよ。だが、なぜぼくにきくんだ？」アッシュが距離を詰めても、イヴは一歩も引かなかった。「自分の水晶玉を見ればいいじゃないか、イヴ。ネルがどこにいるのか、教えてもらいたいものだな」

イヴはしばらく黙りこくったまま、アッシュの険しい表情を見つめた。それは、夢で見たアッシュの顔ではなかった。彼は、重要な秘密を打ち明けられる、特別な相手ではない。

「どうした？」アッシュはあざけるように言った。「何か言うことはないのか？　無実を訴えるつもりはない？」

イヴはつんとして答えた。「わたしが何かしたっていうの？」

アッシュはさらに声を高くした。「そうとも！　なぜ犯人がリディアを襲った夜、きみはまっさきに現場に駆けつけた？　きょう、同じ男がネルを追っていると、どうしてわかった？　そして、どうしてソフィのベッドのことを知ってるんだ？」

アッシュの激しい口調に、イヴは氷のように冷ややかに答えた。「最後の質問の答だけれど、あれは召使いたちの噂話を聞いたのよ。ほかの質問については、以前に説明したでしょう。わたしはクレイヴァリーだって。クレイヴァリーの人間は、勘が働くの」イヴは、おかしくてたまらないような口ぶりでつづけた。「あなたはわたしが、だれかが考えていることを知りたいときや未来を予測したいときは、かならず水晶玉を見ると思っていたの？　それならどうして、ネルも犯人も見つからなかったのかしら？」彼女は笑った。「あなたがそんなことを言うなんて、信じられないわ。あなたは、紅茶の葉を読んだり水晶玉を見たりするのはいんちきだと言ってはばからない人でしょう」

アッシュは一瞬、疑わしげな表情を浮かべると、髪をかき上げた。「疲れているせいかな。ひどい夜だったから」イヴは肩の力を抜きかけたが、つぎの彼の言葉でさっと背筋を伸ばした。「だが、とにかくきみが背中を見せてくれたら、何もかも解決するはずだ」

「なんですって？」

「背中を見せてくれないか。必要なのはそれだけだ」イヴが唖然としたので、アッシュはにやりとした。「なんなら手伝おう。きみが見てもいいというまで、目を閉じていると約束する」

彼の言わんとするところをようやく理解すると、イヴはかぶりを振ってあとずさった。詰め寄るアッシュに、微笑はなかった。

「イヴ？ 嘘だと言ってくれないか。きみの肩にあざがあるのはぼくの想像だと。ぼくは夢を見ていただけなんだろう？」

イヴはベッドの柱にぶつかって、あとずさるのをやめた。「あり得ないわ」自分に言い聞かせるように言った。アッシュがあざのことを知っているのは、彼女と同じ夢を見たか、彼女の心を読みとったからにほかならない。

「何があり得ないんだ？」

イヴは手のひらでアッシュの胸を押し返した。「わたしに近寄らないで、アッシュ・デニスン」

そう言ったのは間違いだった。イヴは抵抗したが、彼にかなうはずもなかった。アッシュはイヴを手早く後ろ向きにすると、化粧着とナイトガウンをいらだたしげに一気に引き下ろし、ぴたりと呼吸を止めた。

彼は、ためらいがちにイヴに触れた。「思った通りだ。〝クレイヴァリーの赤あざ〟がある」それから、さっとイヴを振り向かせた。「ぼくの意識に入りこんだだろう。きみをほしがるように仕向けて、どうしようもなくなるほどぼくを苦しめた」

押してもあがいても無駄だった。ほんとうのところ、イヴ自身もアッシュと同じくらい驚いていた。アッシュがあざのことを知っているはずはない。あれは、彼女の夢だった。自分で見たと認めるにはあまりに個人的で、親密で、途方もなく官能的な夢。イヴは、後ろめたさと恥ずかしさもさることながら、何より罠にはめられたという気持ちにさいなまれていた。なんとかして、この状況から抜けださなくては。

「痛いわ」イヴは言った。

即座に、アッシュは手の力をゆるめた。

「ありがとう」イヴはこれ以上ないほど冷ややかに言ったつもりだったが、彼がまだきちんとした服装をしているのに寝間着姿では、迫力がないことこの上なかった。

「まだ答を聞いていない」アッシュの口調は、激しいまなざしに反して穏やかだった。「きみはぼくの意識に干渉した」

イヴは眉をつり上げた。「そんなことが、できるわけないでしょう」

「きみはぼくの夢をゆがめた。それも一度じゃない。毎晩だ。何が起こっているのか、もっと早く気づくべきだった。夜ごと見る夢はいつも妙に鮮明で、きみはぼくに求められるままに応じる、とても情熱的な女性だった。だが、いよいよというときになるといつも、きみは姿を消し、ぼくは汗びっしょりで目を覚ました。そうやってじらすのが、きみのねらいだったんだろう？」

る。イヴは、頬がかっとほてるのを感じた。あの夢のことを考えただけで、体じゅうが熱くなる。

アッシュは鋭い目をイヴに近づけた。「どうやら、ぼくの話していることを承知しているようだな」

「あなたの見る夢にまで、責任は持てないわ！」

「答になってない。きみも同じ夢を見ていたんだろう？」

イヴはばかにしたような笑みを浮かべた。「あなたは、ソフィ・ヴィラーズとわたしを混同していたのよ。それとも、ハーレムの美女の一人と――」

ベッドに押し倒されて、それ以上言えなかった。アッシュの顔が、すぐ目の前にあった。

「ソフィ・ヴィラーズの夢など一度も見たことはないし、見たいとも思わない。何より、ソフィの肩にはあざがない」

「よくご存じだこと！」イヴは言い返した。

アッシュは唇をゆがめて笑った。「知っているとも。あれはきみだった。イヴ、きみはぼくの意識に入りこんだ。さあ、聞かせてくれないか。そんなことがどうやってできたのか、なぜそんなことをしたのか」

イヴはどうにか起き上がると、両手を組んで肩をすくめた。「わざとそうしたわけじゃないの」彼女は言った。「あなたが同じ夢を見ているなんて知らなかった。わたしの夢だと思っていたわ。それなのに、あなたがあざのことを知っているということは、あなたのほうがわたしの意識に入りこんだということなんじゃないかしら」

アッシュは、驚いて彼女を見返した。「それじゃ、ほんとうなのか！ 現実にぼくの意識に入りこんで、干渉したんだな」

イヴは気を取りなおして言った。「ひょっとすると、おばからあざのことを聞いたんじゃない？」

「人のせいにして切り抜けようとしても、そうはいかない」

アッシュににらみつけられて、イヴは目を落とした。「偶然じゃないかしら。よくわからないけれど、たまたま似たような夢を見たんでしょう」

「きみのあざにキスをしたと言ったら、たまたまとは言えないだろう」アッシュは腹立たしげに言った。「ぜんぶ書きだして、比べてみようか？」

イヴは彼をにらみつけた。

「いま、きみは夢を見ているのか、イヴ？」

「いいえ」イヴは即座に答えた。

「なぜそうじゃないとわかる？」

「いまは、きまり悪くて恥ずかしいからよ。わたしの夢では、そんなふうに感じなかった」

「『わたしの』ではなく、『ぼくたちの』夢だ」アッシュは訂正して、ちょっと口をつぐんだ。

「あのときは、どんな気分だった？」

イヴは、落ち着かなげに身じろぎした。「同じ夢を見ていたのなら、わざわざ言う必要はないでしょう」

「ぼくが思ったことを話そう」アッシュはイヴの手を取ると、指を一本ずつ開いて、手のひらを見つめた。「きみほど美しくて魅力的な女性は初めてだった。ぼくは屈服するしかなかった」

イヴは身を守るために、思いつきを口にした。「あれは夢だったのよ。夢のなかでの言動にまで責任は持てないわ」アッシュのキスが手のひらをかすめて、彼女は呼吸を乱した。

「わたしが憶えているかぎりでは、あれはあなたがそそのかしたのよ」

「ぼくがいま、何を考えているかわかるかい、イヴ？　ぼくは、夢のなかのイヴとアッシュのほうが、ぼくたちのほんとうの姿に近いんじゃないかと思う。この部屋にいる二人は……ぼくたちがそうなりたいと願っている人間の影なんじゃないだろうか」

その言葉に、イヴの注意は引きつけられた。夢で見たイヴになる度胸があるかしら？

「いまは、夢のなかにいることにしようじゃないか」

「え？」

アッシュにふたたび押し倒されて、イヴは小さく悲鳴を上げ、ほほえむ唇が自分の唇に触れると、今度はうめいた。アッシュは彼女のまぶたに、額に、頬に、のどのくぼみにそっとキスを降らせ、イヴはほどなく、子猫のように声を洩らしはじめた。

「つぎはどうする？」アッシュが言った。

「どうするかわかっているはずよ。あれは、あなたの夢でもあったんだから」

イヴは、震える心を鎮めようとした。夢で見たアッシュが、目の前にいるような気がしはじめていた。あらゆる秘密と心の奥底にある不安を打ち明けられる、たった一人の人。彼がそうだと、思いきって信じられるだろうか。

「アッシュ――」イヴは口を開いたが、つぎのキスで、考えていたことは砕け散った。

アッシュは彼女に覆いかぶさっていた体を離して、かたわらに横になった。「ぼくたちは、草の生えた土手にいる」彼は言った。「ここには、太陽が降りそそいでいる。日差しを感じるかい、イヴ?」

アッシュに言われるまでもなかった。彼女は頭を反らして日差しを浴びていた。暖かいそよ風を肌で感じ、刈りたての草のにおいを嗅いでいた。

イヴは眉をひそめた。「あれは現実ではなく、夢だったのよ」

イヴの変化を、アッシュは感じとった。さっきまで彼に導かれるままだったのが、元に戻ろうとしている。そんなことを許すつもりはなかった。彼女は、夢のなかで彼をさいなんだけでなく、目覚めているときも、しじゅう彼の頭に入りこんでいた。女性を見るとイヴと比べずにはいられなかったし、イヴにかなう女性などだれもいなかった。これまで敬服していた女性の美点には、もう魅力を感じなくなっていた。いまほしいのは、頑固で、自分の殻に閉じこもったきりで、辛辣《しんらつ》な物言いをし、そっと触れるだけで彼を屈服させる、この風変わりな女性だった。

イヴの表情豊かな瞳が彼を見上げて、何もかもゆだねると告げていた。「ぼくの心を読んだのかい？」アッシュはたずねた。

「いいえ」イヴは囁いた。「心を読むことはできないの。さっきから、わたしの能力のことをあなたに打ち明けようと思っていたのよ。ねえ、アッシュ――」

アッシュは親指でイヴの唇をなでて、彼女を黙らせた。「そのことは、あとで話そう。いまは夢の世界に戻ろうじゃないか。きみはぼくに、快楽の手ほどきをしてほしいと言った。憶えているかい？」

イヴはどきりとしてうなずいた。

「レッスンその一。悩みごとは忘れること。そんなことは、あしたに持ち越せばいい。レッスンその二。快楽は、もらうものではなく、与えるものである。いいね？」

「アッシュ――」彼が誘うように体をすりつけたので、イヴは息をのんだ。「夢ではそんなことをしなかったわ」

「ぼくの夢なら、こうしていた」アッシュはもう一度、同じことを繰り返した。「気に入らないか？」

イヴはうなずき、それから首を横に振った。

「気に入ったということかな」アッシュは、イヴにふたたびキスした。

イヴはアッシュを押しのけようとしたが、代わりに彼のシャツをつかんで引き寄せていた。二人がともに見た夢は、いま感じて体験していることをぼんやりと予見したものに過ぎなかった。〝快楽〟という言葉ではありきたりすぎる。彼女の心臓は、いまにも破裂しそうだった。

なおもキスをしながら、アッシュはイヴの化粧着を、そしてナイトガウンの前を開け、柔らかな乳房を包みこんだ。イヴの洩らす声に、体じゅうの脈が反応していた。心臓は早鐘を打ち、呼吸は不規則になって、体じゅうが燃えるようだった。彼女をものにする準備はできていた。

不意に、自分がいつもの優雅さをすっかりなくしていることに愕然として、アッシュは転がってイヴから離れた。彼は仰向けになったまま、目の前で手を振ると、震える声で笑った。

「こんなことは初めてだ」

イヴは枕から頭を起こすと、アッシュに顔を近づけた。「わたしも同じ気持ちよ」彼女は言った。「こんなことは、わたしだって初めて」そして、彼にキスした。

イヴが大胆になったのは、あの夢を見たせいだった。欲望を満たされない苦しみを味わっていたのは、アッシュだけではなかった。来る夜も来る夜も、アッシュがほしいという以外、自分が何を望んでいるのかよくわからないまま目を覚ました。けれども今夜、彼女はアッシュのものになり、アッシュは彼女のものになる。そのあとのことは考えないことにした。アッシュの言うとおりだ。悩みごとは、あしたに持ち越そう。そのときになったら、考えればいい。

アッシュははやる気持ちを抑えて、イヴの両肩をそっとつかんだ。イヴは、夢で見た男と愛を交わすつもりでいる。こちらはその男ほど従順でもなければ、丁重でもなく、無害なわけでもないのに、どうやらそのことをわかっていないらしい。イヴは夢の男を思いどおりに動かしていたが、いま自分が本能のおもむくままに一方的な行動に出たら、二度と、あの信頼に満ちたまなざしを向けてくれなくなるだろう。だから心して、自分でも驚くほど控えめにイヴのキスにこたえた。

イヴは唇を離すと、眉をひそめて彼を見下ろした。「どうしたの、アッシュ？」不安げな声だった。「具合でも悪いの？　わたしが我を忘れて、奔放に振る舞ったから？　それがいけなかったの？」そして、ちょっと意地悪な笑みを浮かべた。「原因はわたし？　それともあなた？」

開いた口がふさがらなかった。イヴに、情熱に欠ける男だと思われたのだろうか？　醒《さ》めきった男だと？　現実のベッドでは、お話にならない相手だと思われたのか？　そんなわけがないだろう！

アッシュが急に飛びかかってきたので、イヴは小さく叫んだ。長い濡れたキスを挟んで、彼は言った。「ぼくに燃えてほしいのか？　それならお望みどおりにしよう。警告はしたからな。ぼくは、きみが夢見たような模範的な紳士じゃなくて、血の通った男なんだ。きみが高価な陶磁器のようにあつかってほしくないなら、そうするまでだ」

「ばかね」イヴはあえぎながら言った。「これまでにもそう言ってきたじゃないの」

二人はほほえみながらふたたび唇を重ねたが、キスが長引くにつれて笑顔は消え去った。アッシュはイヴの体に腕を回して、彼女をこれ以上ないほどしっかりとかき抱いた。イヴはアッシュの首に両腕をからめて、彼の髪に指を這わせた。二人はさらに、たがいを求めた。

アッシュはいらだたしげにイヴの寝衣をはぎ取ると、自分のシャツを脱ぎにかかった。イヴは膝をついて、彼が服を脱ぐのを手伝った。恥じらいはなかった。夢のなかで、すでに一糸まとわぬ姿を見られている。それとも、あれは彼の夢だったのかしら？ 気をもんでいないのは、そのときもいまも同じだった。いまは夢中で、これまでいいかげんにしか理解していなかった、めまいのするような欲望に突き動かされていた。

けれども、彼が裸になると、イヴはぎょっとした。夢のなかの彼は、同じ裸でも、霞がかったようにぼやけていた。それがいまは、はっきり見える。立派な体格なのはわかっていたが、これほど戦士のように迫力をみなぎらせているとは思いもしなかった。たくましい肩から視線を下におろすと、今度は呼吸が止まってしまった。

「イヴ？」

イヴはさっと目を上げてアッシュを見た。彼女の瞳に不安を見て取ったアッシュは、緊張で肩がこわばるのを感じた。これほど女性を歓ばせたいと思ったことはなかった。イヴを怖がらせたくない。それだけは、なんとしても避けたかった。だが、自分は男で、彼女よりはるかに力強い存在であることは隠しようもない。イヴは信頼して、身をゆだねてくれるだろうか。

「どう思った？」アッシュはそっとたずねた。

「そうね」イヴは答えた。「これまで、夢のせいで思い違いをしていたみたい。実物のあなたがこんなふうだとは思わなかった」

アッシュはわざとらしくため息をついた。そして、ほほえみを浮かべてイヴの手首をつかむと、彼女の手のひらを広げて、自分の胸に押しつけた。「ぼくという人間、ぼくのすべては、きみのものだ」

イヴは眉をつり上げた。「今度あなたの命令に従わなくて叱られたときに、その感動的なせりふを思いださせてあげるわ」

アッシュは笑いながら、体重をかけてイヴを倒した。戯れのときは、長くはつづかなかった。アッシュはイヴの頭のてっぺんからつま先まで、すべてを知ろうとした。イヴはアッシュの欲望にすっかりのみこまれ、唇と手の激しく奔放な動きに夢中になった。これまで夜の眠りを妨げていたよくわからない欲求が、耐えがたいまでにふくれあがっていた。イヴはいまや、未知の何かに手を伸ばそうとしていた。

アッシュは以前から、イヴの冷ややかな外面の陰には、激しい情熱が隠されていると感じていたが、まさにその通りだった。キスにはキスで、愛撫には愛撫でこたえるイヴに圧倒されながら、彼はさらに求めた。

二人はしっかりと抱き合ったまま、ベッドを転がった。欲望に我を忘れて、イヴは彼に向かって体を反らせた。アッシュは、待ってくれ、傷つけたくないと言おうとしたが、イヴはアッシュの肩に爪を立て、無意識のうちに腰を動かして彼を求めた。

息づかいを荒くして、アッシュはイヴの脚を広げてなかに入った。イヴはぴたりと動くのをやめた。彼も止まった。

「アッシュ？」イヴは声を震わせた。

アッシュは目を閉じて、歯を食いしばった。慎重に、ゆっくりと動いて、きゃしゃな障壁を突き破った。イヴは痛みに悲鳴を上げ、震える息をのみこんだ。アッシュは彼女の不安を言葉でやわらげようとしたが、思いつくことはほとんどなかった。そして、自分も同じように初心者なのだと言った。処女を抱いたことはないのだと。

「きみが初めてだ」力なく言った。

イヴの顔にほほえみが広がった。頭を持ち上げてアッシュにキスをすると、彼女は言った。「そんな顔をしないで。快楽が代償をともなうことは、わたしだって知ってるわ。今夜はその代償を払うつもりよ」

アッシュは、二人がいま分かち合っているのは快楽にまさることだと伝えたかった。イヴとは、ほんとうの意味で親密になりたい。そのことを、どう言ったら信じてもらえるだろう。

イヴは鼻にしわを寄せた。「これでおしまいなの？」

アッシュは、不満げな唇にキスをした。「いいや」彼は言った。「これが始まりだ」

イヴはもどかしげに体を動かし、アッシュの肩を、背中を、脇腹をつかんだ。彼女がのどの奥から洩らす声は、彼の血潮をたぎらせた。やがて、イヴが夢中になって腰を動かしはじめると、アッシュは抑えきれなくなり、彼女が求め、二人が求めるものに向かって走りだした。揺らめくろうそくの明かりのなかで、アッシュはイヴの瞳が陶然となるのを見て取ると、たくましい腕でイヴの体をつかみ、自分のリズムに彼女を合わせた。二人はともに駆け上がり、虚空に飛びこんだ。

きっとまどろんでいたのだろう。アッシュが目を覚ますと、夜はしらじらと明けかかり、ろうそくはいましも燃え尽きようとしていた。いま自分の寝室に戻らなければ、何があったか召使いたちに感づかれてしまう。自分はともかく、イヴのことでは、どんなささやかな醜聞も広めたくない。

アッシュがベッドから抜けだすと、イヴは何やらつぶやいたが、目は覚まさなかった。彼は手早く服を着ると、後ろ髪を引かれる思いで、眠っているイヴを見下ろした。イヴは愛の営みのあと、彼がこれからも誠意を尽くすと語りかけている最中に眠りこんでしまっていた。

アッシュはイヴのむきだしの肩まで羽根ぶとんを引き上げると、唇にかすめるようなキスをして部屋を出た。気にくわない疑問が、さっきから胸に引っかかっていた。自分のような男――ぐうたらな快楽主義者で、女たらしとして名を馳せている男――が、このきびきびした知性あふれる魅力的な女性に、何をしてやれるというのだろう。

いらだちを感じながら自分の寝室に戻ったアッシュは、デクスターがベッドのまんなかに寝そべっているのを見つけて、さらに腹を立てた。ベッドから下りるように言っても、デクスターは片目を開け、牙をむきだしたきり動かない。アッシュはひるむことなく犬をベッドの端に押しやると、その隣に体を横たえた。

服を着たまま、腕組みをし、枕に寄りかかって、その夜の出来事を思い返した。イヴを口説くつもりで彼女の部屋に行ったわけではなかった。イヴの肩に実際にあざがあるのか、それともただの夢だったのか、たしかめることだけが目的だった。そして、イヴの肩にはたしかにあざがある。となると？

「どうしてこういうことになるのか、合理的に説明できるはずだ」アッシュは、デクスターに言った。

デクスターはばかにしたように鼻を鳴らして、アッシュにもたれかかった。

しかし、合理的に説明がつくはずもなかった。いまは、開いた扉の前にたたずんで、入るのをためらっているような気分だ。イヴ・ディアリングは、クレイヴァリーの血を引いている。人の夢をもてあそぶ以外にも、何かできることがあるのだろうか。

そんなことを考えながら、アッシュは眠りに落ちていった。

17

イヴが寝室から下りてきたのは、だれもが朝食をとっくにすませた時間だった。少々気まずさを感じながら朝食の部屋に入ったが、アッシュの姿はなかった。テーブルにいるのは、おばのミス・クレイヴァリー一人。かたわらに、従僕が控えている。

「あら、おはよう」ミス・クレイヴァリーは、ナプキンを口に押しあてた。「ちょうど紅茶を淹れたところだったの。トーストも取っておいたわ。忘れていないと思うけれど、きょうはこれから、ライザと一緒に買い物に出かけることになってますからね。みなさん身じたくに取りかかっているけれど、リディアとアンナはお留守番。具合が良くないらしいの――リディアのほうなんだけど――それで、アンナが付き添いで残るんですって」

イヴはおばの隣の椅子に腰を下ろすと、紅茶を注いでくれた従僕に礼を言った。「毎度のことながら、おばさまには驚かされるわ」彼女は言った。「だって、いつもわたしが口も開かないうちから、ききたいことに残らず答えてくださるんだもの」

ミス・クレイヴァリーはにっこりとほほえんだ。「わたしはクレイヴァリーの人間ですからね」

彼女はカップを置いてつづけた。「それで思いだしたわ。お出かけになったデニスン卿から伝言を頼まれたんだけれど、なんだったかしら？　そうそう、用があってリッチモンドの屋敷に行くけれど、夕食までには戻るというお話だった」彼女は眉根を寄せてつづけた。「その上で、何があろうと一人では外に出ないように、あなたにも念を押してほしいと言われたわ。あなたもわかっているでしょうけれど、リディアが襲われた以上、だれがねらわれるか、わかったものじゃありませんからね」

ミス・クレイヴァリーが従僕に聞かせるために話をでっち上げているのはわかった。ネルのことは、おおっぴらには話せない。

「ありがとう、ロジャー」ミス・クレイヴァリーは、従僕に向かってうなずいた。「下がっていいわ」

従僕がドアを閉めるのを見計らって、ミス・クレイヴァリーはさっとイヴに向きなおると、声をひそめて言った。「けさ、アンナがネルを見つけたの。もう心配はいらないわ」

「どこにいたの？」

「ロバたちと一緒に、小屋にいたのよ」

イヴは、心からほっとしてほほえんだ。「よかった。それで、ネルは元気？　足首のけがは大丈夫？　ゆうべのことで、何か言ってなかった？」

「アンナにきいてちょうだい。わたしの役目は、ただ伝言を伝えるだけ。それだけでも光栄だわ。アンナがほかの人間に打ち明けるとは思えませんからね。ネルのことを知っている人間は、少なければ少ないほどいいはずだから」

イヴは心底ほっとしてため息を洩らした。「何かまずいことがあったら、アンナにたたき起こされていたはずだもの。きっと大丈夫なんだわ」

イヴはトーストとマーマレードに手を伸ばした。肩にのしかかっていた重荷がなくなって、思わず笑みがこぼれた。ネルにはいまや、心配してくれる人間が三人もいるのだ——アッシュも入れたら、四人。

寝室から下りてきたときは、期待と、不安と、気まずさがないまぜになった気持ちで、アッシュと顔を合わせたらなんて言おうかと考えていた。ゆうべは素晴らしかった。アッシュも同じ気持ちかしら？

ミス・クレイヴァリーが、好奇心に満ちた目で彼女を見ていた。

「どうかしたの？」イヴはたずねた。

「あなたが笑っているんだもの」ミス・クレイヴァリーは答えた。「そんな楽しそうな笑い声は、ここしばらく聞いたことがなかったものだから。他人の目はごまかせても、わたしの目はごまかせないわ。いったいどうしたの？　ここ数週間、何を気に病んでいるの？　アントニアと、何か関係があることかしら？　あの子が死んだ石切場をあなたが見つけたがっているのは知っているけれど。ほかに何か話せないことがあるの、イヴ？」

こんなことをきかれることもあろうかと、イヴは完璧な答を用意していた。けれども、おばの言葉を聞いて、彼女はためらった。

イヴは紅茶をひと口飲んでカップを置くと、心を決めた。「おばさま」彼女は言った。「近ごろ、同じ夢を何度も繰り返して見るの。それを、どう解釈していいのかわからなくて」

「悪夢なの？」

「いいえ」イヴはかぶりを振って、その夢を説明する言葉を探した。「不安な夢よ。でも、悪夢ではないわ」

ミス・クレイヴァリーはカップを置くと、イヴをまじまじと見つめた。ふだんはけっして笑みを絶やさない穏やかなまなざしが、何もかも見透かすようなクレイヴァリー独特のまなざしに変わっている。

「夢のことをくわしく話してちょうだい、イヴ」彼女は静かに言った。

イヴは、夢で見た光景――舞踏室に、踊る男女、ガラスのドア越しに見えるテラス、そして庭園――と、そのときに感じる不安な気持ちを説明した。ときどき言いよどんで言葉を切ったが、おばはまったく口を差し挟まなかった。言うべきことをすべて言い終えると、イヴは問いかけるようにおばを見た。

ミス・クレイヴァリーはしばらくして、口を開いた。「あなたはその夢に、どんな意味があると思う？」

イヴはため息をついた。「あれは、お母さまがいまわの際にわたしに伝えようとした、最後のメッセージじゃないかしら」そう言って、彼女はかぶりを振った。「いいえ、お母さまがそのことを最後に伝えようとしたことはわかっているの。お母さまは未来を予見して、わたしに危険を知らせようとしたのよ。でも、どんなに避けようとしても、未来は避けられない」そこで彼女は、弱々しくほほえんだ。「このお屋敷に来て、わたしがまっさきに何をしたと思う？　こっそり舞踏室をのぞきに行ったのよ。でも、夢で見た舞踏室は、どこにもなかった」

「いま舞踏室に改装中の絵画陳列室はどうかしら？」ミス・クレイヴァリーはほほえみを浮かべてたずねた。

「あそこは三階だし、テラスに出るようなガラスのドアもないわ」

ミス・クレイヴァリーは含み笑いを洩らすと、いっときじっと考えて、ようやく口を開いた。「あなたが危険を身近に感じているのは、正しい判断と言えるわね。それを除けば、あなたの夢が意味していることは、わたしにもわからない。ただ、これだけは憶えておいてちょうだい。夢で見た未来がいよいよ現実になるときは、夢とまったく同じものは一つもない。夢で見るものはすべて、道しるべであり、手がかりに過ぎないの」

イヴは顔をしかめた。「それだけ？　おばさまにわかるのは、その程度なの？」

ミス・クレイヴァリーはちょっと身を乗りだして言った。「よく考えたら、大きなヒントだとわかるはずよ。手がかりを一つたりとも見逃さないように注意していれば、夢が現実になりかけたとたんにわかるはずだわ。アントニアは、娘のあなたを守ろうとしていた。そのために道しるべを残したのよ」

イヴがリディアを襲った犯人のことも打ち明けようかと迷っていると、従僕が新しいポットを持って部屋に入ってきた。彼が下がるのを待ってふたたびおばに向きなおったイヴは、彼女の変化に気づいた。クレイヴァリー独特の鋭いまなざしは消え、気づかわしげな表情だけを瞳にたたえている。

ミス・クレイヴァリーはイヴの手を握りしめた。「気をつけてくれるわね、イヴ？」

犯人のことを話して、おばにこれ以上心配をかけるわけにはいかない。「気をつけるわ」彼女は約束した。

買い物に出かける身じたくをする前に、イヴはリディアの部屋に立ち寄った。リディアはすでに着替えていたが、直前になって気が変わったらしく、ゴシック小説のヒロインのようにしおれて、暖炉のそばの椅子に座っていた。

リディアに付き添っていたアンナがドアを開けて、イヴを迎え入れた。「あとで話があるの」彼女は、イヴだけに聞こえるように耳打ちした。「部屋を出たら、そこで待ってて」

「何の話？」リディアが呼びかけた。

アンナが答えた。「あなたがゆうべろくに眠れなくて、きょうは買い物やら何やらに出かける気分じゃないって説明してたのよ」

リディアは、申しわけなさそうに微笑を浮かべた。「どうしたことか、自分でもわからなくて。きっと何かの病気よ。体の震えが止まらないの」

「あなたに必要なのは、環境を変えることよ」アンナはそう言うと、イヴに向かってつづけた。「リディアを、うちに連れて行こうかと思ってるの。薔薇《ばら》色の頬を取り戻すのに、コーンウォールのきれいな空気と潮風ほどいいものはないから」

アンナの外見がコーンウォールのきれいな空気と潮風の恩恵をこうむっていないように見えるのはさておき、リディアの様子はたしかに心配だった。傷は治りつつあるが、日増しに元気をなくしているように見える。イヴはアンナを見た。アンナは母親という柄ではないが、少なくともリディアに献身的に尽くしているし、ネルのことも真剣に考えている。

「いい考えね」イヴは言った。「いつ出発するの？」

「まだ何も決めていないの。ほら、ロバたちのことがあるでしょう。コーンウォールまで歩いていくのは無理だから、その手だても考えなくちゃならないのよ」

幸せなロバたちだと、イヴは思った。きっと、最高の待遇で運ばれることだろう。できればネルのことも、アンナが出発する前に決められたらいいのだけれど。

そう考えていたところへ、リディアが言った。「あなたはどう思う？　アンナが、ロバの世話をしてくれそうな男の子を見つけたんだけれど」

「そうなの？　いつ？」

「けさよ」アンナは答えた。「放牧地で、ロバと一緒にいるのを見かけたの。ロバたちはその子になついていたし、その子もロバたちのことが好きみたいだった。本人にはまだ何も相談していないけれど、ロバたちの世話を頼もうと思って」

しばらく沈黙があった。

「男の子なの？」しまいに、イヴは思いきってたずねた。

「ニールという浮浪児よ」〝ニール〟という名を強調して言うと、アンナはイヴをまっすぐに見た。「うまく行くといいんだけれど。ほら、そういう暮らしをしている人って、束縛されるのをいやがるでしょう。その子さえよければ、コーンウォールに一緒に来てもらってかまわないのよ」

リディアがそっと言った。「コーンウォールは遠いわ」

リディアが涙ぐんだので、アンナはかぶりを振った。「お姉さんのことは心配することないわ。一人で充分にやっていけるはずよ。それに、コーンウォールに滞在するのは、休暇のようなもので、あなたが元気を取り戻すまでの話なんだし。いまその体でウォリックの家に戻ったら、かえってお姉さまの負担になってしまうわ」

イヴに向きなおって、アンナは言った。「ロバたちは、リディアの気持ちを紛らわせるのにぴったりだと思うの。虐待された動物の世話をしていたら、自分の悩みなんか忘れてしまうわ。それに、動物たちは、いったん信じることを学んだら、それは親しくなついてくれるのよ。リディアもきっと気に入るわ」

リディアは鼻をすすってうなずいた。

いまのリディアは、以前のリディアとはまるで別人だった。そんな彼女を、なんとか昔のリディアに戻してあげたいと思っていることに気づいて、イヴはひそかに驚いた。

イヴが行こうとすると、リディアは、友人たちの好意に値するようなことはほとんどしていないのに、こんなにやさしくしてもらってと、涙を浮かべて感謝した。部屋を出るころには、イヴはひどく神妙な気持ちになっていた。

ほどなく、アンナが出てきた。「それで?」イヴが言ったのは、それだけだった。

アンナの顔に、笑顔はなかった。「ネルを見つけたときは、できるだけのことはしてあげたつもりよ。ロバたちにあげるつもりだったりんごをネルにあげて、小屋の二階に隠れ場所があることも教えてあげたわ」

「何か言ってた?」

「いいえ。口もきけないほどひどくおびえていたの。ひとまず、お屋敷から食べ物と毛布を取ってくると言って小屋を離れたんだけれど、戻ってきたらいなくなっていた」

「いなくなっていた?」イヴはかぶりを振った。「おばは、もう心配はいらないと言っていたわ」

「そう、心配は無用よ。ネルは戻ってくるでしょう。ちなみに、小屋の隠れ場所には、食べ物と毛布を置いてきたわ。大丈夫よ、イヴ。ネルを信じて待ちましょう」

「ええ、それはわかってるけれど」イヴは気づかわしげにアンナを見返した。「ネルに何があったのか、考えずにはいられなくて」

アンナはイヴの手を取ってぎゅっと握った。「わたしたちがよかれと思うことをネルに強制することはできないわ。ネルは動物のような人よ。あの子の本能を信じましょう」

イヴは買い物に出かけるために玄関に向かっているときもなお、ネルのことを考えていた。いましがた彼女に追いついたライザは、ブルーのヴェルヴェットのペリースに似合いのボンネットと、絵に描いたように美しく着飾っている。それを見たイヴは、せめてネルの髪の毛をとかしつけてやれたらどんなに気持ちが晴れるだろうと思った。

階段を下りながら、ライザが言った。「リディアは来ないそうね」

「ええ、買い物は時間もかかるし、疲れてしまうからと言っていたわ。何かの病気かもしれないと思っているようよ」

ライザはちょっと笑った。「すると、ブレイン先生がまたつききりで世話を焼くことになるんでしょうね。リディアが小指を曲げて合図しただけで、先生は何もかも放りだして、駆けつけて来るんだわ」

「なんですって？」

イヴはびっくりして、階段の途中で立ち止まった。ライザは数段下りたところで振り返ると、顔を赤くしてイヴを振り仰いだ。

「ごめんなさい」ライザが言った。「子どもっぽいことを言ってしまったわ。リディアがふだんと違うのはわかっているの。あの人が苦しんでいるのは、だれの目にも明らかだから。でも、アーチー——つまり、ブレイン先生——は、もっと礼儀をわきまえてくださってもいいと思うわ。わたしは、先生とおしゃべりするためにリディアの部屋に行ったんじゃないの。何かお手伝いしたいと思っただけ。それなのに、いまでは先生がいらっしゃるたびに追いだされて、まるで子どもあつかいなんだもの」

イヴは笑いたいのを懸命にこらえて、ライザのいるところまで階段を下りた。そしてライザと腕を組むと、一緒に階段を下りながら言った。「ブレイン先生がどう思おうと、関係ないじゃないの。あなたがいてくれたら、リディアはうれしいはずよ。ブレイン先生を避けたいのなら、リディアの部屋に行く時間を変えたらどう？」

「そうね」

二人は階段を最後まで下りた。

「わたしがなぜむしゃくしゃしているか、わかります？」ライザは答を待たずにつづけた。「ブレイン先生のことは、お医者さまとして心から尊敬しているわ。それなのに、先生はわたしのことを、浮わついた娘としか思ってない。それは、わたしがこの数年をパリで過ごしていたからなのかしら？　パーティや舞踏会やおしゃれを楽しんではいけないっていうのかしら？　ブレイン先生のほうが、石頭の堅物なんだと思うわ」

「先生はまじめな方よ」イヴは言った。「でも、あんなお仕事をなさっていたら、そんなふうになっても仕方がないと思うけれど」

ライザは鼻を鳴らした。「ブレイン先生はその気にさえなればとても魅力的な方なのに、患者以外の人間にはおかまいなし。もし、わたしが足を折ったら――」彼女はそこでふっと口をつぐむと、イヴに笑顔を向けた。「わたしは年配のお堅い方に受けがいいとみなさんに思われているようだけれど、とんでもない誤解だわ。わたしを好いてくれる友人は、たくさんいる。でも、だれからも好かれるなんて無理よ」

「その通りね」イヴはそう言うしかなかった。

玄関で、その若い友人の一人がライザを待っていた。

「ジェイスン・フォードさんを憶えてらっしゃる？」ライザが言った。

フォードが一礼したので、イヴも挨拶を返した。たしか、以前は当局の仕事をしていて、いまは独立して調査の仕事をしているという人物だが、どうやらきょうは休みらしい。ライザとの会話からして、フォードはエスコート役として招かれたようだった。

レディ・セイヤーズとミス・クレイヴァリーが馬車のなかで待っていた。驚いたことに、御者席にはアッシュの御者がいる。おまけに、馬車のドアを押さえてくれたのは、ほかでもない、アッシュの従者のリーパーだった。彼はイヴとライザとフォードが馬車に乗りこむと、ドアを閉めた。

どうやらアッシュは、羊の群れたちを警備するのに万全の体制を敷くことにしたらしい。リーパーが屋敷に残ってリディアとアンナを守り、ホーキンズとフォードが馬車の守りを固めてくれるのは安心だった。イヴの命令で、デクスターは靴磨きのアンディと一緒に、二階を見まわることになっている――こんな状況では、用心するに越したことはない。

けれども、ネルを守ってくれる者はだれもいなかった。

買い物ほど女性を元気づけるものはないとレディ・セイヤーズは断言していたが、ボンド・ストリートの高級な店を数時間かけて回り終えると、だれもがその意見に賛成する気になっていた。足が痛くなり、財布が軽くなったにもかかわらず、一同は満面に笑みをたたえて帰宅した。

ちょうど、ヴォクソール・ガーデンズから帰ってきたときもこんな感じだった。何気なく思いついたことに、イヴの笑顔は陰った。一同はそれぞれの部屋に戻ったが、ほかの女性たちが買ったものを眺めて喜んでいるときに、イヴは店のショーウィンドウで見かけて一目惚れした赤いサテンのパンプスも出さずに、リディアと、彼女を襲った男のことを考えていた。

アッシュから、アンジェロの作品を読んで、何か引っかかることがないか教えてほしいと言われていたから、アンジェロの短編をもう一度、一行一行じっくりと読み返してみたが、成果はなかった。そこで今度は、夢についておばから言われたことを頭に置いて、書いてあることをふるいにかけてみたが、結果は変わらなかった。ただ、どの短編にも庭園が出てくる点が、夢と共通している。手がかりにしては頼りないが、そこから出発するしかなさそうだ。イヴは、ふと計画を思いついて、早くアッシュに話したくてうずうずしていた。それから、ネルのことも話したい。ネルの状況にずっと心を痛めていたイヴは、アッシュがなんと言うか、きいてみたいと思っていた。

アッシュが屋敷に戻って、二人きりになれたのは、夕食のあとだった。イヴは勝手口で、彼と待ち合わせた。

「アッシュ……」そう言うのがやっとだった。

アッシュはイヴの体を抱きすくめると、さっと持ち上げて、蔦の生い茂った庭の片隅に運び、体重をかけて彼女を壁に釘づけにした。イヴのくぐもった声は、すべてを奪うようなキスにのみこまれた。彼の舌に残るブランデーを味わい、石けんの清潔な香りを嗅ぎ、誘うように体をこすりつける体のぬくもりを感じて、イヴはくずおれそうになった。

考える時間も与えず、彼はナイトガウンの前を開いた。温かな手のひらが乳房を包みこみ、左右の乳首を親指でこすられて、敏感な頂が固くなった。めくるめく快感に膝がわななき、いつしか子猫のように甘い声を洩らしていた。けれども、アッシュがスカートをたくし上げはじめたところで、イヴは我に返った。

思いきり押しやろうとしたが、アッシュは頭を上げて、彼女を見下ろしただけだった。

「アッシュ・デニスン」イヴはあえぎながら言った。「いったいどうしたの？」

「気に入らないかい？」アッシュの微笑は、みだらと言ってよかった。「いまから慣れておいたほうがいい。きみのヒーローみたいに無気力に振る舞いはしない。きみはこう言っていた——ヒーローは、ただの飾りだと」

イヴは彼の肩を押しやって、呼吸できる空間を確保した。アッシュに笑われながら、イヴは懸命に息を整えた。「時と場所をわきまえたらどう？」鋭く言い返した。「あなたにとても大事な話があるの」

「きみの言うとおりだ。まずは愛を交わして、それから話をしよう」

アッシュがふたたび乳房を愛撫しはじめたので、イヴは頭を反らして、あえぎ声が洩れそうになるのをこらえた。ここでやめなければ、アッシュが話してくれた厩番と乳搾り女のように、だれかに見つかってしまう。そうなったら、とんだ笑いものだ。

どうにか彼の手から逃れて、息を吸いこんだ。「いいかげんにしてちょうだい」ようやく声を絞りだした。「ネルのことで、話があるの」

そのとたんに、人をからかって笑っていたしゃれ者が、油断なく警戒している狩人に変わっていた。「ネルがどうした?」

「アンナが、ロバたちの小屋でネルを見つけたの。いまは安全だけれど、いつまでも安心していられるとは思えない」

イヴは震える手でナイトガウンのボタンを止めようとしていたが、アッシュが彼女の指をそっとどけて、すばやくボタンを留めてくれた。いったい、どれだけの服のボタンを留めたりはずしたりしたことがあるのだろう。

「ネルを傷つけるやつがいたら、ただじゃおかない。ぼくには、ひと肌脱いでくれる有力者の友人もいる」

「どういう意味?」

「ここに戻る途中、〈ヘラルド〉のオフィスに寄って、ベドラムを管轄する役所に掛け合えるように、社主のブランドに頼んできた」

イヴは驚いた。「その人に、そんな力があるの?」

「ブランドは、政界に顔が利くんだ」

イヴの胸に喜びが湧き上がって、のどを締めつけた。「あなたみたいに心やさしい人は初めてよ」彼女は囁いた。

アッシュがまたキスしそうになったので、イヴはさっと身をかがめて彼の腕を逃れると、足早に屋敷に戻った。アッシュはすぐに追いついた。歩みを遅くして、長い廊下を歩きながら厨房をのぞくと、召使いたちが脇目もふらずに夕食のあと片づけをしているのが見えた。

「それから、もう一つ」と、イヴは言った。「父に、アンジェロの短編を見せたいの。父なら、わたしが見落としていることに何か気づくかもしれない。何しろ、引退する前は引っ張りだこの造園家だった人だもの。それに、ブライトンならそれほど遠くないでしょう」

「実はぼくも、似たようなことを考えていたんだ。ぼくなら朝早く出発して、夕食までには戻ってこられる」

「あら、だめよ。言いだしたのはわたしだもの。それに父は、見知らぬ人には心を開かないかもしれないわ」

アッシュはうなずいた。「そういうことなら、あした一緒に出発しよう」それから、小首をかしげて言った。「それじゃ、さっきの会話のつづきに取りかかろうか」

「会話ですって？」イヴは彼を見返した。「あれが会話？」

「もちろんだとも！　愛の語らいに言葉はいらないんだ。ぼくは流ちょうにしゃべれるが、きみもちょっと練習したら上手にしゃべれるようになる」アッシュはそこで、声をひそめた。

「入浴して乗馬服を着替えてくるから、三十分後にきみの部屋で会おう」

召使い用の階段の手前で、イヴは彼に向きなおった。「だめよ」

「イヴ――」

「今夜はわたしがリディアに付き添うことになっているの。そうでなくても、あなたは先を急ぎすぎよ、アッシュ・デニスン。それに、父と継母には、浮かれた気分で会いたくないわ」

「わかった。せいぜいお飾りになるように努力しよう」

アッシュはゆがんだ微笑を浮かべて、階段を上るイヴを見送った。

18

イヴは、アッシュの二頭立て二輪馬車でブライトンまで行くとは思っていなかった。ブライトンまでは、普通の四輪馬車で五時間ほどかかるし、馬もひんぱんに替えなくてはならない。それに、イギリスの気まぐれな天候も問題だった。朝食のときに太陽がさんさんと照っていても、好天がいつまでつづくかはだれにもわからない。箱形の馬車なら、少なくとも雨はしのげるはずだった。

けれどもほどなく、それは彼なりに考えあってのことだとわかった。二輪馬車には二人分の席しかないから、ぴったりとくっついて座ることになる。アッシュから、話したいことがたくさんあると言われて、イヴはぞっとした。彼から結婚を申しこまれたら困る。たしかに、ベッドはともにした。けれども、アッシュにとって、そのたぐいのことは日常茶飯事だ。彼は〝愛〟という言葉を口にしなかったし、それはイヴも同じだった。彼女が処女だったから、結婚しなくてはならないと思っているのだろうか。それだけでは、充分な理由とは言えない。

それに、イヴ自身にも結婚をためらう理由はあった。もし結婚するのなら、相手は何一つごまかす必要がなくて、一緒にいてもありのままの自分でいられる相手ときめていた。けれども、アッシュは合理的な人だ。彼女がまぎれもなく〝クレイヴァリーの能力〟の持ち主であることを理解しないかぎり、結婚はできない。

「話は、父とマーサに会ってからよ」イヴは言った。

驚いたことに、おばも含めて、アッシュのやり方に異論を唱える女性は一人もいなかった。未婚の淑女が付き添いもなしに紳士と出かけるべきではないと、だれかに言われても不思議はないのに、みんなから意味ありげなことを言われ、ウィンクまでされて、イヴは遅まきながら、ようやく理解した。どうやらだれもが、二人はイヴの父に結婚を承諾してもらうために出かけるものと思っているらしい。

イヴが唇を引き結んでいる横で、アッシュは手綱をぴしりと鳴らして、馬車を出発させた。

「あなたの御者は？」イヴは言った。「ホーキンズさんは、お付きで来ないの？」

「御者をついてこさせる必要が、どこにあるんだ？　ぼくには、勇敢なるミセス・バリモアがついている。ピストルと剣と馬のあつかいにかけては、どんな男もかなわない。そうだろう？」

イヴは笑いをこらえて、黙っていた。

アッシュは陽気だった。「いいかい、何か危険なことがあったら、ホーキンズの代わりにしっかり頼むぞ」

それ以上、思い悩んでいることはできなかった。まぶしい日差しが降りそそぎ、温かなそよ風が頬に当たり、林檎の花が香るときに、くよくよするなんて無理だ。

「新聞の切り抜きは持ってきたんだろうね？」アッシュがたずねた。

イヴは、レティキュールをたたいた。「ここにあるわ」

ブライトン・ロードは、イングランドの街道のなかでもっとも有名で、見どころのある道路だった。道すがら、アッシュはさまざまな名所を指し示して、イヴを楽しませた――むかし戦いや決闘が行われた場所、過去の有名人が住んでいた場所や埋葬された場所、そして新しい街道によって移動時間が格段に短縮されてブライトンが華やかな街になる前に、摂政皇太子（当時、国王ジョージ三世の摂政を務めていたジョージ皇太子。のちのジョージ四世）が住まわれていた場所。

「皇太子殿下がブライトンにパビリオンを建てられなかったら、この街道はいまだに、荒れた道のままだっただろう」

最後に立ち寄った休憩所は、カクフィールドの〈王冠亭〉だった。二人はそこでサンドウィッチをつまんで馬を替えると、二十分後にはふたたび街道に戻っていた。ブライトンが近づくにつれ、イヴは見る間にふさぎこんでいった。彼女にときどき目をやっていたアッシュは、しまいにその手を取って握りしめた。

「どうした？　そんなにため息をついて」

イヴは申しわけなさそうに言った。「わたし、ため息をついていた？」

「聞こえたわけじゃないが、きみの気分が変わると、ぼくの耳は敏感に反応するんだ」

イヴはアッシュの手を振りほどいた。「そんなことを言うと、クレイヴァリー家の人みたいに聞こえるわよ」アッシュの返事が含み笑いだけだったので、彼女はつづけた。「わたしたちが行くことを、お父さまに前もって知らせたほうがよかったんじゃないかと考えていたの。マーサは驚かされるのが嫌いだから」

「ぼくたちは、きみの義理の母上ではなく、父上に会いに行くんだ」

「マーサは父から目を離さないわ」

「心配のしすぎだ」アッシュは言った。「ぼくは社交界の人気者だ——きみはそう思っていないかもしれないがね。マーサがぶすっとしていたら、ぼくがご機嫌を取ろう」

「あなたが心配することはないわ。マーサは、爵位ある人の前ではかしこまってしまうから」

アッシュは、イヴのふさぎの虫を何とかしようと話しかけた。イヴはアッシュの質問に、言葉少なに答えた。それによると、ブライトンの家に、イヴ自身は住んだことはない。そこは彼女の父が、再婚してから住んでいる家だった。

「二人がブライトンに引っ越したときに、おばの家に身を寄せたの」

「新しいミセス・ディアリングと、うまくいかなかったんだね？」

イヴはちょっと苦笑した。「原因は、双方にあったのよ。きっかけは、マーサから〝お母さま〟と呼びなさいと言われたことだった。わたしのためによかれと思って言ったんでしょうけれど、ほんとうのお母さまを裏切るような気がして、わたしにはできなかったの。それから、わたしたちの仲はどんどん険悪になっていった」

「父上は？」

「父はその場にいなかったの。仕事でいつも各地を飛びまわっていたから、うちのことはわたしたちにまかされていた。しまいにわたしがおばの家に移って、わたしも含めてみんなほっとしたものよ」そこで、イヴは木々の合間を指さした。「ほら、見えてきたわ」

アッシュはイヴの指さすほうに目をやった。

ブライトンの東の町はずれの、木々が鬱蒼と茂る広大な地所に、アン女王朝様式の煉瓦造りの邸宅はあった。一面の芝生が広がるなか、きっちりと色分けされた花壇が、軍隊さながらの規律正しさで玄関までつづいている。

「マーサは、ヴェルサイユ宮殿の庭園が大好きなの」イヴが、花壇を指して言った。「これは、マーサなりに考えたヴェルサイユの縮小版というわけ。父は、イギリス風な景色を好むんだけれど」

アッシュは花壇を見て、思わず身震いした。「ヴェルサイユがこんな風になるとは、気の毒に」

アッシュは、几帳面に片づけられた厩の外に馬車をつけた。出てきた厩番までが、きちんとした身なりをしている。アッシュはいつものように、軽い冗談を飛ばして相手を笑わそうとしたが、厩番はちょっと驚いたような顔をしただけだった。

玄関の呼び鈴を押すと、着ている服そのままに服喪中のような表情を浮かべたメイドが応対に出たので、アッシュはいっとき、この家に不幸があったのかと考えた。メイドは二人に、女主人は具合が悪くて伏せっているが、主人は書斎にいると告げた。

軍隊のような規律正しさは、家のなかでも一貫していた。そろいのテーブルと椅子。画一的な内装の部屋。きっちりと左右対称になるように置かれた家具や置物。規律にそぐわないものは、何一つない。アッシュは、帽子と手袋を無雑作に椅子に置きたくなった。もちろん、よい印象を持ってもらおうと思ってのことだ。

「わたしが来たことを伝える必要はないわ」イヴはメイドに言った。「娘が父に会いに来たんだから」そう言いおいて、書斎に入った。

書斎には中庭に面したフレンチ・ドアがあり、その向こうには緑濃い木々の眺めが広がっていた。見わたすかぎり、花壇はない。ディアリング氏は挨拶をすませると、籐の椅子と小さなテーブルが置いてある中庭へ二人を案内した。彼は笑いながら言った。ここが、家内から雷を落とされずにパイプを楽しめる唯一の場所なのだと。

アッシュの知るかぎり、ディアリング氏はまだ五十代後半のはずだが、実際にはもっと老けて見えた。痛風のせいで杖をつき、足どりもおぼつかない。イヴに父親の面影があるとしても、わからなかった。

イヴと父親はたがいの近況を知らせ合うと、アッシュはディアリングのもの問いたげなまなざしに答えて、ブライトンに来た目的を説明した。

「……というわけで、その短編を書いた人物を突きとめたいと思いまして」アッシュの言葉を受けて、イヴがレティキュールから新聞の切り抜きを取りだし、彼に渡した。アッシュはつづけた。「作者の名は、アンジェロ。これらの短編が、ある人物を凶行に駆り立てているようなんです」

イヴが口を挟んだ。「襲われたのはわたしの作家仲間なのよ、お父さま。あやうく殺されるところだった」

ディアリングは戸惑ったように瞳を曇らせていたが、ともかくアッシュが差しだした切り抜きを受け取った。「それで、わたしにどうしろと言うんだね?」

「この作品に、目を通していただけますか」アッシュは答えた。「どの作品にも、庭園が出てきます。造園家のあなたなら、ぴんと来ることがあるかもしれない」

ディアリングはうなずいたが、そこで切り抜きをかたわらに置いて、パイプに手を伸ばした。パイプに火をつけていないことに気づいていない様子で、空気を吸いこんでいる。

イヴはあきらめたようなまなざしで、アッシュをちらりと見た。それから、父親に向きなおって言った。「もしかすると、お母さまがその庭園を訪れたことがあるんじゃないかしら。どれもロンドンの近くでしょう。そのとき、わたしも連れていったはずだわ」

ディアリングはイヴの言葉が耳に入らない様子で、何やら考えにふけっている。

イヴの声には焦りがにじんでいた。「お父さま、お母さまのノートはどうなったの? お母さまがその庭園を訪れていたら、ノートに書き留めていたはずよ」

ディアリングは、わずかに眉をひそめた。「以前にも言ったはずだが」アッシュに向きなおってつづけた。「アントニアが死んだときに、いろいろと手違いがあったんだ。宿の主人にアントニアの荷物を送ってくれるように頼んだんだが、荷物は届かなかった。その後、主人がメッセンジャー一家に荷物を託したことがわかって、今度は彼らを探しまわった。結局、荷物は取り戻したが、ノートだけは見つからなかった。どうなったのかはだれにもわからん」

「つまり、配達人《メッセンジャー》が紛失したということですか?」

「いやいや、メッセンジャーというのは名字だよ。おまえは憶えているんじゃないかね、イヴ? トマス・メッセンジャーという男と妻子が、同じインに泊まっていただろう。トマスとは折り合いが悪くなっていたから、アントニアの荷物を引き受けてくれたと聞いたときは驚いた」

ディアリングはかぶりを振ってつづけた。「あの男も、もったいないことをしたものだ。才能あふれる造園家で、将来を嘱望《しょくぼう》されていたのに、酒で身を持ちくずした。わしは、できるかぎり力になってやったつもりだが、失った信頼は取り戻せなかった。ついには、酒瓶だけを唯一の友としてな。妻や子どもたちのことさえ、考えられなくなってしまった。まったく、嘆かわしいかぎりじゃないかね?」

長々としゃべったせいで疲れたのか、ディアリングのまぶたは重たげに垂れ下がった。

「その一家のことを憶えているかい、イヴ?」アッシュがたずねた。

「ぼんやりと」

「いま、彼らはどこにいるんです？」アッシュはディアリングにたずねた。

「だれが？」

「メッセンジャー一家ですよ」

「ああ、ずいぶん前に音信不通になってしまったからな」そこで、ディアリングはフレンチ・ドアの向こうにさっと目を走らせた。「マーサはおまえが来たことを知っているのかね、イヴ？　マーサがのけ者にされるのを嫌うことは、おまえだって知っているだろう」

「お父さま」イヴは必死で食い下がった。「この切り抜きを読んでちょうだい。そうしたら、マーサに会いに行くわ」

「ああ、読むとも。約束する」ディアリングは空のパイプをうまそうに吸いこんだ。「わしがやらかした最大の過ちは、仕事を辞めたことだな。マーサはアントニアと違って、造園には興味がなかったから、わしの仕事先にはけっしてついてこようとしなかった。孤独な生活だったろう。子どもでもいれば、変わっていたのかもしれんが」それから、ふたたびまどろみはじめたが、やがてゆっくりと目を開いた。「仕事をすっかり辞めるつもりはなかったんだが、マーサの具合がよくなくてな。中断したところから始めるつもりでいたら、若い造園家に仕事を取られて、こちらはお払い箱になっていた。いまでもたまに仕事の話はあるが、少しもやる気が起きないんだよ」

　ディアリングはうつろな目で宙を見つめていたが、突然びくっとした。「イヴ、マーサが不意の来客をどんなにいやがるか、おまえも知っているはずだ」

アッシュは目を細くしてディアリングの顔をじっと見た。彼がなぜ一つのことを長く考えられないのか、その理由には思い当たるふしがあった。

「イヴ」ディアリングは繰り返した。「いいかね、マーサに来客があったことを伝えるんだ。何もかもきちんとしておく時間が、マーサには必要だから」

イヴはなおも父親を説得しようとしたが、アッシュに引き留められた。アッシュは立ち上がると、いつもの気さくな調子で言った。「そうしたほうがよさそうですね」イヴを書斎のドアに連れて行きながら、彼は小声で言った。「父上の言うとおりにしたほうがいい。二人で交互に話しかけると、集中できないんだろう。ここはぼくにまかせてくれないか。言うべきことはわかっているから」

イヴが気の進まない様子だったので、アッシュは彼女の背中をちょっと押してドアを閉めた。

中庭に戻ると、ディアリングが立ち上がっていた。「パイプの火が消えてしまった」彼は言った。「ちょっとなかに入って、火をつけてくる」

「座ってください、ディアリングさん!」

アッシュの口調にむっとして、ディアリングは言い返そうと何やら口ごもったが、しまいに言われたとおりに腰を下ろした。

アッシュは自分の椅子に座ると、厳しい視線で相手を射すくめて、静かにたずねた。「いつからアヘン中毒になってらっしゃるんです?」

ディアリングはぽかんとした。「アヘン中毒だと？　とんでもない！　頭痛がするから、アヘンチンキなら少し飲んでいるが」

「しかし、パイプをひんぱんに吸ってらっしゃいますね？」

ディアリングが唇を噛んだので、アッシュはうなずいた。「あなたが吸っている煙草の葉には、アヘンチンキが混ぜてあるんでしょう？　古くさい手ですよ。妻や娘はだませるかもしれませんが、ぼくの目はごまかせませんせん」

「だから、なんだと言うんだ？」

アッシュは人は人、自分は自分と思っていた。自分の考え方や生き方をだれかに押しつけようとしたことは一度もない。だが、この老人だけはべつだった。ディアリング氏はイヴの父であり、イヴは彼が健《すこ》やかに暮らすことを願っている。そしてイヴにとって大切なことは、アッシュにとっても大切なことだった。

いっとき間をおいて、アッシュは口を開いた。「これだけは言わせてもらいます。ぼくは、義理の父がトマス・メッセンジャーのように言われるのを聞きたいとは思いません。さっき、なんとおっしゃいました？　ついには、酒瓶だけを唯一の友として、妻や子どもたちのことさえ、考えられなくなってしまったと言っていましたね。あなたはそんな末路をたどりたいんですか、ディアリングさん？」

「義理の父とは、だれのことだ？」ディアリングはいらだたしげにたずねた。

「まだおわかりにならないんですか？　ぼくがここに来た第一の目的は、お嬢さんとの結婚を許可していただくためだったんですよ」

ディアリングは、アッシュが立ち上がってもなお、ぽかんとしていた。アッシュは新聞の切り抜きをつかむと、ディアリングの手に押しつけた。「読んでくださいますね。のちほど考えを聞かせてください」

書斎に戻ったアッシュは、イヴを探そうと部屋を出た。


マーサは、メイドが言ったほど具合が悪いわけではなかった。具合が悪いと告げさせるのは、来客の機嫌を損ねることなく待たせておくための手段に過ぎない。屋敷の女主人である彼女には、欠かすべからざる重要な仕事がある。きょうの場合、それは二階のリネン室を点検して、どんなリネンが何枚あるかを調べることだった。イヴがマーサを見つけたのは、その部屋だった。

イヴが部屋に入ると、マーサは顔を上げて舌打ちした。「もう行っていいわよ、ドーラ」彼女は、仕事を手伝っていたメイドに声をかけた。「銀器を磨き上げるのにもう一人いたほうが、ミセス・ティモンズも助かるでしょうからね」

「はい、奥さま」メイドは目を伏せたまま、足早に出て行った。

家政婦と思われるミセス・ティモンズも、ドーラも、イヴにはなじみのない名前だった。マーサに仕える召使いたちは、時計のように規則正しく入れ替わっている。マーサは注文の多い女主人で、彼女の眼鏡にかなう召使いはまずいなかった。

「元気そうね、マーサ」イヴは言った。

マーサは薄い唇をさらに引き結んだ。「それはどうも、ご愁傷さま」

マーサは夫より十五歳も年下で、少し銀髪の混じったつややかな黒髪の、目鼻立ちのはっきりした美人だった。だが、それはぱっと見たときの印象に過ぎない。彼女がほとんどほほえまない、厳しくて冷たいまなざしの持ち主であることは、ちょっと見ればわかることだった。

マーサはふたたび、リネンを数える作業に戻って言った。「お父さまはますます物忘れがひどくなってきているわ。そのことを手紙で知らせたのが、二カ月前。でも、人気作家さんには、そのお父さまを訪ねるよりもっと大切な用事があるようね」

イヴは、なぜいつも勇気を振り絞って継母に立ち向かえないのだろうと思った。自分はもう大人の女性で、生き甲斐のある満ち足りた人生を送っている。マーサにむちで打たれるという仕事を引き受けるのでないかぎり、自分がここでは望まれない人間であることはわかっているから、嫌われたところで気に病むことはない。それなのに、マーサからひとにらみされただけで、なぜ子どものように小さくなってしまうのだろう。

子どものころ、継母と二人きりになって安全だと感じたことはなかった。虐待されていたわけではない。マーサはそこまでひどいことはしなかった。けれども、マーサといると、自分のなかにある何かが萎《な》えてしまうような気がした。平手でぶたれるほうが、まだましだ。

「お客さまを連れてきたの」平静を装って、イヴは言った。「デニスン子爵よ」マーサが眉をつり上げただけだったので、イヴはとっさに作り話をした。「リッチモンドに地所をお持ちの方で、有能な造園家を探してらっしゃるの。どなたがいいか、お父さまにうかがいたいとおっしゃるものだから」

貴族が来訪し、その人が夫の助言を求めているとわかっても、マーサはイヴが予想したほど態度をやわらげなかった。彼女はむすっとしてリネンを点検しながら、イヴのほうを見ずに応じた。

「まあ、その方を連れてきたのは無駄だったわね。お父さまは、まともな話ができるような状態じゃないわ。あなたも見たでしょう？」マーサは、軽蔑のまなざしをイヴに向けた。「そのことは、はっきりと手紙に書いたはずよ。お父さまはぼけかけていて、わたしはその人に、奴隷《どれい》のように仕える羽目になってしまった」

イヴは真っ青になって、つかえながら言い返した。「いいえ、知らなかったわ。手紙の内容は、とてもあいまいだったもの。でも、お父さまがぼけてしまうなんて変よ。まだそんな年でもないのに。お医者さまは、なんとおっしゃってるの？」

「医者ですって！」マーサはナプキンをたたんで棚にしまうと、冷たい目でイヴをにらみつけた。「あんなおしゃべり屋に診察してもらうわけがないでしょう？　わたしが近所の方々にわが家の不幸を知らせるようなまねをすると思う？　ポーター先生を呼んだら、そうなるのは目に見えているわ。あの人は、根っからの噂好きなんだから」

イヴは呆然と継母を見返した。「お父さまがぼけてしまったなんて、信じられない」いっとき考えて、彼女は言った。「さっき会ったときは、きちんと受け答えしていたわ」

「あなたが何を知っているというの？　たまにしか来ないのに。わたしはあの人と暮らしていかなきゃならないのよ」

後ろめたくなって、イヴは言った。「ほかのお医者さまは呼べないの？　もっと慎重な方がいらっしゃるでしょう？」

「〝慎重な方〟だなんて、そんなことをあなたから言われるとは思わなかったわ！」マーサは腰に両手を当ててぐいと胸を反らした。「あなたはどうなの？　メイドも付き添いも連れずに、二輪馬車で乗りつけて。ええ、メイドが教えてくれたのよ。そんなことをしたら、どんな噂が立つと思ってるの？」

「噂になんてなるわけないわ！」出発する前に自分がそんなふうに考えていたことは棚に上げて、イヴは言い返した。「デニスン子爵はきちんとした方だし、わたしたちはずっと公道を走ってきたのよ！　そんなふうに考えるのは、よほどいやらしい心の持ち主だけだわ」

マーサの頰が、かっと赤くなった。「きちんとした方ですって？　そう、それなら言わせてもらうけれど、ロンドンでの噂は、わたしのところにもちゃんと届いているのよ。デニスン卿がきちんとした方だなんて、とんでもない！　財産目当てで女性に言い寄る人だと聞くわ。もてあそばれて、捨てられるのが関の山よ！」

「ええ、あなたの心はいやらしくなんかないわ」イヴの声は険悪だった。「よこしまなのよ」

マーサはいまにも、イヴに飛びかかりそうだった。「それなら、あなたの心はどうなの、イヴ・ディアリング？　自分は母親そっくりだと思わない？　上品ぶっているけれど、とんでもない！　ええ、アントニアのことはお父さまからくわしく聞いたわ。アントニアは、未来を見て悪魔と取り引きをする魔女だった！　わたしに子どもができないのは、だれのせい？　それはあなたという魔女のせいよ！　お父さまがアントニアよりわたしを気に入っていたから、呪いをかけたんでしょう？　それでも足りなくて、わたしが無意識に考えていることを読みとって、お父さまに告げ口した。そんなあなたに、よこしまな心の持ち主だと言われる筋合いはないわ」

自分のことだけを攻撃されるのだったら、がまんできただろう。けれどもマーサは、アントニアを攻撃すればイヴがよけいに傷つくことを知っていた。子どものころは、耳を手でふさいで、部屋から逃げだしたものだ。けれども、大人になって強くなったイヴは、一歩も譲らずに応戦した。

「たしかにあなたが考えていることは読んだけれど、呪いはかけてないわ。あなたは子どもをほしがっていなかったし、確実に子どもができないような手だても講じるつもりでいた。そのことは、告げ口もしていないわよ。だから、父があなたの意図に気づいたとしても、それはわたしのせいじゃない。あなたの心を読んだとわかったら、父からお仕置きされるとわかっていたもの。わたしだってそんなことはしたくなかったけれど、あなたの考えていることはどんどん頭に入ってきた。いつも怒っていて、どうすればあなたの心を締めだせるのかわからなかった。もっとも、いまなら締めだせるけれど。お母さまは――」イヴはのどを詰まらせて、咳払いした。「お母さまは、自分の能力を人助けのために使っていた。わたしはそんなに鋭く――」イヴは不意に口をつぐむと、唇を噛んでかぶりを振った。「こんな言い合いをしても、むなしいだけだわ。お父さまのためにも、過去は水に流して、おたがい礼儀正しくできないかしら？」そう言って、彼女は手を差しのべた。

「おことわりよ！」マーサはイヴの後ろを見て、訴えるように言った。「どんな女か、おわかりになったでしょう？　この女は魔女なんですよ！」それから、悪意をこめてイヴに言った。「魔女の火あぶりが廃止されたのが悔やまれるわ。世が世なら、当然の報いを受けていたでしょうに」

イヴは答えずに、リネン室の戸口にくるりと向きなおった。アッシュが腕組みをし、見たことがないようなせせら笑いを浮かべて、ドアに寄りかかっていた。

「まず第一に」と、アッシュは言った。「あなた方を安心させることがある。ディアリング氏はぼけてはいないし、その兆候もまったくない。頭痛をやわらげるために、アヘンチンキを飲んでいたんだ。ミセス・ディアリング、もしぼくがあなただったら、ディアリング氏のパイプと煙草の葉を取り上げますね。もっとも、こんなに幸せにあふれた家庭で、あの気の毒な方の憂さを晴らすようなことがほかにあるとは思えませんが」

マーサは蒼白になっていた。口を開いたが、息をのんだだけだった。

アッシュはつづけた。「第二に、もてあそばれて捨てられるというところが間違っていますよ。イヴに対するぼくの気持ちは、真剣そのものです。なんならご主人にきいてみたらいい。たったいま、ぼくはご主人に、イヴとの結婚を許していただきたいとお願いしてきたところなんです」

イヴもマーサも、ぽかんとしてその場に立ちつくした。

アッシュは自分の言葉の効果に満足して、イヴに肘を差しだした。イヴがこわばった指を腕に置くと、アッシュは彼女の瞳にほほえんだ。「きみには、ききたいことが山ほどある」それから、顔を近づけて耳打ちした。「だが、そうするのは、もっとまともな場所に行ってからにしよう」

アッシュはマーサに向きなおった。「では、失礼します」彼はそう言うと、イヴを連れて部屋を出た。

階段の下で、ディアリング氏が待っていた。彼は怒ったような顔をしていたが、二人に気づくとぱっと顔を輝かせ、イヴに近づいて抱きしめた。

イヴの体を離すと、ディアリングは言った。「イヴ、おまえのおかげで、いまはとても幸せな気分だよ。ほんとうなら、もっと早く結婚していてもおかしくなかったんだが。デニスン卿なら、きっとおまえを大事にしてくれるだろう。クレイヴァリーの親戚たちは、おまえのことをもう仲間とは見なさなくなるだろうが、それでいいじゃないか。あの連中は、変わり者だからな」

イヴはマーサと修羅場を繰り広げたあとで打ちひしがれていたが、父の言葉ですっかり身ぐるみはがされた気がした。アッシュには真実を知ってもらいたかったが、こんな形で知られるのはいやだった。

ディアリングは、アッシュにも祝福の言葉を浴びせた。書斎で二人が交わしたやりとりは、もう忘れられているようだった。

ようやく言葉を挟めるようになると、アッシュは言った。「先ほどお渡しした新聞の切り抜きですが、やはり目を通して、ご意見を聞かせていただけますか。グリヨンズ・ホテルに滞在していますので、手紙を送ってくださっても結構です。住所を書いたカードをお渡ししておきましょう」

「夕食までいてくれないのかね？」ディアリングは、チョッキのポケットにカードをしまいこみながらたずねた。

「残念ながら、それはできません。その……約束が……ある大臣に会う約束がありまして」

「あしたはどうかね？」

アッシュはイヴの表情をちらりと盗み見たが、彼女がどう思っているのかはわからなかった。「朝早くに出発して、ロンドンに戻ります。あすも、どうしても変更できない予定があるものですから」

ディアリングはうなずいた。「マーサはがっかりするだろう。マーサと言えば……」彼は、眉をひそめた。「そうそう、いくつかマーサに話すことがあったんだ」

ディアリングは、末永く幸せに、もっと時間のとれるときにまた来るようにと言って二人を送りだすと、屋敷に戻って階段を上りはじめた。

19

マーサとのいさかいのせいでイヴの父の屋敷に泊まれなくなった二人は、摂政皇太子が滞在しているときにブライトンで宿を探すのは、干し草の山から針を探すようなものだという事実を思い知らされた。

一夜の宿を求めてさまざまなインを当たったアッシュが宿の主人から言われたのは、そういうことだった。イヴは、少々暗闇のなかを走ることになってもロンドンに戻りたいと言い張ったが、アッシュは聞く耳を持たなかった。天気はいつ崩れるかわからないし、夜に街道を走れば馬がけがをする危険もある。夕食も食べたい。そして何より、これまで先延ばしにしていたことを、イヴと納得のいくまで話し合いたかった。

父の屋敷を出発してから、イヴはしだいに言葉少なになっていった。アッシュは結婚の話を勝手にきめたことでけんかになるものと思っていたが、イヴはそのことにまったく触れないばかりか、マーサとけんかしたことについても何も言わなかった。むち打たれた犬のように縮こまっている彼女がどうすれば心を開いてくれるのかわからずに、アッシュは手をこまぬいていた。

彼が思うに、イヴが打ちひしがれているのは、継母と激しく言い合ったせいだった。けんかの最中に割って入っていたら、事態はマーサの醜い心のように手の施しようがなくなっていただろう。マーサにさるぐつわを嚙ませてやりたかったが、イヴと結婚すると言ったときの彼女の反応は、そうしたも同然だった。もっとも、マーサだけでなく、イヴも黙らせることになったが。

結局二人は、ブライトンに行く途中で最後に立ち寄った、カクフィールドの王冠亭まで来た。アッシュが、自分と〝妹〟の部屋をと頼むと、宿のおかみは眉をぴくつかせた。イヴにはメイドも付き添いもついていないから、そんな出まかせを言って評判を守るしかない――階段を上りながら、あなたのせいよと、イヴは不機嫌そうに言った。

案内されたのは、アッシュにしてみれば受け入れがたい部屋だった――イヴには狭苦しい寝室、そして彼には、ホールを挟んだ向かいにある、脚輪付きの移動式ベッドが置いてある箱のように窮屈な部屋。

「うちの犬小屋のほうが、まだ広いぞ」彼は文句を言った。

おかみは肩をすくめた。「この部屋で文句がおありなら、おことわりするしかありません。空いているのは、ここだけですから」

やがて、アッシュの大きな革のトランクケースと、イヴの小さな手提げ鞄が運ばれてくると、イヴの表情は少し明るくなった。

彼女は、ボーイが大きなトランクケースを箱のような部屋に運びこむのを見て、信じられないとばかりにたずねた。「いったい、何を持ってきたの？」

「ああ、一泊旅行のために従者が用意してくれたものさ。きみは？」

「同じようなものよ」イヴは小さな手提げ鞄を取ると、自分の部屋に入った。

彼女の瞳にからかうような光がちらりとひらめくのを見て、アッシュは救われた気がした。

イヴはドアを閉めると、瞳を曇らせた。マーサとの大げんかで、アッシュが想像した以上に彼女は打ちひしがれていた。いまのイヴは、敵の陣地で正体がばれた密偵《スパイ》のように、無防備になった気分だった。アッシュがあの場にいなければ、これほど落ちこむことはなかっただろう。けれども彼は、マーサの悪意に満ちた言葉をたっぷりと耳にして、クレイヴァリー家に伝わる能力を、これ以上ないほど悪く解釈したはずだ。

イヴ自身、ありのままの自分を受け入れられるようになるまでに、何年もかかった。けれどもいまは、マーサの悪意にさらされた子どものころに、ふたたび戻ったような気がする。

ボーイが部屋に来て、暖炉に火を入れていった。イヴはぼんやりと椅子に腰を下ろすと、火が焚きつけを舐《な》めていくのを見つめた。

――この女は魔女なんですよ！　魔女の火刑が廃止されたのが悔やまれるわ！

継母の声が、頭のなかで響いていた。イヴを魔女と呼んだのは、マーサだけではなかった。親友のダルシーから同じことを言われたのは、まだ母が生きていたころの話だ。以来、イヴは自分の能力を完全に拒むようになった。けれども、どんなに拒もうとしても、その力は思いもよらないときによみがえった。

イヴの思いは、アッシュに移った。馬車を走らせているあいだ、結婚するなどという大それた嘘をついたことについて、アッシュが何か言ってくれるのをずっと待っていた。アッシュに期待していたのは……いや、何を期待しようと関係ない。たとえ嘘でなかったとしても、アッシュが彼女の名誉を守るというそれだけのために結婚を考えているのだとしたら、そんなお情けは願い下げだ。

自分が何を望んでいるのかわからなかった。何をしたいのかもわからなかった。アッシュは質問を浴びせたくてうずうずしているようだったけれど。

結局は、彼によく思われたいだけなのだ。どうしてそのことにこだわるの？　自分らしく振る舞えないのはなぜ？

客室係のメイドがお湯を入れた水差しを置きに来たので、イヴは立ち上がった。たぶん、顔を洗って着替えたら、心も落ち着くだろう。

メイドが下がるとすぐに、イヴは服を脱ぎはじめた。

食事ができる個室はなかったので、二人は共同の食事室で夕食を食べなくてはならなかった。小さな部屋は混み合っていたが、ろうそくの数が少なくて、隣のテーブルにいる人の顔もろくにわからない。それは、アッシュにとっては好都合だった。ロンドンから遠く離れた宿屋に二人きりでいる以上、彼らを見知っている人物に気づかれたら、たちまち噂の種になってしまう。

アッシュはイヴに無理やりワインをすすめて、夕食が運ばれてくるまで、世間話を一人でしゃべりつづけた。イヴはうわの空で、黙りこんで座っている。アッシュはとうとう、しびれを切らした。

「ワインを飲めと言っただろう」

イヴは文句を言いたそうにしていたが、グラスを取り上げて、ワインをぐっと飲んだ。

「これで満足？」

「いいや。自分の殻に閉じこもって、ぼくを締めだすのをやめてくれないか」

「話をしたい気分じゃないの」

「いまさらそんなことを言ってもだめだ。きょうはいろいろな話を聞いた。いろいろなことがあった。それがいったいどういうことなのか、ぼくには知る権利がある」

イヴはつんとして言った。「なんの権利があるというの？」

「もう忘れたのか？　ぼくたちは、婚約しているんだぞ」

「同意した憶えはないわ」

アッシュは安堵のため息をつきそうになった。イヴは元気を取り戻しつつある。言い合いをするのは、気つけ薬にまさるとも劣らない効果があるらしい。彼はふたたび、イヴを攻撃した。

「父上から祝福されたときに否定しなかったのは、同意したということだ。なぜそうしなかった？」

イヴは膝の上のナプキンを置きなおした。目を伏せたまま、彼女は言った。「父をがっかりさせたくなかったのよ。それに、間違いを正そうとしたら、込み入ったことを長々と説明しなくてはならなくなるでしょう？　父に理解してもらえるとは思えなかった」

「もう手遅れだ。ぼくらはたがいを切り離せないところまで来てしまった」

イヴがすっと息を吸いこむのを見て、アッシュは猛反撃を予想して身がまえたが、彼女はいらだたしげに息を吐いただけで、グラスを口に持っていった。

アッシュは目をやわらげた。一回戦は勝利を収めた。今度は、イヴに協力してもらって、彼女と一緒にゆっくりと前進しなくてはならない。「イヴ」と、そっと言った。「ぼくはきみの敵ではないし、融通の利かない男でもない。説明のつかないことがあったとしても、一度や二度なら受け入れられる。ぼくたちの夢に起こった出来事すらも受け入れているくらいだ。だが、マーサとの一件で、すっかりわけがわからなくなってしまった。どう考えたらいいのか、何を信じたらいいのか、見当もつかない。わかるように説明してくれないか」

「心の準備はできているんでしょうね？」

ほんとうのところ、準備ができているかどうか自信はなかった。自分は理性的な人間で、疑り深いのは生まれつきだ。女性の心の動きには、しばしば戸惑うことがある。けれども、そんなことは言っていられない。イヴは、妻となる女性だ。自分がどう思おうと関係ない。肝心なのは、イヴがどう思うかだった。

アッシュはテーブル越しにイヴの手をつかんで、目を上げさせた。なんと頼りなげな瞳だろう。「イヴ」彼はつぶやいた。「何も、きみのことを評価しようとしているわけじゃない」

イヴはしばらく考えていたが、やがて目を上げ、グラス越しに彼を見た。「それで？」

必要なきっかけは、それだけだった。「マーサは、きみが彼女の考えていることを読んだと言っていた。きみは人の頭のなかをのぞいて、考えていることが読みとれるのか？」

「正確に言うと、答はノー。だれかを選んで、その人が考えていることを読みとることはできないの。たまに、他人の考えていることが頭のなかに飛びこんでくるだけ。ただ、いったんそうなると、自分から締めだすことはできないの。たとえ親しい人であっても、故意に思考を読みとることはできないのよ」イヴはかぶりを振った。「この能力は、とっくの昔に抑えこんだものと思っていたわ。少なくとも、すっかり抑えこめるように努力はしたつもりだった。でも、つい最近になって、またその力が働きだしたの」

落ち着け、とアッシュは自分に言い聞かせた。偏見を捨てて、耳を傾けるんだ。

イヴは彼の目を見た。「〝クレイヴァリーの能力《カリスマ》〟と、クレイヴァリー家のいとこたちは呼んでいるわ。〝能力《カリスマ》〟というのは、〝賜物《たまもの》〟という意味よ」

アッシュはうなずいた。「ああ、そのギリシャ語は知っている」

「そうね、オックスフォードの学者さん。でも、その力は賜物であると同時に、災いの元でもあったの」

アッシュはイヴをなだめようと、できるかぎり穏やかな口調で言った。「わかるように説明してくれないか。初めてその力に気づいたのはいつなのか。その力がふたたびよみがえったのはいつなのか」

最初の料理が運ばれてきた。大麦入りのビーフ・スープだ。イヴはそのスープをひと口飲むまで、答えなかった。「最初に言っておくけれど、クレイヴァリー家の人間のなかで、わたしは首席というわけではなかったの。この能力は人によってばらつきがあって、なかでも、母のアントニアの能力は飛び抜けて鋭かったんだけれど、その母でさえ、他人の心を勝手には読めなかった。わたしたちが人を選ぶのではなく、人がわたしたちを選ぶのよ——もちろん、無意識のうちに」

イヴはスープを飲んでつづけた。「わたしの人生をひっくり返した事件が起きたとき、わたしの能力は、おばの力をちょっと上まわる程度だった」

いっとき間をおいて、アッシュは言った。「母上が亡くなられたときのことだね」

イヴはうなずくと、ぼんやりとスープを混ぜた。目を上げずに、彼女はつづけた。「そのとき、わたしは十二歳だった。そして一年の喪が明けると、父はマーサと再婚したの。マーサはわたしたちのうちに来た——母の家だと、わたしは思っていたわ。そのころ父は、仕事で家を留守にしがちだったから」彼女は目を上げた。「あなたもマーサの言葉を聞いたでしょう。どんな女性か、わかるわね。子どもだったわたしは、この能力のせいで魔女あつかいされた——というより、化け物あつかいだったわ。わたしたちが一つ屋根の下で暮らすのは無理だった。だから、おばのもとに身を寄せたの。

でも、その前から、この能力を秘密にしておかなくてはならないことはわかっていた。友達相手に、いたずらしすぎたから——わかるでしょう、賢い人間だと思われたくて、ついそんなことをしてしまったの」

「何をしたんだ？」

イヴは唇を引き結んだ。「何をしたと思う？　紅茶の葉を読んだり、手相を見たりしたのよ！　残念ながら、水晶玉は使わなかったけれど。クレイヴァリーの人間のなかで、未来が見えるのは母だけだった。その母も、水晶玉は使わなかったわ」彼女はかぶりを振った。「友達がいなくなるのに、時間はかからなかった。気味が悪いと思われたのね」目を上げて、つづけた。「でも、わたしがいちばん影響を受けたのは父だった。父は妻と娘の薄気味悪い振る舞いになじめなかったし、わたしたちも父になじめなかった。だから、クレイヴァリーの能力と縁を切って、普通の女の子になることにしたの」

「そんなに簡単に断ち切れるものなのかい？」アッシュは疑わしげにたずねた。

イヴは短く笑った。「大した能力じゃないもの。さっきも言ったでしょう、当時のわたしの力はまだまだだったのよ」

「頭のなかで声が聞こえるわけじゃなかった？」

イヴは眉間にしわを寄せた。「たまにだれかが考えていることが聞こえたり、妙に生々しい夢を見たりする程度だったわ」

「ああ、そのことについては、ぼくらは二人ともよく知っている。そうだろう？」イヴににらみつけられると、アッシュは笑顔を引っこめて、べつの話題に移った。「きみは、自分の能力を隠すことにしたと言ったね。だが、ミス・クレイヴァリーはあえて隠そうとはしていない」

「それは、おばのすることが、得意の座興だと思われているからよ。真に受ける人はいないわ」

「なるほど。スープを飲んだらどうだ、イヴ。冷めてしまうぞ」

それから、めいめいのグラスにワインを注ぎたすと、話題をさりげなく元に戻した。いちばん知りたかったことなので、いやが上にも慎重になった。

「では、きみは十二のときにクレイヴァリーの能力を使うのをやめたが、その能力がつい最近、またよみがえったと言うんだね」質問ともつかない言い方をしたのは、どうにかして答を吐かせようとしている官憲のように思われたくないからだった。彼女のためを思っていることを、わかってもらいたかった。

「リディアが襲われた夜、だれかの声が頭のなかに飛びこんできたの。その男は憤怒に駆られていて、リディアを殺すつもりでいた。それで、リディアを助けようとしたのよ。窓を開ける前から、犯人がすぐ下にいることはわかっていた。

二回目にその声を聞いたときは、リディアを襲った男だとすぐにわかったわ。そのときも憤怒に駆られていて、自分の顔を見た少女を殺そうとしていた。犯人は、少女の名前がネルということも、その子がベドラムからの脱走者だということも知らなかった。ネルのことを、ただのこそ泥だと思っていた」

イヴは、アッシュの腕にちょっと触れて言った。「ネルが危険な目に遭ったのは、わたしのせいなの。わたしが外に置いた食べ物を、闇夜にまぎれて取りに来たのよ。たぶん、リディアが襲われた夜、ネルは石炭貯蔵庫に行こうとして、あの人が刺されるのを見たんじゃないかしら。それから、べつの晩に、ウサギ小屋に置いてあるもの――食べ物を取りに来たところをねらわれた。わたしは、リディアを殺そうとした男が戻ってくるなんて、思ってもいなかった。ネルは二回とも犯人を見かけたの。犯人も、そのことを知っているわ」

「ネルは、その男がわかるのか？　顔を見たのか？」

「いいえ。ネルは暗かったと言っていたわ。でも、犯人はそうは思っていない。だから、ネルを殺そうとしているのよ」イヴはアッシュの目をじっと見た。「ネルに、証人の役目は期待できないわ。裁判所に連れていっても証言はできないし、のこのこ出てきたりしたら、ベドラムに連れ戻されてしまうもの。ネルは、あそこに戻るくらいなら、死んだほうがましだと思ってる」

「ネルはベドラムには戻らない」アッシュは言った。「どうにもならなくなったら、ぼくがあの建物をめちゃめちゃにたたき壊してやる」

アッシュの言葉に、イヴはちょっとほほえんだ。「ネルのことが心配だわ」イヴは言った。「犯人がお屋敷の周辺に出没するかぎり、ネルをあそこに置いておくわけにはいかない。でも、ネルをつかまえて無理やりどこかに連れていくようなまねはしたくないし」

「夜の見まわりをする門番の数を増やして、交替制にしよう。それだけ警戒すれば、だれも侵入はできないはずだ。門番たちには、浮浪児やロマにかまわないようにと言っておくよ」

「あのとき犯人を撃ち殺しておけばよかった！　もう二度と、あんなへまはしないわ」

イヴの激しい言葉にアッシュは笑みを洩らしたが、イヴを案じる気持ちに変わりはなかった。「ほかに話すことはないか、イヴ？」彼は気さくにたずねた。「それ以外に声が聞こえたことは？」

イヴはグラスを取り上げると、ルビー色に輝く液体を見つめた。彼女は迷うことなく答えた。「ほかに二回、似たようなことがあったわ。一度目は、あなたも知ってのとおりよ。レディ・ソフィの声は聞こえなかったけれど、頭に浮かんだ光景は、大した見物《みもの》だった」

アッシュは一瞬たじろぐと、口早に言った。「それで、二度目は？」

「マーサの声よ。父が煙草の葉にアヘンチンキを混ぜているとあなたが言ったときの」イヴはワインをひと口飲んでつづけた。「それは真実じゃないの。マーサはそのことを知っていたのよ」

「なんだって？」

「たしかに父は、頭痛を和らげるためのアヘンチンキもときどき飲んでいるわ。でも、以前から煙草の葉にアヘンチンキを混ぜていたのは、実はマーサだったのよ。父がそのことに気づいたとしたら――気づくにきまってるわね――いまごろあの二人は大変なことになっているでしょう」

アッシュは愕然とした。「なぜマーサはそんなことを？」

「父をだめにしたかったわけじゃない。マーサは父に、仕事を受けてもらいたくなかったの。父が仕事で出かけて、一人になるのがいやだったのよ。マーサには、父以外に話し相手になってくれる友人がいなかった。アヘンチンキを飲ませれば父の感覚は鈍って、あの人に頼るようになるから」

「そんな……」アッシュはマーサにふさわしい言葉を思いつけなかった。

「ね、そうでしょう？」イヴはそう言うと、彼にたずねた。「父がアヘンを吸っていると、どうしてわかったの？　わたしはちっとも気づかなかったわ」

アッシュは瞳を曇らせた。しばらくして、彼はため息をついた。「以前に、母のことをきみからきかれたことがあるだろう。アンジェロの表現は的確だった。母は、不毛の地に咲いたか弱い花だったんだ。父にとって、母の存在意義はただ一つ、男児をどんどん産むことだった。不幸なことに、母にはその体力がなくて、最後の赤ん坊を死産してからは、アヘンに安らぎを求めるようになった。それが、母がなんとかやっていくたった一つの方法だった」

イヴは、あまりのことに啞然としていた。「ごめんなさい。そんなこととは知らなくて」

アッシュは力なく応じた。「きみは悪くないさ。母のことは、だれも知らないはずだ。父は体面を気にする男だったから、死産ばかりで悲しみに沈んでいる母を、表向きは神経を病んでしまったということにした。ある意味、父は正しかった。母はいつしか憂鬱《ゆううつ》症をわずらい、やがてアヘンに手を出すようになった」

アッシュはグラスを取り上げると、ぐっと飲み干した。

「……お母さまが亡くなったとき、あなたはいくつだったの？」イヴはそっとたずねた。

「十四だった。ぼくの腕のなかで、母は死んでいったよ。父がどこにいたのかは思いだせない。ぼくは学校の休みで、帰郷していた。ハリーと同様、母に付き添っていたのはメイド一人だった。祖母は来られるものなら来ただろうが、父と仲たがいをしていて、屋敷には入れなかった」

アッシュがちょっとうつむいたので、イヴは彼の瞳をのぞきこんだ。アッシュは言った。

「もう、過ぎたことだ。いまではそれほどつらくなることもなくなった」

イヴは、家とは名ばかりの不毛な世界に思いを馳せた。アッシュは母親と弟の心の支えだった。ほかに支えになる人間がいなかったから。アッシュは少年には大きすぎる重荷を背負いながら、自分の運命をけっして嘆かず、進んで引き受けた辛苦に不平もこぼさなかった。そして、予測のつかないことに巻きこまれても、微笑を浮かべ、肩をすくめて乗り切った。彼は、以前に彼女が考えていたような軽薄な男ではなく、岩のように頼もしい人だった。

「それで、アンジェロの短編を読んだときに頭に血が上ったんだ。どうやら、ぼくの家族をよく知っている人物らしい」

そのとき、ウェイターが来てスープの皿を下げると、すぐにステーキ・パイとゆでたジャガイモと芽キャベツが載った皿を運んできた。メニューに選択の余地はなかった。ここは小さなインだから、客たちはみな同じ夕食を取ることになっている。アッシュはさっそくもりもり食べはじめ、イヴはつつくようにして食べはじめた。

「よくわからないな。なぜ、きみに犯人の声が聞こえるんだろう？」

「よくわからないけれど、ひょっとすると、犯人とわたしには、何かつながりがあるんじゃないかしら。あの人の作品には、庭園が出てくるでしょう。つながりがあるとしたら、そこだわ」

「だが、きみには心当たりがない庭園なんだろう？」

「そうなの。でも、わたしみたいにあちこちの庭園を訪れていたら、どれも同じに思えてくるものよ」

アッシュはいっとき考えた。「ほかに声を聞いていないか？」

イヴはかぶりを振った。「わたしがいま、殺人犯を突きとめる手だてや、殺人犯の考えを読みとる手だてを考えていると思ってるんじゃないでしょうね」彼女はナイフとフォークを置いた。「以前、オールドベイリー（ロンドンの中央刑事裁判所の通称）に出かけて、殺人事件の裁判を傍聴したことがあるけれど、わたしの頭にはだれの思考も入ってこなかったわ」

「きみがこれまでに聞いたいろんな声について、ミス・クレイヴァリーはなんと言っている？」

「おばには、何度も見る夢の話を打ち明けたきりよ。心配をかけたくないから、頭のなかで犯人の声を聞いたことは話していないわ」イヴは、ほうっとため息をついた。「正直言って、混乱しているの。わたしの意識に割りこんできたとき、犯人は自分の罪が発覚するのを恐れていた。彼は冷酷非情な人殺しで、自分の正体を隠すためならなんだってする人間よ。でも、

〈ヘラルド〉に掲載された短編はだれが書いたの？　あれはあの男が犯した罪についての話だわ。彼はほかの短編が掲載される前に、作者の口を封じようと思っている。自分のしたことがばれたら、死刑台送りになるとわかっているのよ。そんな末路をたどらないように、邪魔だてする人間はだれだろうと息の根を止めるつもりでいる」

アッシュは身を乗りだした。「やつがハリーを殺したんだろうか？」

イヴは静かに答えた。「そうでしょうね。ハリーだけじゃない。わたしが頭のなかで見た犠牲者は、三人どころじゃなかった」

「動機はなんだろう？」

イヴは、自分が責めたてられているような気がしていた。「よくわからない。自分を見下した相手に対する復讐、だと思うわ」

「だと思う？　それじゃ話にならない」アッシュはぎゅっと眉をひそめて、テーブルクロスの小さなしみに目を落とした。

イヴは、彼を試すように言った。「たしかに、何もかもわたしの妄想かもしれない。わたしが見たものはただの夢で、その夢を深読みしすぎたのかもしれない。声が聞こえるのも、自分で考えたことなのかもしれない」

アッシュはまだ弟のことを考えていて、イヴが凍りついていることに気づかなかった。イヴはいきなり、椅子を引いて立ち上がった。

「もう充分でしょう？」イヴは口早に言った。「洗いざらい打ち明けて、もうくたくたなの。

あなたさえかまわなければ、もう休みたいんだけれど」

イヴの変化に、アッシュは驚いた。さっきまでくつろいだ様子だったのに、いまはクリスタルのように壊れやすそうな表情を浮かべている。

「ゆっくり食事をしていけばいいじゃないか」彼は言った。「まだきみに話したいことが山ほどある」

「あしたにしてちょうだい。それに、お腹がすいてないの。きょうはもう、消化しきれないくらいいろいろなことがあったから」

アッシュが彼女を引き止める言葉をひとことも考えつかないうちに、イヴは部屋を出た。

20

イヴはじっとしていられなかった。この小さな部屋にいると、檻《おり》のなかに閉じこめられているような気分になる。暖炉の燃えさしはまだ赤く光っていたが、寒気がしたので、ベッドから抜けだして、寝間着の上に化粧着をかぶった。眠れないとわかっていたので、持ってきた本でも読もうと炉棚に置いてあるろうそくに火をともしたが、結局読書など無理だとわかった。頭のなかが混沌としていて、何も手につかない。わかっているのは、そのなかにアッシュ・デニスンと、夕食のときに彼と交わした会話が混じっているということだけだった。

イヴは自分を、ありとあらゆる言葉で罵倒していた。さっきはうっかり警戒を解いて、自分のもっとも深くて暗いところに隠してあった秘密を打ち明けてしまった。どうしてあんなことをしたのだろう。けれども、アッシュはあのとき、ほとんど納得しかけていた。そう思えたから、試したのだ。けれども、彼は何も言わなかった。

——たしかに、何もかもわたしの妄想かもしれない。わたしが見たものはただの夢で、その夢を深読みしすぎたのかもしれない。声が聞こえるのも、自分で考えたことなのかもしれない。

イヴがそう言ったときこそ、アッシュがはっきりと誠意を示すときだった。けれども、彼は黙っていた。

イヴは椅子にすとんと腰を下ろすと、つぎの瞬間にはまた立ち上がった。のどが痛いし、頭も痛む。どうしてこんなふうになるのか、理由はわかっていた。アッシュの愛がほしい。それ以外には、何もいらない。

泣きたい衝動に屈服しようかと自問していると、だれかがドアを鋭くノックした。「ドアを開けるんだ、イヴ。まだ起きているのはわかっている。ドアの下から明かりが洩れているぞ」

アッシュの声だった。

「だめよ！　これから寝るところなの」

「ドアを開けてくれないなら、蹴り破って入る」

「そんなことを言って」イヴはアッシュのまねをして、ちゃかすように言った。「あなたのしみ一つないブーツを台無しにしたいの？　従者がきっと文句を――」

ドアがバタンと開き、アッシュがさっと入ってきたので、イヴは小さく声を上げてあとずさった。アッシュは黒っぽいコートを着て、部屋のなかに雨のにおいと風を持ちこんだ。黒髪が風で乱れ、まつげに雨粒がついているが、イヴの瞳をとらえたのは、その激しいまなざしだった。

「外を歩いてきた」アッシュは言った。「きみとぼくが、なぜいつも行き詰まってしまうのか、考えていたんだ。たどり着いた結論がわかるか？」

彼の厳しいまなざしには、イヴを慎重にさせる何かがあった。「い、いいえ」

「ぼくたちはしゃべりすぎる」

アッシュはそう言うと、イヴの両肩をつかんでぐいと引き寄せ、彼女の唇を自分の唇で押しつぶした。イヴはあまりのことに呆然としていた。あらゆる感覚が一気に反応して、彼にしがみつくことしかできない。ようやくもがいて腕をふりほどくと、両腕を彼の首にからみつかせた。

アッシュはイヴの体をしっかり抱きしめたまま、彼女をベッドに導いた。唇をわずかに離して、荒っぽく言った。「きみの家族やぼくの家族の話はしたくない。ぼくたちの話もしたくない。わかったか？」

「黙って」イヴはつぶやくと、伸び上がって彼の唇をふさいだ。

イヴに求められている。アッシュは驚かなかった。そんなことは、とっくのむかしに気づいていた。ただ、彼女がこんなにも即座に屈服したのが意外だった。それとも、屈服しているのは自分なのだろうか？　アッシュは気にしなかった。彼の求めに素直に応じて、同じくらい情熱的に求めてくるイヴを夢中で味わい、彼女の反応に酔っていた。

イヴの胸は、立ち止まったり考えなおしたりする余裕がないほどうずいていた。もうあと戻りはできない。心臓は脈打ち、体はとろけて、肌はいまにも燃え上がりそうだった。あらゆる神経が、すべての感覚が、このたった一人の男性を認めて、迷うことなく受け入れていた。この人だけ。彼女が求めているのはアッシュだけだった。

体を離した二人は、無言のまま息をはずませていた。

「イヴ?」アッシュはつぶやいた。

改めて問いかける必要はなかった。イヴは化粧着を脱ぎはじめ、アッシュはマントと上着を脱ぎ捨てて、チョッキのボタンをはずしはじめた。着ているものをすべて脱いで裸になると、二人はベッドに倒れこんだ。

イヴは荒っぽく求め、アッシュは彼女が求めるものに激しくこたえた。イヴはアッシュに覆いかぶさり、唇を開いて顔に、のどに、肩にキスの雨を降らせた。彼の体にイヴは夢中だった。かすめただけで引き締まる筋肉、ぜい肉のない腹、力強い太もも、突きでた男性自身。

やがてアッシュはいらだたしげなうなり声を洩らすと、イヴを押し倒して襲いかかった。

「きみにも味わわせてやる」彼はつぶやくと、自分がされたように、イヴを一方的に味わった。

手を使い、歯を立て、キスをして、アッシュはイヴの体のあらゆる敏感な部分から反応を引きだした。イヴはこらえきれずに彼をぐいと引き寄せた。

アッシュはそのときを延ばそうとした。いまのイヴの姿を頭に刻みこんで、永遠に残したかった。ろうそくの光を受けて金色に輝く肌。欲望でほてった頬。枕の上に乱れて広がる髪。彼だけにしか呼び覚まされたことのない感覚で陶然としている瞳。

思わず、イヴの髪をつかんで頬にすりつけた。彼女のにおいが鼻孔を、肺を、頭を満たしていく。イヴがほしくてたまらなかった。自分が感じていることや、イヴが自分にとってどんな女性になってしまったのか、自分自身にも説明できない。わかっているのは、こんなふうに女性を求めて心がうずいたのは初めてだということだけだった。イヴは生涯の伴侶だ。そのことを彼女に納得させるためなら、なんでもするつもりだった。

イヴはアッシュが何か言おうとしているのを感じとった。そんなことはさせない。この胸に幸福感が激しく泡立ちながら湧き上がっているいま、それを損なうようなことは何もしてほしくなかった。結果のことなど考えたくない。思慮分別をなくしたかった。いまは、過去もなければ未来もない。二人が分かち合い、彼女が望んでいるのは、いまこの瞬間だけだった。このときを、生涯忘れたくなかった。

イヴに甘い声でせがまれて、アッシュのなけなしの自制心は砕け散ろうとしていた。「待ってくれ！」アッシュの言葉にかまわず、イヴは彼の両肩をつかんで促した。アッシュは歯を食いしばって、イヴの太ももを開いた。彼がなかに入ってくると、イヴは体を反らし、両脚を彼の体に巻きつけた。

イヴが、やさしくしてもらうのを望んでいないのはわかっていた。彼女の小さなあえぎ声に、アッシュは彼が意図していたよりも激しく高ぶった。イヴはかまわず奔放に乱れて、彼を先導して駆け上った。上りつめたところには、快感と、甘く強烈な解放感だけがあった。

二人はしばらくそのままで、呼吸を整えようとした。アッシュはイヴの首の付け根に顔をうずめ、イヴはぐったりしていて、重い彼の体を押しやることもできなかった。イヴが重たそうにしていることに気づいたアッシュは、体を離して横たわり、片肘をついて彼女の顔を見下ろした。

イヴはゆっくりとまぶたを開いて、彼の瞳にほほえんだ。そのまなざしが、アッシュの知りたかったことを何もかも教えてくれた。

「どんな気分？」

イヴはため息を洩らして答えた。「これが夢なら、覚めてほしくない」

あっという間だったと、イヴは思った。自分が正しいことをしているのか、考える時間もなかった。そして現実に戻りかけたいま、イヴは自分がかすかに戸惑うのを感じたが、すぐに打ち消した。アッシュは彼女という人間を理解して、受け入れた。そうでなければ、愛を交わしたりしない。

そうなんでしょう？　そのことを、はっきりさせなくては。

イヴは慎重に口を開いた。「いくつか夢を見たけれど、どの夢よりも素晴らしかったわ」

アッシュは笑って、彼女の額にキスした。「結婚したら、もう夢はいらない。毎晩抱き合って眠ろうじゃないか」

イヴはほほえむと、いっとき間をおいてつづけた。「父は、母の夢の話に聞く耳を持たなかった。母が特別な能力のある人間であることを、けっして受け入れることができなかった――あなたならわかるわね。そんな母に、父はとても困惑していたの」

アッシュは、イヴののどにキスした。「わかるような気がするよ。男と女の感性は違うからね。男は直感ではなく、動物的な本能と、頭で考えたことに従う」

「母は感じるだけでなく、ちゃんと考えていたわ」

アッシュは遅まきながら、この会話がいいかげんなやりとりではないことを悟った。これは、恋人同士が充分に満足したあとで交わす甘い語らいではなく、彼を陥れようとしている罠だ。「ぼくは、そんなことは言っていない。きみの母上が特別な能力の持ち主だったことは、よくわかっている」

「あなたは、わたしの能力——つまり、犯人の声を聞いたり、夢を見たり、ある光景を見たりする力を信じるの？」

アッシュは、困惑して言った。「ぼくになんと言ってほしいんだ、イヴ？　みじんも疑っていないと言ってほしいのか？　それはぼくのほんとうの気持ちじゃない。何もかもが初めて聞くことばかりなんだ。簡単に受け入れられないのは当然じゃないか。うまく説明をつけたいのに、できないんだから」

イヴが起き上がったので、アッシュもそうした。「イヴ」彼は静かに言った。「だからどうだと言うんだ？　きみがそのことにこだわるのなら、ぼくもまじめに考えよう。だが、ぼくにとって重要なのは、ぼくたち二人だけなんだ。きみにどんな能力があろうと、受け入れようとしているのがわからないのか？」

イヴは胸が痛むのを感じた。そしてほとんど聞き取れない声で言った。「きっと、父が母と結婚したときも、同じようなことを母に言ったと思うわ。けれども、うまくはいかなかった。自分が考えたり感じたりしていることをいちばん身近な人に話せないと、大切な何かが失われてしまうのよ」

アッシュはイヴの両肩をつかんだ。「ぼくはきみの父上とは違う。ぼくは信じるつもりだ。というより、信じているように振る舞うつもりだ」

「そうじゃないの」イヴは言った。「いまはそう言ってくれるけれど、これからどうなるか、わたしはわかってる。おばがなぜ結婚しないのか、クレイヴァリーのいとこたちがなぜほとんど結婚しないのかわかる？　みんな、恋に破れたからよ。だれだって、おかしなことを言う人とは結婚したくないでしょう」イヴは声を震わせると、つらそうにつづけた。「わたしたちは、自分の能力にはきっちりふたをしておいたほうがいいということを、身をもって知っているの。母は思いきって父に賭けてみたんだけれど、その代償は大きかった」

イヴはアッシュを見て、かぶりを振った。「あなたとは結婚できないわ、アッシュ。そのほうがわたしたち二人のためよ」

アッシュは荒々しいキスで、イヴを震え上がらせた。唇を離した彼の瞳は、同じ荒々しさをはらんでいた。「そんなに簡単に言いきれるのか？　きみは何もわかってない。ぼくたちが同じ部屋にいるだけで、空気は熱っぽくなる。ぼくが触れるだけで、きみは震えだすし、いまいましいことに、ぼくまで震えてくるんだ。離れていても、ぼくはきみを身近に感じている。きみを頭のなかから追いだせない。きみも同じじゃないのか？」

イヴは違うと言いたかったが、嘘を言葉にすることができなかった。

アッシュはうなずいた。「どうやらわかりかけているようだな。ついでに、もう一つ念を押しておこう」

アッシュはイヴを枕に押し倒すと、彼女の体にゆっくりと手を這わせた。肩から胸へ、乳房のまわりをさまよい、腹を過ぎて、太もものあいだの熱いくぼみへ。イヴが息をのんで彼の肩をつかむと、アッシュはほほえんだ。彼は急がなかった。わざとゆっくりと唇をすべらせて、イヴの唇にキスした。

そのキスに、イヴは身をくねらせた。アッシュの瞳を見上げながら、彼女はか細い声で言った。「わたしたちには……わたしには無理……そうでしょう？」

アッシュは額と額がくっつくまで顔を近づけた。「そうは思わない」

イヴが愛撫に敏感に反応したので、彼の怒りはぐっとやわらいだ。すでに一度、情熱的に愛を交わしていたので、今度は彼女が喜ぶとわかっているところをゆっくりと丹念に責めたてて頂点まで導き、徹底的に満足させてやるつもりだった。手加減はしない。そしてことが終われば、イヴは自分が彼のもので、彼が自分のものであることに納得するはずだった。

ところが、そういうわけにはいかなかった。抑えつけていた欲望が、途中で不意に燃え上がった。彼女に切なそうに一度触れられただけで、貪欲に求めたくなった。

欲望は欲望を餌にすることを、イヴは思い知った。さっきまで一本の綱のようにだらりと伸びていたのに、いまはアッシュに体を押しつけて、口と手で激しく奔放に求めている。彼が苦しそうにあえぐと、イヴは彼を横に倒して、自分が上になった。

イヴがアッシュの唇をふさぐと、彼女の髪がシルクのカーテンのように彼のまわりになだれ落ちた。その髪と肌の香りに、アッシュは我を忘れた。もう待てない。最初のひと突きで、二人はともに息をのみ、貪欲かつ性急に求め合っていたことに気づいて驚いた。それから二人は動きだした。

アッシュは彼女に、こんなふうに感じたのは初めてだと伝えたかった。イヴは彼に、あなたのおかげで心底解放された気がすると伝えたかった。そんな思いを伝えようとしても、言葉にならなかっただろう。情熱が二人の呼吸を奪っていた。イヴのうわずった声に、アッシュの営みは激しく燃え上がり、彼のあえぐような息づかいに、イヴの鼓動は一段と早まった。二人の営みはさらに激しさを増し、とうとうイヴが小さく叫んで体を震わせた。アッシュはイヴの名前を繰り返し呼びながら、彼女のなかで果てた。

長いため息を洩らして、イヴはアッシュの上に倒れこみ、それからすべり落ちるように横たわった。

「わたし……」彼女は口を開いた。

「ぼくも同じ気持ちだ」

「よかった」

二人はほほえみ会い、キスを交わして寄り添った。

しばらくして、アッシュは静かに言った。「いまとなっては、あと戻りはできない。結婚しよう、イヴ。きみもそう思っているはずだ」

返事はなかった。

アッシュは少し体を離して、イヴを見た。ほほえみを浮かべているが、眠っているのはたしかだ。彼はベッド・キルトを引き上げると、横になって考えにふけった。しだいに呼吸は穏やかになり、まぶたが重くなった。

彼が目を覚ましたのは、寝返りを打ったイヴの肘が脇腹に当たったからだった。アッシュは起き上がって、シャツに手を伸ばした。

「一人にしないで」イヴは彼の手首をさっとつかんだ。

二人は見つめ合ったまま、目を合わせただけで情熱の炎が燃え上がることに戸惑った。

「ベッドに戻るということは、眠らないということだ」アッシュは言った。

「わかってる」

それだけ聞けば充分だった。

二人が疲れきって眠りに落ちたのは、ろうそくが燃え尽きてだいぶたってからのことだった。

21

屋根窓から流れこむ光と、玉石に当たる馬の蹄と車輪の音で、イヴは目を覚ました。そろそろと横を向いてみる。彼女は一人だった。ぼんやりとしか憶えていないが、アッシュが真夜中に自分の寝室に戻ってくれたのはありがたかった。何もかもが初めてのことだったから、どうやって取りつくろったらいいのかわからない。体のあらゆる敏感な部分が、触れるとひりひりと痛んだ。

体を起こして、ベッドを見まわした。どこも破れていないのが、不思議なくらいだ。そう思って、イヴはたじろいだ。

それから、時計を見て驚いた。アッシュは朝早く出発したがっていたのに、もう朝とは言えない時間になっている。イヴは上掛けをはねのけてベッドから飛びだすと、呼び鈴のひもを引いて、客室係のメイドを呼んだ。

イヴは階段を下りながら、冷静な自分を取り戻そうとした。メイドが伝えてくれたアッシュの伝言によると、ちょっと散歩に出かけるが、すぐに戻って食事室に顔を出すという話だった。それだけの猶予があれば、この宿や客たちを冗談の種にして、何かおかしい話を思いつけるだろう。もっとも、この重たい舌が動けばの話だけれど。

食事室に入ったところで、イヴはぴたりと立ち止まった。アッシュがもうそこにいて、平然と新聞を読んでいる。イヴに気づくと、新聞をかたわらに置いて立ち上がった。イヴは頬がかっとほてるのを感じて、自分が腹立たしくなった。

アッシュはイヴのために椅子を引いた。「よく眠れたかい？」

「ええ、ありがとう。あなたは？」

「きみと同じだ」

きまり悪さを紛らわせようと、イヴはトーストにバターを塗りはじめた。

コーヒーポットに手を伸ばそうとしたとき、アッシュに手をつかまれたので、さっと目を上げて彼をにらみつけた。アッシュはこの上なく悦に入った顔をしている。

アッシュはからかうように言った。「これまできみを見るたびに、いつ噴火してもおかしくない火山を思い浮かべたものだが、やはりそのとおりだったな」

イヴは不機嫌そうに応じた。「わたしはあなたを見るたびに、この人はいつ天地を揺るがしてもおかしくないと思っていたわ」

アッシュはくっくっと笑って、イヴの手を離した。「まったくだ。まだ立ちなおれないよ。きみと出会うまで、自分がこんな男だとは思ってもみなかった。きみも同じ気持ちだったろう？」

イヴは、もごもごと口ごもるしかなかった。「マーマレードを取ってちょうだい」

アッシュはにやりと笑って、マーマレードの壺を渡した。「きみといると、なぜあらゆることが厄介になるのかな。要はこういうことだ。ぼくは、きみと一緒にいたいがために、真夜中になじみのないインや家のまわりをこそこそとうろつきたくないし、そうする必要がまったくないときに嘘をつきたくもない。だが、その問題には簡単な解決方法がある。あらかじめ警告しておこう。ふさわしいときが来たら、結婚を承諾してもらいたい」

イヴは、彼のせりふに愛の言葉がひとこともないことに気づいた。人生をともに歩もうといった文句も、一切ない。男性というのはだれしも、こんなものなのかしら？　ベッドのことしか考えていないの？

イヴは苦心して、彼と同じように礼儀に従って応じようとした。「そのときが来たら、お返事します」

「臆病なんだな」アッシュはそう言っただけだった。それから、いまいましいことに、この宿や客たちのことを、おもしろおかしく批評しはじめた。

二人が朝食を終えようとしていたとき、ドアが開いて、ケープ付きの旅行用コートに身を包んだ紳士が入ってきた。イヴが最初に気づいて立ち上がった。「お父さま！　いったい……いったい、どうしたの？」

アッシュもイヴと同じ気持ちだったが、表向きは平静を保って立ち上がった。「ディアリングさん、ぼくたちもちょうど朝食で立ち寄ったところなんです。コーヒーをご一緒にいかがですか？」

アッシュはイヴに、意味ありげに目くばせし、イヴはその意味をくみ取った。彼女の評判を守るために、また一つ、ささやかな嘘をつく羽目になった。

ディアリングはにこにこして応じた。「カクフィールドで休憩しない人はめったにいない。ここまで来れば、つかまえられるだろうと思ったよ。ああ、ありがとう。では、コーヒーをいただこう。この切り抜きを読んで、わかったことを知らせたかったんだ」

そう言いながら、ディアリングはコートのポケットから切り抜きを取りだしてテーブルに置くと、コートを脱いだ。近くにいたウェイターがコートを受け取り、三人は椅子に腰を下ろした。アッシュは、ディアリングのカップにコーヒーを注いだ。

「重要なことなんだろう？」ディアリングは、アッシュからイヴに視線を移して言った。

「たしか、作家仲間が悪党に襲われて、そいつを止めなくてはならないという話だったな」

アッシュはうなずいた。「その通りです」アッシュはイヴの父をじっと観察して、けさはアヘンチンキでぼんやりしているわけではないことを見て取った。瞳が澄んで焦点が合っているし、いかにも健康そうに見える。

ディアリングは言った。「アンジェロがだれかは知らんが、この短編を書いたのがその男でないことはわかる。これは、アントニア――つまり、わしの死んだ家内が書いたものだよ」

「なんですって？」イヴは愕然とした。「お母さまが、これを書いたの？」

「それはたしかですか？」アッシュは切り抜きをじっと見つめた。「なぜアンジェロは、あたかも自分で書いたようなふりをしたんでしょう？」

「それはわからん。だが、これがアントニアの書いたものであることは、自信を持って保証する。というのも、この話でアントニアと口論したことを憶えているんだよ。この手の、幽霊がどうとかいうくだらん話を読むと、腹に据えかねるのでな。ぶしつけな言い方をしてすまない、イヴ。だが、おまえも知ってのとおり、母さんには妄想癖があったんだ」

アッシュはイヴが体をこわばらせたのを感じとって、すばやく口を挟んだ。「となると、アンジェロはどうやってこの作品を手に入れたんでしょう？」

ディアリングは肩をすくめた。「わしにわかるのは、この話がどれもアントニアのノートにあったということだけだ。おまえがさんざんありかをたずねていた、あのノートだよ、イヴ。わしがアントニアの荷物を開けたときには、そのノートはもうなかった。そのときは、重要なものだと思わなかった。アントニアは、自分の書いたものを出版しようとは思っていなかったからな。アントニアは趣味のつもりで、あちこちの庭園を訪れたあとに、そんな短編を書いていた」彼は皮肉な笑みをイヴに向けた。「おまえが作家になったのも不思議はないな、イヴ。母さんの血だ」

イヴは新聞の切り抜きのしわを伸ばすと、眉をひそめてさっと目を走らせた。

アッシュが言った。「この短編に出てくる庭園をご存じなんですか？」

ディアリングはうなずいた。「どれも、わしの仕事の関係で訪れたことのある庭園だ。わしはどの仕事にも名乗りを上げたんだが、きのうも話したトマス・メッセンジャーという造園家に、ぜんぶ取られてしまった。ただ、トマスは才能ある造園家だったが、まったく信頼できない男だった。大酒飲みで、雇い主にも無礼を働くことがあったという話はしたかな？　そうした噂は広がるものだ。だが、しらふのときはいい男で、だれもが立ちなおる機会を与えようとした。この三つの庭園は、どれもトマスが設計したものだよ」

アッシュは言った。「メッセンジャーがリッチモンドの庭を設計したんですか？　そこはぼくの地所なんですが、そんな名前の造園家は記憶にありませんよ」

「小さな仕事だったからな。たしか、お父上のデニスン卿は、テムズ川沿いに、テラスガーデンを作らせるおつもりだった」

アッシュはうなずいた。「それならいまでも残っています」

「ともあれ、最初にこの話を読みはじめたときは、あの庭園かもしれないと思っただけだった。だが、思い当たる人物が出てきたところで、はっきりそうだと確信した」

「思い当たる人物というと？」

「井戸に落ちたメイドと、階段から落ちた従僕と、おぼれ死んだ少年だよ。どれも痛ましい事件だったから、地元の人は、訪れた者にそのことを話して聞かせた。アントニアは庭園を訪れたときに、そういう話を聞きつけたんだ」

イヴの頭のなかには、疑問が渦巻いていた。「そのとき、わたしはどうしていたの？　そんな話は憶えてないわ」

「それでいいんだ！」ディアリングはいくらか熱を帯びた口調で言った。「アントニアは、おまえの頭に幽霊話を吹きこまないだけの分別はわきまえていた。おまえはまだ子どもだったし、あれは痛ましい事件だったからな」彼はため息をついた。「こんなものなど書かなければよかったんだ。だが、アントニアは、わしの意見を聞こうとしなかった」

「お母さまがこの庭園を訪れたとき、わたしも連れていたの？」

「ああ、おまえはまだ子どもだった。あれはたしか、一八〇五年の夏だったな。わしは北部に仕事で出かけていた。どうしてアントニアとおまえがついて来なかったのかは思いだせないが、とにかくアントニアは休暇のつもりで、ロンドン周辺の名のある庭園を訪れていた」

「お母さまが亡くなる前の年だわ」イヴの声は単調だった。「石切場から落ちて亡くなる一年前」

ディアリングはポケットに手を突っこんでハンカチを取りだすと、洟をかんで咳払いをした。「アントニアが生きていれば、石切場の庭園を舞台にした短編も書いていただろうな。だが、そうはならなかった」

「石切場の庭園ですって？」イヴは聞き返した。「庭園だったなんて、憶えてないわ」

ディアリングは言った。「ああ、そのときにはまだ工事も始まっていなかったんだ。何もかもが、まだ設計段階だった」アッシュに向かって、彼はつづけた。「その石切場の庭園を設計する仕事も、トマス・メッセンジャーが請け負ったんだ。トマスには自分を取り戻して仕事を見事にこなすときがあったが、そのときがまさにそういう時期だった。しかし、長くはつづかなかった。トマスはふたたび酒浸りになり、やがて大変なことをしでかした。注文主を侮辱したり、屋敷の窓ガラスを割ったり、とにかく無礼なことをいろいろと」ディアリングは、かぶりを振った。「そんなことをしたら、だれだって許せないだろう。だから、注文主はトマスを首にして、あとの作業をわしにまかせた」

ディアリングが言葉を切ったときに、アッシュはつぶやいた。「偶然にしてはできすぎだな」彼は、事件の起こった四つの庭園すべてに、トマス・メッセンジャーがかかわっていたことを考えていた。いまや彼の頭は、猛烈な勢いで回転していた。

「それが、災いの始まりだった」ディアリングは言った。「わしは仕事を引き受け、アントニアとイヴは近くの宿屋に滞在した。だがほどなく、トマスも妻と子どもたちを連れて、同じ宿屋に泊まっていることがわかった。もう一度機会を与えてほしいと、妻から注文主に嘆願させるためだ。結果は、この土地から出て行け、さもないと犬をけしかけるぞと罵倒されただけだった。メッセンジャー一家にとって、アントニアとイヴが滞在している宿屋に泊まるのは、どんなに気まずいことだっただろう」

ディアリングは不意に語気を荒くした。「あんな仕事など、引き受けなければよかったんだ。ただの石切場を美しい場所に変えるという仕事はたしかにおもしろかったが、あれからアントニアが死んだ場所に戻る気はしなかった。美しい庭園になっているという話だが、わしは見たくない。見にいけるものか」

「その庭園は、どこにあるんです？」アッシュがたずねた。

ディアリングは、アッシュを見る前にイヴをちらりと見た。「わしはイヴにも、二度とそこを訪れてもらいたくないと思っていた。この子には死に興味をもっているようなところがあってな。そのあたりも、母親に似ているんだ」

「お父さま」イヴは言った。「わたしもお父さまと同じよ。あの場所に戻るなんて耐えられないと、以前は思っていた。でも、いまは違う」

しばらく沈黙がつづいたのち、アッシュが口を開いた。「メッセンジャーはいま、どこにいるんです？」

ディアリングは、コーヒーを飲んで答えた。「石切場の仕事以降、大きな仕事には一切かかわっていないと聞いているが、小さな仕事なら一人でやっているかもしれんな。とはいえ、あの男が酒瓶を片手に死んだと聞いても、わしは驚かんよ。とにかく、行方はわからない」

「あるいは」と、アッシュは言った。「メッセンジャーが奥さまのノートを手に入れていて、ゴシック小説が流行しているいまになって世に出すことにした可能性も、大いにあり得る」

ディアリングの表情を見れば、そんなことを一度も考えたことがないのは明らかだった。

「なんでそんなことをするんだ？」

「わかりません。ぼくたちが突きとめようとしているのは、そこのところなんです。その石切場と、奥方とイヴが滞在していたインに行けば、何か手がかりがつかめるかもしれない。だれかが、メッセンジャーのことを憶えているかもしれませんからね。そのインの名前を憶えていますか？」

「〈白鹿亭〉だよ」ディアリングは、悲しみをにじませて答えた。

イヴは父を見て驚くのと同時に、ちくちくと目を刺す感情を感じた。「お父さまは、その名前をもう忘れてしまったんだと思っていたわ」

「いいや。何もかも憶えているとも。アントニアが死んだときは、自分も死んだほうがましだと思った。たがいに相容れないところはあったが、わしはアントニアのことを心から愛していた。もちろん、あの夜のことは何から何まで憶えている」

イヴは、怒りを抑えきれずに言った。「それなのに、どうして一年もたたないうちにマーサと再婚したの？」

「おまえを一人にしたくなかったんだ！」ディアリングは声を上げた。「マーサなら、おまえの面倒を見てくれそうだった。子持ちではなかったし、思慮深くて、しっかり者の女性だと思ったんだ。おばのミリセントは、おまえのように感受性の強い子どもにはふさわしくないと思った。ミリセントは、いかにもクレイヴァリーらしい女性だったから」彼はまたハンカチを取りだして、洟をかんだ。「わしとしては、最善を尽くしたつもりだった」

「お父さま……」イヴはかぶりを振った。

その後、気まずい沈黙がつづいたので、アッシュは話題を変えることにした。「ディアリングさん、あなたはさっき、その石切場の所在を話そうとなさっていたようですが」

「ここからさほど遠くないところだ。ペンズハースト館の近くだよ」

「シドニー家の？」

ディアリングはうなずいた。「ペンズハーストの壮大な庭園を、トマスかわしが設計したわけじゃないんだ。あそこは、我々の時代よりも前に造られた庭園でね。だが、その近くにもう一つ、ヘイズルトン邸という立派な屋敷がある。アントニアが死んだ夜、わしがいたところだ」彼は、悔やむように言った。「あの日は、夜中まで設計の仕事をしていた」

「ペンズハーストか」アッシュは言った。「となると、ブライトン・ロードをかなり離れることになりますね。ロンドンには、暗くなる前に着けそうもないな。ディアリングさんも一緒にいらっしゃいませんか？　ぼくたちは二輪馬車ですが、それをここに置いて、べつの馬車で一緒に行くこともできますよ」

ディアリングは言った。「申し出はありがたいが、そこに行くとしたら、一人で行きたいものだな。アントニアの思い出をたずさえて」

三人は、連れだってインを出た。ディアリングが自分の馬車に向かいかけたところで、アッシュは呼び止めた。「メッセンジャーのことで何か噂を耳にしたり、思いだされたりすることがあったら、知らせていただけますか？」

ディアリングは意外な表情を浮かべた。「それほど重要なことなのかね？」

「そうかもしれませんが、いまはなんとも言えません」

ディアリングはうなずいた。「肝に銘じておこう」

ペンズハーストは美しい村だった。村を見下ろすように建つ教会は、旧家として知られるシドニー家の門を守っているようにも見える。イヴの頭に、忘れていた記憶が一気によみがえった。

「ヒーバー城にも行ったわ」村のなかを馬車で走りながら、イヴはアッシュに言った。「ほら、アン・ブーリンが、ヘンリー八世と結婚する前に住んでいたところよ。母は、アンの物語を書くつもりだったの。だって、悲劇的な死を遂げた女性でしょう？」イヴはふっと口をつぐむと、アッシュをちらりと見た。「お父さまの言うことが正しいと思う？　母は死に興味を持っていたと思う？　わたしもそうかしら？」

「ではアイスキュロスは？　エウリピデスは？　ソポクレスは？　彼らは悲劇を詩に書いたが、世の中はもっとひどい場所だ」

イヴは、からかうように言った。「あなたがそんなに教養のある紳士だったとは、知らなかったわ」

アッシュの返事はそっけなかった。「教養と言うにはほど遠いがね。それにしても、なぜいままで見過ごしていたんだろう。これまでずっと目と鼻の先にあったのに、考えてみようともしなかった」

「何を？」

「きみの母上の短編を投稿した人物は、なぜアンジェロという筆名を使ったんだ？　ギリシャ語をちょっとかじった学生なら、少し考えればわかることだ」

「何を考えるというの？　簡単に話してもらえないかしら」

「筆名のアンジェロ（Angelo）だよ。これは、ギリシャ語のアンゲロス（angelos）から取った名前だ。ギリシャ語の意味は、使者《メッセンジャー》」

イヴは眉をひそめた。「アンゲロスの意味は、たしか天使《エンジェル》だと思ったけれど」

「同じことさ。天使でも使者でも正解だ。天使は天の使いだからね」

「まあ」イヴは、天使たちが金の竪琴を奏でながら歌う場面を思い浮かべていた。

「そう、その『まあ』だ。やつは、本名を筆名として使っていたんだよ」

「トマス・メッセンジャー……」そうつぶやいて、イヴは長いため息をついた。

「どうした？」

イヴはかぶりを振って答えた。「どうもすっきりしないわ。わたしの考えは変わらない。リディアを襲った男は、自分の罪が露見するのを恐れていた」彼女は、アッシュを見上げてつづけた。「アンジェロとメッセンジャーに、なんの関係があるというの？　メッセンジャー自身があの短編を投稿したの？　それとも、彼はリディアを襲った人物なの？」

アッシュは行く手を見据えていた目をイヴに向けると、にやりとして、また目を戻した。

「そんなにあせったら、混乱するだけだ。この手のことは、頭を休めているときにぴんと来るものなんだよ。さあ、着いたぞ」

馬車は、白い鹿の看板がそよ風に揺れている建物の前で止まった。

「白鹿亭か。かわいそうに、まるで狩人のにおいをかぎつけたような顔をしているじゃないか」看板を見てそう言うと、アッシュはあたりを見まわした。「馬にはどこで水を飲ませればいいのかな？」

「そこを曲がったところに小道があって、中庭に行けるはずよ」

アッシュは手綱をピシリと鳴らすと、馬車を走らせて道の行き止まりで角を曲がり、インの中庭に入った。

手綱を取った馬丁は、アッシュが見たところ、ペンズハーストの村のように眠たげに見えた。あたりを見わたしても、急いでいる者は一人もいない。中庭は少しも騒がしくなく、だれもがのんびりと動いていた。

アッシュとイヴはロビーに入ったが、だれもいなかったので、奥にあるドアを開けてみた。そこが食事室であることを、イヴは憶えていた。

「最後に見たときと、少しも変わってないわ」

小さな鉛枠《なまり》の窓が、唯一の明かり取りだった。黒ずんだオークの梁《はり》が低い天井を支え、片隅には石造りのすすけた暖炉がある。白いテーブルクロスのかかったテーブルが四卓置いてあるが、それだけで窮屈な部屋はいっぱいだった。

「客はぼくたちだけのようだが」アッシュは声をひそめて言った。「宿の人間はどこにいるんだろう？　主人は？　ウェイターは？」

「ロビーにあった呼び鈴を押せばいいんじゃないかしら」

アッシュは小声で悪態をついた。

「何を期待していたの？　ここはグリヨンズじゃないのよ」

「ここで待っていてくれないか。すぐに戻るから」

イヴは窓の近くにあるテーブルにゆっくりと近づいて、椅子に腰を下ろした。そこは、母と滞在していたときに、食事を取ることにしていたテーブルだった。あの事故が起こるまでに、何日間ここにいたのかしら？　一週間？——思いだせなかった。イヴは何気なく、片隅のテーブルに目をやった。そこが、メッセンジャー一家が到着したときに座っていたところだった。

心臓が胸郭をたたきはじめ、のどがからからになった。視線をそらそうとしても、目が言うことをきかない。やがて、ぼんやりとした影が形を取りはじめた。イヴはあの日の夜と同じように、メッセンジャー親子をはっきりと見ていた。

テーブルには四人分の用意がしてあるが、座っているのは三人だけだった。周囲に溶けこんでしまいそうなほど地味な服を着て、臆病そうに座っているのが、メッセンジャー夫人。これ以上ないほどむっつりとした表情を浮かべているひょろ長い少年が、その息子。そして、遊蕩生活のしるしが深々と顔に刻まれている、ハンサムだがいかつい顔をした男。トマス・メッセンジャーだ。もう出発したはずなのに、まだ宿にいる。

テーブルのまんなかには、ブランデーの瓶が置いてあった。メッセンジャーはその瓶を取ると、自分のグラスになみなみと注いだ。

とたんに、これまで感じたことのないような憎悪が、イヴをのみこんだ——それは、彼女に対する憎悪ではなく、自分の父、ディアリングに対する憎悪だった。イヴが身がまえると、トマス・メッセンジャーの考えていることが頭に流れこんできた。〔ディアリングめ！　何もかも、あいつのせいだ。貴族にぺこぺこしただけで、おれを押しのけて、何もかもじぶんのものにしやがった。才能があるのはおれのほうなのに。あいつはおれの仕事を盗んだ。おれのことをねたんでいるんだ。これからもずっと。それなら、思い知らせてやる！　たっぷりと思い知らせてやる！〕

憤怒の炎がめらめらと燃え上がった。〔今夜だ。今夜やってやる。ディアリングがいなくなれば、仕事はまたおれのものだ〕

酔いしれた笑い声が、頭のなかに響きわたった。イヴは目を閉じて、その音を締めだそうとした。

だれかの手が肩に触れたので、イヴは飛び上がった。「お母さま？」

イヴはいっとき、うつろな目でアッシュを見つめていた。やがて、呼吸がゆるやかになり、現実に引き戻された。「ここに――」かすれた声しか出なかったので、つばを飲みこまなくてはならなかった。「ここに、あの男がいたのよ、アッシュ。あの夜、トマス・メッセンジャーは妻と息子と一緒に、ここにいた」

アッシュは眉をひそめた。「それは記憶かい？　それとも、また過去を見たのか？」

アッシュの表情で、イヴはようやく我に返った。「メッセンジャーは、じぶんの不運をぜんぶ父のせいにしていたわ。あの人は――」

「うん？」

「あの人は、父を殺そうとしていたんだと思う。酔っぱらって、わめき散らしていたわ」

イヴはこれ以上、主張したり説明したりしたくなかった。とにかく石切場に行って、これまで何度も見た夢の意味を理解したかった。あの夜、外に出た母に何があったのか、突きとめなくてはならない。その切迫した気持ちが、どうしようもないほど彼女を駆り立てていた。

イヴは立ち上がった。「石切場を見たいの」

「いいとも。いまサンドウィッチとお茶を頼んできたから、食事の後で行こう」

「いま行きたいのよ」

「行き方くらいは教わってもいいんじゃないかな」

「教わらなくてもわかるわ。夢のなかで、数え切れないほど繰り返し通った道だもの。そんなに心配しなくても大丈夫よ、アッシュ。遠くはない場所だから」

「ぼくが考えていたのは、そういうことじゃない」

すでにドアを開けようとしていたイヴは、振り返って冷ややかに言った。「わたしは正気よ」

イヴに追いついたアッシュは、彼女の肩に腕を回した。「ぼくの心は読まないんだな、イヴ。それがわかって心底ほっとしたよ。さっきぼくが考えていたのは、そろそろぼくを信頼してくれてもいいんじゃないかということさ、おばかさん」

「信頼ならしているわ」イヴは口早に言うと、ドアを押して外に出た。

石切場への道は下り坂で、覆いかぶさるように枝を伸ばした潅木と、鬱蒼とした茂みに両側を挟まれていた。しばらく進むと、急に視界が開けて、二人は暗い場所から光が降りそそぐなかに出た。そこは、開けた場所を囲む岩壁が大きな階段状に刻まれた、天井のない岩屋のようなところだった。

「憶えているのと違う」イヴは言った。「あのときは満月だったし、これよりもっと広い感じがしたわ」

「きれいだ」アッシュはつぶやいた。「石切場の庭園というより、沈床《ちんしょう》式庭園（地面を掘り下げて一段低いところに作られた庭園）だな」

三方に刻まれたそれぞれの岩棚には、植物がふんだんに植えてあった。咲き誇っている花、これからつぼみを開こうとしている花。ブルーベルに、プリムラ、ユリ、さまざまな蔓植物、スイカズラ。その下では、外から侵入してきたイラクサや、エニシダ、ハリエニシダなどの野草が、むきだしの床の印象をやわらげている。空気は、花々の香りに満ちてかぐわしかった。仕上げに添えられた小さな滝の音が、ほとんど完璧で、劇的といってもいい効果をもたらしていた。

アッシュは魅せられたように言った。「シェイクスピアの『真夏の夜の夢』を上演するのにぴったりだ」

イヴは岩棚に目を走らせていた。「もしくは、ギリシャ悲劇ね。わたしがイピゲネイアなら、この場所には長くとどまらないわ」

アッシュは、イヴにとって庭園がけっして美しいものとは言えないことを思いだして、うっかり口をすべらせたことを悔やんだ。

「すまない。軽率だった」

イヴは腹を立てずに応じた。「わたしのことを、腫れ物をさわるようにあつかわなくてもいいのよ、アッシュ。さっきは、父のあとでだれが設計の仕事を引き継いだのかと考えていたの」

「それなら知っている。サンドウィッチとお茶を注文したときに、おかみにきいたんだ。おかみによると、名前は思いだせないそうだが、ここの仕事を途中から引き受けたのは、とあるイタリア人の造園家だそうだ。イギリスの冬に耐えられなくて、仕事が終わるとすぐに、しっぽを巻いてイタリアに逃げ帰ったそうだが」

イヴは笑った。「とがめるわけにはいかないわね。おかみさんには、わたしたち一家のことは話した？」

「話はした。だが、インの持ち主が変わってしまったそうで、ディアリングやメッセンジャーの名前を憶えている者は、だれもいない。このヘイズルトン邸の所有者も変わってしまったそうだ」

いっとき間をおいて、イヴは静かに言った。「父がおぼれて死んだ少年のことに触れたときに、あなたの顔を見たの。弟さんのことを思うと、いまでもつらいんでしょう？」

「生きていたら、ハリーはちょうどきみぐらいの年になるはずだった。ぼくは、真実を突きとめなくてはならないんだ。きみは、母上と一緒にさまざまな庭園を訪れたんだろう？　どこかでハリーの話を耳にしたことはないか？」

「ないわ。そんな話があったとしても、わたしの耳には入らないわよ。そのとき、わたしはほんの十歳か十一歳だったんだもの」イヴはアッシュに向きなおった。「母は、卑劣なことをする人ではなかった。罪のない人を傷つけるような話は書かないはずよ。何か目的があってあの話を書いたんだわ。メッセンジャーは……」イヴは首を振ると、そっとつぶやいた。

「偶然の一致にしてはできすぎね」

「ああ、きみの言いたいことはわかる。メッセンジャーは四カ所の庭園で仕事をし、そこで四人の人物が命を落とした」

「もしかすると、メッセンジャーは、わたしたちに挑戦しているのかしら？　それならなぜ母の書いた話を公《おおやけ》にして、わざわざ注目を集めようとするの？　筋が通らないわ」

「そう先走ってきめつけることはできないさ。メッセンジャーの居場所を突きとめたら、真実を吐かせてやろう。この謎を、二人でなんとしても解き明かそう。あんなことをしておいて、このまますませられるものか」

イヴはアッシュの腕に手を置いた。「いま先走っているのはだれかしら？」

アッシュはほほえんだ。「きみの言うとおりだ。ハリーの話に戻るが、ぼくはハリーが一人で泳ぎに出たとは思わない。だれかに誘われなければ、泳ぎに出ないはずだったんだ。ハリーのことは、いつもぼくの心に重たくのしかかっていた。泳ぎに連れていくとハリーに約束したのに――」アッシュはこぶしを握りしめた。「――ぼくは友人と一緒に競馬に出かけて、その間ハリーのことを思いだしもしなかった」

イヴはアッシュをじっと見つめながら、ほとんど聞き取れないくらいの声で言った。「あなたの気持ちはよくわかるわ。わたしも、同じ理由でここに来たんだもの。わたしも母の死には責任を感じている。でも、どうしてそう感じるのかわからないの。もしかすると、石切場が教えてくれるかもしれない」

二人は黙りこんだまま、ゆっくりと、岩棚に囲まれたところに向かって進んだ。アッシュはときどき、見事な花々を愛でるために立ち止まり、イヴは何かを探しているように、岩棚に目を走らせた。

「何を探しているんだい？」

「え？　ああ、岩に刻まれた階段を探しているの。石切場のてっぺんまで登れる階段よ。わたしは子どもだったから登るのは禁止されていたんだけれど、父はここに来ると、その階段をよく登っていたわ」

「てっぺんまで登れる階段だって？」アッシュが聞き返した。

イヴは肩をすくめた。「だいぶ前に作られたもので、ぐらぐらしているところもあったそうなんだけれど。村に行く近道だったんですって」

そこからしばらく行ったところで、二人は階段を見つけた。

「手すりがある。登りたいかい？」

イヴはぶるっと身震いして首を振った。「いやよ。でも、あなたが登りたければどうぞ。ここが、母を見つけた場所なの。あなたさえよければ、しばらく一人きりにしてもらえないかしら」

アッシュは石段を登らなかったが、イヴとも距離を取って、彼女を一人きりにした。イヴの気持ちは、痛いくらいわかった。彼自身、ハリーが死んだときはもちろん、いまでもハリーの思い出に浸るときは、だれにもそばにいてほしくなかった。

小さな滝のかたわらに、石のベンチが据えられていた。アッシュはそこに腰を下ろすと、あたりを見まわして、改めて感嘆した。味気ない石切場から、これほど美しい庭園が作りだされたのが信じられない。

彼は、イヴに目をやった。イヴはさらに岩棚の奥まったところに進んで、立ったまま、祈りを捧げるように両手をしっかりと組み、頭を垂れている。そのまま、五分が過ぎた。あと一分だけ待とうと、アッシュは自分に言い聞かせた。一分たったら、声をかけて現実に引き戻そう。

彼女のほうに向かいかけたとき、イヴが小さく叫んだ。アッシュが足を速めて近づくと、イヴはがたがたと震えていた。「どうした？」アッシュは彼女を抱き寄せた。「どうしたんだ、イヴ？」心配するあまり、乱暴な口調になった。

イヴはうつろな目で彼を見上げると、やっと彼を認めて、ためていた息を洩らした。「あの夜のことを思いだすとき、なぜいつも罪悪感をおぼえるのか、ようやくわかったわ。うちに連れていってちょうだい、アッシュ。帰りたい」

22

『帰りたい』と言ったとき、イヴは白鹿亭ではなく、レディ・セイヤーズの屋敷に戻るつもりだったが、アッシュは彼女をグリヨンズ・ホテルに連れていくことにした。あの屋敷に戻れば、イヴは好奇心旺盛な仲間たちに取り囲まれて、質問責めに遭うだろう。だが、イヴは、仲間と過ごせるような状態ではなかった。具合が悪いわけではない。彼女に必要なのは、自分を取り戻す時間だった。

イヴが白鹿亭からの長い道中を快適に過ごせるように、アッシュはできるかぎりのことをした。足元に温めた煉瓦を置き、体を暖かな毛布で包んでやった。イヴは彼の肩に安心して頭を預けたまま、ほとんど眠っていた。しかしそれでも、到着したときの彼女の顔は蒼白だった。グリヨンズの中庭でイヴを馬車から抱き下ろしたアッシュは、毛布の下で彼女が震えているのを感じた。

「ここはどこ？」イヴはまぶたをしばたたかせて目を覚ました。

「グリヨンズだよ。屋敷に戻るのは、食べるものを食べて、充分に休んでからだ」

イヴはこくりとうなずいた。アッシュには、それで充分だった。

「自分で歩けるわ」イヴは言い張った。

アッシュは彼女をなだめると、裏口の階段に向かった。彼が女性を抱きかかえて裏口に向かうのを見て、馬丁と厩番の少年たちがにやけ笑いを浮かべていた。無理もないと、アッシュは苦々しく思った。少年たちは、これまでにさまざまな女性が引きも切らずに裏口を通って彼の部屋に向かうのに、慣れっこになっている。いま抱きかかえている女性も、同じようなものだと思っているに違いない。

けれども、イヴは違う。このつぎにイヴがここを訪れるときは、レディ・デニスンとして、あらゆる厩番と馬丁と手伝いの少年たちから敬意を払われるようにしよう。そして、ホテルの正面玄関から入ろう。

少年たちににやけ笑いを引っこめさせるのは簡単だった。アッシュの刺すような一瞥《いちべつ》で、だれもが途中で手を止めていた仕事に戻るか、その場で思いついた仕事に取りかかった。

自分の部屋に入ると、彼はイヴを居間に連れていき、暖炉のそばに置いてある安楽椅子に下ろした。リーパーもホーキンズも、まだレディ・セイヤーズの屋敷にいる。従僕か客室係のメイドを呼ぶこともできるが、いまはイヴをだれの目にも触れさせたくなかった。イヴに気恥ずかしい思いをさせたり、彼女の名誉を損なったりすることはしたくない。何より、イヴの介抱を、自分以外の人間にまかせたくなかった。

アッシュがまっさきにしたのは、暖炉に火を入れることだった。まだ暗くはなかったが、薄暮が忍び寄りつつあったので、部屋のあちこちに置いてあるろうそくに火をともした。それから、二本のグラスにブランデーを注ぎ、一つをイヴのところに持っていった。

「まず、これを飲むんだ」アッシュは言った。「それから、スープとサンドウィッチを頼んでくるよ。きみは朝食のあと、ほとんど何も口に入れていないから」それから、グラスをイヴの唇につけた。

イヴは素直にブランデーをひと口飲んだが、すぐにむせて咳きこんだ。アッシュの手を押しやって、咳きこみながら言った。「お茶のほうがましよ」

アッシュはにやりとした。「ようやくきみらしくなってきたな」

イヴは弱々しくほほえんだ。

「ちょっと待っていてくれないか。何か食べるものを探してくる」

従僕を見つけて食事を頼むのに、しばらくかかった。部屋に戻ると、イヴはボンネットとペリースを脱いでいて、立ち上がったまま、何気なく部屋を見わたしていた。その長袖のドレスはとりたてておしゃれなものではなかったが、アッシュはイヴの姿に目を奪われた。この部屋を訪れた女性は数知れないが、その女性たちの着ているドレスに想像をかき立てられたことは一度もない。イヴだけが彼をとりこにするのだと気づいても、もう驚かなかった。イヴと出会って初めて、親密という言葉の意味がわかった。彼はなろうと思えばだれとでも友人になる人間だったが、心の秘密を打ち明けたことはない。それが、イヴと会って変わった。知り合ってまだ間もないのに、生まれたときから彼女を知っているような気がした。

イヴがからかうような笑顔を向けたので、アッシュは胸をなで下ろした。捨てられた犬のような表情は消え、いつもの彼女を取り戻しかけている。

「いい気分でしょうね」彼女は冗談めかして言った。

「え？」

イヴは、ブランデーのグラスを取り上げた。「クリスタルはウォーターフォード。磁器はセーヴル。銀の燭台。それとも、このホテルが最高のものを取りそろえているのかしら？」

「ぼくは美しいものが好きなんだ」アッシュはイヴに近づきながら言った。「そして、もっとも美しい最高の女性が、いま目の前にいる」

イヴがいぶかしげな表情を浮かべたのを見て、無理もないとアッシュは思った。名うての女たらしがお世辞を言っていると思われても仕方がない。彼は、そっけなく言った。「父は高級品を好む人間だったんだ。その父が所有していたものを、受けついだだけさ」

結婚したら、リッチモンドの屋敷の調度品を好きなように変えてもいいと言いたかった。イヴが同じテーブルに座ってくれるなら、クリスタルのグラスで飲もうが、木のマグで飲もうがかまわない。彼が口をつぐんでいたのは、イヴがこんなにもはかなげな様子でいるときに、弱みにつけこむようなまねをしたくないからだった。

アッシュは暖炉を指して言った。「暖炉の前にいたほうがいい。顔色はだいぶよくなったし、震えも止まったようだが、さっきはずいぶん心配したよ。イヴ、石切場で何があったんだ？　きみさえかまわなければ、話してもらえないだろうか」

イヴは椅子に腰を下ろすと、石炭を舐めるように燃えている炎に目を落とした。アッシュは近くの椅子に座って、彼女が口を開くのを待った。

長い沈黙ののち、アッシュはそっと話しかけた。「あの夜のことを思いだすとき、なぜ罪悪感をおぼえるのかわかったと言ったね」

イヴは背もたれに頭をつけた。「ずっと疑問に思っていたの。あの夜、どうして母は外に出たんだろうって。それがわかったのよ」彼女は少し頭を動かしてアッシュを見た。「わたしが母に、メッセンジャーさんが父を殺そうとしていると言ったからなの」

イヴが言葉を切っても、アッシュはさえぎらなかった。

「何もかも思いだしたわ。わたしは十二で、あの人はわたしの能力なんて知らなかった。あの人というのは、メッセンジャーのことよ。トマス・メッセンジャーは白鹿亭の片隅のテーブルに家族と一緒に座っていた。わたしは頭のなかで、あの人がわめき散らすのを聞いたのよ。あの人は、そのときあそこにはいないはずだった。それまで白鹿亭に姿を見せたことは一度もなかった」

イヴはアッシュを見たが、彼が何も言わなかったので、ふたたび話をつづけた。「すぐに母に話すべきだった。母があの人の思いを感じとっていないことはわかっていたから。そういうものなの。わたしたちクレイヴァリーの人間は、だれの思いを感じとるか選ぶことはできないって、以前に話したでしょう？　母の能力は抜きんでていたんだけれど、その母ですら、他人の心を思いのままに読みとることなんてできなかった。わたしたちは、よく言っていたものよ。『クレイヴァリーは人を選べない。人がクレイヴァリーを選ぶ』って」

イヴはさらにつづけた。「もしすぐにメッセンジャーのことを話していたら、母はまだ明るいうちに父のところに行って、気をつけるように言っていたでしょう。でも、頭のなかに声が聞こえるなんてまともじゃないと父から言い聞かされていたから、黙っていたの。父はわたしが薄気味悪い能力の持ち主であることを恥じていて、それは恥ずかしいことだとわたしにも言いつづけた」イヴは首を横に振っただけだったが、その悲しげな動作が、彼女の気持ちをはっきりと表していた。「父に認めてもらうためなら、なんでもしたわ」

イヴはため息をついた。「だから、寝る時間になるまで黙っていたの。その夜は眠れなくて、寝返りばかり打っていた。そんな気配を察して、母が様子を見に来たわ。何もかも母に打ち明けたのは、そのときだった」彼女はかすかに笑った。「母はこう言ったわ。メッセンジャーさんはお酒をたくさん飲んで眠りこけているから、心配することは何もない、大いびきで建物じゅうがびりびり震えているくらいだからって」

イヴはちょっと肩をすくめた。「それでようやく眠れたの。けれども、真夜中に、また目が覚めてしまった。悲しい運命がせまっているという、おぞましい予感があったわ。母の犬だったシバがベッドの横にいて、石切場に連れていってくれた。きっと、メッセンジャーが母を石切場の上から突き落としたのよ。母はあの人を止めようとして――」

アッシュはこらえきれずに口を挟んだ。「メッセンジャーがそうするところを見たのか？」

「石切場に行ったとき、母が突き落とされたことがわかったの。でも、母を突き落とした男は見えなかった。でも、メッセンジャーにきまっているわ。父に殺意を抱いていたんだから」

アッシュはなんと言ったらいいのかわからなかった。イヴはいま、彼がどんなに努力しようと理解できないことを話している。

「母上の犬が石切場まで連れていってくれたそうだが、その犬も、母上と一緒に外に出たんだろうか？」

イヴはうなずいた。「そうだと思うわ。わたしのところに来たとき、シバの体は濡れていたから。その夜は雨が降っていたの。でも、シバは片方の後ろ足の付け根を痛めていたから、石切場の階段は登れなかった。母のそばにいたら、シバは母に危害を加えようとする人間を攻撃していたはずだわ」

アッシュは、つとめて当たり障りのない口調でたずねた。「この話は、きみが思いだしたことなのかい、イヴ？　それとも、脳裏にそういう光景が浮かんだのか？」

「これまで話したのは、ほとんどわたしが記憶していることよ。きょう、母が死んだ場所に立つまで、いちばん深いところにしまいこんで、忘れていた記憶なの。そのほかにも、思いだしたことがあるわ――あのとき頭のなかで、これは事故なのよという母の声を聞いたの。でも、あれは事故じゃなかった。わたしにはわかる。母は突き落とされて死んだのよ。なぜ母は嘘をついたのかしら？」

アッシュは額に手をやって言った。「ぼくにわかるのは、母上がきみを守ろうとしていたということだけだ」

「何から守るの？」

アッシュは肩をすくめた。「メッセンジャーかな？　ぼくにはわからない。母上は、自分が突き落とされたと言ったら、きみがおびえて騒ぎだすと思ったのかもしれない。犯人がまだ近くにいて、様子をうかがっていることを知っていたのかもしれない。あるいは……」

「何？」

「あるいは、ほんとうに事故だったのかもしれない」

その言葉で、イヴの確信は初めて揺らいだ。「アッシュ」彼女は言った。「あれは事故じゃないわ。母は突き落とされたのよ。わたしにはわかる」

「わかったよ。ひとまず、べつの問題に移ろうじゃないか」乱暴な言い方をしてしまった気がして、アッシュは声をやわらげた。「メッセンジャーは、それからどうなったんだろう？　その後見かけなかったか？」

「あの日以来、メッセンジャー本人も、家族も見かけてないの。そのあたりは、父が知っているかもしれない」イヴはそこで、何かを思いだしたようにふっと口をつぐんだ。「そういえば、メッセンジャーには娘もいたわ。病弱そうなお嬢さんだった。だから、あまり見かけなかったのね」イヴは、メッセンジャーのテーブルで空いていた四番目の席を思い浮かべた。

イヴは宙を見つめて、ため息をついた。アッシュは身を乗りだした。「何も後ろめたく思うことはない。きみは正しいことをしたんだ。そうだろう？　メッセンジャーのことを母上に打ち明けたのは、正しい判断だった」

イヴは目をこすった。「わたしもそう思うわ。でも、あのときは、よくわからなかった。父から、クレイヴァリーの能力などというものは存在しない、あれはヒステリーのようなものだと言い聞かされていたから、自分の能力にも、頭のなかで声を聞いたことにも自信がなかった。もしも、すべてはわたしの空想の産物で、そのせいで母が夜中に外に出たのだとしたら？　そんなふうに考えたら、耐えられるわけがないでしょう？　だから、何もかも忘れてしまおうとしたのよ」

イヴはぎゅっと握りしめた手に目を落として、そろそろと指を開くと、つらそうに言った。「あの夜以来、わたしは自分のなかにあるクレイヴァリーの部分を、それまで以上にしっかりと抑えることにしたの。それからは、重大なことを感じて悩むようなことは何一つなかった。でも、あの談話会で、すべてが変わったの。そこから、いろいろなことが始まった。夢を見たり、ある光景が頭のなかに浮かんだり、声を聞いたり。いまとなっては、この能力を否定することはできない」

イヴはアッシュをきっと見た。「否定なんてしたくないわ。これがわたしという人間なんだもの。自分自身は変えたくない。たとえ、だれのためであろうと」

イヴの言葉は、アッシュを震え上がらせるのに充分だった。「イヴ」気を取りなおして、彼は言った。「まだメッセンジャーが母上を殺したときまったわけじゃない。だれかほかの人物ということもあり得る。メッセンジャーがどんな外見だったか憶えているかい？　人は年を取ると変わるものだ。とりわけ、大酒飲みはひどく変わってしまう」

「どんな外見だろうと関係ないわ。あの人の声が聞こえてきたら、突きとめられるわよ。どういうわけか――」

「イヴ！」アッシュが彼女の座っている椅子の肘掛けをつかんだので、イヴは飛び上がった。

「まだわからないのか？　相手は危険な男だ。きみにも害をおよぼすかもしれないんだぞ。こういうことには、それなりのやり方がある。頭のなかで見たり聞いたりするのは、この場合はなしだ」

イヴが体をこわばらせるのを見て、アッシュはいらだちを抑えようとした。このどうしようもない無力感を認めたくはなかったが、いまは軍人時代にも感じたことがないほど怖いのはたしかだった。せめて、敵の正体がわかればいいのだが。

イヴは低い単調な声で言った。「わたしを信じていないのね。わたしが頭のなかで見るものや、聞くものを信じてないんでしょう？」

アッシュは髪をかき上げた。「それは違う。裁判になったときのことを考えてみたらいい。どんな証人を呼ぶつもりだ？　頭のなかに声が聞こえたからメッセンジャーが犯人ですと言っても、判事が信じるものか。わかりきったことだろう？　さっきも言ったように、彼を有罪にするには、確実な証拠が必要なんだ」

そのとき、だれかがドアをそっとノックした。食事を届けに来た従僕はよくわきまえていて、アッシュがトレイを自分で運ぶと言っても、少しも表情を変えなかった。

イヴは、アッシュが暖炉のそばにカード・テーブルを運んできて、スープやサンドウィッチの皿を置くのを見守った。

「まだ体が冷えているようだが、ここにいれば、すぐに暖かくなる」

アッシュが背もたれのまっすぐな椅子をそれぞれ引くと、イヴはアッシュが手を添えているほうに腰を下ろした。

「魚のスープと、サーモンのサンドウィッチだ」アッシュはにこにこして言った。「ぼくを育ててくれた乳母によると、魚を食べると頭の回転がよくなるらしい」

イヴは食べる気がしなかったが、とにかくスプーンを取って、努力することにした。食べているあいだも、また質問を浴びせられるのではないかと思って身がまえたが、アッシュはおもにリッチモンドの屋敷の話をするばかりで、ときどきうなずいてもらう以外の反応は期待していないようだった。彼女はおのずと、自分の考え事にふけっていった。

イヴはふたたび、石切場の庭園に思いを馳せていた。母のアントニアには、未来を予知する能力があった。あらゆる可能性と危険を感じとれたのに、自分の死は予見できなかった母。その能力は、自分のためではなく、他人のためにある力だった。そして、命の火が消えようとした最後の瞬間、母は娘のことだけを考えていた。

イヴのなかで、以前は理解していなかったことが、ぼんやりとまとまろうとしていた。アンジェロが発表した短編が母のものだとわかってからは、それに対する見方も変わった。

それは、痛ましい事故などではなかった。メッセンジャーは、なんのためらいもなく人を殺し、その庭園をさまよう犠牲者の幽霊は、安らかな眠りを望まず、だれかがメッセンジャーを止めることを望んでいた。

つぎの犠牲者はだれかしら？　ネル？　リディア？

頭のなかに、イメージが広がった。舞踏室に、音楽、テラスに面したフレンチ・ドア。舞踏室にもっと焦点を合わせようとしたが、見えるのは、ダンスフロアをくるくると回る白いドレスを着た令嬢と、そのパートナーたちだけだった。

不意に鼓動が激しくなり、呼吸が速まった。だれかに心臓をつかまれ、ぎゅっと握りしめられたような気がした。あの場所こそ、すべてが終わる場所なのだ。それこそ、母が彼女に知らせようとしたことだった。舞踏室に入ったら、すぐに彼がわかる。メッセンジャー。石切場から、母を突き落とした男。

「イヴ！」

アッシュの声が割りこんできて、イヴははっとした。

「イヴ！　椅子から落ちそうじゃないか。一瞬、気を失ったのかと思ったぞ」

イヴはぱっと目を見開いて、アッシュを見た。心配そうに、眉をひそめている。善良でやさしい、メッセンジャーとは昼と夜ほども違う人。

「どうした？」アッシュはそっとたずねた。

「夢……夢を見たの」イヴはとぎれがちに答えた。

アッシュはイヴの手を引っ張って立たせると、彼女の手のひらを唇に近づけ、心をこめてキスをした。「疲れているだけだ。この二日間は、ぼくでさえ疲労困憊《こんぱい》するくらいだったから」

やさしくいたわられ、気づかわしげに見つめられて、涙がぽろぽろとこぼれ落ちた。イヴはアッシュの肩に顔をうずめて、体が震えるほど激しくしゃくり上げた。彼女は母と父のために泣き、アッシュの弟のために、一度も会ったことのないメイドと従僕のために泣いた。そして、自分の運命のために泣いた。アッシュとの幸せな結末が見えない。

彼女の直感が告げていた。行く手にいるのはメッセンジャーだった。母は意識が遠のくなか、来たるべきものを最後に知らせようとした。すべては悪夢で終わるという運命を。

アッシュが落ち着かせようと背中をさすってくれたが、イヴの体の震えは止まらなかった。彼はイヴを抱き上げると、ソファに下ろし、ブランデーのグラスを取り上げて飲ませた。

グラスを置いて、アッシュは言った。「じっとしていてくれないか。ちょっと毛布を取ってくるだけだから」

アッシュは毛布と枕を持って、すぐに戻ってきた。イヴはまだときおりしゃくり上げていたが、かすれた声で「ありがとう」と言った。

ソファに横たわったまま、イヴはアッシュがカード・テーブルの上を片づけ、何もかも元通りに戻すのを見守った。アッシュは暖炉にさらに石炭をくべ、火かき棒で燃えさしをかいて、炎を燃え上がらせた。

それからアッシュはソファのかたわらに膝をついて、イヴの顔にかかっていた髪の毛を後ろになでつけた。「さっきはどうした？」声がかすれていた。「どうしてあんなに苦しそうにしていたんだ？　話してくれないか」

イヴは、彼が受け入れるとわかっている答を言った。「母が死んだときのことがまた頭に浮かんだのよ。つらかった」

アッシュになんと言えるだろう？　つぎつぎと人が殺される悲劇の最後の幕に、メッセンジャーと二人で出演することになっているのだと話す？　アッシュには到底受け入れられないだろう。イヴ自身でさえ、理解できなかった。けれども彼女は、受け入れていた。それが、さっきはっきりと感じた幕切れだったから。

アッシュは同情するようにうなずくと、イヴの額にキスをした。「少し眠るといい。ぼくは暖炉のそばで、少し本を読んでいるから」

「ベッドで寝てもいいのに」

「寝室は、貯氷庫みたいに冷えきっているよ。気に入った椅子で寝るほうが、どんなにましか知れない」

イヴは、まぶたが重くなり、暖炉の熱が体じゅうにしみこむまで、アッシュをずっと見つめていた。彼が身じろぎをして脚を組み替えると、瞳がぱっと開いたが、またゆっくりと閉じていった。しまいに、彼女は眠りに落ちた。

23

二人は、大騒動の真っ最中にレディ・セイヤーズの屋敷に到着した。レディ・セイヤーズと滞在客たちがいるという音楽室に向かっていると、アンナ・コンティニが滔々《とうとう》とまくしたてるのが聞こえてきた。彼女が張り上げる声は、ドアを開けてなかに入る前から二人の鼓膜を震わせた。

「お願いします」アンナはきっぱりと言った。「五月市《メイ・フェア》は、取りやめてください。少なくとも延期して、わたしに手配しなおす時間をください」

レディ・セイヤーズは困りきっていた。「でも、アンナ、五月市を取りやめるわけにはいかないわ。五月の最初の週に開催するのは、何世紀も前からつづいている伝統なのよ」

彼女はアッシュとイヴの姿を認めて、すばやく立ち上がった。滑稽なほどほっとした表情を浮かべている。「デニスン卿、あなたならアンナを説き伏せてくださるわね。村の共有地とお屋敷の敷地は、毎年五月市の会場となるならわしなの。それも、ただのならわしじゃない。この土地の所有者とケニントンの村民が賜った、国王陛下の勅許状にも明記してあることなのよ」

まだよく飲みこめなかったが、アッシュはとにかくうなずいた。「何か問題でも？」

「わたしのロバのことです」アンナが答えた。「それから、羊たちも」

「羊たち？」アッシュは眉をつり上げたが、だれも説明してくれなかった。

レディ・セイヤーズは言った。「五月市の会場になるところだから、ロバたちを移動しなくてはならないんだけれど、アンナは聞き入れてくれないの。うちの厩番は、ロバを厩に入れるくらいならここをやめると言っているわ。羊にいたっては、なんと言われることやら」

「わたしのロバと羊たちは、一緒にいなくてはならないんです」アンナが横から口を出した。

くわしい事情が、しだいに明らかになった。アンナによると、ロバと羊は、一緒にいることで落ち着いているし、ロバは羊を守るのが犬よりも上手だという話だった。何も、羊の群れを丸ごと買ったわけではない。初めは六頭だった。けれども、そのうちの三頭が仔羊を産んだので、いまは九頭。ロバを合わせれば、十二頭になる。

「みんな、おたがいのことをわかり合っていて、家族のように仲がいいんです」アンナはさらに言った。「それに、一頭のロバが、じきに出産しそうなんですよ。そんな時期に移動させるなんて、むごすぎるじゃありませんか」

イヴは会話がとぎれた隙に、おばの隣に腰を下ろした。ライザがいつになく黙りこんでいるのが妙だった。それからアッシュに目をやって、イヴは笑いをこらえた。彼は、ここ以外ならどこでもいいから逃げだしたいという表情を浮かべている。

アッシュは落ち着かなげに、片足から片足へと体重を移した。だれもが賢王ソロモンを見るようなまなざしを彼に注いでいる。アッシュは咳払いをして、アンナに言った。「いまここで動物たちを移さなかったら、村人たちが移すことになる。それには、法律の後ろ盾もあるんだ。もしも執行吏《ベイリフ》まで来たら、穏やかなやり方ではすまないだろう。それより、近くを探せば、動物たちを一日か二日、少なくとも五月市が終わるまで、預かってくれる農家があるはずだ」

「問題は、そこなんですよ」レディ・セイヤーズが言った。「ブレイン先生が、せっかく動物たちを預かると申し出てくださったのに、アンナは聞く耳を持たないんです」

アンナは冷ややかに言った。「先生のお宅は、ここから二マイルも離れてるじゃありませんか。そんなに遠かったら、様子を見に行くのは一日に一度がやっとでしょう。それに、動物たちは、先生を知りません。もちろん、先生はやさしい方ですけれど、それとこれとは違うんです。わたしのロバたちは人を信頼しないんですよ。正当な理由で」

レディ・セイヤーズは額に手をやり、ライザはため息をついた。ミス・クレイヴァリーは、ペルシャ絨毯にじっと目を凝らしている。

アッシュは言った。「もし動物たちを移さなくていいという許可がもらえたとしても、五月市が始まったら、みんな死ぬほど怖い思いをするだろう。まわりを大勢の人が行き交うし、露天商の呼び声はやかましいし、音楽やダンスの催しもある。おまけに――」彼は、大げさに付けくわえた。「――酔っぱらいも多いはずだ。そういう連中のなかには、悪さを働きたくてうずうずしている者もいるだろう」

アンナはじっと考えたあげく、とうとう口を開いた。「どうやら選択の余地はなさそうですね。ブレイン先生に、やはりお世話になると伝えに行ってきます」

アンナが出て行くと、しばらく沈黙がつづいた。笑うべきか腹を立てるべきかわからないような顔をして、だれもが口をつぐんでいる。しまいに、レディ・セイヤーズが言った。

「ありがとうございます、デニスン卿。お見事でした。アンナはとても思いやりのある人だけれど、動物に対する愛情はちょっと行き過ぎだわ。ときどき、人間よりも動物のほうが好きなんじゃないかと思うことがありますよ」それから、急いで付けくわえた。「もちろん、あの人のことは心から尊敬していますけどね」

ミス・クレイヴァリーは、刺繍の枠を取り上げて言った。「アンナは、人間だろうと動物だろうと、心に傷を抱えていると、思いやらずにはいられないんですよ。わたしが思うに、アンナはロバを愛しているように、リディアのことも、アンナの羊の世話をしている男の子のことも愛しているんじゃないかしら」

とたんにだれもが笑いだしたので、ミス・クレイヴァリーは目をむいた。

「いいえ、わたしはまじめな気持ちで言ってるんですよ」彼女は言い張った。

「でも、アンナは犬が苦手だわ」イヴが言った。「デクスターを近づけないでって言われたもの」

「ええ、でも、もしデクスターがつらい目にあったりけがをしたりしたら、アンナは心から尽くそうとするはずよ。だから……」ミス・クレイヴァリーは、一同を見わたしてにっこりした。「アンナのしていることに、好意を示すべきじゃないかしら。ロバと羊たちの移動を手伝いましょう。わたしたちにならし、信頼してまかせてくれるはずよ」

レディ・セイヤーズは、消極的な反論を試みた。いまは来たるべきライザの舞踏会のために、気を配らなくてはならないことがたくさんある。まだ壁を塗り替える職人が来ていないが、職人が来たら、壁の色に間違いがないように立ち会いたい。屋敷の西翼では煉瓦職人がまだ煉瓦の目地を白く塗っているが、舞踏会までにはその見苦しい足場を取りはずせるように、きちんと監督したい。

けれども、レディ・セイヤーズがなんと言っても、アンナを手伝おうと決めた一同の気持ちはぐらつかなかった。レディ・セイヤーズは反対しているのが自分一人なのを見てとると、しまいに折れて承知した。

アンナが予想していたよりも、事態はいい方向に動いた。ブレイン医師が彼女の動物たちに避難所を提供してくれただけでなく、アンナが動物たちを気づかっていることを聞きつけた彼の母親が、五月市が終わるまで〈丘の家〉と呼ばれるブレイン家の屋敷に滞在してはどうかと、アンナとリディアを招待してくれたのだ。それなら、アンナはリディアから目を離すことなく、ロバたちの様子を好きなだけ見に行ける。

翌朝、一同が中庭にそろったところで、アンナは集まった志願者たちを値踏みするように見わたした。ここにいるのは、羊の世話をする〝ニール〟を除けば女ばかりだった。アッシュが見え透いた言いわけをして手伝いを遠慮したとアンナからひそかに聞かされて、イヴはほっとした。ニールは男性を怖がるから、アッシュはいないほうがいい。

「ずいぶんたくさんいるのね」アンナはそう言うと、新米の羊飼いとして徒歩《かち》で行く者を選んだ。

こうして、レディ・セイヤーズとミス・クレイヴァリーとリディアは、レディ・セイヤーズの馬車で先発することになり、それ以外の者たちは、丈夫な散歩用の靴に履き替え、羊飼いの杖代わりになりそうなものを探した。

アンナに雇われた少年ニール――みんなもその名で呼ぶようになっていた――は、帽子を目深にかぶり、ほかの女性たちから少し離れていた。だれとも話そうとしないその少年に話しかけられるのは、アンナしかいない。イヴの目には、だれもが秘密を知っているように見えた。

その日は暑い日だったが、散歩したり、羊を追ったりする分にはさほどでもなかった。アンナは自分が助けた三頭のロバ――フェイスにファニーにフィオナ――について、ことあるごとに冗談を飛ばしてみんなを楽しませた。イヴは、アンナが動物たちとこれほど深い絆を築いていることに心を動かされていた。動物たちはアンナの愛情にこたえて、彼女に耳をかかれるたびに穏やかに鼻を鳴らしている。彼らを歩かせるのに、杖でつつく必要はなかった。彼女と少年の行くところに、小さな群れはついて行った。デクスターは屋敷に残してこなくてはならなかった。傷ついた魂が集まるアンナのささやかな診療所の一員になるには、デクスターはあまりに元気で、あまりに犬らしかったから。

イヴは、目には見えない不吉な雲が行く手にあることを知っていた。メッセンジャーがどこかにひそんで機会をうかがっているのは知っているが、こちらには強みがある。彼の心を読めるという強みが。このじわじわと神経をさいなむような状況は、そう長くはつづかない。すでに、彼を開けた場所に誘いだす計画をめぐらしてある。いまとなっては、あと戻りはできない。彼がせまって来たときの心構えは、もうできていた。

その思いは、胸の奥に押しやることにした。いまは、この素晴らしい朝のひとときを、余すところなく楽しみたい。

イヴは歩みを遅くして、周囲の音やそのほかの刺激に対して、あらゆる感覚を開放した。驚くようなことは何もなかった。頭に入ってくるのは、だれもが普通に感じるような、あいまいな印象ばかり。ライザは不機嫌だった。リディアが〈丘の家〉に招かれなければ、ブレイン先生を独占できるはずだったから。アンナの笑い声は、彼女が幸せである何よりの証拠だ。アンナは、ひと群れの動物のほかにも友人がいることに気づいていなかった。

それから、アンナが雇った少年に目を留めて、イヴはひそかにほほえんだ。ニールのおかげで、この上なく幸せな気分だった。ニールはいま、多少なりとも人間らしい生活になじみつつある。イヴ自身、これほど他の人々のなかでしっくりとなじんでいる気がしたのは、初めてだった。

イヴは、深々と息を吸いこんだ。忍び寄る影のことを考えることはない。いまの彼女は、仲良しの友人たちと外出を楽しんでいる、ごく普通の娘だった。しかし、この幸せがすぐに終わることはわかっていた。

その小康状態は、五月市が始まる前の晩に突然とぎれた。イヴが寝室に戻っていくらもたたないうちに、アッシュがいきなりずかずかと入ってきた。怒りのあまり蒼白になって、〈ヘラルド〉を振りまわしている。

「いったい何を考えてるんだ?」アッシュはまくしたてた。「これは、あの石切場じゃないか。きみの母上が亡くなったときの話だ。しかも、著者として、きみの名前がページの最上段に掲載されている」彼は新聞を鏡台の上にたたきつけて、イヴに詰め寄った。「いったいどうやって、ブランド・ハミルトンを説き伏せたんだ?」

イヴはつんとして答えた。「説き伏せる必要なんかなかったわ。かの有名なミセス・バリモアの書いた短編だもの、編集者が飛びついてきたわよ。もしアンジェロが追加の短編を送りつけていたら、ハミルトンさんがあなたに何か知らせてくださるはずだわ。でも、いまは何もない状況でしょう?」

「自分からおとりになることはないじゃないか!」

アッシュの剣幕に、イヴはたじろいだ。もちろん、彼が新聞を読めばかっとするのはわかっていたが、これほど激昂《げっこう》するとは思っていなかった。「論理的に考えたら、こうするしかないでしょう」イヴは言った。

アッシュは、イヴが理屈を持ちだしても、彼女をなおもにらみつけていた。イヴは落ち着かなげに歩きまわりはじめた。

不意にくるりと振り向いて、イヴは言った。「わたしの能力のことは忘れてちょうだい。以前にも言ったように、メッセンジャーは、だれかに罪を暴かれることを死ぬほど恐れているの。だからアンジェロのふりをしたリディアを襲って——」

途中でさえぎろうとしたアッシュが口を閉じて腕組みをしたので、イヴは小さくうなずいて先をつづけた。「母の死にまつわる短編を読んだときのメッセンジャーの気持ちを想像してみるといいわ。あの人は、ミセス・バリモアとイヴ・ディアリングが同一人物であることを知っている。たとえ知らなくても、突きとめるのは簡単だわ。そして、わたしが過去の犯罪を暴露しようとしているんだと思うでしょう。わたし以上に事情を知っている人間はいないもの。アンジェロが書いた庭園を知っているし、石切場で起きたことも知っている。メッセンジャーはきっと、わたしに目を向けるわ。わたしは、彼の背中をちょっと押しただけよ」

「まずぼくに相談しようとは思わなかったのか？」

「もちろん考えたわ。でも、あなたを説得できないとわかっていたから」

「ほんとうに真剣に考えた上でのことなのか？」

アッシュは傷ついていた。それも深く。そのことに気づいたイヴは、声をやわらげて言った。「わかってちょうだい。男性を見るたびにメッセンジャーじゃないかと考えるのは、もうんざり。年齢はこれくらいかしら？ 背の高さは？ 髪の毛はまだ黒いかしら？ それとも白髪交じり？ そんなことばかり考えてしまって、心が休まらないの。お屋敷の厩番や従僕のなかで、わたしがそんな目で探りを入れなかった人はいないわ。それだけじゃない。そのほかの知り合いや友人たちも、同じようにふるいにかけたのよ――リー・フレミングに、フィリップ・ヘンダースン、ホーキンズ、リーパー――」

アッシュがかぶりを振ったので、イヴは口をつぐんだ。「何かおかしい？」

「ホーキンズは自分の名前さえろくに書けないし、ほかの人間は年齢が若すぎる」

「もちろん、ちょっと考えればわかることよ。でも、言いたいことはわかるでしょう？ こんな状態が長くつづいたら、ほんとうに頭がおかしくなってしまう」イヴは一歩進みでると、訴えるようにアッシュを見た。「正直な気持ちを聞かせてちょうだい、アッシュ。もしあなたがわたしだったら、悪魔を引っ張りだすために、あらゆる手だてを講じたんじゃないかしら？」イヴはすばやくアッシュの唇を押さえて、彼が何か言おうとするのを押しとどめた。「ハリーのことを考えてみて。この先いったいどれくらい、犯人を捕まえるのに時間をかけるつもり？」

アッシュは首を横に振ったが、しだいにこわばっていた肩の力を抜いて、弱々しい笑みを浮かべた。「わかったよ。だが、ぼくの言うことも聞いてくれないか。これから、ぼくがいないときは、ホーキンズがきみに影のようにつきまとう。それから、あの小型ピストルを、肌身離さず持ち歩くんだ」

「ピストルを無二の親友にするわ」

「そうしてくれ。デクスターはどこにいる?」

自分の名前を聞きつけて、デクスターはベッドの向こう側から首を突きだすと、とことことアッシュに近づいてきた。彼が耳の後ろをかいてやると、デクスターは満足げな声を洩らした。

「屋敷を出るときは、かならずデクスターを連れていくように」

アッシュは窓を閉めて、かんぬきをかけた。「ぼくが部屋を出たら、しっかり鍵をかけるんだぞ」

「ここには……ここにはいてくれないの？」

アッシュは片方の眉をつり上げた。「ぼくがどうすると思っていたんだい？」

「今夜はずっといてくれるんだと思っていたわ」

アッシュは口元に微笑を浮かべながら、イヴに近づいた。「ぼくという人間を見誤らないでもらいたいな、イヴ・ディアリング」彼は言った。「ぼくは結婚を控えている身だ。きみもよくわかっているように、ぼくたちは結婚するんだぞ。魔法の言葉を使うといい。そうしたらぼくは、身も心もきみのものになる」

イヴは唇を開きかけたが、言葉は出てこなかった。

アッシュはいっとき待って、イヴの額にキスをした。「きみが言うべき言葉は、ちょっと考えればわかる」そう言い残して、彼は部屋を出た。

イヴの部屋を出たあと、アッシュはホーキンズと一緒に一階を見てまわり、戸締まりを改めて、何一つ問題がないことをたしかめた。屋敷は広すぎて、二人ですべてを確認するのにひどく手間どったので、アッシュは翌朝いちばんに、召使いたちに見まわりの作業を分担することにした。「それから、西翼の足場も取り外したいな」彼は言った。「あのままでは、侵入者に入ってくださいと言っているようなものだ」

アッシュが最後にしたのは、夜の門番たちを集めて、警戒を怠らないようにと念を押すことだった。五月市で訪れる人々のなかには、警戒の手薄な邸宅に目をつけるような不届き者もいるだろうからと、門番たちには説明した。

「そういう連中は、隙を見て、金目のものを持ちだそうとするかもしれないから」

門番たちが警告をどれだけ真に受けてくれたのか、アッシュは心もとなかった。できることなら、一個小隊を配置につかせたい気分だった。軍隊なら、職務怠慢はただごとではすまされない。特別に手当を出すことも考えたが、結局やめることにした。そんなことをしてよけいな疑問や憶測を招いたら、メッセンジャーに気づかれるかもしれない。

ベッドに入るころには、イヴの部屋を出てからかなりの時間が過ぎていたが、緊張していて眠るどころではなかった。〈ヘラルド〉にイヴの作品が掲載されたことが頭から離れず、考えれば考えるほど胃が縮むような気がした。どんな理由があろうと、女性を危険にさらすようなまねはしたくない。しかも、イヴはたった一人の特別な女性だ。もしイヴの身に何かあったら、死ぬまで自分を許せないだろう。

アッシュのなかのある部分は、イヴの体を思いきり揺さぶってやりたくてうずいていたが、一方でべつの部分――論理的な部分――は、イヴのやり方こそ犯人を引っ張りだす確実な方法なのだと告げていた。アッシュがいらだっているのは、イヴが彼に相談することなく行動に移ったせいだった。

――ハリーのことを考えてみて。この先いったいどれくらい、犯人を捕まえるのに時間をかけるつもり？

犯人を捕まえるために、自分はなんでもするだろう。なんでも差しだすだろう。イヴを危険な目に遭わせる以外なら。

一瞬、イヴをさらって、スコットランドの祖父の城に連れていくというばかげた考えが浮かんだ。けれども、それですまないのはわかっていた。ロンドンに戻れば、メッセンジャーがつけねらっているのではないかと、しじゅう後ろを振り返らなくてはならなくなる。そんな生活に、いつまでも耐えられるはずがなかった。

人混みにまぎれこめる五月市は、メッセンジャーが彼女に近づく絶好の機会になる。

何か一つでも確実なことがあれば先に進めるのだが、いまはあらゆる手がかりを検討しても、考えが少しもまとまらなかった。何もかもがばらばらで、ふさわしい場所に収まらない。必要なのは、先入観を捨てて、一からやり直すことだった。

始まりは、談話会だった。彼は、〈ヘラルド〉に短編を発表したアンジェロの正体を突きとめるつもりだった。リディア、メッセンジャー、イヴ、そして仲間の作家たちに、談話会で騒ぎを起こした男。ほかの人物も頭に浮かんだ。

一つの仮説がまとまりつつあった——まだ不明瞭だが、彼をこれほどまでに悩ませていた断片を一気にくっつけるような、大胆な仮説だ。いまはその仮説をじっくりと検討して証明する時間が必要なのに、こともあろうに、その時間をイヴが取り上げていた。

時間だ。あとどれくらいの時間が残されているのかまったくわからないのに、自分は一人で何をしているのだろう？　さっきのイヴは、彼をベッドに誘ったも同然だった。それを断ってどうする。

アッシュはイヴの部屋に向かった。イヴも寝ていなかったらしく、彼がノックをして名前を呼ぶと、すぐにドアが開いた。

「きみがいないとだめだ」イヴに引っ張られたときにアッシュに言えたのは、それだけだった。

これまでと違って、二人はゆっくりと、満足のいくように求め合った。愛の営みのあと、アッシュはイヴと話したかった。イヴは眠りたかった。

アッシュは彼女の額にキスをした。「どうした、イヴ？　何かあったのか？」

イヴは枕の上で落ち着かなげに頭を動かした。「何も言わないで、抱きしめて。わたしが望むのは、あなたの腕に抱かれることだけよ」

ため息をついて、アッシュはイヴを抱き寄せた。呼吸の音が徐々に規則正しくなり、二人はやがて眠りに落ちた。

24

地元の人々は、その五月市を〝イングランド最大の市《いち》〟と呼んでいたが、まさにその通りだった。こんなにも人々が押しかけ、これほどたくさんの露天商が品物を売る市《いち》を、イヴは見たことがなかった。金細工師に、帽子屋、布地屋、仕立屋、玩具屋、本屋、薬屋。そして、露天が並ぶ角という角に、料理や酒を出す店のテントが立ち、外で飲食できるように、テーブルやベンチが並べてあった。

レディ・セイヤーズは、周囲を満足げに見まわした。「『こんなのは貴婦人が大勢で繰りだすような催しじゃない』。亡くなった夫が、よくそう言っていたものよ。それまで五月市には興味がなかったのに、その言葉を聞いてからは、引き止められても出かけるようになったわ」

だれもが笑ったが、アッシュは違った。いまは亡きセイヤーズ卿の言うことには、たしかに一理ある。この手の市には、けっして明るいとは言えない側面もあるものだ。売春婦や、掏摸《すり》、ぽん引きがあちこちにいる。人形劇はあきれるほどみだらだし、観客を数人集めて始まる旅回りの役者たちが演じる芝居も同じだ。牧草地のはるか向こう、綱で仕切られた場所にはボクシングのリングが設置され、殴り合いにどよめく観客の歓声や罵声が、音楽や露天商の声をしのいでいた。その綱の向こう側は、淑女が立ち入ってはいけないことになっているからいいものの、そうでなければ、彼が連れている一団は見に行くと言って聞かなかっただろう。

レディ・セイヤーズは、思いだしたように言い添えた。「暗くなりだすと、人出も減ってくるわ。わたしが好きなのは、そのときよ。ボクシングの試合で闘った荒くれ者たちが出てきて、祝杯を上げたり、やけ酒を飲んだりするの。地元の人たちの場所になるのよ」

いまは夕方で、金色を帯びた夕日が彼方に沈もうとしているところだった。屋敷から繰りだした一団には、談話会で知り合った人々も混じっている。アッシュが気を回したのだろうと、イヴは思った。紳士の服をまとった屈強な兵士たちで、守りを固めるつもりなのだろう。

イヴはその紳士たちに目をやった。フィリップ・ヘンダースンは、知的で美しいミス・ローズを連れて現れた。アマンダは、ミス・ローズが売春婦であるかのように、彼女を無視していた。それから、ブレイン医師が姿を見せたのは意外だった。いまは医師というより学校の教師のような顔をして、ライザにこんこんと何やら説き聞かせている。その横では、リー・フレミングが、ミス・クレイヴァリーとレディ・セイヤーズにしっかりと挟まれて満足していた。そこなら、何かけんか騒ぎが起こっても、二人が守ってくれる。それから、調査の仕事をしているというジェイスン・フォード。さらにホーキンズが近くにいるのは間違いない。アッシュによると、リーパーは、リディアとアンナのいる〈丘の家〉を見張っているという話だった。

このままでは、メッセンジャーは近づいてきそうになかった。それではまずい。彼女の計画は、自分を格好の標的に見せかけることだった。罠に気づいたら、メッセンジャーは姿を見せなくなってしまう。

アッシュの声に、イヴは現実に引き戻された。「それから、掏摸《すり》に気をつけなくちゃならない。だれであろうと、必要以上に近づけないことだ」それから彼は、イヴだけに聞こえるように言った。「ついでに言っておくが、客引きの女たちをじろじろ見つめるんじゃないぞ。いやと言うほどこっぴどくののしられるのが落ちだから」

イヴはつとめて、この世になんの心配事もないような表情を保っていた。どんなにおびえているかアッシュに悟られたら、さっさと屋敷に連れ戻されて、部屋に閉じこめられてしまう。

「こっぴどくののしられても、やり返すわよ」イヴはそう言うと、ふくらんだレティキュールをぽんとたたいた。

「ピストルがそこに？」

「わかりきったことでしょう」

アッシュが笑いかけたところで、近くにいたライザがはっと息をのみ、売店の一つに飛んでいった。ほかの女性たちもすぐあとにつづいた。彼女たちが長テーブルに並べてあるボンネットをものほしげに眺めているだけだとわかって、アッシュはほっとした。疑うことを知らない客たちは、この餌につられて、もっと高価な品物が並べてあるテントのなかに引きこまれる。

この女性たちは仔犬のようだと、アッシュは思った。機嫌を取るには、つねに新たなおもちゃを与えてやらなくてはならない。彼女たちは一つも品物を買わずに、つぎからつぎへと店を見てまわった。すべての売店を見比べてからでないと、心がきまらないのだ。

フィリップ・ヘンダースンがアッシュの横に来て話しかけた。「〈ヘラルド〉に掲載されたミス・ディアリングの短編を読みましたよ。あなた方二人で、よくよく考えた上でのことなんでしょうね」

「あれは、イヴの思いつきなんだ。前もってわかっていたら、止めさせていたさ。イヴが自分をおとりにするなんて、夢にも思わなかった」

フィリップは疑わしげな表情を浮かべたが、それ以上はたずねなかった。ミス・ローズが戻ってきて、フィリップは婚約者に向きなおった。

アッシュは人混みに目を走らせた。目を光らせているのは、彼だけではなかった。キーブル治安官が料理屋の天幕の下に立って、緑の外套を着た派手な男をつけるようにと、二人の屈強そうな男に合図を送っている。

アッシュは、なぜ心もとない気持ちになるのかわからなかった。イヴを守る手はずに抜かりはないし、リディアのところにも手は回してある。リディアの身に何かあるとは思えないが、用心に越したことはない。〈丘の家〉ではリーパーが警戒に当たり、リディアのそばにはアンナもいる。

五月市には確実に夜が訪れつつあったが、しだいに濃くなる夕闇は、出店という出店につり下げられたランタンの明かりで食い止められていた。店のにぎわいは日中ほどではなかったし、レディ・セイヤーズが言ったように、人出も減ってきていたが、音楽堂のフィドル奏者が音楽を奏でだすのを待ちかまえている人々はたくさんいた。

「まわりを見ないで」と、ライザがイヴに耳打ちした。「アンナに雇われた男の子が、わたしたちを見ているの」

「え？」イヴはどきりとした。

「ついいましがた、あなたの左側にある木立のなかにいたんだけれど、ほら、鹿みたいに臆病な子でしょう。何かにおびえたみたいで、いまは見えないわ」

イヴはライザが教えてくれたほうをちらりと盗み見た。ネルがなんにおびえたのかわかった。キーブル治安官の部下が馬に乗って木立のなかから現れ、サンザシの茂みの前に陣取っている。

イヴはため息をついて、ライザに向きなおった。二人は音楽堂にほど近い、比較的きちんとした料理屋の外に置かれたテーブルで、パンチを飲んでいた。仲間たちはすぐ近くか、少し離れたところにいて、通りかかった知り合いとおしゃべりしている。それ以外の面々は、どこかに出かけていた。

イヴの目は、同じテーブルの反対側で、ジェイスン・フォードと話しているアッシュの目をとらえた。アッシュは以前にもフォードを使ったことがあるが、今夜も護衛のためにフォードを雇ったのだろうか。あるいは、ライザがブレイン医師に嫉妬させたくて、彼を招待したのかもしれない。イヴは、ライザが気の毒になった。ブレイン医師は、どこかに出かけてしまった面々の一人だった。

アッシュが問いかけるようなまなざしを投げていたので、イヴはかぶりを振った。いまのところ、変わったことは何もない。声も聞こえなければ、ある光景が浮かぶこともなかった。メッセンジャーが近くにいるとしても、いまは感じない。

ライザが言った。「アンナがコーンウォールに帰ったら、あの子はどうなるのかしら? ろくに話せないし、話そうともしない。人間よりも、動物が好きで、ベッドはおろか、家のなかでは眠らずに、納屋で眠るなんて」彼女は蓋付きのジョッキをそっと置いた。「あと一週間か二週間もすれば、わたしたちはみんなうちに帰って、めいめいの生活に戻るのよ。そうなったら、ネルはどうなるのかしら?」ライザは首を振った。「もちろん、ニールのことだけれど」

イヴはライザの顔にさまざまな感情が浮かぶのを見て、不意に親愛の情があふれるのを感じた。彼女は社交界にデビューした身で、自分の舞踏会を一週間先に控えている。そんな状況だから、ほんとうなら有頂天になってはしゃいでいてもおかしくないのに、ネルの心配をしているのだ。

イヴは、ライザの手を握りしめた。「ニールには、もう保護者がいるわ。アンナがロバたちをあんなに大切にしているのを見ればわかるわよ。ここを離れるときに、アンナがロバたちをどうすると思う？」彼女はうなずいた。「そう、天地がひっくり返っても、アンナはロバたちを連れて帰るでしょう。それと同じで、アンナがニールを置いていくと思う？」

ライザは納得しているようには見えなかった。「そうだといいわ。お屋敷は危険すぎてとどまれないもの。どういう意味か、わかるでしょう？　うまく身を隠して、暗くなってから外に出るようにしないと――でも、おおっぴらには出てこられない。きょうみたいに、物陰から様子をうかがうんだわ」

ネルは哀れだと、イヴは思った。どこに行く当てもなく、引き取ってくれる家族もいない。人をおそれる野生の動物のようで、それも補食する側ではなく、補食される側だった。もしもほかの人間がニールの正体に気づいたら、どうなるかイヴにはわかっていた。ベドラムから逃げだした少女だとわかれば、そこに送り返されるにきまっている。

「ところで、デクスターはどこにいるのかしら？」ライザがたずねた。

「お屋敷で、アンディと留守番をしているの。レディ・セイヤーズが犬は入場禁止になっているとおっしゃっていたけれど、わかる気がするわ。デクスターがここにいたら、お芝居をしている役者さんたちを喜んで追いまわすわよ」

「アンディも五月市を楽しみたいんじゃないかしら」

「ええ、さっきまでいたはずよ。それに、デクスターを預かれば、わたしからたっぷり心づけがもらえるもの」

ライザは笑った。イヴはほほえんだが、心のなかには影が差していた。彼女はいまや、はっきりと不安を感じていた。ネルは、イヴたちが犯人を捕らえようと罠を仕掛けたまさにその場所に、引き寄せられるように現れた。その男は、彼女だけでなく、ネルも恐れているというのに。

アッシュからじろじろ見てはいけないと言われていたにもかかわらず、イヴはまわりにいるあらゆる男性に目をやりはじめた。そこで感じたのは、目のくらむような啓示ではないが、談話会で感じたのとまったく同じような何かだった。周囲の物音を締めだして、イヴはじっと集中した。

慣れないことだったので、何が起こっているのか、初めのうちはほとんどわからなかった。頭の片隅で何かが動いているような、かすかな感じがする。イヴは、その感触に焦点を合わせた。感情——思考とは言えない——のリボンの切れ端が、ちょっと触れたような感じがした。おかしさと、あざけりと、優越感と。

彼は、イヴが厳重に守られているのを知っている。それは、彼にしてみれば、ゲームをいっそうおもしろくするだけだった。

いいいい、わたしは、彼の心を読んでいる。

イヴは必死の思いで、レティキュールをぎゅっと胸に押しつけた。ピストルの形と重みで安心できるはずなのに、膝が文字通りがくがくと震えて止まらない。イヴは、膝と膝をきつく閉じて震えを抑えこんだ。母のことと、石切場の床で母を発見したときのことを意識して考えた。それ以外に、気持ちを落ち着かせてくれるものはない。

そのとき、フィドル奏者たちがカントリー・ダンスの音楽を奏ではじめた。軽やかに駆けてきて舞台に上がる踊り子たちのために、音楽堂のまわりに集った人々があとずさって道を空けている。さらにたくさんのランタンに火がともされ、イヴとライザはアッシュのそばに行き、一緒にダンスを見守った。ほかの仲間たちも、少しずつ戻ってきた。

ミス・クレイヴァリーがちらちらとイヴを見ていた。わたしの不安を感じとって心配しているんだわ、とイヴは思った。おばを心配させる必要はない。だから、うなずいてほほえむと、踊り子たちに目を戻した。

イヴの意識はメッセンジャーに集中していた。踊り子たちが彼女の注意をとらえたのは、それからしばらくしてからのことだった。白いドレスの娘たちが、ハンサムなパートナーたちと一緒に、舞台をくるくると回っている。ちょうど、社交界にデビューした令嬢たちが、舞踏会で踊っているように。あの夢のように。

これは、あの夢だ。けれども、違うところがある。テラスに面したフレンチ・ドアがない。フレンチ・ドアはどこ？　テラスはどこにあるの？

その疑念は、すぐに治まった。これがまさに、おばの言っていたことなのだ。あの夢は、現実をそのまま映しだすわけではない。夢は地図のようなもので、現実の世界では、それに当たる道しるべを見つけなくてはならない。踊り子たちを見ながら、イヴは悟った。間違いなく、これは一つ目の道しるべだ。

気持ちを落ち着けようと、深々と深呼吸して感じたのは、たしかに母のにおいだった。クローヴの香りがほのかに混じった、カーネーションの香り。それから、またリボンの切れ端が触れたような気がした。今度はちょっと触れるのではなく、体にくるくると巻きつき、愛で包みこんで守ろうとしているのがわかる。

お母さま。

つぎの瞬間、リボンは消え去った。

イヴは振り返って、おばの気づかわしげな瞳にほほえんだ。何もかも大丈夫よ。彼女は心のなかで言った。自分のしていることはわかっている。お母さまが一緒にいてくれるわ。

ミス・クレイヴァリーは、心配そうな表情を徐々に元に戻した。彼女は小さくうなずいたが、ほほえまなかった。

イヴは踊り子たちに目を戻した。最初の道しるべに来た以上、これからはあらゆる感覚を研ぎ澄まして、危険に備えなくてはならない。二つ目の道しるべを見つけるのは、そう先のことではないはずだ。

ダンスをなおも見物しているところへ、男が一人、馬に乗って駆けこんで来た。「デニスン卿はいらっしゃいますか？」彼は声を張り上げた。「こちらにいらっしゃるとうかがって参りました」

アッシュは進みでて応じた。「ぼくがデニスンだ」

男はすばやく馬を下りた。「速達をお届けに参りました」

アッシュは眉をひそめて受け取った手紙を開封すると、ランタンの明かりに近づけて目を通した。「きみの父上からだ」アッシュはイヴに言った。

「なんの知らせなの?」

「トマス・メッセンジャーは、何年も前に死んだそうだ」彼は、イヴに手紙を渡した。

手紙を読んで、イヴは困惑した。「でも、ありえないわ。メッセンジャーは生きているはずよ」

「ぼくたちがつかまえようとしているのは、違うメッセンジャーだった。それだけの話だ」

「そんな! お父さまが、何か勘違いしているのよ!」

アッシュはイヴの言葉に聞く耳を持たなかった。「説明している時間はない。ぼくたちは、違うメッセンジャーを捜しているということだ」手紙を持って来た速達配達人に、彼は言った。「馬を貸してくれないか。ぼくが戻ったら、きみはいまより二十ポンド金持ちになる」

文句はなかった。二十ポンドといえば、速達配達人の年収と同じくらいの金額だ。

アッシュは馬に乗ると、声を上げた。「ジェイスン、ちょっと来てくれないか」

ジェイスン・フォードは同年代の若者たちと談笑していたが、すぐにアッシュのところに来た。「どうかしましたか?」彼は、目をすがめてアッシュを見上げた。

鞍の上から身をかがめて、アッシュは小声で言った。「ミス・ディアリングから目を離さないでもらいたい。何かあるとは思わないが、用心に越したことはないから」

「どちらに行かれるんです？」ジェイスンはたずねた。

「戻ったら話すよ。とにかく、ミス・ディアリングのそばにいてくれ」

イヴは、不安な気持ちでアッシュを見送った。


「きみがアンジェロなんだろう？」アッシュは言った。「〈ヘラルド〉にアンジェロの名で三つの短編が掲載されるように仕組んだのは、きみだった」

リディア・リヴァーズは恐怖に満ちた目を大きく見開いて、彼を見返した。「どうしてわかったの？」

「きみは、ゴシック小説を書いている。一時は、アンジェロは自分だとほのめかしもした。だが、ぼくの疑念を裏づけたのは、十五分前にジョージ・ディアリング氏から届いた手紙だった。リディアという名前は、トマス・メッセンジャーの娘の名前と同じだ」

ディアリングの手紙によると、トマス・メッセンジャーは八年前、妻と息子を殺したかどで、ヨーク市内で絞首刑に処せられた。証人によると、その日妻と激しく口論した彼は、酔って逆上したあげく、妻と息子が寝ている家に火をつけたという。

ジョージ・ディアリングはそのころブリストルで仕事をしていて、ロンドンの新聞に掲載されたその事件を知らなかった。マーサはその記事を読んでいたが、夫が苦しまないように、そのことを黙っていたという。ディアリングがメッセンジャーの消息を調べようと、むかしの同僚に会いにロンドンまで行くと言いださなければ、ずっと黙ったままだったろう。

リディアは肩を震わせて、わっと泣きだした。だれかが部屋に入ってきて尋問を止めてくれないかとドアに目をやったが、医師の母であるブレイン夫人はお茶を入れに行ってしまったし、アンナは納屋で、出産を控えたロバの世話を焼いていた。アンナが居合わせていたら、リディアに告白させるのは難しかったかもしれないと、アッシュは思った。リディアがこれほどあっさり折れたのは意外だった。ため息をついて、彼女が何者で、何をしたのか知らなかったら、気の毒に思っていたかもしれない。

しゃくり上げながら、リディアは言った。「そうです、わたしがリディア・メッセンジャーなんです」

言葉足らずだが、とにかく告白しようとしていることはわかった。すすり泣きが治まったのを見計らって、アッシュは言った。「アントニアのノートは白鹿亭から送られなかった。きみが持っていたんだな？」

リディアは、かろうじて聞き取れる声で答えた。「ええ、わたしが持っていました。なくなっても、だれも気づかないと思ったんです。それに、読みはじめると、手放したくなくなってしまって。大人になってからも、折に触れて何度も読み返しました。素晴らしい作品でしたから。あの作品に影響されて、作家になったようなものです」

「一つわからないことがある」と、アッシュは言った。「そもそも、なぜアントニアの作品を発表したんだ？　金目当てじゃないな。何が目的だった？」

リディアは、ひとしきりすすり泣いてから答えた。「〈ヘラルド〉に発表しようと言いだしたのは、ロバートでした。ロバートは、あの作品を読んだら、だれだってその作家が書いた本に興味をかき立てられるはずだと――つまり、宣伝になると思っていました。それからアンジェロは自分だと名乗りを上げれば、わたしの小説は飛ぶように売れるはずだと」

「ロバートというと」アッシュはリディアの手に目を落とした。「ロバート・トンプスンか？　談話会を妨害した？」

リディアはうなずいた。「ロバートは、ほんとうに妨害しようとしていたわけじゃなかったんです。だれもがアンジェロの正体を知りたがるように、ちょっとした騒ぎを起こそうとしただけでした」

「それで、きみとロバートの関係は？」

リディアは顔を上げたが、すぐにアッシュから目をそらした。「ロバートは……恋人でした」つかえながら答えた。

アッシュは、リディアがトンプスンのような、小さなインの主人に入れこんでいたことに驚いた。

リディアのすすり泣きが治まると、アッシュは穏やかにたずねた。「〈ヘラルド〉に掲載されなかったら？　そうしたら、どうするつもりだった？」

「考えていませんでした。掲載されなくても、気にしなかったでしょう。そうなったら、ロバートがまた、わたしの知名度を上げるために名案を思いついてくれると思っていました。

ロバートはそういう人だったんです。わたしのことを誇りにしていました」

アッシュは信じられない思いだった。「イヴがきみの正体に気づくと思わなかったのか？　母親が書いたものだと気づくかもしれないじゃないか」

リディアは首を横に振った。「イヴに気づかれないのはわかっていました。これまで、ほかの談話会で何度か顔を合わせたときも、わたしがだれだか気づいていませんでしたから。あの作品について、もしも母親が書いたものだとイヴが言いだしたとしても、そうなったら世間はますます注目するだけだから、なおさら都合がいいと、ロバートは言っていました。アントニアのノートがなければ、何も証明できないでしょうし」

アッシュが小声で悪態をつくと、リディアは急いで付けくわえた。「イヴに冷たくするつもりはなかったんです。でも、わたしたちはライバルだとか、イヴがわたしに嫉妬しているというように見せかけておいたほうが、イヴがあれは母親の作品だと言いだしても、世間はただの腹いせだと思うでしょう？」

「アンジェロの名を選んだのはだれだ？」

「ロバートです。意味は、使者《メッセンジャー》。わたしは本名をだれにも知られたくなかったんですけれど、ロバートが、何年も前に父が犯罪を犯したことなんて、だれも憶えていないと言うものですから。ウォリックに姉がいるということにしたのも、メッセンジャー家とかけ離れた境遇にしたかったからなんです。」

アッシュは単刀直入にきくことにした。「リディア・リヴァーズ」彼は言った。「いや、リディア・メッセンジャー。きみがロバート・トンプスンを殺したのか？」

　リディアははっと息をのんで、蒼白になった。「そんな！　わたしはロバートを愛していました。新聞で読むまで、ロバートが殺されたなんて知りませんでした。それを知って、どんなにつらかったことか。あの人がいつ手紙をよこすか、いつ来てくれるかと待っていたのに、そのころにはお墓のなかで冷たくなっていたなんて。だれにも打ち明けられなかった。だれかに頼んで、どういうことなのか調べてもらうわけにもいかなかった。ロバートは妻子持ちで、わたしには知る権利なんてなかったから」

　リディアはまたうなだれて、しゃくり上げはじめた。アッシュは、彼女が衰弱していた理由をようやく理解した。リディアがあれほど衰えていたのは、刺された傷のせいでも、姉が来てくれないせいでもなかったのだ。そもそもリディアには、姉などいない。彼女が衰えていたのは、愛する男を亡くした悲しみのせいだった。

「きみじゃないなら、だれがトンプスンを殺したんだ？」

　べつの仮説が浮かびかけていたが、まずは事実をはっきりさせたかった。

　リディアは洟をかんで、涙をぬぐった。「わかりません。新聞には、追いはぎに襲われたとありましたけれど」彼女は目を上げてアッシュを見た。「わたしの知っているかぎり、ロバートはだれの恨みも買っていないはずです。少なくとも、ロバートはそんなことをひとことも言っていませんでした」

　アッシュはうなずくと、つとめて穏やかにたずねた。「だが、自分を刺した相手は知っているだろう?」

リディアは激しく首を横に振った。「暗闇で、顔が見えませんでした」

「きみは、アンジェロに刺されたと言った」

「それは、わたしがそう言うとみんなが思っていたから、ひとまずそう言ったんです」

アッシュは、にわかに険しい口調になって言った。「きみの手袋のなかに、手紙などなかった。きみはロバートと逢い引きしていたんだろう? 何があったんだ、リディア?」

リディアは長いため息をつくと、火床の石炭を見つめた。「あの夜は、とても幸せでした。ヴォクソールでロバートと会って、お屋敷の人たちが寝静まってから逢い引きする約束をしたんです。いつも、ちょっとした時間を作って、人目を忍んで会うのがわたしたちのやり方でした。ロバートは妻と子どもたちが起きているときはけっして家を離れなかったし、わたしもそうしてほしいと頼んだことはなかった」彼女は身じろぎして、アッシュを見た。「わたしたちは、お屋敷の門の近くで会うはずでした。ずいぶん長いこと待ったけれど、ロバートは現れなかった。そして、お屋敷に戻ろうとしたところで襲われたんです」

リディアの演技は女優並みだとアッシュは思った。けれども、彼女には答えられることが一つある。「きみの弟のことを教えてくれないか」アッシュはいきなり話題を変えた。

「わたしの……弟?」リディアは混乱したようだった。

「きみの弟、アルバート・メッセンジャーのことだ。母上と一緒に火事で死に、父上はそのせいで絞首刑になった」

リディアはたじろいで、たったいま主人から蹴飛ばされた犬のような目で彼を見た。「父は死ぬまで無実を主張していました」

「家が火事になったとき、きみはどこにいた?」

リディアはぎょっとした。「まさか、わたしが火事を起こしたと思っているんじゃないでしょうね!」

「そんなことは思っていない。ただ、興味があるだけだ」

「もう家を出ていました。わたしは病弱だったんですが、そのころには丈夫になっていたので。父が飲んだくれて、しじゅう母とけんかしているのがいやで——早く逃げだしたくてたまらなかった。だから、バースのミセス・ノースコートのお宅に、お相手役《コンパニオン》として雇ってもらったんです」彼女はいまいましそうにつづけた。「でも、殺人犯の娘だとわかると、首になってしまった。姓を変えたのはそのときです。それから、作家になりました」

「きみの弟は何をしていたんだ? 学生だったのか? 父上が仕事で家を空けているときは、どこにいた?」

リディアはけげんそうに答えた。「学期中は学校にいて、休暇になると、父の仕事について行っていました。母は……」彼女はため息をついた。「母は、バーティにはお手上げでしたから。バーティが言うことを聞くのは、父だけでした。どうしてそんなことをきくんです?」

アッシュは、アルバート・メッセンジャーを犯罪の現場に当てはめようとした。あり得ないことではないが、アルバート――バーティは、当時まだほんの少年だったはずだ。可能性はあるが、信じたくない。

アッシュはいっとき間をおいて、穏やかにたずねた。「ミセス・ディアリングの短編に出てくる人々を殺したのは、アルバートなのか？　きみの父上なのか。それともきみなのか、リディア？」

リディアはわなわなとあごを震わせていた。首を振って、彼女は言った。「あれは創作でしょう。現実にあったことじゃありません」

「そうかな？　火事のことを教えてもらおうか。焼けだされた遺体をきみの母と弟だと確認したのはだれだ？」

「父が出向きましたが、はっきりとは確認できませんでした。見分けがつかないほどだったそうです。デニスン卿、あの三つの話は、現実にあったことなんですか？」

「そう思う」

「でも、事故のはずですよ。殺人事件だとわかっていたら、発表などしませんでした」

両手を組み合わせて、アッシュは身を乗りだした。リディアがおびえて口を閉ざすようなことだけは避けたかったが、それにも限度がある。

「要するに、こういうことだ。きみがあの短編を発表したとき、罪もない三人の人間を殺した犯人は、かなりの衝撃を受けた。それまでうまく逃げおおせたと思っていたのに、忘れられたはずの殺人事件に、何者かが興味をあおっているんだからな。だから、手遅れになる前に、その人物の口を封じようとした。きみが短編と一緒に談話会の日時と場所も掲載したのは、犯人をあの場に呼び寄せるようなものだった。そして犯人は談話会に出かけて、何を突きとめたか？　ゴシック小説家のリディア・リヴァーズが、アンジェロであることをほのめかしていた。だから、犯人はきみを殺そうとした。ここまではいいか？」

リディアは弱々しくうなずいた。

「ロバート・トンプスンは、きみほど幸運ではなかった。犯人はおそらく、きみとトンプスンの関係だけでなく、トンプスンが〈ヘラルド〉に短編を送ったことまで突きとめたんだろう。だから、彼も死ななくてはならなかった。きみは、その人物がだれなのかわかってるんだろう？　少なくとも、見当をつけているはずだ。きみは事件以来、けっして一人では外出せず、隠れているのも同然だった。だれなんだ、リディア？　犯人はだれだ？」

リディアは小さく叫んで、椅子の上でがっくりとくずおれた。「弟です。火事で死んだのは、弟の友人でした。バーティは、あのとき天井から梁《はり》が落ちてきて、記憶をなくしたと言っていました。自分がアルバート・メッセンジャーであることに気づいたのは、つい最近だと。その言葉を信じてあげたい。弟ですもの。でも、弟は怖い人です。いつも怖い人でした」

「いまは違う名前を名乗っているんだな？」

リディアは声を詰まらせた。「ジェイスン・フォードです。談話会の夜まで、弟が生きていたことは知りませんでした」

アッシュは頭を殴られたような気がした。「ばかな」彼はつぶやいた。「なんてことだ」

25

どれくらいそうしていたのだろう。イヴは混乱したまま、ぼんやりとパンチを飲んでいた。料理屋にだれが出入りしようが、ほとんど気づかなかった。いま考えられるのは、父の手紙と、それによって、彼女が感じとってきたことが無意味になるということだけだった。

トマス・メッセンジャーは八年前に、妻と息子を殺したかどで絞首刑に処せられていた。メッセンジャー家の人間で、残っているのはただ一人――娘のリディアだけだ。けれども、トマス・メッセンジャーが死んだとなると、今夜メッセンジャーのものとして感じたあいまいな感情は、彼女の空想の産物か、娘のリディアのものということになる。

イヴのなかのあらゆるものが、その結論を否定した。あのときのリディアの顔は思い浮かばないが、弟より一つか二つ年上の、ほっそりした女の子だったことは憶えている。やせていて、引っこみ思案で、恐がり屋で――それが、イヴの思いだしたリディア・メッセンジャーだった。もっと言うなら、いまのリディア・リヴァーズによく似ていた。リディアがトマスの娘だと、どうして気がつかなかったのだろう。

記憶が間違っているのかもしれない。何しろ、メッセンジャー一家とは白鹿亭で会っただけだし、彼らは一切他人と交わらない人々だった。イヴは一家のことを考えて、リディアのイメージに焦点を合わせようとした。あの子に、石切場から母を突き落とせるかしら？　事故で亡くなったと思われている三人を殺せるかしら？　ネルがねらわれたときに読んだのは、リディアの心だったのかしら？　何より、リディア自身が襲われたことを、どう解釈すればいいの？　さっぱりわからない。

何かを見落としているのだ。時間ができたら、すぐに母の作品を読みなおそう。

不意に名前を呼ばれて、イヴはびくっとした。ジェイスン・フォードが立ち上がって、笑顔を浮かべて彼女を見下ろしていた。

「さっきからずっと座ったままですね」彼は言った。「脚を伸ばしがてら、ちょっと散歩しませんか？　ぼくはもう、足がしびれそうなんです」

フォードが護衛をまかされていることを、イヴは思いだした。彼女は母の短編が気になっていて、いますぐにでも一行ずつじっくり読みなおしたい気分だった。

思いついて、イヴは言った。「お屋敷に戻りたいわ」

「屋敷に？　ずいぶんかかりますよ。なぜ戻りたいんです？」

イヴはまっさきに頭に浮かんだことを口にした。「コートを着替えたいの。いま着ているのは、あまり暖かくないのよ。これから冷えこみそうだから」

フォードはためらったが、やがて、女性はこれだからと言わんばかりに肩をすくめた。

「レディ・セイヤーズに、どこに行くのか断ってきます。ホーキンズがずっと見張っているでしょうから、ぼくたちがお屋敷に戻るくらいかまわないでしょう。ここにいてください。すぐに戻りますから」

ホーキンズについては、彼の言うとおりだった。イヴはホーキンズがすぐ近くをうろうろしているのをときおり見かけていたが、それ以外の護衛たちは、フォードがイヴのそばについてから警戒を緩めていた。きっと、フォードなら仕事を心得ているとわかっているのだろう。元軍人で当局に勤めたことのある人物なら、まかせておいて間違いない。

しばらくしても、フォードは戻らなかった。イヴがけげんに思っていると、不意に激しい感情が目の奥で炸裂し、いっとき目がくらんで何も見えなくなった。まぶしい光が弱まってふたたび視力を取り戻した彼女は、首筋のうぶ毛がぞわっと逆立つのを感じた。

あの男だ。この近くにいる。この感覚は間違いない。

いつまでたってもフォードが戻らないので、イヴは不安をつのらせていた。ようやく彼が戻ったときに文句を言わなかったのは、まだ動揺していたのと、彼に対して申しわけない気持ちがあったからだった。フォードは、彼女の子守などするより、きれいな娘たちにちょっかいを出している年ごろだ。

「では、行きましょう」フォードは少し息を切らしているようだった。

イヴは立ち上がると、フォードの肩越しに舞台を見た。踊り子たちはすでに舞台から下り、今度は村娘たちが舞台に上がって踊っている。音楽に合わせてくるくると踊る、白いドレスの娘たち。

空想の産物ではなかった。これは道しるべだ。先に進むときが来た。

ネルは木にぴったりと身を寄せて様子をうかがっていた。悪い男と親切な女の人が、芝生を横切って、大きな家に向かおうとしている。二人の姿を見失わないように、薄暗がりに目を凝らした。二人は、にぎやかで明るい場所を離れていく。

ネルがここに来たのは、音楽に惹かれたからだった。音楽を聞くと、幸せな気分になる。けれどもそれは、足を引きずったあの男を見かけるまでのことだった。彼女はいまや、恐怖に駆られていた。ホーキンズという人はどこ？　なぜ、あの人について来ないの？

イヴ。それがあのやさしい人の名前だった。

少年の格好をしたネルはそう言って口を動かしたが、声は出さなかった。イヴと、ほかのやさしい女の人たちは、いまや彼女の家族だった。それから、犬のデクスターに、ロバのファニーとフィオナとフェイス。アンナは、家族というのは両親と子どものことを指すとはかぎらないと言っていた。楽しいときやつらいときを分かち合う、気の合う者同士も家族なのだと。

怖くて、心臓が止まりそうだった。ほかの家族たちは、悪い男がイヴを連れだしたことを知らない。かといって知らせに行ったら、二人の姿を見失ってしまう。ネルは必死の思いで周囲を見まわした。ホーキンズはいない。デニスン卿もいない。アンナは、二人は友達だと言っていた。あの二人なら助けてくれるはずだけれど、いまは見あたらない。

悪い男の顔を見たのは今夜が初めてだったが、あの歩き方ですぐにわかった。男は、片方だけ、かかとが高くなっているブーツを履いている。あの夜、背の高い草むらに隠れていたネルは、男がリディアを刺して走り去る足音を聞いていた。男はその後、彼女を殺そうと追いかけてきたときにも、左足を引きずっていた。

ネルは、二人の姿が影のなかに消えていくのを見て、泣きそうな声を洩らした。悪い男はリディアを、それから彼女を殺そうとした。イヴにも同じことをするつもりだろうか。

ネルは震えながら息を吸いこむと、二人のあとを追いかけた。

それは、さっき感じたのと同じような、曖昧な感じで始まった。頭の片隅で、何かが動いている。イヴは隣でしゃべりつづけているフォードの声を頭から締めだして、じっと集中した。

おかしさと、あざけりと、優越感と。

意識を開放してもっとその感情を受け入れようとしたそのとき、一気に声が流れこんできて、イヴはたじろいだ。獲物を前にして有頂天になっている声。

〔レティキュールのなかのピストルに、おれが気づいていないと思っている。見え見えなのが、わからないのか。いい子だ、イヴィー。そのまま歩きつづけろ。おれの無駄話に耳を傾けるんだ。あと少ししたら、のどをかききってやるからな〕

イヴがつまずきもよろめきもしなかったのは、恐怖のあまり呆然としたからだった。連れだって歩いている、この感じのよいハンサムな男性が、彼女を殺そうとしているのだ。

ジェイスン・フォードこそ、捜していた犯人だった。

さまざまな思いが、稲妻のようにイヴの頭に浮かんだ。ホーキンズは近くにいない。さっき感じた激しい感情の爆発は、きっとフォードがホーキンズを襲ったときのものだ。イヴは、ホーキンズが死んでいないことを祈った。なぜフォードの意図をもっとはっきりと読みとれなかったのだろう。考え事に没頭していたから？

イヴが意識を少しだけ開くと、どっと入ってきた憎悪の波に押し流されそうになった。

〔おれのことに、一切鼻を突っこまなければよかったんだ。あんな話を新聞に載せて、面倒を引き起こしやがって。このアルバート・メッセンジャーさまを出し抜いて、無事に逃げおおせるやつなどいやしない。くそ！　この女、なんであんなにいろいろ知ってるんだ？〕

頭のなかが真っ白になったつぎの瞬間、彼女は悟った。ジェイスン・フォードは、アルバート・メッセンジャーなのだ。アルバートは火事で死ななかった。そして、ここから逃げださなければ、自分が彼のつぎの犠牲者になる。

頭の一部が足を動かしつづけるようにと告げ、べつの部分が逃げだす方法を考えていた。相手が知っている以上、ピストルを取りだすことはできない。結局そうすることになるかもしれないけれど、走って逃げるのも無理だ。なんとかしなくては。考えるのよ、イヴ、考えて！

この人は、少し足を引きずっている。走れば振り切れるかもしれない。

「ずいぶんと無口なんですね、ミス・ディアリング」

その声に、イヴはぴたりと立ち止まって、胸に手をやった。ばかね、そんなことをしたら怪しまれるじゃないの！

フォードはいぶかしげに彼女を見た。

イヴは、弱々しい笑みを浮かべた。「脇腹が痛くて。ちょっと休んでもいいかしら？」

彼は納得したようだった。「もちろんかまいませんよ」

フォードは来た道を振り返った。イヴには、彼の意図が手に取るようにわかった。目撃者がいないのをたしかめてから殺すつもりだ。何かしないと、手遅れになる。

「ヘンダースンさんは見えませんか？」とっさに思いついて言った。「あとから屋敷に来るとおっしゃったんですけれど」

フォードは明らかに、そんな状況が気に入らないようだった。

フォードは小道の両側に生えている茂みと木立をひととおり見まわした。「もう暗くなってますから、露店の明かり以外には何も――」

フォードがしゃべり終わらないうちに、イヴは彼の頭をねらってレティキュールを思いきり振った。フォードの反応はすばやかった。彼がさっとよけた拍子に、レティキュールは肩に当たった。フォードはよろめいたが、とっさにイヴのスカートをつかんで、彼女もろとも倒れこんだ。

イヴは、馬乗りになったフォードが銀色に光るナイフを振り上げるのを見て、身をよじって必死で逃れようとした。フォードはイヴの腕を肘から手首まで切り裂くと、ふたたびナイフを振り上げた。

イヴがこれまでと思ったちょうどそのとき、野良猫——のようなもの——が茂みから猛然と飛びだしてフォードの腕にしがみつき、彼の手首に噛みついた。フォードはナイフを取り落として、ぞっとするような苦痛の叫び声を上げた。心を読む必要はなかった。骨まで届くほど歯を立てられている。イヴはよろよろと立ち上がった。

彼女の右腕——切り裂かれたほう——は、燃える石炭を埋めこまれたように痛み、指先からは血がしたたり落ちていた。もう、ピストルをあつかえるような状態ではない。かといって、左手でピストルを撃つとなると、自信はなかった。

野良猫のように見えたものが立ち上がったので、イヴははっとした。

「イヴ……」小さな声だった。幼い子どもがしゃべっているように、つたないしゃべり方だ。イヴに近づいてきたのは、ネルだった。「イヴ……行こう」

イヴはネルの後ろを見た。フォードがナイフを探して地面を手探りしている。彼の手がナイフをつかんだのを、イヴは感じとった。激しい怒りが、恐怖とともに頭のなかに広がった。フォードは右ポケットにピストルをひそませている。ただし、それを使うのは最後の手段。

「走って!」イヴは叫んで、ネルと一緒に木立に駆けこんだ。

ネルがいなかったら、同じ場所を堂々めぐりしていただろう。まったく見通しのきかない森のなかで、イヴはたちまち方角を見失った。生い茂った潅木の陰に身をひそめて、イヴはわかっていることを整理しながら、つぎの行動を考えた。

レディ・セイヤーズの屋敷はすぐ近くだが、ドアも窓も、泥棒が入りこまないようにすべて鍵をかけてある。玄関から入ろうとしても、玄関番がノッカーの音を聞きつけて出てくるまでに、フォードにつかまってしまうだろう。フォードも、二人が屋敷を目指していることを見越しているはずだった。けれども、屋敷にはデクスターとアンディがいる。アンディが気づいてなかに入れてくれたら……なんとかピストルを撃って、注意を引きつけられたら……。でも、やっぱり無理。玄関番はあわてて出てくるだろうけれど、ドアが開く前に追いつかれてしまう。

ためらって、唯一残された道——五月市の会場に戻ること——を選ぼうかと考えはじめたそのとき、木々の合間に見える雲のなかから、見事な満月が現れた。青白い月の光が、屋敷の屋根や、近くの梢《こずえ》に降りそそいでいる。

イヴははっとした。母を探しに出た夜と、まったく同じだ。雲間から現れた満月が、足下を照らしてくれた。ただの偶然かもしれない。けれどもイヴは、母が導いているのだと解釈した。

「お屋敷に行きましょう」彼女はネルに囁いた。

アッシュは〈丘の家〉に残るリーパーに、もしジェイスン・フォードが現れたら撃ち殺せと指示すると、全速力で馬を走らせて五月市の会場に駆け戻った。月が出ていたが、飛ぶように去っていく生け垣や木立は、ほとんど目に入らなかった。イヴへの思いと、フォードを招いたせいで彼女を命の危険にさらしてしまったという後悔にさいなまれていた。唯一の頼みの綱は、ホーキンズだった。あの気むずかし屋の戦友は、間抜けではない。彼ならけっしてイヴから目を離さないはずだった。

イヴを残してきたテントに駆けつけたところで、アッシュの背筋は凍りついた。イヴもフォードも見あたらないのに、ホーキンズのまわりに人が集まって、キーブル治安官がその人々を下がらせている。医師のブレインがホーキンズの頭の傷を診察しようとしているが、ホーキンズは医者に触れられるのをいやがって、精いっぱいの抵抗を試みていた。彼はアッシュの姿を認めると、よろよろと立ち上がった。

アッシュは馬から下りると、まだ呆然としているリー・フレミングに手綱を押しつけ、人混みをかき分けてホーキンズに近づいた。

「しっかり見張っていたんです」ホーキンズは弁解した。「あの茂みのなかから見ていたんですが」彼は近くにある潅木の茂みを指さした。「後ろから、だれかにがつんとやられました。目の前に火花が散って、頭が割れたかと思いましたよ」

キーブル治安官は、うなずいた。「ピストルの握りの部分で殴られたんでしょう。それだけですんだのは幸運ですよ」

「そうですね」アッシュは言った。「ナイフを使えば服が汚れる。ピストルを撃てば音が響く。犯人は、できることなら注意を引きつけたくなかったはずだ」彼は、キーブル治安官に向きなおった。「ミス・ディアリングはどこです？」

「さっきから探しているんですが、見つかっていません」

「何か知っている人が、一人くらいいるでしょう」

「ミス・ディアリングは、フォード氏と一緒にいます」キーブルは言った。「しかし、フォード氏も見つかっていません」

アッシュは恐怖のあまりのどが締まり、こめかみに血がどくどくと流れるのを感じた。いっときめまいを感じてふらついたが、こみ上げる激しい怒りが恐怖を吹き飛ばした。彼は、ジェイスン・フォードを友人だと思っていた。信頼の置ける人間だと、ほかの友人たちに推薦もした。そして、フォードは自分に立派な戦績があることを利用して、アッシュに取り入った。フォードはアッシュの人となりをよくわきまえていて、かつての戦友、とりわけ名誉の負傷をした仲間のために、彼がことさらに心を砕くことを知っていた。

アッシュはいつも、自分には人を見る目があると思っていた。だが、実際には、フォードのしかけたゲームの駒《ポーン》でしかなかった。フォードのねらいは、アンジェロの正体を突きとめて、自分の犯罪が露見する前にその人物を黙らせることだけだった。

あいつがイヴの髪の毛一本でも傷つけたら、ひねりつぶしてやる！

アッシュはキーブルに言った。「説明している時間はありません。部下の方々に、ジェイスン・フォードがミス・ディアリングを誘拐したと伝えてください。フォードは武器を携帯した、危険な男です」

「なんですと？」キーブルはアッシュの顔をまじまじと見つめてうなずいた。「わかりました」

「フォードが行きそうなのは、この近くのギリシャ建築の模造の廃墟とか――」

「部下たちは地元の連中ですから」キーブルは、アッシュの腕を軽くたたいた。「探す場所は心得ています。心配は無用ですよ。ミス・ディアリングは見つかります」

「フォードの容姿は説明しなくても大丈夫ですか？」

「その必要はありません。よく憶えていますよ。当局に勤めていた男でしょう」

キーブル治安官が立ち去ると、アッシュは革の手袋を握りつぶさんばかりにして、その場に立ちつくした。イヴを探すのに、どこから始めたらいいのかわからなかった。なぜイヴは、クレイヴァリーの能力を使って伝えてくれないのだろう。ネルが襲われた夜に、夢に引きこまれたときがそうだった。もう一度、同じことができないのだろうか。

たとえできたとしても、イヴがそんなことをするわけがない。自分はいつも疑り深い人間だったから、信じてもらえるとは思わないのだろう。だが、いまは違う。

イヴがいまにもどこかで冷たくなっているかもしれないという考えは、受け入れられなかった。イヴは生きている。彼女は機転の利く女性だし、なんといっても〝クレイヴァリーの能力〟がある。

そこまで考えたところで、アッシュは人混みをかき分けて外に出た。「ミス・クレイヴァリー？」彼はイヴのおばを探した。「ミス・クレイヴァリー？」

ミス・クレイヴァリーはレディ・セイヤーズと一緒に、音楽堂の階段に腰を下ろしていた。目を上げた彼女の顔を見て、アッシュは少し肩の力を抜いた。

彼が何も言わないうちに、ミス・クレイヴァリーは言った。「大したことは申し上げられないけれど、イヴが無事なのはたしかですよ」

レディ・セイヤーズは、あまりのことにぼんやりしていた。「ホーキンズがだれかに襲われて、イヴがいなくなったんですって。いったい、どうなってるんです？」

「それをいま明らかにしようとしているところですよ」アッシュはもう一つききたいことがあって、ミス・クレイヴァリーを見た。

彼女はかぶりを振った。「わたしに言えるのは、それだけです。あとは、あなたしだいですよ」

ミス・クレイヴァリーは、アッシュが気恥ずかしくなるほど信じきった目で彼を見上げた。けれども、どこを探せばいいのかわからない。

そのとき、ライザが人混みをかき分けて出てきた。彼女はアッシュの腕に触れて言った。

「イヴがジェイスンと一緒にいるところを見たの。お屋敷に行こうとしていたようよ」

26

二人は狐のにおいをかぎつけた野ネズミのように、慎重に動いていた。ネルは、まさに夜行動物だった。鋭い耳で、小枝が一本でも折れる音を聞きつけると、イヴを引っ張って身をひそめた。けれども、イヴは彼女なりのやり方で追手を察知していた。頭のなかの地図にフォードの足跡が書きこまれているように、彼の居場所をつかんでいた。

ほどなく、イヴはネルの腕をつかんだ。「見つかるわ」声をひそめて言った。

二人は耳を澄まし、彼の動く音を聞きつけた。先回りして、屋敷への逃げ道をふさごうとしている。二人の神経は、これ以上ないほど研ぎ澄まされていた。ネルが先になって、二人は鹿のように駆けだした。障害物を飛び越え、いばらの茂みを駆け抜け、木の枝をよけながら、肌が引き裂かれるのもかまわず走りつづけた。

下生えの潅木から屋敷の広大な芝生に飛びだしたところで、玄関に向かおうとするネルをイヴは引き止めた。玄関のまわりは、ランプで明るく照らされている。玄関番がすぐにドアを開けてくれないかぎり、簡単につかまってしまうだろう。

二人はぜいぜいと荒く息をついた。イヴはいまにも倒れそうだった。ネルはベドラムから逃げだしてから、あたり一帯歩きまわることで、体力をつけていた。

ネルはイヴの頬に触れた。「こっち」口を動かしただけで、声は出さなかった。

イヴは眉をひそめて、使えるほうの手でネルの手首をつかむと、待ってと身振りで示した。いったん立ち止まると、出血しているほうの腕がずきずきと痛みだした。イヴはなるべく痛みを無視して、頭をぐいと反らし、じっと集中して、フォードの動きを読みとろうとした。

「待ち伏せしてるわ」イヴはネルの耳元で囁いた。「こっちよ」

ネルは何も言わなかった。イヴの本能は信頼できると思っているのだろう。けれども、それは本能以上の能力だった。彼女はフォードに集中して、本を読むように彼の思考を読みとっていた。

フォードに見つからずに屋敷に入る方法を、なんとか考えなくてはならない。窓とドアには、すべて鍵がかかっている。門番たちが石炭貯蔵庫のドアを見落としているなら話はべつだが、アッシュが警備の指揮をとっている以上、そんな見落としがあるとは思えない。唯一の望みは、地下室の窓を割って、そこから入ることだった。

ネルはイヴを引っ張って、二人が初めて出会った洗濯室の窓に連れていくと、ふたたび彼女を驚かした。窓には鍵がかかっていたが、ネルが手のひらの付け根で掛け金のあたりをとんとんとたたくと、音もなく窓がすっと開いた。小さな声だったが、ネルが笑うのを聞いたのは初めてだった——ちょっぴりいたずらっぽい、歌うような笑い声。なぜか、イヴはじんとした。ネルが先によじ登り、イヴがそのあとにつづいた。

洗濯室のなかは暖かく、ボイラーのなかで石炭が燃えているせいで、ほんのりと明るかった。隠れ場所を見つけて、イヴは疲労と痛みにくずおれそうになった。体じゅうが震え、筋肉という筋肉が、踏みつけられたように痛い。けれども、いちばん厄介なのは、腕の痛みだった。イヴは出血を止め、燃えるような痛みを消すために、腕を体の脇にしっかりと押しつけた。

ネルが問いかけるように彼女を見ていたので、イヴは言った。「デクスターのところに行きましょう。わたしが戻ってくるまで、デクスターと一緒に屋根裏にいてちょうだい。あなたを置いていくわけじゃないのよ、ネル。玄関番を探しに行くだけ。もしかしたら、五日市から戻ってきた召使いが、助けてくれるかもしれない。あなたは安全だとわかるまで、屋根裏にいるの。それまで、下りてきてはだめよ」イヴはすっと息を吸いこんだ。「わたしの身にもしものことがあったら、デニスン卿を見つけて、そばにいて」

ネルの腕に触れると、彼女が震えているのがわかった。イヴはレティキュールを探って、ピストルを取りだして言った。「これを持って」けれども、ネルはあとずさって、激しく首を振った。イヴは説き伏せようとした。「あの化け物から身を守るには、これしかないの。わたしは、左手ではうまくねらえそうもないから」

「デクスター」ネルの答は、それだけだった。

イヴは目を閉じた。押し問答をする気力はもうなかった。「デクスターね。わかったわ。一緒に行きましょう」彼女はレティキュールをそこに置いて、ピストルを左手に持った。

イヴはふたたび集中して、フォードに向けて意識を開け放った。

身の毛もよだつようなイメージの奔流が、イヴをのみこんだ。フォードは屋敷のなかにいる。玄関番は彼を信頼していたから、彼にまんまとだまされて屋敷の外に行ってしまった。フォードは二人がどこに隠れているのかわかっていて、階段を下りてこちらに向かっている。

イヴは背筋を伸ばし、全神経を張りつめて身がまえていた。彼女はネルをひと押しした。

「デクスターを連れてきてちょうだい。アンディと一緒に、屋根裏部屋にいるわ。わたしもすぐにあとから行くけれど、後ろを振り向かないで」ネルはおびえて真っ青になっていた。なだめる時間はない。「古いほうの階段を登るのよ」そう言って、イヴははたと気づいた。ネルは、この地下室以外は何も知らない。「いいこと、いちばん上の階まで行くの。アンディの部屋がわからなかったら、デクスターの名前を呼ぶのよ。デクスターが吠えるからわかるわ」

ネルは言葉を絞りだした。「イヴも……来る」

イヴはネルのおびえた瞳を見つめた。「ええ、行くわ。でも、あなたはわたしよりすばしこいから」

物音がして、二人は凍りついた。フォードは足音をたてないようにしているが、召使い用の階段の板がきしんでいる。イヴは我に返って、ネルをまた押した。二人は一緒に足音を忍ばせて洗濯室を出ると、厨房や物置部屋が入り組んだ迷路のような廊下を走り抜け、屋敷の西翼につづく階段を目指した。

「そのまま走って」

イヴは、フォードがドアを開けて召使い部屋に入るのを感じた。ネルも同じことを感じとったらしく、何も言わずにさらに足を速めた。フォードは二人の足音を聞きつけて駆けだし、長い廊下に置かれた小さなテーブルやほかの障害物を蹴倒しながら突き進んでくる。片足が不自由とは思えない速さで、彼はせまっていた。

イヴは恐怖のあまり気を失いそうになりながら、階段を駆け上った。これほど早く足を動かしたことはなかった。存在することさえ知らなかった足の筋肉が、けいれんを起こしかけていた。左手に持ったピストルが、重たくなっていく。もう、息を吸うこともままならない。ネルがいなかったら、踏みとどまって、フォードに立ち向かっていただろう。自分は弾をこめたピストルを持っているし、その使い方も知っている。けれども、ネルを道連れにすることはできない。この少女は、これまで一度も運に恵まれたことがなかった。できることなら、自分の運をネルに授けたかった。ほかの数知れない犠牲者たちのように、ネルの命が奪われるようなことがあってはならない。

階段の踊り場で、イヴはネルを引き止めた。頭のなかで、ある計画がまとまりかけていた。あえぎながら、彼女は言った。「こっちよ」手近にあるほうのドアを開けて、ネルを廊下に押しだすと、行く手を指さしてさらにつづけた。「向こうの新しい階段を登って、デクスターを見つけて。いいえ、だめよ、ネル。二手に分かれるのがいちばんなの。わたしはピストルを持っている。あなたにはデクスターがいる。アンディもいるわ。玄関番を呼ぶように、アンディに伝えてちょうだい！　とにかくアンディに玄関番を呼んできてもらうのよ。デクスターがついているわ。だから安心して」

フォードが階段を駆け上がってくる足音が聞こえた。もう一刻の猶予も許されない。「早く行って！」イヴは乱暴に言った。

苦悩に満ちた声を洩らし、ネルは行く手の階段に向かって駆けだした。イヴは自分もドアから出ると、バタンと音を立ててドアを閉めた。フォードに音を聞かせるためだった。そろそろと、慎重に、ドアからあとずさった。自分のしていることはわかっていた。すぐ近くに、ライザの舞踏会のために舞踏室に改装された絵画陳列室がある。夢で見た舞踏室とは違うが、おばの助言のとおりなら、母が見せてくれた部屋と言ってよかった。彼女はいまや、母の示した地図に従って動いていた。

勇敢なわけでも、確信があるわけでもない。体じゅうが震えていた。これから、信じるものに命を預けるのだ。もし、それが間違いだったら……でも、悔やむことはない。少なくとも、ネルの命は救えたのだから。

廊下にはランプが一つともっていたが、明かりはとても暗かった。かすかにだが、防腐剤のにおいがする。イヴの目は、フォードが出てくるドアに釘づけになった。もう彼の心を読む必要はなかった。考えているのは、夢で見たことだけ。

イヴは、絵画陳列室のドアのかたわらで待った。ピストルは、スカートの襞に隠し持ったままだ。どんなことになろうと、あの悪魔の心を持った人殺しを逃がすようなことはしない。

階段室のドアがゆっくりと開いた。イヴは自分の姿をひと目見せると、絵画陳列室にすべりこんだ。ランプの明かりはないが、ドアの隙間から光が洩れているし、月の光が床にまだら模様を作っている。廊下で嗅いだのは、部屋の壁に塗られた新しい塗料のにおいだとわかった。

ドアはあえて開けたままにしてあったが、ドアノブに鍵が刺さっているのは気に入らなかった。だれも入れないように、フォードが内側から鍵をかけてしまうかもしれない。鍵を動かしたが、感覚がない上に血ですべる指では引き抜けなかった。

イヴはドアからあとずさった。こだわらなくてもいいという、奇妙な感覚があった。鍵があろうとなかろうと関係ない。とにかく、ここですべて決着がつくのだ。

振り返って、奥行きのある部屋の様子をさっと見て取った。部屋のなかほどに家具が集められて、布が掛けてある。塗料のにおいが早く消えるように開放してある縦長の窓。そして、板張りの床。

イヴの目は、縦長の窓に引き寄せられた。テラスに面したフレンチ・ドアとは違うが、その窓からは、緑豊かな庭園と果樹園が見わたせる。とうとう、最後の道しるべにたどり着いたのだ。

足音が聞こえて、振り返った。もう、恐くはなかった。二人のあいだに家具があるのも心強かった。彼女を支えているのは、勇気というより決意の固さだった。自分は母の娘だ。そして母は、この絶望的な終局に向けて、娘に心の準備をさせていた。

フォードはドアを閉めて鍵をかけると、ゆっくりとイヴのいるほうに近づいた。左足を引きずっている。「鍵をかけるべきだったな、イヴィー。まあ、どっちだって同じことだが。ドアを破るのは簡単だから」彼は、開けてある窓にちらりと目をやった。「まさか、外の足場をつたって逃げようと思ってるわけじゃないだろう？　きみの小説に登場するヒロインのようにはいかない」

イヴは黙ったまま、さまざまなことを感じとった。ピストルはポケットに、ナイフは袖のなかに忍ばせてある。手首を嚙みつかれて、たっぷり仕返しをしようと思っている。彼は右利きだが、その右手はいまは使えない。

フォードが近づくのに合わせて、イヴも歩み寄った。あいだには、積み重ねられた家具がある。彼は、彼女がスカートの襞のあいだにピストルを隠していることを知らない。無防備で、簡単に始末できると思っている。

フォードは言った。「ベドラムから来た小娘が、クローゼットに隠れてるんじゃないかな。そうとも、あいつの正体はわかっている。おまえたちが脱走した患者をかくまっていることは、屋敷のなかでは公然の秘密になっているんだ。あの娘を傷つけるつもりはない。ただ、ベドラムに戻すだけだ」

彼は、小首をかしげて言った。「ぼくを憶えてないのかい、イヴィー？」

イヴは、慎重に言葉を選んだ。彼が心を読まれていることを快く受け入れるとは思えないし、なぜ何年も前にあんな殺人を犯したのか、その理由も一つ残らず明らかにしたかった。

母に何があったのか、突きとめなくてはならない。

「最初はわからなかったわ」彼女は言った。「だって、すっかり変わってしまったんだもの。でも、あの石切場を舞台にした短編を発表すれば、あなたがわたしを捜すのはわかっていた」

「ミセス・バリモアの名前がなければ、おまえを捜しはしなかった。イヴィー、おまえは、よけいなことをしないでそっとしておくということができないんだな。おかげで、ひどく厄介なことになってしまった」

イヴは、彼と同じように気さくな口調で応じた。「ほんとうのことを言うと、あなたのお父さまが姿を現すと思っていたのよ。何年も前に亡くなったことがわかるまで」イヴは頭を傾けてつづけた。「でも、考えてみると、あなたはお母さま似よ。あなただと気づくべきだったわ」それは、まったくのでたらめだった。メッセンジャー一家のことは、ほとんど憶えていない。

「おふくろは――」彼は、ぐっと息を吸いこんで言った。「おふくろは、情けない女だった」

「そうなの？　お母さまが何をしたというの？」

彼の記憶が頭に流れこみ、イヴはあまりのつらさに泣きそうになった。もう、言葉を選んでなどいられなかった。悲しみと怒りに声を震わせて、彼女は言った。「あの晩、あなたのお父さまは白鹿亭で酔いつぶれていたんでしょう？　だから、あなたはお父さまの代わりに、わたしの父を殺すことにした。お母さまはあなたを止めようとしたけれど、あなたが聞く耳を持たなかったものだから、わたしの母に相談した。母はあなたを説得しようと外に出て、石切場の上から突き落とされた」

　彼はぴたりと動くのをやめて、幽霊でも見ているような目つきででイヴを見ていた。「どうしてそんなことまで知っているんだ？」

　イヴは適当な言いわけを探したが、何も思いつけなかった。

「リディアか！」彼はいまいましそうに言った。「リディアが言ったんだな！　おれにはわかる。あいつとおふくろは、いつも疑っていた。だが、それだけ――疑うだけだった」彼は、いっとき間をおいてつづけた。「おまえにささやかな秘密を教えよう。わが過ちなり《メア・クルパ》。おれがやったのさ」

　イヴは、その記憶があたかも自分のものであるかのように、あの夜の光景を見ていた。

「あのとき母は事故だと言ったけれど、わたしには嘘だとわかっていた。あなたはまだ下りるに下りられずに、石切場の上にいた。母はわたしがあなたを捜して階段を登ることを恐れていたんだわ。事故だと言って、わたしを守ろうとしたのよ」

「あのとき階段を登ればよかったんだ」彼は苦々しげに言った。「そうしたら、同じように石切場から突き落としてやったものを」

　あまりの悲しみに、イヴは我を忘れた。「かわいそうなアルバート」小さな男の子に話しかけるように言った。「あなたはいつも、嫌われ者だったんでしょう？」イヴはふっと口をつぐんで、つぎつぎと頭に浮かぶ彼の記憶にたじろぎながらも、つづけた。「だれもがあなたを見下していた。勝手口を使うようにあなたに注意したメイドも、盗みを働いたあなたをつかまえた従僕も、あなたが馬から落ちたときに笑った、ハリーという男の子も。でも、あなたは思い知らせてやったんでしょう、アルバート？　アルバート・メッセンジャーの機嫌を損ねて、罰を受けずにすむ者はだれもいないから」

彼はむかむかするほど子どもっぽい笑みを浮かべた。「おやおや、どうやらリディアは相当なおしゃべりらしいな。あいつもすぐに黙らせてやる。だが、そんなことは問題じゃない。あれは事故だったんだ。検屍官もそう言った」

イヴは激しい憎悪に駆られた。「アルバート・メッセンジャーがあの火事で死なずに、新しい名前を名乗って新しい人生を歩んでいることがわかれば、事情は変わってくるわ」息を吸いこんで、彼女はつづけた。「ジェイスン・フォード。それは、火事で死んだ少年の名前だった」

その言葉に、彼はぎょっとした。「なぜそれを知っているんだ？　だれにも話してないのに」

イヴはゆっくりと言った。「あなたは自分が殺した少年になりすました。その子になんの恨みがあったというの？」

いぶかしげに眉をひそめていた彼は、一転して愉快そうに言った。「恨みなんかないさ。おれは自分の人生にうんざりして、酔っぱらいの役立たずの息子であることにほとほとうんざりしていた。ジェイスンには金があり、やつがいなくなっても悲しむ家族や友人はいなかった。そんな機会をみすみす逃せるものか。そうだろう？」

「あなたのせいで、お父さまは絞首刑になったのよ」

彼は大げさにため息をついた。「事故に見せかけるつもりだったんだ。おれには、どうすることもできなかった」

「いいえ、あなたは、お父さまを憎んでいたんじゃないの？　お父さまは、鏡に映ったあなた自身だったから。でも、あなたが愛したたった一人の人でもあったはずよ」

フォードは笑っただけだった。

もう、言うべきことがなくなりかけていた。時間を稼ぐ手だてが底をつきかけている。アンディが玄関番を連れてくるのに、どれくらいかかるかしら？　アッシュはどこ？　ああ、アッシュはどこにいるの？　愛していると、一度も言っていないのに。

フォードも、そろそろしびれを切らしかけているようだった。あせりを隠して、イヴは言った。「談話会に顔を出すなんて、ずいぶんなへまをしでかしたものね。リディアに気づかれるじゃないの」

「気づいてもらいたかったから出向いたんだ。あのときはまだ、リディアがあの短編を書いたと思っていたから、どこまで知っているのかたしかめる必要があった。そう、おれは名前を変えたが、それはリディアも同じだった。おれたちは二人とも、トマス・メッセンジャーの子どもであることを隠していた」

「かわいそうなリディア。あの人がつぎの犠牲者なの？」

フォードは笑った。「いいや、イヴィー。つぎの犠牲者はおまえだ」

イヴはピストルを構えて、彼の心臓をねらった。左手でもこの距離ならねらいをはずすわけがないと言い聞かせながら、彼女は言った。「あなたの運は尽きたわ。こんなとき、お芝居なら、『汝の造り主のもとへ行け』とでも言うのかしら。あなたにまた会えたら、悪魔がきっと喜ぶわ」

フォードは首を横に振った。「おまえに引き金は引けない。撃てば、おれと同じ人殺しになるんだからな」

それはほんとうだった。あんなに殺してやりたいと思ったのに。悔し涙が目を刺すのを感じながら、イヴはピストルを少しだけ下に向けた。心臓はねらわない。彼の痛めていないほうの足をねらおう。ピストルをしっかり構えていられればだけれど。

そのとき、重たいものがドアに激しくぶつかる音がして、二人はぎくりとした。怒ったライオンさながらの、荒々しい吠え声。

「デクスター！」イヴは叫んだ。

フォードに目を戻した瞬間、彼が飛びかかってきた。イヴは引き金を引いたが、ねらいは大きくはずれた。

「イヴ！」今度はアッシュの声。「もう少しだ！　聞こえるか？　いま行くからな！」

返事はできなかった。フォードと床の上で組み合ったまま、イヴは必死でナイフの切っ先をかわそうとしていた。ひと突きすれば目的を果たせるのに、フォードは力を振り絞れずにいる。ネルに噛まれた右手が使えなくて、やむを得ず左手を使っているせいだ。

何かがドアにガンガンとぶつかる音がして、イヴの胸は高鳴った。デクスターのどう猛な吠え声は、アッシュが死にものぐるいでドアをたたき壊す音にかき消された。なんとか持ちこたえなくては。イヴは手探りして落としたピストルをつかむと、ナイフを握っている手をなぐりつけた。フォードはわめいて、ナイフを取り落とした。イヴはその機を逃さず、ナイフをつかんで転がった。

「こいつめ！」フォードはがばと跳ね起きると、イヴの肋骨を蹴った。

もう一度攻撃されたら、防げなかった。イヴが体を二つ折りにしたまま身がまえようとしたそのとき、ドアが突然壊れて、アッシュとデクスターが飛びこんできた。その後ろに、ちらりとネルの姿が見える。

フォードは体を起こして、デクスターが猛然と走ってくるのを見た。イヴは彼の意識のなかにいた。フォードはピストルを隠し持っている。デクスターが広い部屋を稲妻のように切り裂いてくるあいだ、彼は自問自答した。犬を撃っても、デニスンと玄関番からは逃れられない。

決断はすばやかった。フォードは身をひるがえすと、開いている窓に走って窓枠を飛び越した。その瞬間、イヴはすべての息を吐きだした。彼が落ちていくのがわかる。地面にぶつかる恐怖も。フォードは、けさ早くに外の足場が取り払われたことを知らなかった。

イヴは膝をついて立ち上がり、よろよろと窓に近づいて下を見た。はるか下のテラスに、アルバート・メッセンジャーが手足を広げてうつぶせに横たわっている。

悪夢は終わった。

アッシュが彼女を抱きしめ、デクスターが腕の傷をなめていた。イヴにはもう、なんの感情も残っていなかった。涙も、怒りもない。「足場のことを知らなかったのよ」

アッシュはイヴをさらに抱きしめた。イヴを窓から引き離し、彼女の顔にかかる髪を、震える手で押しやった。いまはまだ、ろくに息ができない。階段を三階まで全速力で駆け上がり、ドアを死にものぐるいで壊したせいではなかった。イヴを失ったと思ったからだ。墜落して死んだのがフォードであってイヴではないという事実が、まだのみこめなかった。

「あの人は、足場が取りはずされたのを知らなかった」かすれた声で、イヴは繰り返した。

「足場を伝い下りて、逃げられると思っていた」

アッシュの声には、まだ彼のなかをどくどくと脈打って駆けめぐっている荒々しさが表れていた。「足場があったとしても、走っては逃げきれなかった。もう、しゃべるんじゃない。ベッドまで、ぼくが運ぼう。それから、腕の手当てをしてもらおう」

イヴは眠たげに言った。「大した傷じゃないの。ピストルは構えられなかったけれど」アッシュに話すことがあった。イヴは頭のなかを探って思いだした。「ハリーに何があったか知りたい？」

「黙って。話はあとだ」

アッシュはかがんでイヴを抱き上げると、ドアに向かった。絵画陳列室には、玄関番や門番たちがつぎつぎと駆けつけていた。そのうちの一人に、彼は言った。「ブレイン先生を呼んできてくれないか。五月市の会場にいる。ブレイン先生が見つからなかったら、ほかの医者でもいい。それから、キーブル治安官も探してくれ」それから、べつの門番に言った。「みんなをここから出して、ドアに鍵をかけるんだ。下のテラスに、遺体が一つある。治安官が来るまで、だれも触れないように見張ってくれないか」

廊下に出たところで、イヴは囁いた。「ネルはどこ？」

アッシュはイヴをなだめた。「ドアを破ったときは、すぐ後ろにいた。きみが大丈夫だとわかって、姿を消したんだろう」

「デクスターはいる？」

アッシュはあたりを見まわした。「いいや」

イヴはほほえんだ。「あの子はネルのものだわ」

アンディが、不安げな表情を浮かべて立っていた。アッシュは声を荒らげないようにした。アンディはまだ、年端もいかない少年だ。「ミス・ディアリングの手当てをするのを手伝ってくれないか。キッチンに薬箱があるはずだから、ミス・ディアリングの寝室に持ってきてくれ。ああ、それから、がんばったな、アンディ。よくやった」

アンディはにっこりして、召使い用の階段のドアに走った。

ベッドに寝かされると、イヴはアッシュに言った。「まだ、わたしたちの知らないところで殺された人が何人もいるの。あの男は、なんのためらいもなく何人もの人を殺したのよ」

「それも、これで終わった」アッシュは言った。「一人の勇猛果敢な女性のおかげだよ」

イヴはほほえんだが、アッシュがタオルで腕の血をぬぐいはじめると、泣き声を上げた。

「痛い！」

「ぼくの痛みはそれどころじゃない」

イヴは冗談だと思ったのか、声を上げて笑ったが、アッシュは本気だった。

自分はイヴを、迷うことなくジェイスン・フォードに託してしまった。イヴが以前に言っていたことに、どうして注意を払わなかったのだろう。彼女がネルを探しに出てアンジェロにねらわれたとき、デクスターは吠えなかった。フォードは屋敷をしばしば訪れていたから、デクスターは彼のにおいに慣れていた。フォードがイヴに危害を加えようとしないかぎり、デクスターが何もしないのは当然だ。

ほどなく、ブレイン医師が現れた。彼は眠れるライオンのそばを通り過ぎるように、アッシュをうかがいながら足音を忍ばせてベッドに近づくと、ひと通り診察をすませ、また足音を忍ばせて出て行った。ミス・ディアリングの腕には薄い傷跡が残るが、それ以外に深刻なことは何もない、痛みをやわらげるためにアヘンチンキを少し飲ませるだけでいいと請け合った。

アッシュはブレイン医師を見送ってドアを閉めると、ふたたび椅子に腰を下ろした。イヴをひたと見つめて、彼は言った。「ハリーのことを教えてくれないか。その、もし差しつかえなければだが」

「もちろんよ。病人あつかいしなくて大丈夫。いまは、心の重荷が消えて、ようやく息がつけるようになった気分よ」

アッシュはイヴの手を取って、彼女が口を開くのを待った。

イヴは淡々と語った。「アルバート・メッセンジャーは、馬が怖かった。ハリーは違った。アルバートの目の前で、馬に乗った厩番がハリーを後ろに乗せて、草地を走った。ハリーは心ゆくまで楽しんだわ。それから、アルバートの番になった。アルバートは、ハリーのように体が不自由な少年に負けるつもりはなかった。でも、馬に乗ったとたんに落馬してしまった。それで、そこにいたみんなが笑ったの。とりわけアルバートを逆上させたのは、ハリーの笑い声だった」

イヴはいっとき考えこんで、さらにつづけた。「アルバート・メッセンジャーから感じたのは、つかの間のイメージばかりだったんだけれど、そのなかの……ハリーに手をかけたときの記憶に集中してみたの。ハリーは車椅子に座って、庭で本を読んでいた。その本に夢中だった」

アッシュはしわがれた声で言った。「ハリーはそんな子どもだった。単純なことが好きだったんだ」

「わかるわ」

「つづけてくれないか。それから、何があった？」

イヴは小さなため息をついた。「そこにアルバートが来て、川まで車椅子を押してあげようと言ったの。召使いはだれもいなかった。アルバートはそのときをねらっていたのよ。あとは、あなたも知ってのとおり」

「ハリーは……ハリーは苦しんだのか？」

「長くは苦しまなかった。初めは怖がってもいなかった。何かのゲームだと思っていた」

二人は長いあいだ、ひとことも言わなかった。それから、イヴは身じろぎして起き上がった。「前にも話したけれど、アルバートの自制心は二歳児並みだった。ほかの犠牲者は……」彼女は首を振った。「ほかの犠牲者は、アルバートを見下したばかりに、壊れたおもちゃみたいに放り投げられたのよ」

アッシュは立ち上がって、窓辺に行った。考え事にふけっている様子だったので、イヴはしばらく何も言わなかったが、やがて彼の名を呼んで、注意を引き戻した。

「わたしの言うことはほんとうよ、アッシュ。妄想じゃない。たしかにメッセンジャーの意識に入りこんでわかったことなの」

アッシュは口元だけでにこりとした。「きみの能力については、何一つ疑っていない。ただ、こんなことになる前に、すっかり信じていたらよかったと思っているだけだ」

イヴは、どう受け取ったらいいのかわからなかった。ようやく望みがかなった——アッシュが彼女の能力は本物だと納得してくれた——けれどもいまは、そうなったときに感じるだろうと思っていたのとは違う気持ちだった。

ドアをノックする音がして、ミス・クレイヴァリーが入ってきた。「ブレイン先生が処方してくださったアヘンチンキを持ってきたわ」

ミス・クレイヴァリーがイヴの世話をかいがいしく焼きはじめると、アッシュは着替えてくると言って部屋を出た。

イヴは目を覚ましていようと思ったが、アヘンチンキを飲むと、疲れがどっと出てすぐに眠りこんだ。

27

翌朝、アッシュとイヴは、キーブル治安官に会う前に、しばらく相談した。昨夜の出来事のうち、最低限の事実だけを治安官に話すことで、二人の意見は一致した。よけいなことを話したら、罪もない人々を深く悲しませることになってしまう――たとえば、リディアがそうだし、死んだロバート・トンプスンの妻もそうだろう。もちろん、ネルはどんなことがあっても守らなくてはならない。何より、そのままの話では治安官が信じてくれるとは思えなかった。

キーブル治安官とは、音楽室のすぐそばにある小さな居間で会った。ドアを閉めて三人だけなのに、イヴは四方の壁が聞き耳を立てているような気がしてならなかった。屋敷は、静かだった。静かすぎて、かえって落ち着かない。

アッシュがうなずいたので、イヴは心を落ち着け、それまで練習したとおりに説明を始めた。あの夜、ジェイスン・フォード氏が潅木の茂みからよろよろと出てきて、だれかに頭を殴られて、財布を取られそうになったと言った。イヴは治安官を呼ぼうとしたが、フォードは聞かなかった。いまにして思えば、ホーキンズを襲った人物がフォードを襲ったのだろう。

フォードは頭が痛いと言っていたが、それ以外は大丈夫そうだった。そして、彼女がコートが薄手で寒いと言うと、フォードは屋敷までエスコートするから、暖かいコートを取ってくればいいと言った。恐ろしいことが起きたのは、そのあとだった。

頭を殴られたフォードは、しだいに混乱して、彼女がだれだかわからなくなったようだった。何とかしようとすると、今度は彼女に襲いかかってきたので、恐ろしくなって屋敷のなかに逃げこんだ。そして、すべては絵画陳列室で終わった。フォードは彼女の腕をナイフで切り裂いて、窓から身を投げた。

治安官はわけ知り顔に何度もうなずき、ときおり微笑を浮かべて、イヴの説明で明らかに抜け落ちていた箇所についていくつか質問をした。イヴの答はあやふやだった。

アッシュが口を挟んだ。「なかには、戦争でのむごい体験から立ちなおれない人間もいるんですよ。フォードの身に起こったのは、そう言うことなんでしょう」

長い沈黙ののち、キーブルは目を上げると、イヴに向かって苦笑した。「あなたが作家なのも無理はない。大したものです。いや、誤解しないでいただきたい。報告書には、いまうかがったとおりに書きましょう。ただ、個人的に、あなたが抜かしたことで、いくつかうかがいたいことがあるんですが」

アッシュは弱々しくほほえんだ。「ここだけの話ということですね？」

キーブルはうなずいた。「請け合いますよ」

イヴは立ち上がった。「空白を埋めるのは、デニスン卿におまかせしましょう。ブレイン先生がそろそろいらっしゃって、包帯を替えてくださることになっていますので。お忙しい方ですから、お待たせしたくないんです」

キーブルもアッシュも、イヴを止めなかった。二人とも、彼女がジェイスン・フォードとの絶望的な対決を思いだしたくないことをわかっているようだった。イヴは体じゅうの力が抜けるような思いを味わったが、それは、邪悪な男から運良く逃れられたせいだけではなかった。フォードに命を奪われたほかの犠牲者たちのことを、考えずにはいられなかった。なぜこれほど長いあいだ、フォードの犯罪はだれにも気づかれなかったのだろう。

イヴが音楽室に入ると、三人の瞳が心配そうにこちらを向いたので、つとめて明るい表情を装った。アマンダが来て、彼女をぎゅっと抱きしめた。

「ゆうべはこちらに泊めていただいたの」彼女は言った。「あなたの近くにいたかったのよ。何かお手伝いできることがあるかと思って。でも、アッシュが何もさせてくれなかった」

イヴは取りつくろいたいのをこらえて、笑顔を貼りつけたまま、おばとレディ・セイヤーズにうなずいた。アマンダは彼女の手を取って、椅子に座らせた。

「シェリーよ」レディ・セイヤーズが、イヴの手にグラスを押しつけた。「飲みましょう、みなさん。遠慮はいらないわ」

見ると、だれもがシェリーのグラスを持っていた。「何かのお祝いかしら？」

「あら、気つけ薬よ」おばが答えた。「あんなおぞましいことがあったんですもの、だれだって紅茶よりも強い飲み物がほしくなるわよ。あなたもそうしたほうがいいわ。みんなで飲みましょう」

ゆうべの出来事が話題に上って、イヴはぶるっと身震いした。仲間たちは、実際にあったことの半分も知らない。彼女たちには、アッシュの口から治安官に話したよりもくわしい説明がしてあったが、フォードが少年のころに殺人を犯したことは、だれも知らなかった。

いつの間にか、レディ・セイヤーズが彼女の膝にショールをかけてくれていた。「このほうが暖かいでしょう」

アマンダは、イヴの隣に腰を下ろしながら、心配そうにしているレディ・セイヤーズに言った。「ネルなら大丈夫ですよ。デクスターが一緒ですもの。ライザが〈丘の家〉まで馬車で行ってたしかめてきてくれたんですけれど、ネルはゆうべのうちにちゃんと戻ったそうですよ」

レディ・セイヤーズは鼻を鳴らした。「わたしが心配しているのは、ネルじゃなくて、ブレイン先生よ。ライザが何かわがままでも言って、先生が遅れてるんじゃないかしら。まったく、仕方がないわね」

だれもが笑った。みんなの顔を見て、イヴは胸が詰まった。ここにいるのは、彼女にとって、かけがえのない友人たちだ。ここまで大切な人たちに恵まれるとは、人生はなんと気まぐれなのだろう。いまはもう、彼女たちと離れたくなかった。

おばが、自分のグラスを光にかざした。「どうやら、ライザはわたしたち全員を驚かすつもりらしいわ」

その言葉を言い終わらないうちに、廊下に足音が響いて、ライザが飛びこんできた。頬をほてらせ、まとめてあった髪は傾き、乱れたドレスからは厩のにおいがぷんぷん漂ってくる。

「こんなに素晴らしいことってないわ！」ライザは鼻をすすり、涙を流した。

レディ・セイヤーズはびっくりしてたずねた。「どうしたの？　何があったの？」

「ファニーよ。仔ロバが生まれて、わたしはその場に居合わせていたの。アンナとブレイン先生を手伝ったのよ。生まれたのは雄。名前はフレディと名づけたわ」

「まあまあ、落ち着きなさい」レディ・セイヤーズは立ち上がった。「まさか、出産の手伝いをするのを、ブレイン先生が許可なさったんじゃないでしょうね？」

「でもおばさま、これはロバの出産よ」

「それにしても――」

「ブレイン先生も立派だったわ。おばさまにも見せてあげたかった。わたしはそんなことをするのは初めてだったものだから、おびえてしまって――」

「もちろんよ！」レディ・セイヤーズはライザの言葉をさえぎった。

「それに、ファニーは年を取っていたから、とても難産だった。だから……だから、ブレイン先生を呼びに行ったの。そして、いつの間にか手伝っていた。仔ロバが助かったのは奇跡よ。先生のおかげだわ。先生がファニーの様子を見ているうちに、わたしは小さなフレディを毛布でくるんであげたの」ライザは涙に濡れた目で、一同を見わたした。「みなさんにも、あのときの先生を見てもらいたかった！　退屈な人だと思われているかもしれないけど、まったくの見当違いよ。あんなにやさしくて、心が温かくて、親切な人はいないわ」ライザはすうっと息を吸いこんだ。「もうおわかりでしょう。わたし、ブレイン先生と結婚することにします」

アマンダはため息を洩らした。

「何かしら？」ライザはアマンダをにらみつけた。

アマンダは飛び上がった。「なんでもないの。ほんとうになんでもないのよ」

「『なんでもない』なんて言わないで！　いま、何を考えてらしたの？」

アマンダは慎重に答えた。「あなたに追いかけられたら、ブレイン先生はかえって引いてしまうんじゃないかしら。先生のほうから近づいてくるまで待ったほうがいいわ。さもないと、おびえて逃げてしまうかもしれないわよ」

アマンダは、行儀の悪い妹をたしなめるように話していたが、効き目はなかった。両手を腰に当てて、ライザはつかえながら言い返した。「あなたの忠告は当てにならないわ。あなたがヘンダースンさんを愛し、ヘンダースンさんがあなたを愛しているのはだれが見てもわかることなのに、あなたはヘンダースンさんを冷ややかに見るだけ。なぜ自分の気持ちを隠すのかしら？　そんなことをして楽しいの？　あなたのほうこそ、何をすべきかわかっていないんだわ」

「ライザ！」レディ・セイヤーズの大きな声が響いた。「いいかげんにしなさい！」

ライザは唇を噛んだ。「ごめんなさい、アマンダ。差し出がましいことを言ってしまって。

わたしは、ただ――」彼女は顔をゆがめると、スカートをつかんで、部屋から駆けだした。

アマンダは真っ青な顔で、一同に向きなおった。「もちろん、いまの話は間違いよ」彼女は言った。「フィリップがミス・ローズと結婚することは、だれだって知ってるわ」

「あら、それはどうかしら」ミス・クレイヴァリーは、新聞を取り上げた。「三ページにお知らせが載っているわ。『アーディス・クレイヴァリー・ローズと、スティーヴン・ウィリス・ロカビーの婚約を発表する』。アーディスって珍しい名前だから、憶えていたの」

アマンダは呆然としていたが、ほどなくわっと泣きだすと、ライザと同じように部屋から駆けだした。

イヴはすっかり面食らっていた。ついさっきまで、仲間たちがこんなにも親しくなったことに驚いていたのに、これではまるで、言うことを聞かない子どもの集まりだ。

ミス・クレイヴァリーが、イヴの視線をとらえた。「何もかも、しまいにはうまくいきますよ」彼女はそう言うと、グラスを取り上げて、満足そうにシェリーを飲んだ。


昼食のあと、アッシュとイヴは、庭園を散歩した。いつもより沈んだ様子で、よそよそしく振る舞う彼を見て、イヴの胸にふたたび疑念がよみがえった。背筋をまっすぐ伸ばして、心中に渦巻くつらい気持ちをちらりとも顔に出さなかったのは、自尊心のたまものだった。

「しばらく、ここを離れることになる」アッシュは言った。「何日後になるかわからないが、ライザの舞踏会までには戻るよ」

彼は、足下の小石を蹴飛ばした。イヴは落ち着いた表情を保った。「どこに行くの？」

「リッチモンドの地所だ」アッシュは、なんとも計りかねる表情を浮かべてイヴを見返すと、さらにつづけた。「うちのことをきちんとしないといけないし、小作人同士の争いごとも解決しないといけない」

「そうでしょうね」イヴはもう、アッシュのことをよく理解していた。彼は、召使いや領民たちから慕われ、尊敬されている人だ。彼らの期待に背くようなことはしないだろう。

「それから、シアラー大佐とレディ・トリッグに、召使いがどうしてアルバート・メッセンジャーに殺されたのか、その経緯を説明しに行こうと思うんだ。二人には借りがあるから、ちゃんと説明したい」

「なんと説明するの？」

アッシュはほほえんだ。「心配することはない。きみの秘密は洩らさないよ。ただ、もろもろの証拠から、メッセンジャーの犯行であることは明らかだが、彼は火事で死んでしまって、事情を聞くことはできないということだけは言うつもりだ」彼はまた、イヴをちらりと見て目をそらした。「きみやぼくが疑念を持ちつづけたように、いつまでも真相がわからないままでは気の毒だからね」

アッシュは正しいと、イヴは思った。母の死の真相がわかってさんざん泣いたが、真実を知って安堵する気持ちもあった。ようやく、すべては終わったのだ。もうアルバート・メッセンジャーに殺される人はいない。

「きみも知ってのとおり」と、アッシュは言った。「祖母はいま、名づけ子のヘンリエッタのもとを訪れているんだ。ヘンリエッタの屋敷は、レディ・トリッグの屋敷からそれほど遠くない。だから、ひと晩泊めてもらって、生まれた赤ん坊にも敬意を表してこようと思ってね。祖母も、ぼくがそうするものと思っているから」

「まあ、ずいぶん忙しいのね！」すねているような言い方になってしまったことを、イヴはすぐに後悔した。いつも自分のことより他人のことを優先している人を、どうして責められるだろう。

アッシュは長いため息をつくと、イヴの両手を包みこんだ。「イヴ、きみはひどい目にあったばかりだ。しばらく休んで、体力を取り戻すといい。きみには話したいことが山ほどある。ぼくが戻ったら、ゆっくり話そうじゃないか」

アッシュが出かけたのは寂しかったが、暗いことばかりではなかった。ライザの舞踏会の前日、一同が昼食のあとで音楽室に集まっていると、レディ・セイヤーズが大あわてで部屋に入ってきた。

頬を赤くし、瞳をきらめかせて、彼女は言った。「何があったか、わかるかしら？　ついさっき、ブレイン先生がいらっしゃって、ライザとの結婚を承諾していただきたいとおっしゃったの。もちろん、ライザは成年に達していないから、父親に許可を求めていただかなくてはなりませんとお答えしたわ。そうしたら、どうなさったと思う？」

ミス・クレイヴァリーが答えた。「ライザの父親に会うために、フランスに発たれたんでしょう？」

「ご名答！」レディ・セイヤーズはにっこりした。「ただし、出発するのは、舞踏会がすんでからよ」

最初の衝撃から覚めて、一同はいっせいに口を開いた。ライザは歓声を上げて、部屋から飛びだしていった。屋敷に戻っていたアンナが、仔ロバのフレディが生まれるのを手伝ってくれたライザを褒めちぎると、リディアがうなずいた。アマンダは声を詰まらせて何やらもごもごとつぶやき、イヴは笑いだした。レディ・セイヤーズがシェリーのデカンタを出すころには、だれもが泡立つシャンパンのようにせわしなくしゃべっていた。

つぎに興奮をもたらしたのは、アマンダだった。彼女は一時間ほど席を外して音楽室に戻ってくると、二人きりで話したいとイヴに言った。

イヴは、治安官と会うときに使った部屋にアマンダを連れていった。アマンダは、はにかんで言った。「イヴ、あなたに最初に知らせたかったの。フィリップと結婚することになったわ。ライザにならって、彼に言ったの。何年もあなたに見向きもしないなんて愚かだった、いつもあなたのことを思っていたのにって。マークと結婚したのは、そうすることが期待されていたからだった。彼との婚約は、幼いころからきまっていたの。でも、いつも後ろめたさを感じていたわ。マークはいい人だったから」

アマンダははらはらと涙を流すと、さらにつづけた。「でも、ライザに言われて、ようやく目が覚めたの。わたしが後ろめたさを感じているからといって、フィリップまで不幸にするのは間違ってる。ほかのみんなにも、早く話したいわ。とりわけ、ライザに」

二人はともに、幸せの涙を流した。けれども、イヴはその夜、寝間着に着替えようとして、心に引っかかるものを覚えた。

ドレスを脱いで、イヴは手を止めた。リディアのことが気になっていたのだ。しばらく迷ったあげく、ナイトガウンを着て、リディアの部屋に向かった。ドアをノックしても、聞こえるのはくぐもった声だけだった。イヴは入っていいものと解釈して、なかに入った。

リディアは窓辺に立ったまま、薄いカーテンを片手で押しやって外を見ていた。「ロバートのことをどうしても考えてしまうの」彼女はのどを詰まらせた。「あの人が死んだことは何かの間違いだったんじゃないかと、外を見てしまう」

イヴは急いでリディアに近づくと、泣いている彼女を抱き寄せた。慰めの言葉は浮かばなかった。イヴの腕のなかで、リディアは激しく泣きじゃくった。

イヴは夢のなかでほほえんでいた。腕のなかにいる赤ん坊は彼女の赤ん坊で、名前はアントニアといった。小さなアントニアは濃い灰色の瞳で母親を見上げて、うれしそうな声を洩らした。アントニアが着ているのは、丈の長いレースの洗礼着で、スカートの部分には小さなピンクのリボンが縫いつけてある。イヴが自分で縫いつけたリボンだ。

「お父さまはどこかしら？」イヴは赤ん坊に話しかけて、巨大な建物のなかを見まわした。

教会だ。

　彼女は教会の入口近くにいた。祭壇の近くにある洗礼盤のかたわらには司祭がいて、彼女が赤ん坊を抱いてくるのを辛抱強く待っている。けれども、アッシュはどこにいるのだろう。そのとき、イヴはアッシュを見つけた。信徒席の最前列で、二人の男の子に挟まれて座っている。一人は金髪で、一人は黒髪。イヴは眉をひそめた。なぜ、自分は彼らのそばにいないのだろう。

　司祭が進みでると、アッシュと男の子たちは立ち上がった。アッシュは上の子の頭に手を置いて、司祭に言った。「息子のハリーです」それから、下の子に顔を向けて言った。「こちらがパーシー」

　パーシー？　イヴは首をかしげた。どこからその名前をもらったのかしら？　彼女の一族にパーシーはいない。アッシュの一族だろうか。

「洗礼を受ける子どもの名前は？」司祭がたずねた。

「アントニアです」イヴは答えた。

　その声は、だれにも聞こえないようだった。それどころか、彼女は透明になったも同然だった。

　それまで気づかなかった人物が立ち上がって、イヴはぎょっとした。アッシュの左側に、若い女性がいる。それも赤ん坊を抱いて。イヴはアントニアを見下ろしたが、アントニアの姿は消えていた。

「赤ん坊の名前は――」その女性が言った。

「これは夢なんでしょう?」イヴはうつろな声で言った。「きっと、夢なんだわ」

そう言ったとたんに、つむじ風が教会のなかに吹きこみ、すべてを巻きこんで運び去った。イヴは、渦巻くもやのなかに取り残されていた。

「戻ってきて、アッシュ・デニスン!」彼女は叫んだ。「子どもたちはどこ? 子どもたちを連れ戻して!」

目を覚ますと、心臓が激しく脈打ち、涙が頬をつたい落ちていた。イヴは、今度アッシュ・デニスンに会ったら、問い詰めようと固く決めていた。


ライザの舞踏会は、つい最近の出来事を考慮して、絵画陳列室ではなく、芝生の上に大テントを設置して催されることになった。この形式張らない会場は、一同から拍手喝采で受け入れられた。とりわけ、舞踏室と考えただけで震えてしまうイヴにとっては、ありがたい提案だった。

舞踏会の夜、イヴはアッシュが入口から現れるのを待ちかまえていた。彼はライザの舞踏会までに戻ると約束したし、一度約束したらかならず守る人だ。彼女は鉢植えの椰子《やし》のかたわらに静かな場所を見つけて、おばのミス・クレイヴァリーと一緒に座っていた。レディ・セイヤーズは女主人だから、座っている暇はない。

ダンスはまだ始まっていなかった。イヴはぼんやりと人混みに目を走らせた。アンナとリディアが、リー・フレミングと話しこんでいる。事態はリディアとネルの二人にとって、いい方向に動きだしていた。アンナはロバと羊たちに二人を加え、あすの朝、そろってコーンウォールに出発することにしている。イヴはなかば本気で考えた。アッシュにきいた答しだいでは、自分もアンナの仲間に入れてもらおう。

ミス・クレイヴァリーは満足げなため息を洩らした。「こうなることはわかっていたわ」彼女は、最初のカントリー・ダンスを踊るために位置に着いた、二組の男女を指ししめした。「心から望んでいることはかなうと、あの二人に言ったでしょう?」

イヴはおばの指したほうを見た。アマンダはフィリップに手を引かれてにこやかにほほえみ、ライザは笑顔を浮かべたブレイン医師の横で、妙に大人びてすましている。ライザは、まるで別人だった――それを言うなら、ブレインもだが。

イヴは、ライザがあまりおすましにならないことを祈った。

ミス・クレイヴァリーが顔を近づけて言った。「今度はあなたの番ね。いいこと、愛する人がいるときは、手遅れになる前にはっきりそう伝えるのよ。さあ、アッシュが来たわ」

イヴが何か言う前に、ミス・クレイヴァリーはキーブル治安官の腕にさらわれていった。イヴは立ち上がると、肩を怒らせ、人混みをかき分けてアッシュに近づいた。まわりが騒がしくて話ができそうもなかったので、アッシュの手首をつかんでテントの外に引っ張った。芝生に並べてあるテーブルと椅子をよけて、イヴはアッシュを静かな場所に連れていき、彼に向きなおった。

アッシュは主人風を吹かせる女性がどうのと冗談を言ったようだったが、イヴは聞いていなかった。前置きもなしに、いきなり切りだした。「ゆうべわたしが見た夢は、あなたにはなんの関係もないことなの？」

アッシュは気まずそうに問い返した。「なんの夢かな？」

イヴは彼の肩を思いきりたたいた。「その顔からして、わたしの言っていることがわかっているようね。あなたがわたしの赤ん坊を——それから、わたしの息子たちまで盗んだ夢よ。信徒席で、あなたの隣に座っていた人はだれなの？」

もう一度たたかれないうちに、アッシュは彼女の体を抱きすくめた。笑いながら、彼は言った。「あれは、レディ・ドロシー・ベアードだよ。ここ数年、ぼくと結婚しようとがんばっている女性だが、ぼくはいつも彼女の手をすり抜けてきた。ゆうべは夢のなかで、ずっと念じていたよ。落ち着け！　ただの悪夢だ、もしこれが夢じゃなくて現実でも、イヴが助けに来てくれるとね。そして、きみは来てくれた。目覚めたときは、悲惨な運命が現実でなくて、ほっとしたよ」

くらくらするような幸福感が、イヴのなかに広がった。彼女は笑ってアッシュの腰に手を回すと、彼の胸に顔をうずめた。「わたしがばかだったわ、アッシュ。もう、空気がないと生きていけないのと同じように、あなたなしでは生きていけない」そして、アッシュを見上げてつづけた。「これまでわたしたちにはいろんな困難があったけれど、あの夢で、あなたと子どもたちを失ったときほどつらいことはなかった。愛しているわ、アッシュ・デニスン。

稲妻に打たれたりする前に、あなたに言いたかった」

アッシュは瞳をきらめかせて彼女を見下ろした。「あの子どもたちを見て、そんなことを言おうと思いついたんじゃないだろうね？」

イヴはにっこりした。「かわいかったわ。でも、パーシーという名前は、だれからもらったの？」

「戦友だよ。死ぬには早すぎる男だった」

イヴはアッシュを抱きしめた。戦死した仲間にあやかるなんて、いかにもアッシュらしい。アッシュは社交界の人気者だが、彼のほんとうの素晴らしさは、もっと深いところに根ざしているのだ。

アッシュはイヴのあごを上向けた。「あんな子どもたちがほしいなら、まず結婚しなくちゃならない。そのことは、わかっているんだろうね？」

イヴは眉をつり上げた。「何か言うのを忘れていないかしら？」

アッシュは咳払いした。「ぼくの心はきみのものだ。ほかに何かあるかな？」

「もっとうまく言えるはずだわ」

「愛している、イヴ」アッシュはあごをなでた。「ぼくは、子どもがほしくて言ってるんじゃない。ベッドのなかで奔放になるきみのことも考えている」

イヴはアッシュの首に両腕をからめた。「これでも、結婚したときのために遠慮しているのよ」

アッシュはにやにやして言った。「ポケットのなかに、特別結婚許可証が入っているんだ。きみさえそのつもりなら、すぐに結婚できる」

「あなたがそう言うのを待っていたわ」


アンナとその仲間たちは、三日後にケニントンの教会で結婚式が執り行われるまでロンドンにとどまった。式には、家族とごく親しい友人たちだけが出席した。そのなかには、アッシュの祖母のレディ・ヴァルミードもいた。アッシュはシアラー大佐とレディ・トリッグに会いに南部に出かけたときに、イヴと結婚することを祖母にも知らせていた。

結婚披露宴は、屋敷の芝生の上で催された。飾らない祝宴だったので、三頭のロバと、一頭の仔ロバと、彼らの庇護者であるネルとデクスターが自由に出入りしても、だれも首をかしげなかった。デクスターがそこにいられるのは、アンナが精いっぱいの譲歩をしてくれたからだった。

「結婚とは素晴らしいものだ」アッシュはイヴに言った。「結婚することで、目的や、生き甲斐や、野心も生まれる。ぼくの人生には、それが欠けていた。きみからも一度、言われたことがあるように」

「わたしも間違っていたわ」イヴは言った。「あなたには、果たすべき務めがある。それは、野心よりも価値のあることだわ」

「果たすべき務めだって？」アッシュはちょっとからかうように見つめた。

「あなたは、他人の支えになれる人よ。それを務めと言わなかったら、なんと言うのかしら」イヴは、アッシュの母と弟、そしてネルも含めて、彼が支えたすべての人々を思い浮かべていた。「迷える魂の擁護者《ようご》。それがあなたよ」

「自分がそんなに立派な人間とは知らなかったな」

リッチモンドに向かう馬車のなかで、イヴはあんまり幸せで、泣きださないのが自分でも不思議なくらいだった。収穫の時期が過ぎたころに、コーンウォールにあるアンナの農場で仲間たちと再会することになっている。そしてまた翌年には、クラレンドンの談話会で、ふたたび集まれるのだ。

イヴは深呼吸した。世界じゅうが、新たな香りで満ちていた。

「何を考えているんだい？」アッシュがたずねた。

「あなたはわたしの心が読めないの？」

「読もうとしてはいるんだ。だが、いまのところはきみの夢しか読めない」

「わたしの夢は読めないはずなんだけれど」

「だが、実際にそうなったんだ。うれしくないのか？ ぼくはきみに会うまで、あんなにおもしろい夢は見たことがなかった」

アッシュになぜ夢が読めるのか、考えるのはやめることにした。クレイヴァリーのいとこたちなら、教えてくれるかもしれない。「『うれしい』ですって？ ずいぶんな言い方ね。わたしはだまされた気分よ。あなたの家系に魔法使いが一人もいないのはたしかなの？」

「ああ。でも、ぼくの子どもに魔法使いや魔女が一人や二人いても驚かないね」

イヴは口元をゆるめて、ゆっくりと言った。「わたしたちの子どもが、一人残らず魔法使いや魔女だとわかっているのなら、あすにもあなたと離婚して、修道院に入るわ」

「それで、ハリーやパーシーやアントニアをあきらめるのか？　ぼくはごめんだね。それに、ぼくはきみほど気が小さくない」と言って、アッシュはイヴの手を軽くたたいた。「おもしろいじゃないか。考えてみるといい。ちょっと練習すれば、娘たちの頭のなかに入りこんで、だれと、どこにいて、何をしているのかわかるようになるかもしれないんだぞ。父親なら、だれだって知りたいことだろう？　もちろん、息子たちはもっと自由にさせるつもりだがね」

イヴは笑った。「もし子どもたちのだれかに能力があるなら、つまり、ほ、ん、と、う、に能力があるならだけど、その子はあなたの力を水道の栓みたいに開けたり閉じたりできるはずよ」

「ばかな。そんなふうにきめつけるものじゃない。ぼくはこれから練習するぞ。きみの頭にも入りこんだろう？　きみたちクレイヴァリーの人間は、自分はとても特別な人間だと思っているが、そんなことはない」

イヴはアッシュの瞳をのぞきこんで、からかわれているのを見て取ると、小さく笑って彼のほうに倒れこんだ。「そんなにおもしろいことを言われたのは初めてよ」彼女は言った。

訳者あとがき

お待たせしました、エリザベス・ソーントンの〈恋の罠《トラップ》〉シリーズを締めくくる最終作をお届けします。

前二作をすでに読まれたみなさんには、おなじみのアッシュ・デニスンについて、どんなロマンスを予想なさっていましたか？　アッシュといえば、侯爵家の跡取りで、女たらしの遊び人（きちんとした未婚の女性は口説きませんが）、毎日を楽しく過ごすことだけを考えている、いわゆるしゃれ者《ダンディ》にして社交界の人気者。前作『不名誉なキスは恋の罠』では頼れる一面もありましたが、訳者は、物騒な事件はあっても、しゃれ者のアッシュらしい、華やかなロマンスだろうと思っていました。ですが、その予想は、本書を読みはじめて見事にくつがえされました。アッシュとヒロイン、それぞれの秘密もさることながら、前二作とがらりと違う、いわゆる〈パラノーマル（超常現象）もの〉ではありませんか。

しかし、出だしこそ意外だったものの、読みはじめると違和感なく、ぐいぐいと引きこまれました。それはやはり、著者のたくみな設定のたまものでしょう。ヒロインのイヴは、普通では知り得ないことを感じとる不思議な能力（本書でしばしば〝クレイヴァリーの能力〟

と呼ばれる）の持ち主。少女時代にみずから封印していたその力が、あることをきっかけにふたたび目覚め、同じ予知夢を何度も見たり、殺意を抱いた男の思考を突然感じたりといった体験をします。ただし、本書にも、「クレイヴァリーは人を選べない。人がクレイヴァリーを選ぶ」とあるように、思うがままに相手の心を読むことはできません。なんらかの強い感情を持った人間が近くにいる場合にかぎって、その人間の考えていることが唐突に頭のなかに流れこんでくるのです。超常的な能力を持つヒロインといっても、このような設定なので、読者のみなさんにも、充分に楽しんでいただけるのではないでしょうか。

イヴが他人の考えていることを感じるときには、初めは、めまいとともに悪意を感じたり、犯人の声がいきなり頭のなかに入ってきたりと、完全に受け身ですが、しだいにこつをつかんで、ぼんやりと感じたものに焦点を合わせられるようになってくるという、ソーントンの書き方も巧みです。そのあたりは、たとえば、「頭の片隅で何かが動いているような、かすかな感触があった。そこに焦点を合わせると、感情——思考とは言えない——のリボンの切れ端が、ちょっと触れたような感じがした。おかしさと、あざけりと、優越感と」とあるように、読む側がイヴの感じていることを頭のなかに思い浮かべられるような、とてもリアルで細やかな描写になっています。後述するように、一念発起してパラノーマルものに取り組んだというソーントンが、もっとも力を入れたところの一つでしょう。

アッシュの過去が明らかになる下りは衝撃的です。その過去を振り切れずに、ひたすら享楽的な生活を送るようになった彼。前作のアッシュも魅力的でしたが、今回は彼の内に秘めた悲しみと、弱者を支え、つねに手を差しのべようとするやさしい一面に、読者のみなさんはさらに惚れこむのではないでしょうか。

女性ながら自立して、作家として成功を収めているイヴと出会って、アッシュはそれまで無為に過ごしてきたわが身を振り返り、自分の生き方に疑問を感じるようになります。そんな人生の何がいけないんだと開きなおって、人生の楽しみを知ろうともしないイヴに快楽の手ほどきをしようと言い寄るアッシュ。人生になんの目的もなく、ただ享楽的な日々を過ごす彼を軽蔑しながらも、心の奥では彼の言う快楽にひそかにあこがれるイヴ。二人は惹かれ合いますが、イヴは自分の能力を信じてくれる男性でないかぎり、心を開くつもりはなく、そんな男性などいるはずもないと思っています。徹底した懐疑主義者で、合理的に説明できないものは信じようとしないアッシュが、何を手がかりにしてイヴのすべてを信じるようになるのか——。そのあたりの経緯も、目が離せません。

本書はエリザベス・ソーントンの最新作で、二〇〇七年七月に刊行された作品です。彼女のウェブサイトによると、これまで二十四本の小説と二本の中編小説を発表し、そろそろ作家として方向を変える必要を感じて、パラノーマルものに挑戦したのだとか（もっとも、このジャンルは初めてではなく、約十年前に発表した*You Only Love Twice*でもあつかっています）。次回作は、イギリス摂政期《リージェンシー》を離れて、ヴィクトリア朝時代のスコットランドを舞台にしたシリーズだそうです。

その完成を楽しみにしつつ、今後ラズベリーブックスからは、ソーントンの既刊のなかから厳選したものをお届けする予定です。どうぞお待ちください。

二〇〇七年十二月　細田　利江子

恋の罠は夜にまぎれて
2007年12月17日　初版第一刷発行

著……………………………エリザベス・ソーントン
訳……………………………………細田利江子
カバーデザイン…………小関加奈子(so what.)

発行人……………………………………高橋一平
発行所……………………………株式会社竹書房
〒102-0072 東京都千代田区飯田橋2-7-3
電話：03-3264-1576(代表)
03-3234-6208(編集)
http://www.takeshobo.co.jp
振替：00170-2-179210
印刷所…………………………凸版印刷株式会社

ISBN978-4-8124-3347-8 C0197
Printed in Japan